眈眈无双局

桩桩 著

I

北京联合出版公司
Beijing United Publishing Co.,Ltd.

第十二章　咱们是同窗了　166

第十三章　公子如兰　179

第十四章　棋枰中的布局　194

第十五章　踏青偶遇　210

第十六章　灵光寺里的血光　224

第十七章　破绽　238

第十八章　相思易多疑　252

第十九章　似是故人子　264

第二十章　捉妖驱邪　279

第二十一章　考试前再赚一笔　301

番外一　盈盈何时归　312

目 录

楔　子　　刺客珍珑　　　　　　　　001

第一章　　赌运好的少年　　　　　004

第二章　　谁是蓝衣娘　　　　　　019

第三章　　钓出了大公子　　　　　033

第四章　　一路捉弄　　　　　　　052

第五章　　千万人中遇见你　　　　068

第六章　　核桃撞见的秘密　　　　082

第七章　　陌生的母亲　　　　　　093

第八章　　用他的命换她的命　　　109

第九章　　丹桂与面具　　　　　　122

第十章　　神秘黄衫女　　　　　　136

第十一章　东厂来人　　　　　　　154

楔子

刺客珍珑

夜空晴朗，点点星辰如散碎宝石。星光微弱，淮安城宵禁之后，屋舍渐掩于黑暗之中。

借着檐下悬挂的灯笼与屋中未灭的灯火，依稀能看清两淮盐运使府邸华美的屋宇建筑和精巧的亭台楼阁。

后花园临湖水阁中隐隐传来女孩儿的凄厉哭叫声，不过一盏茶工夫，那声音渐渐转弱，如同刚出生的小猫，怯怯弱弱，变得似有似无，转眼便被湖风吹散。

白墙乌瓦之中，这处水阁布置得富丽堂皇。新铺设的猩红地毯被高达三尺的琉璃八宝宫灯映着，仿佛地上汪着的一摊鲜血。

一个十岁左右的小女孩儿蜷缩在地毯上一动不动，细嫩雪白的单薄身体上布满了道道血痕，两眼紧闭，嘴角沁出缕缕血渍。

"嗖！"鞭子在空中卷出风声，落在小女孩儿的身上，鞭身轻轻弹起。小女孩儿没有任何动静，连呜咽声都不曾有半点儿。

执鞭的男子穿着件石青色绣云龙纹曳撒，雪白的头发整齐束于网巾之中。兴奋的潮红之色从那双狭长而薄的眼睛里渐渐褪去，他将被血浸透的马尾鞭随意地扔在地上，接过毛巾轻轻擦拭着双手，阴阴柔柔地说了句：

"沐浴吧！"

门外飞快进来两人，麻利地卷起被血渍浸透的地毯，将小女孩儿一并裹了，又迅速离开。

身边侍候的番子谄媚地扶住男子的手进了一侧的浴房："盐运使季大人有心孝敬公公，这地方布置得还算干净。"

骆公公唇角浮起一丝倨傲的浅笑，闭着眼睛伸开了双臂，让番子侍候着脱去外裳。

这时，门窗紧闭的浴房里起了风，像是有人靠着他的脖子吹了口凉气，骆公公偏了偏脑袋。待他睁开眼时，他看到一股血喷进了水池中，瞬间洇散成色彩艳丽无比的红花。

气管被瞬间切断，让他胸闷气短，难受得鼓胀了双眼；想喊人的声音从割断的喉间漏了出来，像拉动着一个破损的风箱发出"咝咝"的声音。

他捂着咽喉痛苦地倒在地上，才看到侍候自己的番子直愣愣地站着，喉间突出一截雪亮的尖刃。

那把尖刃被人缓缓抽离，番子"扑通"一声倒在了地上，露出站在他身后的黑衣人。那人全身包裹在黑衣之中，连头发都被黑巾裹得严严实实，只露一双极清亮的眼睛。

骆公公死死地瞪着他，悲愤惊怒化为阵阵血丝涌进他的眼睛。他想问他是谁，喉间的呼气声却越来越短促，终于，他不甘心地吐出了最后一口气。

黑衣人不紧不慢地将匕首擦拭干净，厌恶地看着骆公公涣散的双瞳，轻弹手指，一枚黑色的棋子落在他的额间，像一只充满了嘲讽之意的眼睛。

云子被一枚枚放在了棋盘上。

白子温润如玉，黑子泽如点漆，边缘泛着层宝蓝色的光晕，这是云南进贡的珍品。

执棋的手保养得极好，手指修长，指甲呈健康的淡粉色，中指与食指间夹着一枚黑子，衬着他手背淡淡的青色筋络，有一种说不出的美感。

夕阳的光从雕花木窗投进来，照在黄花梨制成的棋盘上，棋盘散发出灿烂夺目的光晕。

白色云子如大龙，斜斜地将棋盘分成了两半。四周的黑子散乱无章，似被下棋之人毫无章法地随意摆放。认真打量，又发现黑子彼此间同气连枝，又似在布局围剿白子。

那枚黑子迟迟没有落下。

"阿弈，你可知道前朝刘仲甫骊山遇仙媪斗棋，呕血三升？"

"孩儿记得。世人把那局残棋称为珍珑……珍珑如今是江湖中最有名也最神秘的刺客，没有人知道他是谁。珍珑出手后，必定会留下一枚棋子为记。"

"珍珑未必不能破，珍珑也未必是一个人。"司礼监掌印大太监、东厂督主谭诚盯着棋盘，喃喃念道，"从徐州到淮安……淮安……"他轻声吩咐道，"让薛公公去趟扬州。端午节的扬州必定很是热闹。"

他身边站立的年轻公子有些不解："义父，你怎么知道珍珑会在扬州出现？"

望着贯穿棋盘的白棋，谭诚淡然一笑："从年初起，东厂有六人被刺杀。从京都到通州，从徐州到淮安，顺着大运河往南，下一站可不就是扬州？"

年轻公子恍然大悟："义父的意思是让薛公公做饵？"

拈在谭诚指间的黑子终于落在了棋盘上，这枚黑子朴实无华，显然不是同一副云子。夕阳余光中，棋子上显现出浅浅刻出的两个小字：珍珑。

第一章
赌运好的少年

晨曦初现，停靠在码头上的一艘轻帆船上传来叽叽喳喳的吵闹声。

为了不耽误端午节的献艺，穆家班沿大运河南下，沿途停靠码头，班里的人都被班主穆胭脂拘在了船上。

总算到了扬州城，穆家班的人早就耐不住性子，盼着进城逛耍。李教头答应去班主面前说项。眼瞅着他沉着一张脸从舱里出来，徒弟们先前的兴奋激动悉数化成了失落，纷纷噤声住嘴，像霜打的茄子似的，个个垂头丧气。

朝阳照在这群孩子的身上，个个显得嫩气水灵。李教头板着的脸再也绷不住，蒲扇般的大手挥了挥，爽朗地笑道："班主准了！"

欢呼声顿时响了起来。

李教头敛了笑容厉声训道："日落前回船，不得打架滋事，谁要惹是生非，误了明天献艺，家法可不是吃素的！"

穆家班的丫头、小子们想到那根年深日久、用得已经泛起了油光的家法鞭子，禁不住浑身一凛，齐声应了声："是！"

"进了城要听核桃的，别跑散了。"见徒弟们把自己的话记在了心里，李教头欣慰地笑了，将一只青布钱袋递给了十六岁的核桃，"班主给了一百文茶水钱，省着点儿花。"

核桃笑盈盈地收了。看着班里的人雀跃地下了船，她忍不住四处张望，突然一颗带壳花生砸在了她脑门儿上，核桃捂着额头，仰起脸骂道："少班主，你又使坏！"她的嘴角高高翘起，清澈晶莹的杏眼里满满都是笑，哪有半分被打疼的恼意。

高高的桅杆上坐着个身材瘦削的少年，少年随意用了条青布束在额际，衬得眉眼如新叶般清美。

穆澜漫不经心地往空中抛着花生米，张着嘴接了，"咔吧咔吧"嚼得正香。听到核桃骂自己，歪着头直笑："我不敲你一下，你怎知道我在这里？"

他的脸被朝阳一映，精致立体的五官如浮在琉璃上的描金花朵。一笑之下，说不出的灵动活泼，充满了勃勃生机。

核桃瞧得痴了，突然羞红了双颊，跺脚道："谁找你了？"

穆澜"哦"了声，打了个哈欠，懒洋洋地说道："没找我啊？那我继续晒太阳。"

"核桃姐，你快点儿！"

听到码头上的催促，核桃有些着急了，气呼呼地说道："不去算了！回头听我们说好吃的，别流口水！"

眼前青影晃动，穆澜翻身跃下，伸手就去抢核桃手里的钱袋。早就料到他有这么一出，核桃轻巧地往旁边踏出一步避开。谁承想穆澜使的是假动作，猫腰就蹿到了她身后，将钱袋一把拽了去。

穆澜抛着钱袋，听到里面传出的"哗哗"的铜板声，笑嘻嘻地说道："钱袋太重，我帮你拿着！"

核桃嗔了他一眼道："你可拿仔细了，除了班主给的一百文，我所有私房钱都在里面了。"

穆澜吓了一跳，打开钱袋瞅了一眼，拿出那块二两重的碎银塞进了自己的荷包，不解地问道："带这么多钱做什么？"

"上次你不是说在书上看到个养颜的方子？今天进城就把材料买了

呗。知道班主管你管得紧，你荷包里连十枚大子儿都拿不出来。我不带钱，你就在家晒太阳耍吧！"

穆澜嘴角高高翘起："少班主像荷包空空的人吗？"

结果，换来核桃从上打量了一番，啐道："像！"她语气一顿，突然又低声说道，"我又不嫌你穷！"说完红着脸就跑了。

望着她的背影，穆澜叹了口气，自语道："这丫头越长越漂亮，眼光却是越来越差了。"

穆家班的人进了扬州城，看什么都新鲜热闹，看到什么吃的都想尝一尝，围着穆澜和核桃嚷个不停。

"停！"穆澜两只耳朵旁像飞着一群麻雀，吵得他头疼，他指着长街拐角处三层楼高的四海居道，"知道进扬州城要玩什么不？扬州讲究早上皮包水，晚上水包皮。清晨往茶铺里一坐，叫上一桌精细点心，泡上一壶清茶，吃喝闲谈。晚上再去澡堂子里泡个澡，神仙也不过如此。瞧见没？老四海！扬州城百年老茶铺。大厨是告老还乡的御厨。知道什么是御厨吗？专门给皇上做饭的厨子，能不好吃吗？"

听得穆家班的丫头、小子们油然神往，直咽口水。核桃忍不住轻轻扯了扯穆澜的衣角，低声说道："只有一百文，你还想带班里的人去老四海啊？"

"李教头说了，听核桃的，别乱跑，日落前回船！"穆澜学着李教头的话，将钱袋拍在核桃手里，"钱和人都交给你了，我去办点儿事。"

说了那么多，勾得班里弟兄直吞口水，可自己却没钱请大伙儿去吃，干脆就转身跑了。核桃又是好气又是好笑，她突然反应过来，又气又急地说道："你拿走那二两银子是不是又要去……"

穆澜修长的手指头竖在她唇边，截断了她的话。

嘴唇触到他的手指，核桃瞬间晕生双颊，偏头躲了去。转过头再看，穆澜的身影晃了晃就消失在人群中了。她怔怔地站着，禁不住伸手摸了摸自己的嘴唇，突然发现班里的人正笑嘻嘻地望着自己，核桃只觉脸烧得滚烫，只装着没瞧见，埋头就往前走："都愣着做什么？还等着少班主请大伙儿去吃老四海啊？他穷得叮当响，甭指望他了，走吧！"

有道是天下殷富，莫逾江浙；江省繁丽，莫盛苏扬。

矗立在大运河岸边的扬州城沟通南北要道，自古就是通衢名城，兵家要地。南来北往的客商、密布于城中的商铺、摩肩接踵的人群，将偌大的城池烘托出勃勃生机。

扬州水路贯穿全城，河道上百舸往来，川流不息。穆澜上了艘城中载客的乌篷小舟，道："去白莲坞。"

小舟灵巧地在拥挤的水巷中穿梭，船老大摇着橹和他搭讪："听公子口音不是本地人？慕名前去赏莲？"

穆澜有些忐忑不安，又似乎有点儿不好意思，轻声嘟囔道："白莲坞的莲也开了……听说那里还有间赌场……"

原来是去赌场的。船老大见穆澜老老实实地坐在船头，说起去赌场时瞬间露出的羞涩表情，一见就知是初出家门的青涩少年，船老大便笑着说给他听："白莲坞所在的整座白莲坊几乎都是林家的私产，连坊丁都是林氏族人。闭了坊门，如城中小城一般，夜不闭户，极是安全。林家开的赌场最是公道，一个铜子儿也能玩一把，还奉送清茶一碗。纵然赢了金山银海，林家也赔得起！"

穆澜的眼睛亮了："扬州首富林家？"一副再不害怕被赌场坑了的表情。

一个外乡少年也晓得林家，船老大与有荣焉，滔滔不绝地说开了。

不过半个时辰，小舟转进了一条水巷，一大片碧叶白荷铺天盖地撞进了眼帘。

白莲坞到了。

船老大慢慢将小舟摇近岸边，指着水巷对面的屋舍笑道："那处是扬州最有名的风月之地——凝花楼，也是林家开的。"

沿岸一排绿柳，枝叶几乎坠进水中，将湛清的湖水染得绿意葱茏。绿柳后掩映着数幢精巧的屋舍，白墙乌瓦的风火墙从树梢间露出来，如同美人秀眉，弯而柔美。有长长的木廊自岸边直伸向翠叶白荷中，花叶间停着艘华美的画舫。这时，一群窈窕美人提裙而下，抱着满怀翠叶白荷娇笑着踏上木廊。

嗅着清香，听着美人娇笑，穆澜不由得大赞："暖日凝花柳，春风散管弦。美人如花，这名字取得妙极！"

付了船资上岸，穆澜并不着急进流香坊，而是站在岸边悠然地欣赏着满湖莲叶。他眼珠一转，突然明白过来，忍不住喷笑："这边赢了钱，那边去缠绵，肥水不落外人田。林家可真会做买卖，怪不得会成为扬州首富！"

流香赌场占地不小，主楼是座三层楼高的建筑，雕梁画栋，角替斜撑雕刻的图案均以金粉相饰，映射着阳光，险些晃花了穆澜的眼睛。他眯着眼看了看，想着这些金粉全刮下来也得有半斤八两，便有点儿了解林家的奢豪了。

进了大门，悦耳的骰子声脆生生的，搅得穆澜耳朵发痒，手心里捏着的二两碎银锭渐渐烫了起来。

楼上还有两层，隔出无数个房间，想来是那些大手笔的豪客所聚之处。穆澜抬头看了一眼，一千两才有资格上楼。真是一文钱难倒英雄汉，如果不是核桃带了私房钱，还要另想办法才能筹到本钱，他的心里顿时生出一股幽怨。

他叹了口气，今天注定是极累的一天，劳神费力。

一楼大堂很是宽敞，摆放了二十来张赌台，零散地围着赌客们。此时不过辰初，大多数玩了一夜心跳的赌客早已离开，留下不走的双眼已熬得通红，只是荷包未空，还想翻本。

伙计迎了过来，一双打量过南来北往无数人的火眼扫过穆澜穿着的青布直裰，不用打探，就晓得他荷包里的银钱不多，遂殷勤地将他引到了一张人少的赌台前。

穆澜道了谢，不动声色地听着盅中骰子转动的脆音，在庄家的催促下小心无比地将那二两碎银放了下去。

没钱的赌客中流行一句话，钱少赌大小。输赢各占一半的概率，赌的就是这一半翻倍的赔率。

穆澜下注前，庄家已经摇出了七把小，开大的概率更高，可是赌台四周站着七八位赌客，兴奋地瞪着布满血丝的眼，仍将银钱全部推到那个血红的"小"字上。穆澜也不例外，二两碎银正躺在"小"字上。

庄家嘀咕了句："邪门儿了，今天难道要连开八把小？"说着就去揭骰盅。

"小！"赌客们蓦然高昂的声音让穆澜侧了侧头，眼神往骰盅方向瞥去。

白瓷骰盅被轻轻揭开，几点殷红的点数嵌在象牙白的骰子上，可爱得像雪白馒头上那一点红糖，引人垂涎。

"二三三，小！庄家通赔。"

庄家有气无力的声音瞬间淹没在赌客们的欢呼声中。穆澜满脸惊喜地拿回了四两银子，他珍惜地将核桃的二两私房钱装进了荷包，捏着刚赢来的二两银子等着下一局揭盅。旁边一人好心地劝他道："小兄弟头把手风顺，不如再赌一把，赢了就有八两了！我看这把非开大不可！"

穆澜只露出满脸囊中羞涩头回进赌场的忐忑神情，仍捏着刚赢来的二两银子下了注。老头儿常说细节决定成败，他现在的表现迟早会落进有心人的眼中。

"买定离……"

"等等。"穆澜打断了庄家的话，紧张地将才下的二两银子拿了起来，小心地挪到了另一边，有些不好意思地说道，"虽然开了八把小，九为极数，我觉得有可能还会继续开小。"

庄家的眉轻轻挑了挑。他都有点儿佩服自己了，就这样随便摇摇，居然第九把还是小，然而像眼前少年这般，继续坚定博小的人已经没有了。赌台四周的赌客们都觉得开大概率甚过连开九把小，赌资全移到了"大"字上。

少年穿着干净的布衣，眉目清俊如画，脸上挂着羞涩和紧张的表情，看起来像个雏儿。他将本金揣进了荷包的举动，表明他并不是个滥赌之人。庄家对穆澜生出了好印象，初来就连赢两把，运气倒不错。庄家想着，又高喝一声："买定离手！开喽！二二四，小！"

"哎哟，邪门儿了！都开了八把小了，怎么就不摇一把大？"一名赌客用力捶着胸，悔得直叫唤。

拔去庄家抽成，穆澜一人押小，赔率翻倍。他惊喜地拿着赢到手的十六两银子，有点儿讷讷无语了。

"公子好手气，连赢两把，好事不过三，不如见好就收。"也许是穆澜的表现太斯文，庄家好心劝道。

五十两银子够中等人家过上一年，十六两银子对穿普通青布衣裳的小户人家来说不是小数目。

穆澜满脸喜色，喃喃说道："好事不过三，说不定这第三把，我手气仍然好。"

人性总是贪婪的，踏进这里，也许过不了多长时间，这少年就会变得和别的赌客一样。见得太多，庄家脸上恢复了淡漠之色，摇响了骰盅。

赔光银钱的赌客已不知所踪，新来的赌客凭着自己的经验押着大小。庄家的手离开骰盅之后，穆澜自言自语道："九为极数，这把该开大了吧？"他似下定了决心，将十六两银子全推到了血红的"大"字上。

又赌对了！庄家有点儿吃惊穆澜的好运气，不禁笑道："万一开出来的仍然是小，公子不是要全部输光？"

穆澜愣了愣，不好意思地回道："哪里会输光呢？输的都是我赢来的钱。"

庄家哭笑不得。人人都如这少年一般，只拿赢来的钱赌，这世上就没有输家了。他有些赌气地想，就算连赢三把，总有你输光拿出本钱的时候，他不信这少年的运气能一直好下去。然而，穆澜拿着第三把赢来的四十两银子头也不回地离开了，一个铜子儿都没舍得打赏他。庄家瞥着穆澜走向别的赌桌颇有些不甘地想，吝啬的小公子，你一定会输光离开的。

时光在对赌中悄然而逝。午时左右，穆澜赌遍了一楼所有的赌台，不声不响地赢了三千两。他揉着太阳穴，只赢不输，还不能引人注目，确实有点儿累了。

"公子，想用点儿什么？"面对赢钱的赌客，伙计的殷勤中多了分尊敬，更多的愿望是将他留下来。

一句话勾起了穆澜的馋虫，他有点儿好奇："什么吃的都有？"

伙计笑得见牙不见眼："只要您出得起银子，想吃什么都行。"

穆澜瞥了眼二楼，他需要休息，便从随伙计去了。

后院一湖碧荷旁搭着卷棚，用隔扇隔出一间间雅室，里面布置着躺椅、案几。有娇小美貌的小娘子温柔地替客人敲腿揉肩，说书声、丝竹声热闹并不显得嘈杂。

穆澜惬意地择了角落一间清静的雅室坐下，吩咐小二拣扬州名菜摆桌席面。

蟹粉狮子头粉嫩不腻，拆烩鲢鱼头味香醇浓，水八鲜鲜脆香甜……穆澜吃完躺在躺椅上品着一盏扬州名茶魁龙珠，欣赏着怒放的白莲摇曳的莲叶。他的眼睛半睁半闭，舒服得似要睡着了。

竹帘垂下，仿佛隔开了一个世界，拥挤热闹的赌场气息被眼前一湖莲花驱得干干净净。

五月的阳光不浓不烈地从卷棚上晒进来，湖风不热不凉地、温柔地吹动着纱帘。

这边一静，外面的声音就显得大了。近的是旁边雅室的谈话声，远的是随风传来的凝花楼里美人们的娇笑声。

穆澜仿佛睡在穆家班的船上，各种声音像浪潮一样起起伏伏。穆澜紧绷的神经似乎仍然无法放松，脑中一遍遍响起另一个声音："赌找林十八，嫖找蓝衣娘。"

林十八是流香赌场的管事，轻易不会出手。他需要更多的赌本、更好的运气……至少勾出林十八对自己的兴趣。

"办事都不肯给钱，也太抠门儿了！不晓得我的荷包比脸都干净吗……"低低埋怨了句，穆澜合目睡去。

这一觉足足睡了两个时辰，他才撑了个懒腰醒来。提起桌上的铃铛摇了摇，竹帘掀起，小娘子捧了热水侍候他净面。

"公子爷可歇好了？"

吴侬软语柔媚不已。穆澜轻佻地捏了把她水嫩的脸，塞了张银票在她手里，就得了自己想要的消息。

小娘子轻靠在他的肩头悄悄告诉他："最厉害的是十八爷，公子千万别和他赌。十八爷也不是没有输过，前几日来了个琉球富商，就赢了十八爷一局……最后输得身无分文被伙计架了出去。"

赢得输不得啊。穆澜微笑着又塞了张银票给小娘子，在她恋恋不舍的目光中再次进了赌场。

"公子又赢了！"

身边侍候的小娘子比穆澜还兴奋，盯着荷官拨过来的银子两眼熠熠生辉。

穆澜随手捡出张银票塞进她手中，生怕被人瞧见似的，只敢偷偷地捏一把那白嫩的小手，引得小娘子捂嘴直笑。

房间里已点起了灯，林十八仍然没有出现，穆澜心里有些着急，脸上却仍然维持着平静，挂着"不好意思"的笑容，继续赢下去。

在二楼坐庄的赌场伙计脑门儿沁着细汗，哭丧着脸站在林十八面前，求他去看一看："……那位公子这样一直赢下去，可不得了！"

"八万两也不是什么大数目，慌什么？"林十八蹙眉呵斥道。

求助的伙计一句话引起了他的注意："十八爷，这小子进门时荷包里只有二两银子！"

在流香赌场有豪赌百万两的富商，但以二两赌本在一天之内赢到八万两的人如凤毛麟角，绝不多见。赌场办事的效率很高，半个时辰里，见过穆澜的赌台伙计轮流被叫到了林十八面前。

林十八对穆澜生出了兴趣。一上午赌遍了一楼，每张赌台只赌三次，三次全赢。他淹没在众多赌客中，一点儿都没引起注意。当他下午上了二楼，赌注翻倍，赢得二楼庄家面无人色，这才报到自己面前。

"怕是遇到千门高手了，一场都没有输过。十八爷，咱们又看不出来。"

开赌场的最怕遇到千门高手。对方出千，赌场看不出端倪。为了名声，除非对方收手，赌再大都只能咬牙陪着。

林家开的流香赌场出了名的信誉好，也出了名的惹不起。来流香赌场出千的人，要么是受人指使，要么就是个初出江湖的雏儿。不管是哪一种，都没有好下场。

林十八起了身，端着小巧玲珑的紫砂壶啜着，慢条斯理地说道："去瞧一瞧。"

见到穆澜的第一眼，林十八不由得一怔。

少年身体单薄，眉眼俊秀精致，脸上挂着腼腆的笑容，穿着四百文一件的便宜布衫，瞧着像个穷家读书郎。

"十八爷，他第一把赢了二两银子，马上把本钱揣了回去。"有伙计低声把穆澜的表现告诉林十八，"楼下二十六张赌台，他赌到十六号台时才给了赏钱。依伙计们的回忆，那时候他应该赢到一千两赌本。

"还有，是撑船的老周送他来的。他最关心咱们家赌坊的声誉，估计是担心赢了钱被赌场拦着不放人。

"骰子和牌九都没输过，不过，骰子他似乎更有把握。六号台的伙计对他印象特别深，他仿佛能'听'。

"二楼的七管事说，他摸牌九的手一看就不是养尊处优之人。"

也许这个穷家少年遇到了难事，急需银钱，想到流香赌场捞一把。或许是想起了自己年少时的经历，林十八对这少年起了些许怜悯之心。

不动声色地站在穆澜身后看了两把，林十八暗暗心惊。少年没有出千，手中的牌时好时坏，但他仿佛知晓庄家的底牌，气定神闲地把庄家折磨得满头大汗，连拿着一手好牌都不敢赌下去。看了两把，穆澜又赢了四千两银子。

林十八示意伙计离开，坐到了穆澜对面。

突然发现庄家换了人，穆澜愣了愣，脸上没当回事，心里的石头却一声落了地——林十八终于来了。

"公子，还是玩牌九？"林十八将紫砂壶递给了旁边的伙计，温言问道。

"行啊！"穆澜随口应了，又偷偷地捏了一把小娘子的手。

没见过世面的穷小子，这等侍候茶水的婢女也能让他着迷。林十八很理解，十五六岁，正是年少慕艾的年纪。

从林十八坐下来之后，穆澜的好运仿佛就到了头。他不停地输，赢来的八万多两转眼输了三万两出去，只剩下了五万六千两，门口窥视的伙计不约而同地松了口气。

少年不再贪恋小娘子的美色，眼神变得焦急。林十八慢慢啜着茶，眼角余光瞥见赌场伙计崇拜的眼神，他的嘴角微微扬了起来。

宫灯的光正好投在铺了黑丝绒的赌桌上，少年拿牌的一双手有点儿颤抖，手指不自觉地轻轻敲打着台面。

他很紧张。林十八突然不想玩儿了。能以二两赌本起家，凭赌技和好运赢到八万多两，何必将他打回原形，拿着荷包里的二两银子黯然离开呢？给他个教训，今天就到此为止吧。有这样的赌技，送他五万两，也算结了个善缘。林十八对穆澜的兴趣渐渐消失了："公子今天的运气似乎到了头儿。"

穆澜像是听不懂他的话，不满地嘟囔着："真邪门儿了，遇到你就不停地输，都输了三万两出去了。"

赌客便是如此，输了想翻本，赢了还想赢更多。

"二两赌本赢了五万六千两，多少人一辈子都挣不到这么多银子。"林十八轻声感叹，希望眼前的少年见好就收。

"酒来！"穆澜叫了声，接过小娘子新送来的酒，不等倒进杯中，提壶便饮。

酒壮厌人胆，穆澜也不例外，借着酒意，他盯着林十八面前堆积的银子，一副想把输走的三万两赢回来的表情："再赌最后一把！"

最后一把？林十八有些无语。他不知道见过多少人，所有身家就输在最后一把，换来无穷尽的悔恨。林十八心里那点儿怜意消失得干干净净，少年不知天高地厚，让他微微起了薄怒，他决定给对方一点儿教训。

玉石做的骰子被林十八掷了出去，在白瓷盘中脆生生地转动着，慢慢停了下来。

林十八示意荷官继续发牌。

"等等！"穆澜叫了声，深吸一口气道，"我好像可以切下牌！"

庄家掷骰子，闲家可以切牌，林十八点了点头："当然可以。"

穆澜搓了搓手，将牌切换了三次。

牌发到了手中，乌木打磨的牌九手感极好，略沉的材质，闪动着暗淡的光。林十八没有看牌，直接数出一万两推了过去。

对方的五万六千两在林十八眼中根本不算大数目，他的权限是五十万两。

"你……你不看牌就押一万两？"穆澜吃惊的表情取悦了林十八。

"敢跟吗？"

穆澜小心地将两张牌掀开一丝缝隙，瞥了眼，一丝兴奋让他的眼睛亮了亮。

看来他拿到的牌不错，林十八微微一笑，不怕他的牌好，只怕他的牌差了，就此停手。果然，穆澜也数出一万两："我跟。"

牌再次发过来，林十八看了牌，他的眉心轻轻皱出一道褶子，又舒展开来。这次他数出了两万两银子。

已经推出去一万两了，就此罢手，又少赢一万两，穆澜果然跟了。

林十八这一次下了三万两的赌注。

"我的赌本不够……"穆澜失声说道，他只有两万六千两了，想跟都跟不起，然而他马上又道，"我可以找赌场借钱吗？"

拿到一副舍不得让他就此放弃的好牌了，林十八心里想着，从赌注里拿回了四千两银票："公子都说了是最后一把，就赌你面前所有的银子好了。"

他这样一说，穆澜反而犹豫了：不跟的话，他还能拿走面前的两万六千两；跟的话，万一输了，他又只有荷包里的二两银子了。

林十八没有催促，他欣赏着穆澜脸上挣扎的表情。他知道，赌徒就是赌徒，舍不得放弃一丝赢钱的机会。

"就赌我面前所有的银子……可以看牌了？"穆澜仿佛下定了决心。

"就这些吧。林家慈悲，从不喜欢做赶尽杀绝的事，找赌场借钱，在下怕公子还不起。"林十八打算收割完穆澜赢的所有银子就行了。

"好！亮牌吧！"穆澜将所有银子全推了出去。

这一瞬间，林十八突然觉得有点儿不安。对方脸上一直挂着的腼腆神色消失殆尽，一双眼睛明亮得刺眼。不过是死到临头的豪气罢了，就算拿到一对天牌，也注定要血本无归。

平静地将面前的牌翻开，他笑道："二四配幺二。公子，在下今晚运气也很好，拿了副至尊宝，你输了。"

"至尊宝？"穆澜从椅子上站了起来，盯着桌上的至尊宝发愣。

林十八也站了起来，端着心爱的紫砂壶淡淡地说道："小公子，赌场里没有人能一直有好运气，有时候拿到一对天牌也不见得能赢。"

"谁说我输了？"穆澜诧异地反问道。

林十八怔了怔。

"你看我的牌！"穆澜大笑着将牌翻开，他此时的笑容特别耀眼，一笑之下，满室生辉。

心房恍若被重重击打了下，林十八浑身的血直冲上头，只觉喉间干涩无比："瘪十。"

在流香赌坊十五年，他从未输过，因而被少爷赐了家姓。他还从来没遇到过瘪十吃至尊宝的牌面——他输了。

"至尊宝遇到瘪十只能吃瘪，对吧？"穆澜像初学推牌九似的，小心地向林十八求证，心里却笑得像只狐狸。对，他就是故意气林十八的。

"你断定我手里的牌是至尊宝？"林十八突然问道。

穆澜眨了眨眼睛："猜的。今天晚上我运气这么好，居然能拿到瘪十，我觉得它一定不会是最差的牌。果然，它不仅帮我赢回了输掉的三万两，还多赢了两万六千两！"

林十八一口老血差点儿吐出来。他要是猜的，自己可以去投湖了。林十八的声音冷了下来："如果在下再加筹码，公子能再跟吗？"

穆澜把林十八刚才说的话扔了回去，嘲讽味十足："林家心善，管事心慈，扔出来的筹码刚好是在下台面上所有的银子，没有让在下卖身为奴的心思，输赢也就那一注了。"

瘪十吃至尊宝，哪有这么巧的事！林十八猛然反应过来，少年切牌的时候动手脚了。然而他双眼盯着，荷官的双眼也盯着，谁都没发现丝毫端倪。他出千了，自己却没有看出来！

这个少年当着自己的面挖了个大坑让自己跳，前面输的三万两不过是他让自己放松戒心罢了，然而自己却丝毫没有察觉到！

虽然只输给穆澜两万六千两，林十八却像被人掴了一巴掌，只觉老脸发烫，笼在袖子里的手暗暗攥成了拳头。他朝伙计使了个眼色，尽力控制着自己的愤怒道："替公子换成和顺银庄的银票可好？"

"全国通存通兑的银庄，再好不过。"穆澜笑眯眯地直点头。

等到银票送来，林十八听到关闭坊门的最后一声锣响，他给了伙计一个笑容，时间算得刚刚好，他礼貌地告诉穆澜："坊门已经关了。"

林十八恶狠狠地想，他的银子不是这么容易就能拿走的。

"唉，早知道就不赌最后一把了，少赢一点儿而已。"

两万六千两还叫少赢一点儿？出千出得还这么理直气壮！真当林家好欺负吗？林十八气得抿紧了嘴。

穆澜抽了张百两的银票塞进小娘子手中，恋恋不舍地摸着姑娘的小手道："坊门关了，我去坊中寻间客栈住一宿。"

"公子，你可以去对面的凝花楼，那里的姑娘……"林十八话未说完，就见穆澜守财奴似的捂紧了荷包，头摇得像拨浪鼓："银子我还没焐热乎呢，听说凝花楼住一晚都要花千两银子呢。"

林十八呵呵笑了，不动声色地给穆澜挖坑："赌场大管事荐去的贵客住宿吃食都不收分毫。"不信你这个小色鬼不动心！

"真的？"穆澜不禁心动，心跳也加快了。一整天，他都在绞尽脑汁，终于让林十八主动把自己送进了凝花楼。下一个要找的人是蓝衣娘，她又会是个什么样的女人？

住宿吃食免费，可叫姑娘听小曲还是要花银子的。林十八拿了自己的腰牌，吩咐人领穆澜去凝花楼。

看着穆澜兴高采烈地离开，林十八冷着脸吩咐道："替他叫两个贵点儿的姑娘，让他花光所有银子再走！一文不剩！"

第二章
谁是蓝衣娘

娘诶！穆澜心中阵阵哀号。

"公子！奴喂你新剥的莲子。"姑娘的娇声轻唤让穆澜头皮发麻，他自认为是个怜香惜玉的，此时，也只能狠心让姑娘们伤心了："不用花银子，我就吃。"

美人洗了素手，辛苦剥开莲蓬，殷勤服侍，此时提一句银子，实在是大煞风景。没料到遇到这么个吝啬小心的人，吃颗莲子都要问价钱。

凝花楼的姑娘什么人没见过，媚眼如丝，捡了水晶盘里翠莹莹的莲子喂到穆澜嘴边："小公子这张脸啊，让姐姐给你银子都成！"

穆澜差点儿喷了，他摸了摸自己的脸，很是好奇："我长得……有那么俊？"

一双手就摸了过来："小公子这张脸如画儿一般。"

他捉着那双不老实的手笑道："姐姐用的什么膏？养得这手又滑又嫩的？"

"这么漂亮的小弟弟，姐姐也喜欢！"另一个柔若无骨的身躯就偎了过来，穆澜赶紧放过那双手，直接将偎过来的姑娘抱了起来，用她挡在身前，拦住了其他作势要扑来的姑娘："真的喜欢我？"

"奴是真心的！"怀里的姑娘羞羞地笑着，伸手就去扯穆澜的衣裳，才触到结实的胸膛，就被他轻轻巧巧地扔到了榻上。

眼前六个姑娘，十二双手，穆澜恨不得变身千手观音，而这样一味躲下去也不是办法。

"长夜漫漫，不如……玩儿游戏？"扯出姑娘系在腰间的汗巾，穆澜终于想到了主意。

"小公子想玩什么，奴都肯呢。"姑娘们"咭咭"地笑了起来。

谁能摸着他，一张银票就塞进小手中。蒙着眼睛的姑娘们兴奋地满屋子乱扑，笑着去捉穆澜。

穿花蝴蝶般在衣香鬓影中闪身而过，穆澜心知不可能玩儿一晚上捉迷藏，就算自己不累，这些姑娘们也受不住。为了鼓励她们，他心疼地塞出一张张银票——就是扔着玩儿，十万两也扔不了一晚上。

他在心里一通狂骂，说好的蓝衣娘呢？凝花楼里就没有一个姓蓝的姑娘！

"公子你在哪儿？"

"公子！"

穆澜已躲到了水榭外头，咬牙切齿地将扯松的腰带重新系紧。他知道住进凝花楼会是个坑，本打算铁公鸡装到底，没想到应付得手忙脚乱，银票也扔出去不少。

他入住的精舍是凝花楼中最精巧的一栋水榭，房外的平台直伸入湖中，伸手便能触到洁白如玉的莲花。房间里的六个姑娘听不到穆澜的声音，已急了起来，穆澜焦急地思考着对策。

能称为扬州第一风月名楼，凝花楼为了取悦客人很用了些心思。华灯初上时，数条小船就驶进了莲湖中，船停湖中，用宽木板相拼在莲叶间，搭起了一方小巧的平台。

四周灯笼高挂，照得影影绰绰。丝竹声起时，姑娘们便于平台中起舞。远远望去，舞衣轻如回风之雪。舞姿翩跹，人如踏在莲花上一般，妙不可言。

这时湖中平台四周灯笼全灭，灯光再现时，平台上多了个舞女。她穿着件蓝色纱裙，长长的水袖挥舞起来，裙裾在月色下层层旋转铺开，舞姿似仙，如梦如幻。

"公子真坏！扔下咱们姐妹跑这里来了。"捉迷藏的游戏少了主角自然玩儿不下去了，扯了蒙眼汗巾的姑娘们笑着寻到了平台上。

穆澜心中一动，指向湖中："那位蓝衣舞娘是谁？"

姑娘娇嗔道："公子瞧不上奴等庸脂俗粉，原是瞧上茗烟姐姐了。今晚楼里来了贵客，亲自点了茗烟姐姐献舞，她恐怕没空来陪公子。"

银票开路，还怕她不来？"告诉崔妈妈，爷今晚就要她侍候！"穆澜几张银票塞过去，打发走了这几位姑娘，总算得了片刻清静。

穆澜望着不远处临湖处的宴席想，如果跳舞的茗烟不是蓝衣娘，那他就只能按自己的方式行事了。

漪水阁临湖的木廊上摆着一桌丰盛的席面，来扬州巡查今年内廷供奉的薛公公坐在主位上欣赏着歌舞，满脸陶醉。

这是趟美差，还是一趟肥差。

薛公公只在扬州城住一晚，明天看过端午赛龙舟，就去苏州了。

凝花楼闻名江南，名气早已传到了京城，他决定今晚宿在这里好好享受一番。

林家的豪富有一半倚仗内廷供奉，江南的丝绸、茶叶、瓷器皆是通过内务府送进宫中，薛公公的要求自然满口答应。林家命人将最好的漪水阁重新布置了一番，安排得妥帖周到。林家大公子林一川在凝花楼设了晚宴后，就知趣地退下了。

"朴大人，一路辛苦了，咱家敬你一杯。"薛公公并不敢怠慢这位一路护送自己的东厂大档头，语气中多有奉承。自己能拿到这趟差事，多亏平时对司礼监大太监、东厂督主谭诚孝敬有加。朴银鹰正是谭公公手下最得力的十二飞鹰大档头之一。

一路上薛公公都惴惴不安，自己不过是内务府的采办太监，所到之处，地方上的官员富绅无不恭敬礼遇，何来危险？为何谭公公定要遣了身为大档头的朴银鹰来？

朴银鹰端起了茶水："卑职职责所在，不敢饮酒。"

他的职责是保护自己，薛公公想到这里，险些坐不住了："谭公公令大人护送咱家，难道会有人对咱家不利？"

你就是一个饵！诱珍珑现身的肉饵罢了。死太监居然对姑娘感兴趣！朴银鹰垂眸掩住眼里的鄙夷，淡淡地说道："公公多虑了，卑职另有职司在身，东厂事务，不便透露。"

原来他另有任务在身，薛公公暗暗松了口气。

朴银鹰说着起身离了座："公公尽兴，卑职先行告退。"

有美当前，谁愿意身边坐着个连酒都不喝的大黑脸？朴银鹰刚离开，凝花楼的四名姑娘就娇笑着围住了薛公公，让他瞬间就把朴银鹰抛到了脑后。

朴银鹰站在树中的阴影里，从这个角落能看清大半个莲湖与廊上的酒席，灯光将湖中歌舞映衬得美如仙境。朴银鹰想，珍珑会混在那些舞娘乐师中吗？

他身边一名番子有些不解："大人此时离开，万一刺客来了……"

"我若不离开，珍珑哪来的机会？"朴银鹰淡淡地回道。

他又想了一遍今晚的布置，凝花楼外松内紧，照他的安排并未对外拒客。林家担心薛公公的安全，调了三十名护卫前来，又增添了坊间的巡查，林家大公子甚至也宿在了凝花楼中。楼中人手多了，等于断了一条后路。就像行猎时故意放开的口，珍珑会寻着这个空当儿逃走。

薛公公死不足惜，只要能诱出珍珑。

水域四通八达，这片长满白莲青荷的湖应该是珍珑最好的逃生地点。他已经将人手布置在莲湖各条水域，只要刺客进了湖，就如同网中的鱼，绝无脱身的可能。

薛公公的行程只有两天，今晚宿在凝花楼，明天在扬州码头看龙舟竞舸，珍珑会选择今晚行刺还是明天出手呢？

凝花楼一片祥和，月影渐渐升至中天，薛公公醉倒在姑娘们的怀里，被扶进了楼中歇息。湖面上的歌舞便停了，搭起的平台被拆除，两艘画舫载着凝花楼的乐师、舞娘驶回了岸边。朴银鹰亲自领着人盘查，令他失望的是，并没有可疑的人混在其中潜入凝花楼。

　　身后响起细碎的脚步声，还有崔妈妈那蜜一样甜腻的笑声："公子久等了。"

　　这就来了？穆澜转过身，看到面前站着位身材娇小的姑娘，她还穿着跳舞时的蓝色舞衣，裙裾长长拖曳在身后。只是她蒙着面纱，看不清楚容貌，梳着尺余的高髻，露出纤细而长的脖子。

　　她行了个福礼，略一屈膝又挺直了腰背。

　　这个舞娘有点儿意思，穆澜感觉她像一只骄傲的天鹅，不像是青楼里的姑娘。

　　"好好服侍公子。"崔妈妈生怕穆澜不满意，用手推了茗烟一把。她没有料到，踉跄着往前扑来，穆澜正好伸手扶住了她的胳膊。

　　四目相对，看到她眼里一闪而过的委屈，穆澜瞬间心便软了。反正不是她，也会是别的姑娘，想要掏空他荷包里的银子，崔妈妈不会让他在凝花楼白住一宿的，他朝崔妈妈使了个眼色。

　　见他留了人，崔妈妈喜滋滋地退了出去。水榭里只留下两人四目相对。茗烟身上的气息太过清冷，一副拒人千里之外的冷漠。穆澜先笑了起来："怎么，不愿意来待候我？"

　　茗烟伸手揭开了自己面纱，她讥讽地说道："你愿意吗？"

　　一条长长的伤疤划过她的右脸颊。伤口伤得太深，皮肉略凸了出来，像条粉红的肉虫子爬在她脸上。

　　一个正常人来青楼绝不会找毁了容貌的姑娘，噎得穆澜不知道该怎么接话才好。真是个可怜的姑娘啊，他的眼神闪了闪，笑眯眯地捧起了她的脸："我只知道蓝衣娘跳舞的身姿美如天仙！"

　　她是吗？凝花楼没有姓蓝的姑娘，而她今晚恰巧穿了身蓝色的长裙。

　　茗烟瞪着他，眼里的冰雪之意渐渐消融："公子心善。"

这反应，她究竟是不是啊？穆澜听着模棱两可的话，暗地里又把老头儿拎出来痛骂了一顿。

系上面纱，茗烟款步走到香炉旁，挑了点香燃起，她转过脸轻声说道："奴去沐浴，再来侍候公子。"

就这样啊？给个准话行不行？穆澜长长地叹了口气，不再抱希望能找到蓝衣娘。

老头儿的计划也有出现漏洞的时候？穆澜思忖着这种可能性的大小。林十八一如老头儿所说，心胸狭窄，赢得输不得，一激就落了套。老头儿的调查素来仔细周详，然而在凝花楼里却没有蓝衣娘，那么，只能靠自己见机行事了？

穆澜双手撑在颈后，打定主意，他就不着急了。

隔了半个时辰，沐浴后的茗烟款步从屏风后走来。她似乎特别喜欢蓝色，换的衣裳依然是蓝色的高腰长裙，披着件蓝色轻纱裁成的宽袍，映得胸口一片莹白。姣好的身材在衣饰下若隐若现，反倒让人忽略了她蒙着面纱的脸。

穆澜情不自禁地赞了声："姑娘真会打扮。"

茗烟盈盈地在矮几前坐下，柔声说道："奴的脸毁了，还好舞技尚可，能在凝花楼混碗饭吃。除了跳舞，奴还擅长点茶。公子不嫌弃茗烟貌丑，这盏茶就当是茗烟的谢意了。"

不卑不亢的，依然骄傲，穆澜看得出来她流落青楼前应是位大家闺秀。茗烟与青楼格格不入的气质让穆澜对她多了几分怜惜。

"能得姑娘一盏茶，是在下的荣幸。"穆澜含笑坐下。

香炉袅袅燃起的香气清淡悠远，似荷香又非荷香，面前的美人露出一双纤细的手，动作优雅如画。穆澜看着她煮水分茶，一时间竟有种此地不是青楼的感觉。

沸水注入，冲起雪白的茶花，聚成一朵牡丹。花瓣层层分开，从含苞到吐放，栩栩如生。

"姑娘这茶艺神了，定是受过名师指点。"穆澜大赞。

茗烟垂了眼睫，轻声说道："幼时去走亲戚，跟一个远房姑姑学的，茗烟不过学到她三成手艺而已。"

穆澜盯着那朵牡丹出神，正想说什么，一张嘴竟然打了个哈欠，他不好意思地连连道歉："姑娘神技，在下失礼了。"

盯着茶花散去，穆澜端起茶盏喝了一口："好香！多谢姑娘！"

茗烟微微一笑："大概公子白天在赌场耗费了太多精神，夜深了，奴服侍公子歇息吧。"

"哎，不用啦，我不会勉强你的。"穆澜大气地走到旁边的短榻上躺下，又打了个哈欠，"你睡床吧，多谢你陪我。"

茗烟似没料到他会这样，一时间竟愣住了，等她回过神来，穆澜已发出了浅浅的鼾声。

"公子，你睡着了？"茗烟抱起被子轻轻搭在穆澜的身上，她怔怔地望着他，隔了片刻，这才舒了口气喃喃说道，"真睡着了。"

她吹熄火烛，拿起穆澜没喝完的残茶浇熄了香炉，走到了床榻前躺下。

两个时辰后，茗烟突然睁开了眼睛，她静静地躺着，听着穆澜的呼吸声依旧平稳绵长，这才起身。她动作迅速地从自己带来的包袱里拿出套夜行衣换了，看了穆澜一眼，她毫不迟疑地去了水榭平台，顺着边沿滑进了水里。

穆澜慢慢睁开了眼睛。

夜渐沉，凝花楼各处精舍隐隐传来嬉闹声，再正常不过。

难道珍珑今晚不出现？朴银鹰蹙紧了眉。

如果换成自己，最好的下手机会应该是明天。五月端午、江边舞狮、唱戏、看龙舟竞舸，人多热闹，更容易浑水摸鱼，不似在这戒备森严的凝花楼。如临大敌般一宿不睡，明天自己的人都会疲倦，难道这才是珍珑想要的？

"大人，依您的吩咐，薛公公已经送去了揽翠阁歇息，林家大少爷带着护卫住在揽翠阁守着。凝花楼余下七座精舍住着四个本地人，两个外地人，尚空着一处，都安排了人盯着。"

朴银鹰"嗯"了声，吩咐道："也就这一夜一天的工夫，不可懈怠。"

漪水阁是间临湖的独院，番子假扮的薛公公住进了正房，凝花楼的姑娘们也未离开，婢女正端着夜宵送进了正房。人只进不出，安排没有丝毫漏洞。

朴银鹰往正房瞥了一眼，独自进了东厢。点起蜡烛四处查看了下，朴银鹰嗅到似有似无的淡淡莲香。如果不是要诱捕珍珑，他也许有兴致欣赏月夜下的湖中荷景，他笑了笑，关上了窗户。吹熄了灯，他衣不解带地躺在床上，合上了眼睛。

时间一点点过去，凝花楼各处传来的丝竹声渐弱，客人们都搂着姑娘歇息了。楼里除了巡夜的护卫，已无人走动。

朴银鹰听不到丝毫异常动静，他从来没有怀疑过督主的判断力：珍珑一定会在扬州出现，一定会刺杀薛公公。离天明不到两个时辰，他的心神有些松懈。这时辰，正是一天当中最疲倦的时间。白天赶到扬州，布置埋伏，此时他感觉到倦意袭来：睡会儿吧，明天才有精神……

迷迷糊糊中，他感觉到有风扑面而来，他记得自己睡之前，亲手关好了门窗……清凉的风袭来的瞬间，朴银鹰下意识地一按吞口，抱在怀中的刀"噌"地出鞘。

"叮当！"出鞘的刀与袭向他的匕首瞬间碰撞，发出冰冷的声响。

朴银鹰猛然惊醒。

黑暗中银光在眼前闪过，躺在床上的他来不及躲避，情急之下，用尽全部力气一掌拍向床榻。床"哗啦"一声坍塌，他摔在了地上，狼狈却有效地避开了那一击。

背部用力正要跃起，身体的反应速度却变得慢了，他眼睁睁地看着一柄极细而长的匕首插进了他的胸口，轻松得像刺进一块豆腐里。手里的刀"叮当"一声掉落了在地上，他后悔极了，恨自己太自大，他住的东厢外一个服侍的番子都没有。

"刺客珍珑？"一句话让他痛苦得眼前阵阵发黑，他呛咳着，嘴里喷出了血沫子。

黑衣人猛地抽出了匕首。血猛然涌出，沁透了衣襟，锥心的痛苦让他抽搐了下。朴银鹰捂住胸膛睁大了眼想看清楚刺客的模样，面前站着的黑衣人身材娇小，全身上下罩在黑衣里，只露出一双燃烧着怒火的眼眸。

漪水阁颇是宽敞，正房与东厢相距二十丈，但夜深人静，床垮塌的声响并不小，朴银鹰相信手下的番子定能听到，赶过来不过是几个喘息的时间。

"我一向仔细，如何下的毒？"如果没有下毒，他身体的反应速度不会突然变得这么慢，他挣扎着问出了口。

他不想稀里糊涂地死去，更想拖延时间。

"朴银鹰，十年前你参与灭门的蒋家鬼魂都在等着你。我记得你的脸，从来没有忘记过。"黑衣人咬牙切齿地说。她喘了两口气，似是平复着激动的心情。

十年前……蒋家灭门！蒋家还有人活着！朴银鹰的瞳仁蓦然睁大……是那个他挟在臂弯里挣扎不休的孩子！他一时心软留下一命的女孩儿："是你！"

"我很感谢你，留下我一命，让我有机会杀你！"黑衣人说完从房中拿走一样东西，转身走到窗边往外跃去。

那孩子成了刺客珍珑？她拿走的是什么？不，外面是湖，不能让她跑了！朴银鹰脑中飞快闪过各种念头。人的意志总能爆发出惊人的力量，他用尽最后的力气抬起了手臂，绑在臂间的弩箭"嗖"地射了出去……他听到一声闷哼，射中了！

黑衣人栽向湖中的瞬间，一只手接住了她，随手掷出了一只暗器。

胸口又受了重重地一击，朴银鹰"噗"地吐出了一口鲜血，眼前一片黑暗。朴银鹰觉得胸口的洞像传说中的冥渊，"嗖嗖"地往外冒着冷气。他快死了，但瞬间他的灵台一片清明。

出行前，谭公公曾道："珍珑未必是一个人。"

没有帮手，珍珑如何能顺利地给自己下毒？没有内应，珍珑又如何如此熟悉漪水阁的地形？还有人接应……从东厢临湖的窗户进来，知道自己住在东厢房。

原来……珍珑的目标是我！死之前，朴银鹰突然明白过来。珍珑要杀的是东厂的人，不是宫里的太监。他前面刺杀的六个人都是太监，但都是东厂的人。难道自己才是钓珍珑的饵？谭公公为什么要让自己当这个诱饵？难道谭公公已经知道自己……

然而他已经没有精力想得更多更深，瞪着眼睛咽下最后一口气。

黑衣人进屋刺杀到离开，没有超过片刻钟。

听到动静的番子破门而入时，愕然看到朴银鹰瞪着双眼死在一堆碎木之中，胸口淌出的血染红了半个外袍。

朴银鹰的死完全出乎番子的意料，一时间群龙无首，不知所措。一人蹲下小心检验朴银鹰的尸身："利刃刺穿了心脏。是柄细长薄匕，开有刃槽，一刀致命。"

众人倒吸了口凉气。朴银鹰的功夫他们都知道，能被人一刀穿心，对方的功夫有多高？

"棋子！嵌在大人身上！"检查尸体的番子从朴银鹰胸口抠出一枚黑色的围棋子，灯光下，"珍珑"二字清晰可见。

果然是死于珍珑之手。

"督主的判断没有错，刺客珍珑在扬州出现了。"

然而与朴银鹰同样的疑惑从番子们心头掠过，督主既然能猜中珍珑会在扬州出现，为何他下手的目标不是薛公公，而是朴银鹰？没有人敢说出心里的这个疑问。

"大档头的臂弩里少了一支弩箭，定是射中了刺客！"检查尸体的番子高兴地叫了起来，"刺客受了伤！在湖里游不远，发信号围湖搜捕！"

"窗户附近没有发现血迹，很显然弩箭是大档头危急时射出的。如果没射中刺客，射进了湖中呢？"

"如果射中了刺客呢？明明可以抓到他，却因迟迟不行动让他溜了，谁能担责？"

"咱们南行是为了抓捕刺客珍珑，现在行动不仅失败，还赔上了大档头的命。珍珑杀了东厂七个人，咱们连他的影子都没看到，传扬出去，督主颜面何存？东厂还要脸不要？"

屋里吵了起来，一个声音是马上发信号围捕，抓住刺客为头儿报仇；另一个声音却不赞成大肆声张。

钓与捕是完全不同的两种行动。

没钓出刺客珍珑，反倒赔上了十二飞鹰大档头的性命。如果大肆围捕也抓不到刺客，东厂丢不起这个人，传出去会被锦衣卫笑话死。

一人终于开口道："兄弟们别吵了，听我一言。珍珑已经杀了东厂七个人，锦衣卫明里暗里早就讥讽东厂无能，这次居然连朴大档头都死在了他手里。搜捕动静太大，万一抓不到珍珑呢？能抓到他，自然是奇功一件。抓不到，可能督主就要打发咱们去戍边了。"

屋里一片静默。主持行动的头儿死了，他们不过是下面的番子，没有抓到刺客珍珑的把握，就别去火上浇油捅出更大的娄子。

"搜捕必须暗中进行，我们布置在莲湖各处水域的人继续埋伏，这样就变成敌在明，我们在暗处。"

"叫醒薛公公，就说朴大人另有公干离开，咱们却得了消息有刺客想行刺他。朴大人不在，薛公公一定会主动提出连夜回苏州，正好制造我们离开扬州的假象，也不会引起锦衣卫的疑心。"

"遣人速回京中奏报，下一步如何做，我们在苏州等上头指示。"

朴银鹰的几名心腹番子一合计，决定暂时瞒住他的死。

有人很是怀疑地问："瞒得住吗？"

一名番子拍了拍他的肩笑道："大档头死在林家的地盘上，林家不仅会帮我们瞒得死死的，还会送我们一笔丰厚的车马费！"

醉梦中的薛公公被叫醒后，听说有刺客要对自己不利，果然慌了神儿，对明天的龙舟赛兴致全无，坚决要走。他匆匆上了马车，一行人拿着刑部发下的金签连夜叫开城门，登船往苏州去了。

朴银鹰针对珍珑而进行的所有布置都没有任何改变，凝花楼看似一片平静。

"……去画舫。"

穆澜听到虚弱的声音，略一犹豫，旋身轻点荷叶，带着黑衣人躲进了停在湖边的画舫中。

月光清冷地照进来，他看到深深插进黑衣人后背的弩箭。

箭已穿透了黑衣人单薄的胸，血渐渐沁了出来，在地上汇成一个小小的血泊。穆澜心里有点儿难受，一箭致命，纵然拔出来，也救不活了。

穆澜摘下了黑衣人蒙面的面纱，茗烟扯动嘴角对他微微一笑："对不起。"一滴泪从她眼角滚落下来，穆澜小心地用手指拭去："你应该告诉我，我可以帮你。"

"我原姓蒋，苏州虎丘蒋家，名蓝衣。"

说到蓝衣的时候，她的声音像一声叹息，特别柔美。茗烟眼里泛起了一丝回忆，仿佛想起了幼时在家中穿着蓝色纱裙学舞的时候，又仿佛听到家人柔声叫着自己。

苏州虎丘蒋家？穆澜翻找着记忆，他很快想了起来，老头儿说起过虎丘蒋家，蒋家与先帝皇后元后娘家是姻亲。

十年前先帝薨毙，引起朝堂震荡，从京都到地方的官员经历了一次大换血，多少名门世家烟消云散。曾是先皇后姻亲的蒋家被东厂抄了家，那时候的蒋蓝衣应该只有七八岁，活下来却被卖进了青楼。

这是位可以称呼先皇后一声姑姑的贵族小姐。蒋家门楣依旧的话，凝花楼这位毁了容貌的舞姬茗烟还应该做她的金贵的世家千金。

穆澜想起刚见到她时的模样，像一只骄傲的天鹅，心里怜惜更盛。

泪影渐渐蒙上了茗烟的眼，她近乎哽咽着说道："先生的计划里原没有刺杀，我怎能连累你？"

"东厂走狗，人人得而诛之，你做得对极了。"穆澜柔声哄着她，不忍再苛责，是他跟随茗烟晚了一步，才让她中了致命一箭。

"十年了，蓝衣好想念爹娘……"茗烟突然激动起来，"我亲手杀了他。他一掌打死了我爹，我报仇了！"

"嗯。"穆澜鼻腔微微泛酸，轻轻将她抱在了怀里，"报了仇就好啦，以后再也不会觉得难过了。"

"我快死了，是吗？"

穆澜不忍心骗她，深吸了口气，对她展开了笑容："你不会孤单，他们都在等着你，不要害怕一个人走黄泉路，路上有亲人相伴。"

茗烟甜甜地笑了起来："嗯，我不怕，我终于可以和爹娘兄弟在一起了。"

她望着他，月光给穆澜的脸蒙上了一层清辉，他的眼神那样柔软……茗烟用力地昂起头，冰凉的嘴唇轻轻地在穆澜唇上落下一吻。

穆澜瞬间呆住。

"你是第一个不嫌弃我貌丑的人。"茗烟喘了口气，脸无力地贴在他的胸口，"小时候，我爹娘总是抱着我哄我睡觉。这里没有家人，没有朋友，甚至没有人肯这样抱着我。先生说可以帮我报仇，我等了一年又一年，等得累极了。"

穆澜收紧了胳膊，眼泪滴在她的发间："睡吧，我抱着你。"

长长的睫毛无力地搭在眼睑下，茗烟喃喃地说道："我对不起你，对不起先生……香炉里的香会让人疲倦无力。崔妈妈对我用过，我偷偷把没烧完的香藏了起来，否则我也杀不了朴银鹰。找到我，他们就不会再怀疑你了。大公子……他很厉害，你要小心。"

林家的那位大公子？听说经商的本事很厉害，十六岁就掌管了林家南北十六行。穆澜思索着，柔声说道："好姑娘，你放心吧，我连你燃的香都能辨出，怎么会有危险呢？"

"我的家人都葬在苏州府郊外的……七子山麓……"茗烟睁开了眼睛，手用力揪紧了穆澜的衣襟，她的嘴唇翕动着，大大的眼睛渴盼地望着他。

"我定将你与家人葬在一起。"穆澜郑重地承诺她。东厂发现她的尸身后，这个承诺并不容易兑现。穆澜想，他一定会做到，将这个可怜的姑娘送回她家人身边。

一丝笑从茗烟唇角绽开，她轻轻闭上了眼睛。

四周异常安静，偶尔有几声蛙鸣，茗烟躺在青色的月光下，仿佛睡着了。

自己的时间不多了，穆澜叹了口气，决然离开。

凝花楼依然平静如水，漪水阁方向没有一点儿动静，看来那枚珍珑棋子暂时吓住了东厂的那些小番子。

老头儿对朝中事判断极准，珍珑是东厂的眼中钉，肉中刺，欲除之而后快，与之争权夺利的锦衣卫隔岸观火，却盼着这根刺扎得更深一点儿，让东厂更疼一些。

此时没有动静，意味着东厂的人选择了暗中搜捕，这对穆澜来说是好事。但是，东厂大档头死在林家的地盘上，林家被无辜拖下水，搜捕刺客只会比东厂更积极。

找到茗烟尸身是早晚的事，而茗烟今晚和自己在一起，自己一定会受到盘查。

计划中没有这场刺杀。

穆澜高调住进凝花楼是为了引起林家大公子林一川的注意，与之结识。他不能真的叫姑娘相伴一晚，老头儿才会告诉他，嫖找蓝衣娘。

但茗烟让计划陡然生变。如果东厂的番子认定茗烟是刺客珍珑，拿了她的尸身交差可，那么他只需要应付林家大公子林一川。

他很厉害？能比东厂更难缠吗？穆澜躺回了短榻，在脑中思索着如何完成老头儿的计划。

第三章

钓出了大公子

薛公公带着随行与东厂的番子匆忙离开了凝花楼，林家的护卫迅速守在了漪水阁外。

东厂的番子做事谨慎，发现朴银鹰尸体后并没有声张，待在阁中的姑娘与仆役已被送离。除了帮忙善后的林家大公子和凝花楼管事妈妈，没有人知晓今晚漪水阁东厢还发生了一起命案。

东厢里多点了几盏灯，将屋里照得如同白昼。朴银鹰的尸体已被东厂带走，如果不是卧房里垮塌的床榻与地上的一摊鲜血，很难让人相信这里死过一个人。

房中站着位年轻的公子，长眉入鬓，面容极为俊美。他穿着件天青色绣百鹤纹圆领长袍，乍一看只觉得衣裳素雅，灯光一映，袍子上的夹了银线绣制的百鹤突兀地显现出来，栩栩如生。懂行的人一眼就能看出，这件长袍仅是绣工就价值不菲。

"少爷。"燕声走进来，语气轻松地禀道，"小人亲眼目送薛公公一行出了城门，码头上放了灯，船已经离开扬州了。"

林家大公子林一川"嗯"了声，仍盯着地上的血迹出神。

见自家公子站在地上那摊鲜血旁，目不转睛地看着，燕声有些奇怪，朝地上看了看，纳闷儿地觉得地上没多出什么来。他素来佩服公子的眼力，好奇地问道："少爷，可是发现了什么？"

林一川抬起脸看着他，提点了一句："燕声，你也是习武之人，你就没觉得这屋里很奇怪？"

看出他眼神中的浅浅责备，燕声知道自己定是观察不仔细了，又认真地重新打量着房间。

薛公公起意要住凝花楼，林家有意奉承，漪水阁全部重新布置了一番。新铺了地毯，更换了精致的家具摆设。

进门两步，靠墙是张高几，摆着盆万年青盆景。高几旁边摆着一个多宝阁，陈设着苏绣屏风、石雕摆件。对面是窗户。大敞的窗户下设着一张红木书案，文房四宝齐备，案几上宽口圆肚的青瓷中插着白天才从湖中采下的白莲。

房间正中悬挂着带着彩穗的华丽宫灯。床榻对面是张八仙桌，铺着精美的苏绣桌袱，桌上摆放着整套越青瓷茶具。

燕声脑中灵光一闪，脱口说道："没有打斗痕迹，连凳子都没碰倒。"

"是啊，不仅房中没有打斗痕迹，朴银鹰还被一刀毙命。"林一川叹了声，他指着那堆碎木说道，"床榻是被掌力打碎的，朴银鹰就死在床榻所在的位置。东厂大档头的武艺不会差，既然他能够一掌将床打垮了，为何发现有人刺杀，没有出声叫人并与之打斗呢？"

没有打斗，身上也没有别的伤痕，可以一掌拍垮床榻的朴银鹰难不成会傻站着让人捅？燕声打了个寒战："除非他当时身体有异，无法出声，也无法反抗。"

"也许东厂番子认为是刺客武艺太高。"林一川思忖着今晚的异常，缓缓说道，"先是薛公公不住行馆，改住在凝花楼。原本为了他的安全，我打算让凝花楼关门歇业，只服侍他一人，然而朴大档头却婉拒了林家的好意。在漪水阁设宴时，薛公公还很满意这里的布置，夸林家有心了。然而晚间他饮醉之后，番子却将他送到了我住的揽翠阁，还是悄悄送来的，示意我不要声张。这说明了什么？"

燕声明白了："凝花楼不比行馆有官兵把守，住凝花楼又不让拒客，这是故意要放刺客前来。晚上的时候，东厂的番子在漪水阁中布下了埋伏，哪曾想打雁反被雁啄了眼，他们的大档头死在了刺客手中。"

"看来东厂非常了解这名刺客，不仅知道他会来行刺，还知道他的武功非常高，所以东厂番子对朴银鹰被一刀捅死并不意外。"林一川突然想到了什么，竟笑了起来，"正因为这样的了解，才让他们忽略了一些事情。头目一死，不着急抓刺客，竟然匆匆离开了扬州，东厂的人也不过如此。"

了解自家公子的燕声却愁苦了脸劝道："少爷，难不成你还要帮东厂查案不成？走之前收了咱们的银票，还威胁咱们呢。"

"举国上下不受东厂威胁的人有几个？林家不过一商贾。"林一川自嘲地说道，"人死在了林家的地盘上，消息是林家帮着隐瞒的，林家还能置身事外？只怕是下面的人做不了主，暂时不敢声张选择了离去。东厂的人不会善罢甘休的，我们不抢在前面掌握线索，抓到刺客，恐怕会被东厂的人拿这件事敲骨吸髓。"

林家太有钱了，早就是权贵们眼中的肥肉。出了这档子事，能否化解麻烦，要么林家抢先一步抓住刺客，给东厂一个交代；要么，就要看宫里的那位东厂督主胃口有多大了。

林一川是商人，他下意识地算计着得失。

刺客在林家地盘上杀死了东厂一个大档头，拖了林家下水，这笔账是刺客欠林家的。

两相比较，他宁肯帮东厂抓刺客，也不愿意用辛苦挣来的银子去填京中那位谭公公的无底洞。

离刺杀已经过去了一个时辰，想到这里，他觉得时间紧迫起来："叫崔妈妈来，我总觉得这屋子不对劲儿。"

燕声领命离开，林一川走到了窗户旁。月影西移，正是黎明前最黑暗的时光。他想到了父亲的病重、宗族中人的虎视眈眈，想到了如狼似虎的东厂，那深邃的眼眸里渐渐盛满了忧虑。

窗下就是莲湖，细茎的翠绿荷叶几乎快探到了窗台上。林一川伸手在窗台上一摸，他感觉手指沾上了淡淡的湿意。

刺客浮水进来，杀死朴银鹰后又跳湖离开，他怎么就如此肯定朴银鹰住在这里？是想从东厢潜进漪水阁行刺薛公公，结果遇到了朴银鹰？还是刺客要杀的人根本就是朴银鹰呢？

身后响起脚步声，林一川回过头。凝花楼的崔妈妈见着他，习惯性对所有人挂的甜腻笑容变成了端庄郑重，规规矩矩行了个蹲礼："妾身见过大公子。"

"妈妈免礼，你好生瞧瞧，这屋里有什么异样？"

为了服侍好薛公公，崔妈妈亲自检查过漪水阁每间房的布置。此时再仔细一看，她突然脸色大变："公子，这屋里的香……"

林一川早闻到了屋中的香气。书案上插瓶中的白荷香、檀香木搭架的宫灯有着淡淡的木香、被褥散发出的熏香，还有香烛燃放发出的香气。

凝香楼这种地方，房间里不香才会令人奇怪。

崔妈妈鼓足勇气说了实话："楼里姑娘不听话，有时会用到那种香……这种香是妾身自己照着宫里传出来的方子调制的。窗户大敞着，妾身还是闻到了一丝味儿。"

林一川瞬间明白朴银鹰为何无力反抗了："要多久才会起作用？"

见大公子没有追问楼里用香的事情，崔妈妈略松了口气，小声回道："只要在这屋子里待上半个时辰就会起效。待的时间短，只会生出倦意；吸得多了，身子骨就软了。这是宫里头传出来的方子，闻着像普通的熏香，很难引人怀疑，一饼可以燃十二个时辰。"

薛公公一行人是未时进的凝花楼，午时漪水阁收拾妥当……香是在崔妈妈检查之后才燃起来的。

时机掐得准，这是出了内应了。会是清扫漪水阁的杂役？还是留下来服侍的婢女？或是趁着布置时人多杂乱悄悄进来的其他人？

林一川思忖着，暗暗有些佩服朴银鹰的功夫。闻多了会让人身子骨软掉的香，还能有拍碎床榻的一掌之力。

他转念又想，如果不燃这种香，是否意味着刺客并没有把握杀死朴银鹰？万一被朴银鹰发现屋中香气有异，岂不是给朴银鹰提了个醒？但是东厂的人却认定刺客武功特别高。他们想抓的人和刺杀朴银鹰的刺客是同一人吗？

东厂大档头死在这里，屋里又燃过自己调制的那种香。如果被东厂查出来，不仅凝花楼，包括林家都脱不了勾结刺客的干系。细想之下，崔妈妈吓白了脸，顾不得尊重林一川，径直越过他在屋里找了起来。

"妈妈在找燃过香的证据？"林一川变了脸色，他绝不能让东厂的人知道凝花楼中有刺客的内应。

"公子，那种香饼通常是用香炉熏燃的，可是这屋里竟然没有香炉。"崔妈妈找遍了屋子，急得直跺脚。

望了眼大敞的窗户，林一川却松了口气。看来刺客走时，顺手带走了那只香炉。只要没落在东厂手里就好："楼里都有谁能拿到这种香饼？"

崔妈妈愣了愣道："凝花楼用那种香的时候并不多，妾身做得少，一直都是亲自保管。"

"查。如果少了一饼，但凡有机会拿到它的人都报上来。余下的香饼悉数毁了，方子都不能留，将来也绝不能再用。这事不能让第三个人知道，找人把这间屋子清扫干净。"

"妾身这就去办。"

等崔妈妈离开，林一川勾起了唇角，冷冷地笑了起来。所有人都认定刺客会借四通八达的水系逃走，然而，楼中有内应，刺客还有必要逃进湖中吗？

"燕声，你觉得刺客会藏在哪里？"

燕声想了想，老老实实地说道："虽说坊门已闭，但刺客功夫好，会避开巡夜的坊丁，低矮的坊墙也拦不住他。莲湖与各处水系相通，如果水性好，夜里就难以被人发现，游出去也不难。他离开白莲坊，回到城里住所的机会很大。"

"不，他哪儿都不会去。"林一川迅速做出了判断，"他一定就在白莲坊，说不定就在这凝花楼中！"

今晚除了为薛公公安排的漪水阁、自己住的揽翠阁，九栋精舍中还有六位客人。

林一川相信，刺客就在其中。

穆澜住的水榭熄灭了火烛，安静地伫立在湖边。

崔妈妈亲自提着灯笼，引着林一川主仆两人悄悄进了水榭的院子，又吩咐服侍的婢女退到了院门外守着。

"那位穆公子瞧见了茗烟在湖中跳舞，就迷上了她的舞姿，只点了她侍候。"崔妈妈小声地说道，"妾身这就去叫醒茗烟？"

林一川淡淡说道："对那位穆公子用不着这么客气！燕声！"

燕声上前推了推门，发现门从里面被闩住了，他利落地抽了剑削断门闩，推开了房门。

房中没有任何动静，安静得像间空屋，燕声警惕地提着剑挡在了林一川身前。

崔妈妈一进门就抽动了两下鼻子，诧异地低声说道："公子，这里也燃过那种香！"

"点灯！"

烛光亮了起来，崔妈妈一眼看到案几上的香炉，紧走几步拿起来查看："已经熄灭多时了，看残灰，用的分量比较少。"

临湖的门窗大敞着，风吹得雪白的纱帐轻轻飘动。床榻上扔着一条蓝裙、一件蓝色纱袍，崔妈妈拿起衣裳环顾四周："这是茗烟的衣裳，她人呢？"

林一川已经走到了短榻前。榻上的少年睡姿很是豪放：双臂伸开，一条腿搭在短榻上，另一条腿已落在了地上，丝被只搭了一角在身上。

被几双眼睛盯着，灯光照着脸，少年依旧没有丝毫反应，睡得很沉。

林一川很是诧异地道："燕声，如果一个人睡着了，环抱着自己蜷曲如婴儿，他的防范心一定很强。"

燕声失笑道："这位穆公子睡得四仰八叉，显然心里很坦荡，少爷还怀疑他吗？"

林一川眼神闪了闪，慢慢说道："如果不是装睡的话，这睡姿倒让我的疑心去了一半。"

这睡姿着实不雅。穆澜很小的时候老头儿就告诉过他，不想被人看出破绽，生活中的细节很重要。他是训练出来的习惯，没想到林一川真的能注意到自己的睡姿，穆澜打起了十二分精神。

"茗烟的衣裙都扔在床榻上，她总不至于光着身子离开。房门内闩，唯一的路就是从平台下水。现在看来，她的疑点倒是比穆公子多。"说话时，林一川的目光丝毫没有从穆澜的脸上移开过，他让燕声抬了张椅子过来，坐到了穆澜身前，吩咐道："你亲自去找找，东厂的人未必全部离开了扬州，别让他们发现异常。"

燕声看着自家公子的举动，有些吃惊："公子还是怀疑……"

"你去吧，有消息速来回禀。"林一川打断了他的话。

遣走燕声，林一川又吩咐了崔妈妈一句："去把解药拿来。"

两人一离开，屋里就静了。

林一川凝神注视着穆澜，少年呼吸声轻而绵长，没有半点儿变化。他看上去不过十五六岁，下巴干干净净，还没长胡子。新叶似的眉，鼻梁挺而竖直，眼睫有点儿长啊。林一川伸手拨了拨穆澜的睫毛。这是极痒的，少年却仍无动静。他有点儿相信穆澜是真睡着了，自言自语道："眉眼如此精致俊秀，不像沉溺赌场之人。"

他抬起了穆澜的手，指甲修剪得非常干净，粉色的指甲光洁干净，没有泥土灰尘、水渍血迹。手指很长，瘦而无肉，指节也不突出。

手掌好像有点儿小，比自己的小上一圈。林一川把手盖在穆澜手上比了比。嗯，小上一大圈。

他轻握着穆澜的手，感觉到那手指的凉意，以及掌心微微散发的暖意——握着的感觉还不错。

林一川捏着穆澜的掌心，手指一点点地摩挲着。

呜呜……还在摸！

穆澜真想跳起来一掌劈晕了林一川！快要忍不住了啊！

这是一双有着薄茧的手，很显然，他生活的环境并不优渥，平时还要做力气活？嗯，还是个读书人。林一川摸到穆澜手指处的茧，正是常年握笔磨出来的位置。

他终于放下了穆澜的手，瞥了眼他的脚。是个骨架纤细的少年，连脚也短上一截。不过，他没有闻别人臭脚的习惯，目光又移到了穆澜身上。他身上的布衣只值几百文，他腰间挂了个荷包，普通的蓝绸，绣的花样甚是特别……像是两枚圆鼓鼓的核桃。

极少有人在荷包上绣着两枚核桃，难道有什么特别的含义？林一川对荷包上的花样很好奇，顺手摘了下来，捏到里面硬硬的一团。他从荷包里倒出了一锭二两重的碎银，恍然大悟："本钱就是这二两银子？凭它就赢了十万六千两？这一定是块银母吧？"

传闻中银母所在处，银子会自动朝它聚集，银生银，生生不息。

林一川看这锭碎银有点儿顺眼了，极自然地放进了自己腰间的荷包，将空荷包又系回了穆澜腰间。

少了二两银，荷包就轻了，穆澜感觉到了，一时有些无语。

这是扬州首富家的公子？还要偷别人的二两银子？穆澜心疼得要命，核桃攒了一年的私房钱呢！一定让他还！不还就抢回来！

看到穆澜腰间鼓出一团，林一川的手又伸了过去。

还有完没完？难不成他要把自己摸个遍？穆澜有点儿后悔为何要选择假装被香迷倒昏睡了，但他又不敢真把自己弄晕过去。穆澜暗暗发誓，再敢摸下去，就跳起来胖揍他一顿！

就在这时，崔妈妈回来了，拿了一根熏香："公子，这香燃着在他鼻端熏一熏，人片刻就能醒。"

林一川接过了熏香："你下去吧！"

熏香的辛辣味直冲鼻端，穆澜张嘴就是两个惊天动地的大喷嚏："阿嚏！阿嚏！"口沫溅飞。

不是说要片刻才醒吗？怎么才把烟吹过去，人就醒了？林一川没想到熏香这么灵，猝不提防地被喷了一脸唾沫星子，瞬间恶心得呆住了。

穆澜故意的。他又连打了两个喷嚏，睁开眼看到一张呆滞的俊脸。这表情傻乎乎的人就是林一川？他反应极快，见鬼似的坐起来："你谁呀？"

他的声音很大，将林一川惊回了神。林一川只感觉满脸扎满了暗器似的，举起袖子抹了把脸，又觉得这件外袍也穿不得了，"嗖"地冲进了浴房。

茗烟不是说林一川很厉害，脸上沾了点儿口水沫子就吓成这样？穆澜被他旋风般冲向浴房的举动弄糊涂了。听到哗啦啦的水声，他险些笑出声来。至于吗？就算自己是故意的，也就多了点儿口水沫子，又不是真朝他脸上吐了多少口水。

"原来他爱洁如命啊。"穆澜喃喃自语着。想到林一川傻乎乎的表情，他实在忍不住，将手捏成拳头堵住了自己的笑声。

这几声喷嚏打乱了林一川试探穆澜的节奏。

洗干净脸，林一川嫌弃地脱下外袍，扔了。他恼火地在浴房里踱了几步，难道就此功亏一篑？敢拖了林家下水，就休想让自己轻易放过他！

忘了刚才那件事，那小子敢笑一句，定让他这辈子都不敢再笑！林一川暗暗发誓。直到心情平复后，他这才从浴房走了出来，抬头他就看到穆澜举着一张圆凳对自己怒目而视。

"你是谁，半夜跑我房间里来干吗？茗烟呢？你把她弄哪儿去了？来人啊！有采花贼！"

采花贼？他可真能想啊！林一川磨着后槽牙气笑了："别喊了，没有人会进来！"

"哐当"一声，穆澜手中的圆凳掉在了地上，他期期艾艾地说道："我，我是男的……"

难道本公子是女人？林一川气得指着他怒喝道："你该不会以为本公子想要对你不轨吧？"

"你休想得逞！"穆澜气性比他还大，憋红了脸骂道，"林家真不要脸！赌场赢了钱，诓我住进凝花楼想害我！你敢过来，我就对你不客气！"说着，他又抓起了桌上的茶壶当武器，"实话告诉你，我师父是江南鬼才杜之仙！我要是少根头发，他绝不会放过你们的！"

江南鬼才杜之仙的弟子？林一川实实在在震惊了。

杜之仙相当有名。

十六岁高中，因年纪太小，殿试被先帝钦点了探花。若不是杜之仙声称家中已为自己订下婚约，先帝差点儿招他为驸马。

杜之仙博学多才，天文地理、相面观星无一不精。

有人说天底下就没有杜之仙不会的事情。有人就打赌说杜之仙肯定不会刺绣，结果杜之仙用了两个月时间绣成一幅青莲扇面。江南纤巧阁的李金针是苏绣大家。看过绣品，连李金针都啧啧称赞说此人天赋异禀，再绣十年，绝对能超过自己。所有人心服口服，杜之仙因此得了个"江南鬼才"的雅号。

先帝在位时，他年纪不过三十岁便官至文渊阁大学士，门生无数。先帝薨后，朝廷震荡，杜之仙恰逢寡母病逝，伤心欲绝，当朝吐血昏迷，辞官返乡为母结庐守墓。

新帝年幼继位，皇太后曾三次召杜之仙进宫为帝师，奈何杜之仙落下了吐血的病根儿，缠绵病榻。新帝遗憾不已，仍以老师相称，年年赐下厚礼，遣御医远赴扬州为杜之仙把脉开方，关怀备至。

杜之仙不在朝堂却圣眷不衰，扬州知府把他当菩萨供着。他也知趣，以养病为名待在扬州老家隐居，几乎足不出户。

仰慕杜之仙，想拜他为师的人能排到扬州城墙拐角处还得绕三圈。扬州首富林家也起过心，想把杜之仙请到家里做先生，被杜之仙拒绝了。林家大老爷不死心，买下了杜家周围所有的地，种满了杜之仙喜欢的竹子。

杜之仙想拒绝都没办法，地是林家的，林家不让一个人住进去。杜之仙"被迫"得了好处：虽无地契，却独自住在一大片清静之地。为此，十年前杜之仙破例进林府给林大老爷把了一次脉，却说林大老爷十年后必染重病，活不过一年。

好心相待，却被人咒十年后会得重病而死，林大老爷自然不肯相信，把杜之仙客气地请出了府。但又敬畏杜之仙的声望，便当那片竹林不存在，两相再无往来。

十年一过，今年二月开春时林大老爷就病了，林大老爷这才回忆起当年杜之仙的金口断脉。林一川为了老父亲的病，去求了杜之仙无数回，回回都吃闭门羹。

杜之仙对林一川来说，相当重要。穆澜的话让他瞬间改变了主意，林一川沉吟了一下，抱拳行礼："穆公子误会了，在下是林家长子，林一川。"

他亮明了自己的身份，意思是我堂堂林家大公子会对你做那等龌龊之事？

听到"林一川"这个名字，穆澜适时地露出了吃惊的表情。只不过，这样的表情落在林一川眼中活脱脱一副"哇，林家大公子居然好男风啊"！

林一川沉下了脸，仗着是杜之仙的弟子，以为自己就不敢收拾他了？

从把这小子弄醒后，就被他折腾得心绪不宁。明明打定了主意，想清楚了下一步该如何做，结果又被他的话影响了——这种感觉让林一川极不舒服。

穆澜极顺溜、极自然地把老头儿的身份说了出来，他也打量着林一川，心想，这下你该急着来巴结我了吧？

林一川果然巴上来了，不过不是穆澜想象的巴结，而是长腿一迈就贴到了他面前，伸手掐住了他的下巴，语气轻佻："长得还算干净。"

"不要脸！"穆澜用力甩开他的手，扬起手里的茶壶就朝他砸了过去，林一川轻松挥手打落，淡淡说道："你不是说我想对你不轨吗？我不做，你岂不是会很失望？"

穆澜大怒。要不要再啐他满脸唾沫？他此时不方便显露功夫，心里正盘算着再恶心林一川一把时，身体蓦然被翻转压在了桌子上。

"男子汉大丈夫，脑子里净想些娘儿们掐架撒泼的招数。"居高临下望着穆澜的背影，林一川总算有了点儿找回主动权的感觉，"杜之仙就教了你这些？"

"林大公子半夜潜进我房间，你究竟想做什么？"穆澜扭头反问道。

林一川松开手，迅速退到三尺开外，神情淡定道："自然是找穆公子算账的。"

算一算你杀朴银鹰，拖林家下水的账！

算账？怎么听着不对劲儿呢？穆澜转过身，与林一川的眼神撞了个正着。

他的双瞳色泽比常人黑，泛着黑珍珠似的光泽，穆澜想到了"灿若星辰"这四个字。这样的目光让穆澜感觉再被林一川盯着，他就能知晓一切似的，下意识地想要避开，然而多年的训练让他硬生生地直视着林一川。

无辜的眼神？林一川不相信能赌会嫖的人会天真单纯。

林一川意有所指道："穆公子该不会以为在凝花楼里做的事，不用付出代价吧？"

他话里有话，只是，他是真的发现了什么，还是在诈自己呢？

穆澜飞快地将林家资料从脑中翻了出来。

扬州首富林家的家业都掌控在嫡出长房手中。林家长房子嗣艰难，林大夫人过世后，林大老爷娶了二十多位妾室，放话出去，谁能得子就扶谁为正室夫人，然而无一妾室生下一男半女。后继无人，林氏宗族中人蠢蠢欲动，劝林大老爷过继。

林大老爷偏不信邪，听说京都西郊灵光寺的五百罗汉墙求子甚灵，干脆带着新娶的妾去了。诚心摸过五百罗汉后，佛光普照，妾室居然怀上了身孕。年过不惑时，林大老爷得了林一川这么根独苗，便当宝一样捧在掌心，费尽钱财请来名师教导。

十六岁林一川就接管了家业，仅用了半年时间，就让林家南北十六行的老掌柜服了软，震惊了扬州商界。

这样的林一川，绝对不好对付。

穆澜不能被林一川的话牵着鼻子走，他叹了口气，有点儿不屑，又有点儿感慨："不就是在流香赌场赢了十万两银子吗？扬州首富林家还真是小气，硬要在下在凝花楼花光最后一文钱才肯罢休？"

"十万两在没见过世面的人眼中，的确是一笔惊人的财富，但对林某而言，不过是一年少穿几件纤巧阁精绣的衣裳罢了。"林一川说着随手拂了拂衣袍，银丝织就的百鹤灿烂夺目，活灵活现。顺便，他又睃了眼穆澜身上睡得皱巴巴的青布衣裳，棱角分明的唇轻轻翘起，充分表达出他的鄙夷。

什么眼神这是？讽刺我是穷酸？穆澜看了眼自己身上已经穿成咸菜般的青布袍子，哼了声道："吹牛！半年前纤巧阁的李金针拜访我师父时，我顺嘴问了下价钱，就算是用金丝织的，也不过几百两罢了！"

半年前李金针从苏州来，接了林家一笔成衣单子。时间刚好合得上。

穆澜就是故意说给林一川听的。

林一川没有再纠缠衣裳值多少钱的问题，爽快地说道："林家开的流香赌场素来公道，穆公子堂堂正正赢的钱，可以随意拿走。"

堂堂正正赢的钱可以拿走，出千的话休想带走一文。可惜林家赌场的管事眼力差了点儿，没看出来。捉贼捉赃，没看出我出千，能奈何？穆澜一脸放松："那就好。天色将明，我也该返家了，林大公子这便叫人来结账吧！"

"担心下面的人解释得不够清楚，在下亲自来算账！"林一川将"算账"两字咬得极重。

难道自己露出了破绽？穆澜总感觉林一川话里、眼里都含着另一层意思，他装傻不懂："大公子辛苦。"

"有银子挣，在下乐在其中。"

穆澜来了兴趣，想要听听林一川如何算计走自己荷包里的十万六千两银子："那就算来听听吧。"

"穆公子是赌场管事林十八送来的贵客，在凝花楼食宿免费。"

"甚好。"

"叫姑娘侍候……却是要花银子的，穆公子不会赖姑娘们的脂粉钱吧？"

他倒要看看，凝花楼的姑娘究竟有多贵，穆澜很大方地道："王八蛋都晓得妓债不能欠。我懂。今晚有六位姑娘陪了我一个时辰，一位姑娘一千两银子够了吧？"

　　林一川微微颔首："在下替姑娘们谢过穆公子慷慨。"

　　穆澜主动提起了茗烟："茗烟姑娘陪我一晚，莫名消失，我不计较，一万两够了吧？"

　　林一川轻轻摇头："不够。"

　　穆澜也笑了："大公子觉得多少才够？"

　　林一川凝视着他，温柔地说道："穆公子眉目精致如画，看得出茗烟姑娘对公子一见倾心。你是她的第一个入幕之宾，凝花楼姑娘的初夜费绝不便宜，茗烟姑娘……她的身价是十万两。"

　　付给姑娘们六千两，茗烟的身价就变成了十万两。一两不多，一两不少，刚巧把穆澜从流香赌场赢的银子算了个精光。

　　穆澜凑近林一川，仔细看了又看，啧啧两声："大公子果然长了张账房先生的嘴脸，心里算盘一拨拉，白的能算成黑的。一念之间，在下的荷包就被你算计个精光。"

　　林一川叹了口气，也很无奈："是穆公子眼光好。凝花楼百来位姑娘，您谁也不选，偏看上了身价银十万的茗烟。"

　　"如果我说我和茗烟姑娘清清白白呢？"

　　"穆公子难不成和茗烟姑娘赏荷观月、诗词歌赋聊了一整夜？"

　　穆澜看到林一川眼里的笑意瞬间就闭上了嘴。不管怎样，自己和茗烟独自在水榭待了一整晚，姑娘家的清白说不清楚。茗烟死了，她是凝花楼的人，怎么都是林一川说了算。

　　辛苦赢的钱，凭什么就这样还回去？穆澜一时恶从胆边生，很认真地问林一川："咱俩算账也算了一整夜，可传出去的话就不好听了，万一被人说我毁了林大公子的清白……那得多少钱啊？"

　　调戏他？胆肥了！凑得近了，林一川能看到那清亮双瞳里燃烧的挑衅。他捧住了穆澜的脸，用一种深情的目光注视着他："像你这般骨骼纤细、面容俊秀的少年，倒贴本公子也乐意。"

　　一身鸡皮疙瘩噼啪爆响，穆澜不服气地瞪着林一川，笑眯眯地嘟起了嘴巴："既然我这么好，亲一口，倒贴我一万两，舍得吗？"

这句话一入耳，将林一川的胃搅得天翻地覆，他从来没遇到过像穆澜这般不要脸不要皮的。还亲一口倒贴他一万两？捧着的仿佛不是穆澜的脸，是烧红的炭，他要扔开，就输了，可要他对着一个男人亲下去，林一川宁肯去撞墙。

他恶狠狠地瞪着穆澜，嘟起的嘴巴薄薄的、粉粉的……他不信，穆澜真敢让自己亲，赌了："好！"

望着林一川凑过来的脸，穆澜傻了。

他就不信爱洁如命的林一川真敢亲一个男人！赌他不敢！

两人就这样互相瞪着，嘴唇隔着不过一掌的距离，谁也不敢移动分毫。

"少爷！"燕声兴奋地奔进了房间，看到自家公子捧着穆澜的脸，一副要亲下去的模样，他一口咬住了自己的舌头，痛得含糊不清，"茗烟……"

林一川松开了手，穆澜松了口气。

眼神交错间，全是刀光剑影。

"说吧。"

这么隐秘的事，少爷却不打算瞒着穆公子？燕声左看看右看看，心里嘀咕不停，自己离开不过半个时辰，出什么事了？

以穆澜的耳力，已经听到了"茗烟"二字。茗烟死时的模样又出现在穆澜眼前，他心里一声叹息。不过，这么隐秘的事，为何要让自己听见？林一川又在打什么主意？穆澜大声说道："我不听。"

他大方地将十万六千两银票放在桌上："账算得不错，辛苦大公子了。凝花楼的账我已经全部结清了，我可以走了吧？"

不信你不拦我。穆澜施了招欲擒故纵，理了理皱巴巴的衣裳，甩袖走人。才迈出一步，林一川就开口了："穆公子留步，在下很好奇，二两银子如何才能一场不输赢到十万六千两？"

一场不输，怀疑自己出千？

穆澜皮厚得很，很是得意地笑道："我运气好，赌术高明，不服气？"

有些人虽长得精致漂亮，但看久了也不觉得特别美。这少年不一样，他每每笑起来的时候，都有种瞬间花开的灿烂，令人目眩。只是那斜飞的眼角、薄唇微勾的得意劲儿实在让林一川想一脚将他踹翻在地，再踩上几脚出气！

不想听，就偏让你听！想轻松离开，那是做梦！林一川目光炯炯地盯着穆澜："燕声，找到茗烟了？"

这么快就找到她了？也好。若是天亮才被发现，消息就封不住了，也许茗烟的尸身便会落入东厂手中，想送她与家人同葬就难了。顶着林一川探视的目光，穆澜只能装出副好奇模样。

"是。在画舫中找到的。她穿着夜行衣，被弩箭射穿了胸。"

林一川迅速地接过了话："穆公子，你怕是走不得了，今晚凝花楼有位客人被刺杀，刺客就是茗烟。"

"哎呀，凝花楼这坑人的黑窝居然还养刺客！"穆澜又是吃惊又是后怕，"幸亏我睡着了，不然拦了她的路，我还有小命在吗？我运气真好……"

"你运气一点儿也不好。"林一川就不信威胁不了他，"穆公子哪位姑娘不叫，偏点了茗烟侍候。这让我不得不怀疑，穆公子是茗烟的同伙！"

"你这是诬陷！"穆澜双目圆瞪高声叫了起来，他心里也在叫：林一川，你要上钩了，上钩了！

林一川示意燕声退下，慢慢走到穆澜面前，不怀好意地说道："今晚遇刺的人叫朴银鹰，是东厂十二飞鹰大档头之一。如果东厂的人知道茗烟是刺客，穆公子又和她相处一晚，你猜东厂的人会不会怀疑你？"

没找到茗烟之前，想用赌场出千来要挟自己；找到茗烟，就怀疑是她同伙。总而言之，林一川都要拿捏住自己。穆澜心里已对林一川的目的了若指掌，他表面上仍然装足了害怕可怜："……你要向东厂告密诬陷我？"

林一川的手指敲了敲桌上的银票，悠然说道："在下是生意人，又不是捕快。茗烟是凝花楼的人，林某也不想东厂借机生事，所以自然会瞒下这件事。"

看到穆澜的眼睛都亮了起来，林一川忍不住暗暗松了口气："不过，这得看穆公子是否愿意合作了。"

不，我劳神费力来找你，可不是为了被你拿捏着白辛苦一趟。穆澜并不想让林一川轻松达到目的，他沉思着、犹豫着，目光时不时瞟向桌上的银票。

这小子很贪财嘛。贪财不可怕，怕的是他不贪。

东厂的凶狠能止小儿夜啼。

杜之仙从前的门生在朝任官的不少，不是每个人都那么软骨头地投效东厂。如果杜之仙和刺杀案有关，与之有关系的官员就脱不了干系。这种事，东厂素来干得顺手。

如果穆澜是杜之仙的弟子，他不会不懂。

贪财且忌惮东厂，他一定会答应自己，林一川胸有成竹地等待着。

穆澜将林一川的胃口吊了个十足，总算下定了决心："好！我答应你。"

父亲的病有救了！林一川难掩兴奋之色："穆公子是聪明人……"

"啪啪"数声轻响，穆澜手臂抖动，几张乌木制成的牌九就掉在了桌上。他弯腰在腿上摸了摸，又从裤腿里翻出几张来。

林一川看傻了眼。

脱掉靴子，穆澜假装看不到林一川后退蹙眉的动作，用力地抖动着，里面稀里哗啦地抖出一堆牌九。

穆澜视死如归地坦白道："三十二张牌九，一张不多，一张不少。我师父亲手做的，乌木质地，象牙镶嵌，绝对和流香赌场里的牌九一模一样。赌小点儿呢，我靠赌技；赌注大了嘛，就它。赌场二楼的管事们只顾盯着我切牌掷骰子，其实我只需要最后换掉手里的牌就行了。最后一把，无论林十八拿的是至尊宝还是别的牌，我只需要比他大就行。"

说着，穆澜双手往桌上一抄，一张张牌九轻轻松松地从他手中消失。林一川目力不差，但也不是每一次都能看清楚。他心里了然，穆澜这手藏牌的功夫，流香赌场的管事发现不了。

"林大公子满意了吧？"

谁要他答应告诉自己怎么出千的？林一川哭笑不得。

他敏锐地发现穆澜眼中一闪而过的狡黠笑意，突然反应过来，差点儿就被这只贪财的小狐狸骗了！

　　看来，对方早就知道自己的目的了。既然如此，就不用再绕圈子了，林一川深吸口气，朝穆澜抱拳长揖首："穆公子，在下想请您引见尊师杜先生。请他替家父再诊一次脉，医治家父的病。请穆公子成全在下一片孝心，先前如有得罪，在下给你赔不是了。"

　　终于等到林一川道出真实目的，穆澜心里别提有多得意了，但他仍装出一脸茫然的表情，偷瞄着桌上的银票不语。

　　"出千没被当场抓到，赌场管事无能，公子赢得理所当然。"林一川将银票推到了穆澜面前。

　　"可是凝花楼的账……"

　　"我请客。"

　　穆澜呵呵笑着，将银票直接收了，却不答话，只盯着林一川的荷包。

　　是嫌银子不够，还是惦记着他那二两银子呢？林一川心中微动，从荷包里又拿出了一张一万两的银票放在了穆澜面前："这一万两是酬谢穆公子的。"

　　林一川好大的手笔！荷包里随便就揣着万两银票。怪不得老头儿说，结识他就等于挖了个银矿。

　　穆澜笑眯眯地拿起银票仔细查看了上面的签押，确认无误后揣进了兜里："先说好啊，引见可以，但我那师父肯不肯治你爹，我就不知道了。"

　　"穆公子这么聪明，能刻意来找我，想必一定有办法说服令师。事成后在下再酬谢公子一万两，绝不食言。"林一川最不怕拿银子砸人。只要能请到杜之仙，莫说几万两，一百万两他都舍得。

　　"成交！"穆澜心里乐开了花，往掌心里啐了口唾沫伸向了林一川，"君子一言，驷马难追，击掌为信！"

　　不还我那二两银子，我就继续恶心你。

　　又是恶心的口水！

　　穆澜那双清亮的眼睛望着他，催促着他。林一川紧咬着牙，艰难地伸出了手掌。

"啪！"

林一川深吸了口气，将哆嗦的手掌飞快背到了身后："天色尚早，穆公子再歇息一会儿，开了城门，林某再来接公子去见令师。"

他抬腿就往门外急走。

这么着急去洗手啊？穆澜忍着笑拖时间："大公子不怕我是骗你的？如果我只是个骗子呢？这十来万两银子不就打水漂了？"

林一川蓦然回头，眼神像冬日凝结的霜，冰寒之气顷刻迸射出来。

穆澜大笑："天明开了城门，我就带你去见先生。"

他的笑容让那张俊秀的脸瞬间堆满了阳光，林一川看得愣了愣。

穆澜当着他的面，将手扬了扬："我们不是击掌为信了吗？"

手上的口水！林一川被提醒着，下意识使劲儿甩了甩手，头也不回地冲出了水榭。

听到脚步声消失，穆澜迅速掏出银票一张张数着，眉开眼笑："林家大公子是挺厉害的，绕来绕去，就怕我不肯帮他请老头儿治他爹……还是没我厉害，已经到手十一万六千两了呢！"

老头儿的计划倒是顺利，如此一来，定能从林家抠出几十万两接济淮河灾民。

茗烟节外生枝，杀了仇人赔上了自己的性命。不过，林一川不会让东厂知道凝花楼的舞女茗烟是刺客，会悄悄将她葬了。

"傻姑娘，你放心，我答应过你的事，一定能办到。"穆澜轻声长叹。

第四章

一路捉弄

　　黎明前最黑暗的一刻就快过去，挂在水榭院子外头的灯笼依然明亮。燕声站在院子里，满脑子都是自家少爷捧着穆小公子的脸、深情凝望的画面。

　　大老爷病重卧床不起，少爷十八岁了，还尚未订亲。前两年接手家业忙得脚不沾地，如今渐渐理顺了，是该娶位少奶奶为林家开枝散叶了。

　　燕声的父母是大老爷厚葬的，燕声愿意为大老爷去死。十几年了，他一直牢记大老爷的嘱托，保护好少爷。他自幼被送到林一川身边侍候，他和林一川情如兄弟，可他却瞧见少爷对一个少年……这件事要不要告诉大老爷？燕声简直痛苦矛盾死了。

　　听到脚步声响，燕声抬头看到自家公子风一般从房里冲了出来："少爷……"

　　林一川径直冲向了湖边。

　　燕声看了水榭一眼，都要哭出来了。少爷该不会被穆小公子拒绝，要跳湖里灭火吧？这时节湖水还冷，少爷可别冻坏了身子骨！他跟着就追了过去。

　　月光未退，淡淡清辉中，林一川踏莲直奔湖心，临空翻转，手掌轻拍水面，澄清的水浸得双手沁凉，那种湿漉黏滑的感觉总算离开了手心。他满意地跃起，站在一叶青荷上，任夜风拂面。

少爷这是太高兴了？燕声傻傻地站在岸边木廊上，使劲回忆自家公子开心时最爱做的事……完了，再高兴，也没见过少爷手舞足蹈呢。他该怎么办？如果雁行在就好了，他武功不如自己，可脑袋抵自己十个！

青影飘飘，林一川落了燕声身边，奇怪地问道："拧巴着脸做什么？你又不像雁行生得秀气，这样子很难看的。"

夸雁行秀气……燕声哆嗦着，鼓足了勇气劝道："少爷，咱林家有的是银子，什么美人求不来，大老爷就您一根独苗，还指望着您为林家开枝散叶呢。您别一时新鲜，被那穆公子迷了心窍！他长得是不错，可不能为林家生儿子……"

"你才被鬼迷了心窍！"林一川黑着脸抬腿冲着他的屁股就是一脚，燕声"扑通"摔进了湖里，"给我泡清醒再回来！"

燕声从水里一跃而起，巴巴地望着自家公子："小的误会公子了？"

林一川气得用手指点了点他，手指又移向了水榭："你家少爷我不过是在试探他！"

捧着人家的脸，嘴对嘴试探？如果不是他去得巧，就该嘴挨嘴了吧？

"知道为何凝花楼六位外来的客人，我独独去了穆公子所在的水榭？"林一川站在湖畔，凌晨的风吹来，让他的思维越发清晰，似在对燕声解释，又似在一点点理顺自己的思路，"林十八心胸狭窄，输了赌局却没看出那小子如何出千，将他骗进了凝花楼，想掏光他的荷包。看起来穆公子住进凝花楼很自然，其实却有一个漏洞。"

燕声的思维被他的话带到了另一条路上："什么漏洞？"

一抹笑意从林一川脸上浮现，他轻声说道："在朴银鹰回绝我包场款待薛公公时，我就担心凝花楼会出事。所以，另外五位客人其实都是我暗中请来的，只有穆公子不是。楼中出了刺客，自然，我头一个怀疑的人就是他。"

林一川转过身朝前走着，燕声亦步亦趋地一边跟着，一边竖着耳朵听着。

"初醒时，他以为我要对他行不轨之事，然而之后，他却敢调戏我。这只能证明，先前他是装出副惊怒惶恐的模样。

"为什么要装呢？是因为他一直醒着，并未被香迷昏睡过去。乍然清醒，房里多出个陌生的男人，他必须装出吃惊的模样。

"我摸过他的手，他装得再像，掌心却有薄汗沁出。

"如果不是他声称是杜之仙的弟子，我已经戳穿他了。

"然而我又疑惑，茗烟去哪儿了？难道被他剥光衣裳扔进了湖里？直到你说茗烟一身夜行衣，被弩箭射死。茗烟是刺客，穆公子装睡是为了避嫌。他引起我注意的目的，是想赚银子，因为他知道，我爹正等着他师父杜之仙救命。如果这样想，倒也说得过去。"

"原来公子真是在试探他！"燕声咧着嘴笑了，毫不在意此时浑身湿透，只要公子没有龙阳之癖，他就开心了。

"不然你以为呢？"林一川嫌弃地看着他，"脑子不如雁行，就少动脑，相信少爷我的话就行了。"

"是！"

林一川叹了口气道："人到用时方恨少。换身衣裳，备好马车，盯紧了水榭，别让姓穆的那小子带着银票溜了，天明出城去请杜之仙。"

"是。"燕声兴冲冲地去了。

林一川站在庭院中，朝旁边睃了眼道："回来了？"

黑暗中走出一个二十岁左右模样秀气的小厮，一笑起来两颊就露出深深的酒窝："雁行见过少爷。"

"茗烟的尸身处理妥当了？"林一川迈进了揽翠阁的厢房。

澡盆中早已注满了热水，林一川满意地点了点头。泡在热水中，他舒服地闭上了眼睛。

"弩箭已取出来了，夜行衣烧了，天明时会有人发现她在房中悬了梁，已经安排了人将她葬到乱坟岗。茗烟三年前因不愿接客自毁容貌，今晚被穆公子点去伺候，不堪受辱自尽也说得过去。"雁行挽起衣袖，手法娴熟地按摩着自家公子的肩颈，"茗烟十年前卖进了凝花楼，家世不详。那香，应该是三年前崔妈妈对她用时，她藏了半饼。之后茗烟以习剑舞为名，学过三年，武艺应来自那名剑师。"

难怪她刺杀朴银鹰要用到香，林一川"嗯"了声。

"竹溪里外道上开茶铺的伙计见了穆公子的画像说，见过他，有一次还见他和杜之仙的哑仆一起进城去买东西，只是今年还未曾见过。现在还没打听到穆公子的来历。"

至少他能出入杜家，与杜之仙相熟。能把人请来治病就行。

城门已关，短短几个时辰往返奔波，能打听到这些消息已是不容易，林一川很满意道："辛苦了。"

"得少爷夸一句，雁行再跑几十里地也有精神！"雁行笑嘻嘻地说着俏皮话，"还有，鸽组的人与锦衣卫喝酒时，打听到东厂今年被刺客杀了六个人。如果算上朴银鹰，就是七个。难怪东厂的番子没有声张，锦衣卫提起这事都快笑死了。"

林一川来了兴趣，睁开了眼睛："东厂设伏要抓的就是那名刺客？"

"听说刺客名叫珍珑。"

"珍珑？"林一川重复着这个名字，想起了那局有名的残局，"有人在针对东厂布一局棋？"

"暂时未知。"

林一川又闭上了眼睛："不是茗烟，她从未离开过凝花楼三天。"

茗烟刺杀朴银鹰仅仅只是巧合吗？他脑中闪过另一种可能，茗烟抢先去了漪水阁杀朴银鹰，会不会惊飞了真的刺客？所以薛公公才会连夜离开扬州？那名刺客……林一川想到了穆澜，兴奋地从水中站了起来。

雁行伺候他穿衣，笑道："少爷找到那名刺客的线索了？"

"燕声那脑子和你一比就是豆腐渣做的。"林一川笑得很开心，"天明你安排人进莲湖采些莲，就说是给府中姨娘们采的，仔细将湖底搜一遍。"

"找那只香炉……少爷一定觉得小人还能找到些有趣的东西？"

主仆二人相视大笑，异口同声道："夜行衣！"

如果这晚凝花楼中还有一名刺客在，也许他也去了漪水阁。不想被人发现的唯一途径是浮水过去，那么，湿衣不可能再穿，极可能就被他弃在了湖中。

林一川始终对穆澜恰巧点了茗烟伺候耿耿于怀，如果真能找到另一套夜行衣，也许就能证实他对穆澜的怀疑。

"城北的修老爷一直想买下白莲坞，过了端午，你去修家一趟，说我有意出售赌场和凝花楼。"

雁行收了笑脸，有点儿吃惊："少爷要卖了这两处产业，二老爷岂肯罢休？"

想起家中那位"疼爱"自己的叔叔，阴霾布上了林一川英俊的脸，他咬着牙道："林家差这点儿银子吗？青楼赌场本是污秽之地，只会拖累了林家的名声。爹念手足之情，让他捞了这么多年银子还不知足？借命案脱手正是时机。牵涉东厂，他再不情愿也只能忍着。"

雁行想了想道："自少爷接手家业以来，白莲坞的名声都传到了京中，账面却一年比一年难看。都是二老爷的人，咱们用着也不顺手，只是……崔妈妈知道内情该如何处置？"

"她是二叔的人，让她知情，不过是借她的嘴给二叔传个话，不用我们费心。"

灰白的晨曦蒙上了窗棂，城门快开了。林一川袖了从茗烟身上拔出的弩箭，吩咐雁行道："我去请杜之仙。你办完事去江边告知二老爷，就说我一夜未睡太倦，不去看竞舸了。"

"少爷放心，小的一定打点妥当。"雁行笑眯眯地应了。

天色将明，城门才开，林家的马车就出了城。

厚厚的波斯毛毯上铺着一整块虎皮，座位上的垫子引枕都是精致的苏绣，四角垂了香包，散发出清淡的草木香气。穆澜从未坐过这么豪华的马车，既然没坐过，就要好好享受一番。靠着引枕，穆澜舒服地伸直了腿。

从林一川的角度看过去，刚好能看到脏脏的靴底。他厌恶地想转开脸，转念又想，如果这小子是刺客，他扔了夜行衣，总不可能还随身带双鞋吧？他赶紧盯着靴底看，希望能发现点儿什么，靴子却突然从眼前消失了，林一川抬头一看，穆澜正收回脚开始脱鞋。

马车再宽敞，也是个封闭的空间，难道他要脱鞋抠臭脚丫？林一川皱眉喝道："不准脱鞋！"

"见大公子对在下的鞋这么感兴趣，又不好意思让您屈尊一直低着头瞧，正想脱给您看呢，不看就算了。"穆澜说着抬起了自己的脚仔细打量着，一本正经地说道，"这是一双千层底黑布短靴，鞋底的麻线纳得密密实实，手工精湛，至少值六百文。穿得久了，鞋帮磨起了毛边，鞋底有三分之一磨得薄了。看鞋底的颜色，最近定踩过污水、垃圾，也许还有粪……"

"住口！"林一川咬牙切齿地喝止了穆澜。

"不说就不说。"穆澜再一次伸直了腿，打了个哈欠。此时他们已进了竹林，但离老头儿家还有一段路，这么舒适宽敞的马车正适合睡回笼觉。

穆澜的个头儿在南方人中并不显矮，马车再宽敞，他躺着伸直了一双腿，脚离林一川不到一尺的距离。

这小子定是故意的！林一川坐得笔直，手不时捏成拳头，又伸开放在膝上。他脑中总想着穆澜没说完的话，越想越觉得恶心。他真是后悔，为什么要和这小子一起坐马车。

"哦，大公子如果不习惯与我同车的话，可以出去……坐车辕边上看看风景也不错。"这样他还能睡得更自在一点儿。

坐了自己的马车，还赶自己出去坐车辕？当然，他可以坐燕声骑的马，让燕声去坐车辕……但是凭什么？林一川本想出去骑马，但被穆澜一说破，就拉不下脸了。

看着穆澜躺得惬意舒服，自己却正襟端坐，林一川心里越发地不痛快，忍不住就要去瞅一眼那双在眼皮子底下的靴子。像是回应，那双脚竟左右摇晃了起来。仿佛闻到了一股臭味，林一川再也忍不住，弯腰捏住了穆澜的脚踝。

"你干什么？"穆澜吃惊地睁开了眼睛，脚上的靴子被林一川飞快地脱掉，扬手就扔出了窗。

穆澜目瞪口呆，这时，一锭五两重的银子扔进了他怀里，林一川瞪着他道："赔你的鞋钱！"

"我……我……我……"穆澜简直无语了。

这么不经逗啊！没想到林一川爱洁到这般地步。关键是他的鞋没了！穆澜飞快地爬起来，掀起了窗帘往后望："停车！我的鞋！"

车没有停，穆澜又不能施展轻功跳车把鞋捡回来，气得扭过脸道："你要我穿着袜子去见我师父？"

林一川愣了愣，他倒没想过这问题。

"晓得竹溪里是什么地方吗？"

林家大手笔买下了杜家周围的地，遍种树木翠竹，林一川答得很是自豪："拜我们林家所赐，你师父才能住在这片青竹环绕、绿树成荫、浅溪绕行的清静之地。"

"放屁！"穆澜快言快语地说道，"拜林家所赐，竹溪里方圆五里荒无人烟！买块猪肉都要进城！拜你林家所赐，小爷在先生家干得最累、最脏的活就是铲猪粪、洗猪圈！你让我上哪儿找双鞋穿去？"

燃着愤怒火焰的眼睛生机勃勃，雪白的小牙咬着粉色的唇，竟说不出的漂亮。林一川突然发现，不论是笑还是生气，都是穆澜最好看的时候。

"我问你，我上哪儿找双鞋去？"见他出神，穆澜用穿着袜子的脚踹了他一下。

"你竟敢拿你的脏脚踹我？"林一川回过神，又怒了。

"脏？"穆澜低头看了眼脚上套着的白色棉布袜子，气呼呼地说道，"我才穿了一天，一点儿都不脏！现在怎么办？没鞋我怎么去见我师父？你不怕误了你的事？先说好，银子我是不会退还你的！"

林一川想到穆澜穿着袜子走路的模样，心情突然变好了，他手指一伸，指头上夹着张银票："一百两，自己想办法。"

一百两！穆澜深吸口气，脑子飞快地转动，如果天天和林一川待在一起，自己岂不是发财了？他利落地从林一川手中抽了银票，转怒为喜："好好，我有办法了！"掀起轿帘，穆澜冲着骑马的燕声说道："要么把马给我，要么你去帮我把鞋捡回来！没鞋怎么见我师父？"

遇到这小子，他脑袋怎么就没转过弯来？可以叫燕声去把鞋捡回来，白费了一百零五两！林一川顿时懊恼不已。

燕声瞅着自家公子不吭声。

"拿了银子自己想办法，不准使唤我的人。要么，把银子还回来，给燕声五两银子辛苦费。"林一川才不想让穆澜拿了银票还轻松捡回鞋。

转眼就想把给出的钱讨回去？穆澜翻了个白眼放下了窗帘："得人钱财，与人消灾，我自己想办法。"

车停了下来，林间只有一条三尺宽的小径，林家的马车过不去。

林一川掀了车帘下车，回头望着穆澜，脸上毫不掩饰地挂着幸灾乐祸的神色，一百两能买来看穆澜穿着袜子走路，也值了！

燕声下了马，背起了包袱。包袱里有两根百年老参、一匣子香粽，见杜先生的礼。

穆澜望着燕声笑道："你的马真好，牵过来我骑会儿怎样？"他看向林一川，慢吞吞地说道："穿袜子当然也能走，不过，我不保证路上会不会脚痛受伤……"

急着见杜先生的人是你，又不是我！

总有一天……不，等杜之仙给我爹瞧过病，我再也不忍这小子！林一川哼了哼，把脸转到一旁去了。

恶人尚须恶人磨，燕声心里浮现了这句话，赶紧悄悄给了自己一个嘴巴，这不是胳膊肘往外拐吗？他把马牵到了马车旁，狠狠瞪了穆澜一眼。

穆澜利索地翻身上了马，头一昂："走呗。"那神情活像大少爷出行带了两名小厮。

燕声怒了："你……"

"走吧。"林一川脸上看不出喜怒，他负着手，很是悠闲地跟在了后头。

燕声跟在他身后，小声地嘀咕："少爷，那小子的张狂劲儿真让人讨厌。"

"只要他能帮我们请到杜之仙回府，这回我忍他。"

燕声立马闭上了嘴，以少爷睚眦必报从不吃亏的性子，下回有那小子好受的！

骑在马上，穆澜伸手摘了片竹叶，抿在嘴边吹出支小曲。

朝阳初升，林中薄雾升起，早起的鸟"啾啾"地叫着。少年骑在马上，只穿了布袜子的脚在半空中悠悠晃荡，一曲小调吹得欢快无比。

清晨的风扑面而来，似乎还带着竹叶的清香味儿，林一川情不自禁地吟道："城中桃李愁风雨，春在溪头荠菜花。"

穆澜听见回首笑着问道："大公子住高楼穿锦裳，也向往这田居人家？"

有钱人家的公子哪儿懂得民生疾苦，不等林一川回答，穆澜便接着说道："家家都养鸡鸭肥猪，遍地鸡屎鸭粪。宁可食无肉，那是肉吃腻了才不想吃。不可居无竹，因为能挖了竹笋当菜饱腹。啧啧……村户人家专挑不见一丝瘦的肥肉煮，只为了一口咬下去满口油。我给你说，那荠菜团子吃多了拉屎都是青的！真的！"

真的……岂有此理！诗情画意被穆澜说得消失殆尽，林一川怒目而视。

穆澜哈哈大笑。

沿着三尺宽的小径往里走，青石板路被厚厚的枯叶盖着，踩上去绵软干脆。

十年，这里的树木竹林长得又密又多，青幽幽遮住了大半天光。阳光从枝叶缝隙里投下来，聚成一道道明亮的光影，照得道旁零散怒放的野花鲜艳欲滴。

竹溪里有竹有溪，浅浅山溪沿着青石板路蜿蜒流淌。清亮的水中能看到透明的小河虾，指头长的鱼活泼地戏着水。

如果不是被穆澜坏了兴致，林一川会觉得这里空气新鲜，风景不错，林中走走还能消除一夜未眠的疲惫。但是，他现在望着骑在马上的穆澜就气不打一处来。拿了自己那么多银子，还总是和自己作对，真是岂有此理！

燕声时不时就悄悄看看自家公子。他跟着走路，不觉得委屈，但少爷凭什么要跟在姓穆的小子骑的马屁股后面，他咋这么能忍呢？正替少爷委屈着，燕声就看到自家少爷手里捏了块碎石头，一脸坏笑地朝着穆澜弹去。

穆澜恰在这时伏低了身体，嘴里嘟囔着："这片林子沿路该修剪修剪了……骑马一不留神就会被刮到脑袋。"

就这样恰巧地躲过了？

燕声一声长叹，少爷应该比自己更生气吧？他转过头一看，自家少爷正气急败坏地捏了个剑诀对着穆澜的背影狠狠地戳。这是被气狠了吧？多少年没见过少爷这般孩子气了，燕声"扑哧"笑出声来。

他的脑袋顿时被林一川敲了个闷栗，得了个警告的眼神。燕声委屈地揉着头想，少爷你才十八岁呢，又不是八十岁，被我看到小孩儿心性有什么不好意思的？

真不会武功吗？林一川不信自己试不出来。他在地上捡了一把碎石，他要看看穆澜还能不能又"恰巧"地躲过去。

还有完没完啦？这么想试探自己有没有功夫？凝花楼死了条东厂的狗而已……又一块石头扔了来，穆澜"恰巧"又从马上转过了身，倒骑在马上冲两人笑："大公子，收人钱财，与人消灾，我觉得我有必要和你说说我师父的嗜好，免得你见着他，也请不回去。"

又这么巧躲过了？燕声眼睛都睁大了。

才扔了一块石头，林一川就扔不下去了，但手里握着石头又不好扔掉，只能装作玩耍，拿着石头去打枝头上鸣叫的鸟："那我就先谢谢你了。"

"我师父无肉不欢，竹溪里附近又没卖猪肉的，所以呢，家里养了两头肥猪。一头耳朵上有黑斑，叫黑耳；一头身上有黑斑叫花腰。"

"迟早要被宰了，还取什么名字？"

穆澜笑道："人迟早要死的，不也生下来就有名字？没名字的小子猫蛋、狗蛋地叫着，姑娘就大丫、二丫地喊着，总要有个名字不是？"

林一川哼了声道："人和牲畜一样吗？"

穆澜想到了东厂以虐女童取乐的太监，讥笑道："有些人还不如畜生呢。哎，我没说你呢，我只是想告诉你，我师父养猪其实是为了方便吃肉。

可是呢，他又生性爱洁，所以他特别喜欢勤快的人，而且他还特别怕欠人情。师父使唤徒弟，天经地义，我帮他干活，他心安理得，但如果有外人帮他铲猪粪、扫猪圈，这人情他非欠不可。懂了吗？"

他清亮的眼神不怀好意地在林一川和燕声脸上转来转去。穆澜一想到那场景就觉得很开心。

铲猪粪、扫猪圈？林一川打了个寒战，看向了燕声。

"少爷！"少爷自然是不能做那种脏活的，可自己也不愿意啊，燕声哭丧着脸，不死心地出主意道，"我可以回去带人把杜先生家的猪圈布置成姑娘住的香闺。只要杜先生愿意，咱们在林子里搭几间屋子，令人住着，随时都能帮杜先生干活！"

主意是好主意，也费不了什么事。反正林家有的是银子，还怕请不起干粗活的人？可是林一川瞥着穆澜的笑容，心里泛起了不好的感觉。

"你以为随便什么人都能进先生的家？扬州知府登门造访，遇到先生身体不好，也客客气气地自责打扰了先生养病。我看在银子的份儿上带了你去，杜先生不赶你走就善莫大焉了，想想你以前是怎么去求见他的吧。"穆澜说完转过了身，这下林一川应该不会再在自己身后扔石头了。

父亲病倒不过短短三个月，已形容枯槁。他请遍了名医，连京里的御医都花了重金请了来，人人都说父亲无救了。自从想起十年前杜之仙的诊断，他几乎每天都来。第一次见面，杜之仙只说了句，若十年前信他，倒还有救，之后连门都没开过。

杜之仙是十年前为父亲把的脉，那么，十年后父亲的脉相是否又起了变化呢？林一川是非请到杜之仙回府不可的。想起卧病在床的老父亲，他突然觉得走得太慢了。

从燕声身上取下了包袱，林一川说道："你回去，抬顶轿子来。"

以他现在的心情，恨不得肋生双翅将杜之仙带回家。林一川忍不了还要陪着杜之仙慢悠悠地在这林间小道上走一个时辰。

燕声明白自家少爷的心思，如果杜之仙不反对，自己绝对会背着他飞奔回府："少爷放心，燕声这就去办。"他转身朝着林外跑了。

林一川提着包袱，脚尖微点地，轻轻跃到了穆澜身后，与他共骑一马："骑马可以快一点儿！"

"我昨天没洗澡。"穆澜很诚恳地说道，"前天，好像也没洗。"

再嫌弃他脏，也比不上医治父亲重要。林一川坐得笔直，连衣角都没有碰到穆澜的："赶路要紧。"

穆澜挑了挑眉，心想这位林家大公子倒是个纯孝之人。今天还有事要做，自己也没时间和他耗。

"大公子坐好了。"穆澜扬起缰绳抽了一记，马长嘶扬蹄，往竹林深处奔去。

路好走，竹枝却太低，林一川不想碰到穆澜，又要不时避开抽过来的枝条，身体摆动间，应付得轻松自如。

林大公子会武功？这让穆澜有点儿诧异。练武很是辛苦的，他原以为林一川只是花拳绣腿，没想到功夫竟似不弱的样子。

马奔得快，一炷香后，翠竹绿叶间已露出了风火墙的翘檐，坡下溪水旁矗立着一座白墙乌瓦的院落。

"大公子，到了。"

穆澜话音刚落，马奔出山坡的瞬间，马蹄踏进了一个小土洞，马身朝下猛然下跌。

穆澜的视线已经能看到下面的坡底，想跳马的心思闪了闪，就熄了。他大叫了声，抱住了脑袋，心里暗骂着流年不利，活该要被摔一跤。这时，一双胳膊从他身后探了过来，揪住了大片马鬃。林一川夹紧了马腹，大喝："起！"

他用力硬生生将马拉起，马咴儿咴儿地叫着，借助后蹄的力量用力一蹬，站了起来。

受惊的马在林间烦躁地踱着步，想要奔开，林一川用力控着马，好一阵才让马渐渐安静下来。

"林大公子，你可以松手了。"穆澜被林一川用胳膊紧紧圈在他胸前，咬着牙说道。

林一川这才发现自己紧紧贴着穆澜。这小子两天没有洗澡了啊！他忙不迭地跳下马，不停地拍打着衣裳，还抬起胳膊来嗅味道。

我还没嫌被你抱着呢！穆澜越看越火大。他微眯着眼睛想，这么爱洁，等会儿一定让你知道什么才叫真正的脏！

没理林一川，穆澜纵马下了坡，停在了杜家宅院的门口。

他翻身下了马，双足落在宅院大门前被清洗的青石板上，却不敲门，手指压在唇间学起了鸟叫。

林一川没嗅到臭味，心情舒坦了，施施然下了坡，见穆澜学着鸟叫颇为好奇："难道学鸟叫，杜先生才会开门？这规矩倒是新鲜。"

"你家才有这种古怪规矩呢！"穆澜没好气地嘀咕了句，他上下打量了一番林一川，讥讽地说道，"刚才没弄脏大公子的锦衣吧？"

林一川居然认真地点了点头道："你昨晚肯定洗澡了，用的还是凝花楼特制的澡豆，有股莲香味。"

鼻子很灵嘛！昨晚从湖里浮水回水榭，胸前染着茗烟的血，他清洗过，穆澜悻悻地没了脾气。

他转过话题，压低声音告诉林一川："我没穿鞋，先生这人最讲究礼数。哑叔听到鸟叫肯定会悄悄出来见我，给我弄双鞋，让我穿着好方便去见师父，否则被他瞧见，准没好事！"

说话间黑漆的木门"吱呀"一声打开了，门口站着一个穿莲青色圆领布袍的中年男子。他人极瘦，脸颊上染着病态的嫣红，两鬓全白，从他的眉眼间依稀还能看出年轻时的风采。

杜之仙！林一川没想到这么快就见到他了。他双眼放光，一时有些激动，身体却突然被拉了一把，他转头看去，看到穆澜扯了他的胳膊缩到了他身后。他有些了然，悄悄横迈过脚步，将穆澜挡住。

穆澜笑着行了一揖："弟子穆澜给师父请安！"

林一川赶紧行礼："在下林一川拜见杜先生。"

"衣冠不整，成何体统！"杜之仙的目光掠过穆澜的脚，手堵在唇边，轻咳了两声，一句多余的话都没有，就关上了大门。

"哎哎……你说你干吗要扔掉我的鞋？谁的鞋不踩地啊？谁的鞋底还是雪白如新的？这下怎么办？"穆澜哀号着，数落完林一川又捂紧了自己的袖袋，"我已经带你来了，你也见到杜先生了，他都不肯让我进门，我也没办法帮你说项。那一万两我是挣不到了，先前给的，你也甭想让我还。"

人是拐来了，老头儿又不按常理出牌了……不知道自己今天赶时间啊？穆澜心里埋怨了无数句，却无计可施。

一双绣着斑斓虎头的靴子整齐地放在了穆澜面前，林一川穿着雪白绫袜的脚踩在了青石板地上。

"你穿我的鞋，我今早才换的新鞋，我没有脚臭。"林一川说道。

爱洁如命的林一川居然肯让自己穿他的鞋，只着袜子就敢站在地上。穆澜好奇加怀疑地看着他。林一川的下颌绷得紧紧的，眼神平视着前方，摆出一副没什么大不了的神情，垂在袖口的手却攥成了拳。穆澜的心瞬间被什么碰了一下，他隐隐有些愧疚。早知道他也有这样好的一面，路上就不捉弄他了。

林一川的脚从来没有这样踩过地面，他站得笔挺，暗下决心，如果这小子敢笑话自己，一定揍他！

穆澜怔怔地看着他英俊的侧脸，情不自禁地想，如果自己也有父亲，自己会不会也像林一川这样孝顺？哎，没爹没娘也是一样。想起自家娘堪比母虎的咆哮，穆澜头又痛了起来。

"怎么，嫌弃是本公子穿过的鞋？"林一川见穆澜愣着，咬着牙挤出了这句话。

"我从来没穿过这么精致的鞋，实在是……太喜欢了！"穆澜夸张地说着，掩饰着情绪，提起那双靴子看了又看，"这虎头绣得惟妙惟肖，这绣线是真的金丝？啧啧，这做工、这缎面，得值多少钱啊？"

算你小子识货！林一川棱角分明的嘴微微翘了翘。

穆澜提着鞋在他眼前晃了晃："我穿了鞋，你没穿，先生放我进了门，你怎么办？"

林一川第一次觉得穆澜也有脑子不好用的时候："你进不去，我更进不去。你能进去，不知道给我弄双鞋来？"

"草鞋……能穿不？"穆澜小心地问了他一句。

"能。"林一川犹豫了下，仍然说出了要求，"要新的，本公子不穿别人穿过的旧鞋！"

"好嘞！新草鞋保管有，等着。"穆澜答应下来，喜滋滋地提了鞋就往脚上套，"你这么爱洁，肯定不会再穿了，不如送我得了，回头我拿当铺去当掉还能换几两银子。"

我还可以扔掉！林一川紧闭着嘴，生怕自己这句话说出来后，眼前这个贪财的小子不肯帮忙了。

套上林一川的鞋，鞋子明显比自己的脚长了一大截。穆澜像是看不到这些，只顾着欣赏："要是能配上你那身衣裳，就更合适了。这么好的绣工料子，回头拆了重新做双合脚的鞋肯定好看。"

赢了十万六千两，又拿走一万一百零五两，不知道去买一双？林一川被穆澜的小气抠门儿气笑了："你赢了那么多银子，连双漂亮的新鞋都舍不得买？"

穆澜脱口而出："买新鞋要花钱的！"

林一川又一次闭紧了嘴巴，和铁小公鸡说话会把自己怄死。

穆澜踢踢踏踏地穿着那双鞋又去敲门了，这次开门的是个穿着布衣短褐的老者，须发皆白。一见到穆澜，满脸皱纹便笑得绽开了。

"哑叔！"穆澜亲热地拉着他的胳膊摇晃着，"师父让你开的门？"

哑叔看了眼他的脚，无声笑着跷起个大拇指。

穆澜懂了，得意地笑："师父就是师父，算准了我能搞到鞋子穿。"

林一川听见，不由得暗骂杜家上下就没个好人，那小子得了便宜还卖乖。这老哑巴明显是在夸穆澜好本事，能扒下自己的鞋穿，不至于光着脚。

"大公子，麻烦你在门外等一等。"穆澜回身，拇指和食指、中指凑在一起搓了搓，朝他挤了挤眼，表示自己为了银子，一定会帮他。

穆澜和哑叔迈进了院子，黑漆木门轻轻地在林一川面前合上了。

诚如穆澜所说，自从林家买下杜宅四周的田地不让人住进来后，竹溪里方圆五里就只有一户人家。斑驳的粉墙静穆着，木门无声紧闭，林一川站在门前连宅子里半点儿动静都听不见。

也许那小子为了银子会想办法的吧？万一还是请不到杜之仙呢？林一川孤独地站着，思绪跟随着飞上墙头的燕子飘起，真想翻墙而入，劫了杜之仙回府啊。

"啪！"一双新草鞋越墙而出，落在了林一川的面前。

他弯腰捡起草鞋在脚上比画了一下。天可怜见的，林家大公子自落地起就没碰过这种东西。林一川拎着长长的麻绳想了许久，总算弄明白这是用来将草鞋绑在脚上的。

第五章

千万人中遇见你

后院竹林环绕，一溪注入池塘又蜿蜒流走。塘中初荷正在绽放，或红或粉或白，亭亭玉立，清香隐隐。

一竹制的平台直伸到了池塘中央，四周荷叶簇拥，矮几上的蟠龙鎏金香炉中，一缕香冉冉飘浮。

杜之仙正坐在平台上打算盘记账。

穆澜趿着林一川的靴子笑嘻嘻地踏上平台，见面就一阵狠夸："师父就是师父，打算盘算账的姿势比美人抚琴还优雅。净手焚香，凭湖依荷，算盘声如珠玉落盘。知道算盘能拨出琴弦的美妙感觉，我打赌京城中青楼里的姑娘们都晓得了，选花魁时定会边打算盘边唱歌，死压抚琴的人一头。"

一双靴子迎面掷了过来，他抄手接了，喜滋滋地说道："师父做的鞋特别合脚！"

杜之仙睃了眼他脚上那双明显长了一截的靴子，眼里浮起了笑意，嘴里斥道："也不嫌走路难受。"

换了鞋，穆澜将林一川的靴子放在旁边，还有点儿不舍得："脚下像踩着两枚大元宝，走路飘飘然舒服极了。"

"贫嘴！"杜之仙笑骂着，语重心长地说道，"君子讷于言而敏于行。"

穆澜在案几前坐下，顺手端起茶盘扮君子模样："师父，你是说这种走江湖卖艺的谦谦君子吗？端着笸箩羞涩地绕场一圈，不晓得的还以为是捡了别人的笸箩要还给人家呢。好了，赏钱没讨着，来个大姑娘娇笑着把笸箩给讨走了，嘴不甜讨不到赏钱哪。"

杜之仙想着那情景，忍俊不禁道："你呀……你这趟讨了多少银子？"

穆澜将十一万六千两银票放在了案几上，得意地说道："您去趟林府，林家大公子还会再给我一万两呢。"

"十一万六千两。"杜之仙提笔在账本上细细记下，拨拉几声算盘，合上了账本，脸上露出了笑容，"再从林家抠二十万两银子，为淮河灾民准备的米粮就差不多够了。"

"林一川救父心切，二十万两对林家来说九牛一毛，以师父之能，不是难事。"穆澜又拍了一记马屁。

"说说看。"壶中水滚，杜之仙拎壶冲茶。

穆澜细细说着昨天的经历，又为茗烟叹息了一回。

水注入旧窑越瓷茶盏中，水沫翻腾，一树牡丹次第怒放。

穆澜心里泛起一丝奇怪而熟悉的感觉。茗烟点茶，幻出了一朵怒放的牡丹，但比起师父在方寸茶盏中点出的一树花开，技艺差得甚远。茗烟说，曾跟一位远房姑姑学过几个月的点茶手艺，难道她的姑姑是师父的旧识？

"师父从前在朝为官时，可与苏州虎丘蒋家相熟？"

杜之仙端起茶盏，浅浅啜了一口，茶水的氤氲水汽像笼罩在他眼中的感叹："先皇后在世时，与蒋家是姻亲，蒋家有两子在朝为官，为师当然熟悉。"

想起茗烟在凝花楼为妓十年，穆澜有点儿心疼，也有些愤怒："既是故人之女，先生为何不救蒋蓝衣？空许了她十年承诺，却让她只身报仇丧了性命！珍珑局中的暗棋难道还查不到护送薛公公下江南的人是朴银鹰吗？既然许诺为茗烟报仇，让她为我们效力，为什么给我的计划里没有帮她报仇一事？"

杜之仙悠然品茶，情绪丝毫不为所动。

"我和你说话呢！"穆澜不满地说道。

"没大小没，叫师父！"杜之仙放下茶盏，一双眼睛平静而睿智，"穆澜，你最大的缺点便是心软。你若不改，迟早会死无葬身之地。你要记住，你保护的不仅是你自己的命，还有你身边人的命。"

穆澜才不吃这套，依然逼视着他："若我出手，茗烟可以不死。"

"我教导了你十年学问，请名师教了你十年武艺，难道就是为了把你教出来替人报私仇？这世上何止一个茗烟，你帮得了杀得完？"杜之仙平静地续了杯茶，轻声向穆澜解释道，"朴银鹰受命东厂灭蒋家满门，为何要留下一个蒋蓝衣？深谋远虑的人不是他，是他背后之人。留下一个弱女子身陷青楼之地，就像将一只蚯蚓挂在鱼钩上诱鱼，任它怎么挣扎，都摆脱不了做饵的命。谁去救她，谁就是东厂暗中的敌人。只要茗烟忍得，何愁大仇报不了？"

一个弱女子辛辛苦苦在青楼待了十年，眼见仇人就在眼前，如何忍？

"那是一条性命！能帮一个是一个，何况她是在为我们做事！"穆澜固执地坚持着，"如果计划中有刺杀朴银鹰，茗烟就不会行动，也不会死。她等了整整十年！为什么不让我顺手杀了他？"

"东厂在凝花楼设伏是为了抓刺客珍珠。这么快就能猜出我们的行踪，谭诚心智非同一般。你这一出手，就肯定了他的判断。做得越多，留下的线索就越多。杀一个朴银鹰有何意义？你要记住，只要东厂不倒，还有更多的朴银鹰为之效命。"杜之仙露出无可奈何的神色，最终化为一声轻叹，"最近你歇一歇，有事我会找别的人。"

穆澜低下了头，转动着手里的茶盏，心里仍为茗烟惋惜："先生，东厂是皇帝设的，没有了东厂，还有锦衣卫。你别告诉我，这局棋的最终目的为了杀皇帝，另立新朝明君，享从龙之功？"

师父都不肯叫了，他心里始终因为茗烟存了芥蒂。穆澜不抬头，杜之仙也能听出他话语里的讥讽之意。是为了权吗？不，他若恋权，当初就不会弃官归隐。

前尘往事涌上心头，那股悲伤与戾气激得他猛地咳嗽了起来。红潮扑上了他的脸，整个人咳得缩成了一团。

穆澜看着不忍，伸出手轻轻拍着他的背为他顺气，懊恼地说道："您别生气，您还不知道我这张嘴吗？我知道师父不是那等贪图权势之人，我不该冲您撒气，我就是特别可怜那姑娘……药酒快喝完了吧？南下时我从山中采了些药材，娘又酿了酒，回头我给您送来。"

"皇帝不过弱冠之龄，除君侧之毒瘴，气象自然为之一新。师父没那野心，只盼着世间百姓日子能过得好一些罢了。"杜之仙喘着气，摆了摆手道，"当初……我病重遇到穆家班，得了你母亲所酿药酒缓和病情，收你为徒只为回报一酒之恩，你并不欠我。穆澜，守着你母亲，护好穆家班的人，平安过一生也是极好。"

"哎哟，替你杀了那么多东厂的人，没赚到一两银子，就想把我踢出去了啦？师父，您这账算得太精了吧？"

老头儿身虽归隐，仍心系百姓，病得要死不活的，都舍不得死，瞧着真是可怜。

穆澜笑嘻嘻地伸手："分赃！给我五万八千两，我就当为我娘攒的养老钱。"

杜之仙气结道："这是为淮河灾民筹的粮食钱！"

"那不就结了？"穆澜端起茶一饮而尽，正色道，"师父，东厂可恨，锦衣卫也不是善类。吏治败坏，狗官遍地。我不知道你为何一心针对东厂，但穆澜所杀之人，皆有可杀之理，并不后悔。将来如再遇上那些畜生，我也照杀不误。"

杜之仙轻叹："傻孩子，师父怎会让你违了良心。今天端午，你娘定等得急了，还不快走？"

一耽搁，就快午时了，穆澜急得站了起来，走了几步又回头蔫儿坏地笑："师父，林一川孝心可嘉，师父让他洗洗猪圈就行啦，别太难为他了。"

连林一川都同情上了，杜之仙摆手："叫他进来吧。"

望着少年挺拔单薄的背影，杜之仙轻声叹息，他喃喃说道："心太软，人太善，还是一枚不受掌控的棋。用，还是不用？"

等了很久，那两扇紧闭的门终于又打开了。

穆澜走出来，一眼就看到林一川脚上绑得乱七八糟的草鞋，乐坏了："林大公子，你连草鞋都不会穿啊？"

林一川昂着头："你管我怎么穿！杜先生怎么说？"

穆澜将他的靴子放在他面前："鞋还给你。"

被别人穿过的鞋，他才不会再穿。

"大门敞着，还要先生亲自来请你吗？"

林一川不由得大喜。

"我借你的马用。"穆澜不等林一川答应，就翻身上了马。

林一川快步往前，只盼着早点儿见到杜之仙，早点儿把他请回家。走得急了，没拴好的草鞋从脚上滑落，剩下麻绳绑在足踝间，狼狈至极。

耳边传来"哧哧"的笑声，林一川回过头，看到穆澜笑得趴在了马上，俊脸没来由地烫了起来。

穆澜瞭着他的脚，想象着林一川进猪圈的模样，笑得都快要喘不过气来了。如果不是今天有事，他定要留下来看热闹，穆澜遗憾地策马离开，还不忘朝林一川挥手："别忘了事成之后谢我一万两！"

他说动杜之仙了？这小子虽然可恶，又贪财，人还是不错的。林一川激动了。

他看了眼挂在脚上的草鞋，又瞭了眼整齐放在旁边的布靴。那小子穿过呢，可是他好像不臭，身上还有淡淡的荷香澡豆味。

如果穿着这双破草鞋被杜先生赶出来怎么办？林一川深吸口气，毅然拎起自己的靴子穿上了。动了动脚，走了两步，好像还是原来的那双鞋，没什么不适。他整了整衣袍，昂首挺胸迈进了杜家。

如果他知道穆澜提议让自己去洗猪圈，他绝不会夸穆澜半个字的好。

今天是端午节，赛龙舟祭江的活动几乎吸引了全城百姓。扬州城外大运河两岸人头攒动，热闹非凡。

码头沿江搭起了六座戏台，苏扬一带有名的戏班收了重金，拿出压箱底的活，引得台下叫好声震天响。富户们使了下人，用箩筐装了铜钱雨点般开泼，谢赏声此起彼伏。

午时过后，观礼台一侧六面大鼓"咚咚"地响了起来。

台前搭起的彩楼足有十丈高，顶端建有一座精致的亭子，中间放着一个海碗大小的彩球。亭顶又建着一座莲台，正中放着一个红绸扎成的彩球。莲台四周分出了五条扎了绸布的绳索，系在二十丈外的江边竖起的五根木桩顶端，每一根桩子上都挂着面杂耍班的旗招。

江风甚大，悬在空中的绳索不过儿臂粗，被风一吹，在空中晃晃悠悠。绳索离地十丈高，中途扮狮走索的人一头栽下去，就是个血溅当场的命。

坐在观礼台上的扬州知府心里不免担忧起来：出了人命，自己这个父母官免不了被御史参奏一本；不出人命，折胳膊断腿也极晦气："若手艺不精，坏了兴致，反倒冲淡节日喜庆之意。"

同知赶紧禀道："大人请放心，有道是没有金刚钻，莫揽瓷器活，请来的五家百戏杂耍班都是运河流域的名家。走索时腰间均系了绳子，就是摔下来，不过受些惊吓给百姓取个乐子罢了。"

见准备周全，知府松了口气，笑吟吟地看百狮夺彩。

转眼间数声锣鼓声越来越急，骤雨般催促着狮子上场。

五家杂耍班凑了五十只狮子，此时正远远立在江边各家竹竿下。富户们另寻的五十只彩狮踩着锣鼓声进了场，台前空地上群狮或挠痒痒、舔毛、抓耳挠腮、打滚、跳跃，将狮子演了个活灵活现，或腾跃扑闹踩球上桩，瞬间将咿咿呀呀的戏班唱腔给压了下去。

看热闹的百姓几乎将观礼台四周围了个水泄不通，踮脚尖伸脖子也觉得不尽兴。叠罗汉的、爬树的，各想高招。有性急的转身爬上了戏台，戏班没奈何只能停了戏，妆也不卸也在台上当起了看客。远处城墙上也挤满了人，离得远了些，却将下方码头动静看了个清清楚楚。

穆家班的人聚在自家旗杆下面，穿戴着狮子服的徒弟们面面相觑，瞅着班主穆胭脂的冷脸不敢吱声。少班主自从昨天离开，到现在都还没回来。

穆家班除了他，谁都没本事走这么高的索。班主一大早知晓他没回船，直接冲隐瞒少班主行踪的核桃发作了一番。

李教头不时踮起脚朝外张望着，急得满头挂汗："少班主究竟去哪儿了？这一天一夜都不见踪影……"

"孽子！老娘当他死了！"穆胭脂恶狠狠地骂了声。

穆胭脂四十出头，长年行走江湖，鬓角已染上了一层风霜之色。她穿着件青色对襟短襟，裤脚利索地扎进了千层底黑面布靴里，腰间扎了根褐色腰带，挽着圆髻，打扮得干练利索。看着其他杂耍班鼓声急促，狮子已经朝着彩楼奔去，穆胭脂一咬牙对李教头喝道："擂鼓！争不了头彩，咱们不能丢了亭中的彩球！"

李教头无可奈何地提起鼓槌，重重地击下。

穆家班的人知道等不到少班主了，赶紧戴好头套，玩儿着狮子争绣球的花活朝彩楼奔了去。

"班主，要不我上吧？"李教头一边击鼓，一边说道，"咱们收了林家的订银，这头彩非夺到手不可，否则穆家班的招牌就砸了。"

穆胭脂望着另外四家攀上竹竿踩索的狮子，不屑地说道："风大索高，我看那四家上了索也走不了，从上面摔下来，那才叫砸了招牌。"

这时，四周响起一片震天的叫好声。只见刘家班的狮子在竹竿顶端摆出直立的姿态，狮头灵活晃动，踏上了空中的绳索。

场中的狮子都是两人舞一狮，高中走索的狮子是单人舞狮。只走索不难，难的是手脚同时攀着绳索演出狮子凌空爬行的动作。

绳索晃晃悠悠，看得人心都悬在了半空。攀高的群狮被高空走索的惊险一衬，顿时索然无味，下面群狮舞得再热闹，也难以将人们的注意力抢走。穆家班的狮子已舞到了彩楼前，也忍不住回头远望那四只在高空绳索上行走的狮子。

敲锣打鼓的汉子越发卖劲儿，双手将裹了大红绸的鼓槌抡得风车似的，直敲得看客的心咚咚直跳。

不过走了三分之一，刘家班那头狮子想将双脚直立改为四肢着地，两手抓实了绳索，双脚却踩空了，顿时悬在了空中。他手上用力，想荡回去，连在空中翻了几圈，也没能重新站稳，逗得看客们哄笑出声。

陈家班的狮子一开始就趴在绳索上，走了两步，就变成了四肢倒挂，抱着绳子往前攀。一不留神，戴头上的狮头就掉了，露出一张欲哭无泪的脸，又引来阵阵捧腹大笑。

不到一盏茶工夫，另两家直接从绳索上摔了下来，被腰间绳子吊在了半空。虽然狼狈，又逗得围观的人哄笑不停。

李教头忍不住又高兴起来，他偷眼瞥去，见穆胭脂唇角上勾，更加卖力，将手中鼓槌抡出一片红影。

四家高空走索的狮子纷纷放弃，眼见头彩都没戏了，彩楼这边的争夺就精彩起来。几十只狮子在架子上腾挪躲闪，拉扯踢打，又将人们的视线牢牢吸引了过去。

"穆家班怎么还没人上去走索？"这时，一个气急败坏的声音在李教头耳边响起。他转头看去，请穆家班走索舞师的林府刘管事擦着满头大汗跑来，正竖起了眉毛，不满地呵斥着穆胭脂。

"刘管事，我家少班主他……"

"刘管事，我儿子他病了。"穆胭脂接过了李教头的话，满脸堆笑道，"江风这么大，上去也走不了索呀，您瞧其他四家的狮子不都栽下来了？烦您给林二老爷说个情。"说着，就将二两银子悄悄塞了过去。

二老爷与城中富商们打赌，在穆家班身上下了重注，特意架了这么高的索。穆家班不走索夺不到头彩，二老爷发作起来……刘管事打了个寒战，哪儿敢接银子，黑着脸道："这么巧就病了？大运河上下谁不知道穆家班少班主走索乃是一绝？我家二老爷花重金请了穆家班来就为了夺头彩，他今天不走也得走！"

"刘管事，那四家杂耍班谁没有绝活，不一样栽下来了？何况我儿病了，手足酸软无力，真走不了。"穆胭脂为难地求道，"穆家班夺不了这头彩，照规矩会退回全部订银，同时三倍赔偿贵府。"

刘管事听着穆胭脂要退银钱的话，气得手直哆嗦，放了狠话："穆班主，今天穆家班夺不了头彩，大运河上下就没有穆家班了！您仔细想好了！"

他狠狠地甩了衣袖，匆匆离去。

一旁击鼓的李教头听得分明，额头渗出了冷汗："班主，怎么办？"

穆胭脂无可奈何地说道："我去换戏服。"

从没见过班主走索的李教头吓了一跳，四十出头的妇人了，万一出个事可怎么得了："班主，还是我去吧。"

"你腰伤未好，我去。"

多少年没亲自上过索了，穆胭脂叹了口气，从旁边箱子里取出狮子服。看到另外四家杂耍班主吃惊兼看热闹的眼神，她更加气恼，咬牙切齿地骂道："浑小子，有种别回来！"

穆澜穿着狮子服，拿着狮子头套，奋力地挤开面前的人群："让让！滚烫的茶水当心伤着您哪！"

趁人们躲闪之机，他猫着腰像泥鳅一样瞅着缝隙往前蹿。人太多，他一时没留意到手中的狮子头套碰到了一个人。

眼前突然多出一个铁塔般的人物，将去路挡了个严实，紧接着头顶响起一个愤怒的声音："小子，你瞎眼了？"身旁又一个紧张的脆音响起："公子爷，伤着哪儿了？"

穆澜听到这两句话，才反应过来自己撞到人了。他转过脸看去，就瞧见一个面目清秀的小厮正紧张地替位年轻公子整理着衣袍。

那年轻公子穿了件浅绿色的茧绸圆领直裰，浅笑的眉眼透出股雨后青竹的气息，如月般皎皎，温文尔雅地站在杂乱的人群中。

急得上火的穆澜不得不停下脚步，拿着手中的狮子头套，赔着笑脸道："这位公子，可曾碰痛了？我赶时间走索，不是有意撞到您，对不住啦。"

年轻公子拂开了小厮的手，温和地望着穆澜。撞到他的少年身材瘦削修长，穿着金黄相间的狮子服，用纱网紧束着乌黑的额发。少年的脸精致异常，笑容中带着些许无奈，眼神里有掩饰不住的焦急，让他不忍心为难。

"无碍，只是碰了一下而已。"他微笑着说道，想到那四家从高空摔下的狮子，禁不住又好奇地问道："小小年纪走那么高的绳索，你不怕吗？"

穆澜不由得笑了起来："公子，这是在下的饭碗，再怕也不能不吃饭吧？"

一笑之下，穆澜那漂亮的脸立刻充满了生气，年轻公子的心情也跟着变得明朗起来。他低声重复了声"饭碗"，笑容中多出些悲悯之意，轻声说道："那快些去吧，当心别摔下来了。秦刚，帮他开个道。"

听他这么一说，拦住穆澜去路的大高个儿哼了声，不仅让开了道，粗壮的胳膊一分，还将挤在前面的人硬生生地挤开，替穆澜拦出一条道来。

穆澜开心地冲他抱拳行礼："谢公子爷大度！您瞧好了，我定能夺得头彩！"

那份自信与骄傲让穆澜神采飞扬，年轻公子莞尔笑道："我等着。"

望着穆澜远去的背影，他轻叹道："人人尽说江南好，游人只合江南老。百闻不如一见，连个走索的杂耍班少年都眉目如画。小小年纪就要知卖艺讨生活，着实不易。春来，不论他是否夺得头彩，都赏他百两银。"

叫春来的小厮嘟着嘴柔顺地应了。

穆胭脂换好狮子服，眼角余光瞅着一个人影从身边飞快掠过。她抬头一看，双瞳蓦然紧缩。

李教头满面放光，正使了个蹲身，一抖肩，就将一个身穿金、黄二色狮子服的人送上了木桩。

穆澜手脚并用，瞬间离地三丈，倒钩着木桩秀了个狮子蹬腿的花活儿。

穆胭脂三步并作两步跑到木桩下，叉腰仰头吼道："小王八蛋，你死哪儿去了？还记得回来啊？"

"娘，我这不是来了吗？夺了头彩分我五两做私房钱如何？"穆澜揭了一半头套，露出半张脸来，冲母亲粲然笑道。

穆胭脂气得将手里提着的狮子头套扔在了地上，瞪着穆澜骂道："回去老娘非抽死你不可！"

李教头见势不妙，提气大声喊道："穆家班少班主踩索夺彩！"

这声不知练过多少回，中气十足，顺着江风远远传开。

看过四只狮子在高空绳索上的各种捧腹搞笑姿态，穆家班的踩索夺彩瞬间吸引了所有人的注意力。

穆胭脂恨恨地瞪着穆澜，无可奈何。

穆澜吐了吐舌头，冲母亲得意地扮了个鬼脸，将狮子头往下一扣，双腿绞紧了竹竿，腰部用力向上弹起，漂亮地在木柱上翻了个身，抱着柱子"噌噌噌"就攀到了顶端，撑着顶部利落地来了个狮子倒立。

"好！"

喝彩声如雷鸣般响起。

风很大，吹得空中的绳索微微荡漾。这对穆澜来说不过小菜一碟，他深吸口气往后一翻，在惊呼声中踩上了绳索，又接连在绳索上来了三个翻滚，这才稳稳当当地站住了。

"孽子！"穆胭脂虽嘴里骂着，目光却丝毫不错地盯着半空中的穆澜。穆澜仓促上场，腰间并没有拴绳子，摔下来没接着，轻功再好，离地十丈的高度，免不了受伤。

站立的狮子摇头晃脑，慢慢伏下了身体。众人忍不住屏住了呼吸，前几家走索的，无不是败在了如何让四肢成功地落在绳子上。只听得鼓声咚咚，连攀爬着彩楼的狮子们都顾不得去夺彩，纷纷回头去看空中的穆澜。

只见空中的小狮子缓缓下腰，撑住了绳索，双手发力，腿凌空交叉踢出，竟在空中演出了狮子嬉闹的活泼模样。

"笨蛋，这样才省力，傻子才会一点点爬过去。"穆澜嘀咕了句，双手抓紧绳子用力一撑，身体飞快地向前蹿。

从远处望去，就看到空中一只小狮子欢快地沿着绳索跑向彩楼。柔软晃荡的绳子，二十丈的长度，竟被他走出了如履平地的感觉。

外行看热闹，内行看门道，站在绿衫公子身边的大个子秦刚"咦"了声道："公子，穆家班少班主这手杂耍功夫更像是习过轻功之人。"

绿衫公子"哦"了声道："怪不得他那般自信，叫我瞧好他夺头彩。"

秦刚便试探地问道："属下去查一查？"

绿衫公子摇了摇头道："刺探别人隐私是江湖大忌。出门在外，多一事不如少一事。"

秦刚轻声应了："是。"

林家的彩棚搭在观礼台左侧，鲛绡垂挂的门帘极为醒目。里面用隔扇分成了两间：一间坐满了林家的女眷，影影绰绰瞧见女眷们花团锦簇般的身影；另一间摆了架罗汉床，林二老爷倚靠在引枕上，透过鲛绡微眯着眼睛望向空中。

穆家班狮子已走了一半尚未摔下来，林家二公子林一鸣跷着腿坐在旁边，满脸喜色："爹，穆家班定能夺头彩！爹的眼光就是好！"夸完父亲之后，又笑着讨赏，"怡心斋从山东进了几只虫，品相极佳的斗蟀，我让人给留了一只，还差七千两……"

林二老爷看了儿子一眼。十六岁的林一鸣肤白秀气，眼神东瞟西看，就是不敢正视自己。他又想起了十六岁就着手接管家业的林一川，心里一股邪火几欲喷出，他没搭理儿子，转脸就问侍立在侧的刘管事："不是说病了走不了吗？"

刘管事额角渐渐沁出了冷汗："二老爷，刚才穆家班班主的确说少班主病了，走不了索，还说三倍赔偿……"

林二老爷笑了起来："病了也能走索，功夫这么好，可惜我大哥病着没瞧见。你去告诉穆家班，三天后请他们来府里演一出拜佛求药，替大老爷祈福。演得好有赏，演得不好，以后就不用演了，免得坏了看客的心情。"

"是。"刘管事恭敬地应了。他想着病重的大老爷，心里却暗暗琢磨着二老爷的心思，这个"演得好"究竟是怎么个好法呢？

"爹，银子你究竟给还是不给？"林一鸣烦躁地问道。

林二老爷强忍着斥骂儿子一顿的冲动，循循善诱道："既是品相极佳的斗蟀，多少能赢几场银子回来，这买卖才算不亏，去账上支银子便是。"

"儿子也这样想的！"林一鸣见父亲答应，哪里还坐得住，寻了个借口赶紧回府拿钱买蟋蟀去了。

林二老爷哪儿还能看不出来儿子的心思，一声叹息后眼神变得炽热，喃喃说道："林家还怕他败几千两银子吗？"

穆澜在奔跑中途还停顿下来玩儿了几个花活儿，不忘让看客们看得刺激。

奔跑时小狮子突然停了下来，穆澜轻松地在绳索上来了几个空翻，离彩楼越来越近。足下的软索将他高高抛起，在众人的惊呼声中他又稳稳落下。他模仿着狮子挠毛，一点点移向彩楼。晃动的小狮脑袋，活灵活现的姿态。听到震耳欲聋的叫好声铺天盖地响了起来，穆澜这才往前一跃，稳稳站在了彩亭顶上。

穆澜朝四周作揖，在窄窄的彩亭顶部围着莲台扑腾欢跳，将小狮子欢喜的心情尽显无遗。

待到叫好声此起彼伏，小狮子这才轻巧地将中间的那个彩球取了下来。

"穆家班夺头彩！"知客高声唱喏。

知府大人瞧得高兴，笑道："赏！"

知客顿时高呼："知府大人赏银二十两！"

观礼台上官员富绅们纷纷响应，一时间打赏声不断。

穆澜捧着彩球，攀着根红绸从高处一跃而下，姿态分外轻盈优美。

秦刚瞧在眼里，又低声对绿衫公子说道："这穆少班主年纪小，出身寒微，能有这等功夫，倒是难得的人才。"

"既是少班主，必是杂耍班台柱，离了他，穆家班就难讨生计了。你得了人才，却砸了整个杂耍班的饭碗哪。"绿衫公子轻叹了声。

"公子训斥的是，属下没想那么多。"才起了怜才收揽之意的秦刚不由得歇了心思，钦佩地望着自家公子道，"公子仁慈。"

绿衫公子只微微一笑。

穆家班的狮子们见夺了头彩，也不去抢那第二只彩球，围着穆澜演起了花活，答谢着四周投来的打赏。

演完百狮夺彩，就该祭江赛龙舟了，各家杂耍班纷纷退下。

穆澜被班里的人簇拥着，眼尖地看到林家的刘管事正与母亲说话，他这会儿才想起母亲的怒火，着急地对班里弟兄道："我先回船。"

熟知内情的穆家班弟兄就哄笑起来："少班主记得把屁股垫厚点儿！"

穆澜挑眉大笑："我回去弄口锅垫上！"

"穆少班主！"

谁叫自己？穆澜往人群里望去，见着绿衫公子身边的那个小厮正板着脸看着自己。他心想，不过是被狮子头套撞了下，不至于还要自己赔汤药费、赔衣裳钱吧？下意识地摸了摸荷包里林一川给的一百零五两银子，穆澜很是舍不得拿出来赔。

他的眼珠转了转，哭丧着脸走过去，可怜巴巴地望着春来："小哥，你家公子不是说他没受伤吗？不会叫小人赔衣裳吧？那衣料小人都认不出来，也赔不起呀。走江湖混口饭吃不容易，您高抬贵手吧！"

见他一口一个小人，低眉顺眼地讨饶，春来哼了声，将装了银票的红封拍进了他手里，倨傲地说道："杂耍功夫还行，我家公子爷瞧高兴了，赏你的！"

是来给赏钱的？穆澜愁容顿消，眉开眼笑地接过了红封，抽出来一看，竟然是张百两银票。穆澜惊喜地对春来抱拳一揖："小哥烦请引个路，在下去谢过你家公子！"

"不用了！"春来心想这小子不知哪来的福气，竟得了公子爷的青眼。这种变脸如翻书的江湖人士，还是少接近自家公子的好。他一拂衣袖，背着手扔了句话："我家公子没空。"昂着头走了。

"我家公子没空！"穆澜望着春来的背影学了句，撇嘴道，"我还懒得去磕头谢赏呢！"

回到船上，穆澜一眼就看到了核桃，兴高采烈地将狮子头套扔给她说道："甭担心，我把头彩夺了！"

"喝口茶歇歇！"核桃眼睛一亮，接过穆澜扔来的狮子头套，将早就备好的茶水送到了穆澜手里，双手合十念着阿弥陀佛，"夺了头彩便好，班主的气就消一大半儿了，真怕你贪玩误了时辰。"

茶水不烫不凉，放了麦冬通海，带着丝丝甜味。穆澜一口气喝完仍不解渴，提起大茶壶就着壶嘴往嘴里灌。汗水密密地挂在他光洁的额头上，阳光一映，衬得他眉如远黛，眼睫黑亮。

"我什么时候误过班里的事？"穆澜笑着将那锭五两的银子递给她，不无得意地说道，"借二两还五两，我够意思吧？赶紧收好，别被人瞧见了。"

"我打死都没敢告诉班主，你从我这儿拿了钱去赌场。班主一大早劈头盖脸就训上了，骂我不该瞒了你昨晚没回船上。"核桃抱怨着将银子放进荷包，抽了帕子给穆澜拭汗，眼眸里满满的心疼，"瞧这满头大汗，累坏了吧？"

十六岁的核桃亭亭玉立，船上风吹日晒，她仍然一身雪白水肌，像一枝雨后新绽的栀子花，清美娇妍。穆胭脂怕招惹麻烦，一年前就不让核桃在码头上抛头露面卖艺了，留了她在船上侍候。

靠得近了，穆澜能看到核桃清亮眼瞳中自己的倒影。这丫头，怎么这么傻？喜欢谁也不能喜欢他啊，他捉住了核桃的手，不再让她为自己拭汗，笑道："我去沐浴。"

"哎，记得换上那条裤子！我看班主不会轻易饶了你！"核桃忍不住提醒了一句。

穆澜经常惹怒班主，核桃悄悄给他做了条屁股上缝了厚棉的裤子。

穆澜满不在乎地笑道："打狠了我就跑，她追不上！明天无事，我进城给你们买做养颜膏的药材。"

核桃扑闪着眼睛，抿着嘴笑了。

穆家班的船停在码头最偏远处。

黄昏时分，船头甲板上站满了杂耍班的人，不安地望着紧闭的舱门。李教头的眉头拧成了个大疙瘩，想着班主的怒意，深深叹了口气。

"啊！"舱中突然传出一声惨叫，众人禁不住哆嗦了下。

穆澜揉着肩膀叫着躲闪，听到鸡毛掸子挥动的呼呼风声灌满了房间，不由得大叫起来："亲娘诶，你这是要绝了穆家香火啊？"

怒气冲冲的穆胭脂根本没有停手的想法，追着穆澜满屋子跑，鸡毛掸子雨点般落下："小畜生，叫你私自夜不归宿！叫你去出风头！你怎么不摔折了胳膊腿儿呢？"

"怎么是我出风头呢？儿子今天夺了头彩，挣得是穆家班的名声！我连头套都没摘，脸都没露呢。"穆澜翻滚着躲闪，没忘和老娘顶嘴，"儿子这走索的功夫在整条大运河里，若说第一，没人敢说第二，摔下来也折不了胳膊腿儿，您当我这功夫是白练的？哎哎，您就别生气了！赚的这笔赏钱够穆家班挣半年了。哎哟，您轻点啊！"

为了让母亲消气，穆澜故意让母亲结结实实抽了一记在屁股上。纵然穿着核桃那条特制的裤子，穆澜仍然疼得"嗷呜"一声。他寻了个空，将鸡毛掸子那头握住了。

穆胭脂抽了一下，没抽动，不由得大怒："反了你？松手！"

穆澜嬉皮笑脸地摇头："怕您闪了胳膊。"他朝舱房外努嘴，满脸得意，这么多人在外面偷听，您还是消停了吧。

穆胭脂气得将鸡毛掸子扔了，猛得拉开了房门，门外缩回了数道好奇的目光。账房周先生文绉绉地劝道："班主息怒，少班主这回也替穆家班扬了名不是？"

李教头赶紧补充了一句："少班主再不懂事也记得今天的献艺，这不是没误林家的事，夺了头彩？您打也打了，消消气吧。"

核桃越过穆胭脂，焦急地用眼神询问穆澜受伤没有。穆澜回了她一个怪脸，逗得核桃"扑哧"笑出了声，被班主瞪了一眼，她吓得转身就跑了。

"扬名？没误林家的事？你没听到刘管事的话？"穆胭脂想起刘管事过来说的话，又气得胸脯起伏不定。

穆澜走索夺了头彩，林家二老爷指了刘管事过来，阴阳怪气地说，穆少班主"抱病"也能走索夺彩，功夫不错，并让穆家班三天后去林府为卧病在床的林大老爷演一出求佛取药，为林家大老爷祈福。演得好有赏，演得不好穆家班将来就不用再卖艺了。

为林一川的父亲——林家大老爷祈福？自己和林一川缘分不浅哪。穆澜脑中想起师父给的林家资料，觉得林二老爷话中这句"演得好有赏"颇有些意思。

高空走索，如果摔下来让病入膏肓的林大老爷受了惊吓，一病呜呼，在林二老爷眼中，算是好吧？不过，真摔了，穆家班肯定就不好了。

三天后？这个消息传给林一川，是否又能捞笔赏银呢？穆澜转动着心思，决定明天去杜家送药酒。以他对老头儿的了解，为了那二十万两银子，他也绝不会被林一川"轻易"打动的。

"林家是好相与的人家？分明是林家二老爷恼怒你突然'病倒'，存心为难。那求佛取药得上西天！摔死你个小王八蛋，老娘倒也省心，就怕你连累了整个穆家班！"穆胭脂说着气又来了，她脚一勾，将地上的鸡毛掸子拿到了手里，指着穆澜骂道，"老娘今天打废了你，免得你摔死在林家不好收尸！看什么看，都给我滚！"吓得门外众人顿作鸟兽散。

穆澜回过神时，房门又关上了。母亲捏着鸡毛掸子生龙活虎地又开始发威，他被追打得有些急了，抄起了房间里的圆凳抵抗："还讲理不啊？还打啊？啊——"

穆澜故意惨叫着被母亲狠抽了几记，穆胭脂才气呼呼地停了手，又着腰直喘粗气："你说，你昨晚上哪儿去了？"

她发完了火，穆澜摸着屁股的疼处皱眉，琢磨着应该去弄两块皮子让核桃缝上，否则每次这样让母亲揍也太吃亏了。

想归想，脸上却笑眯眯地扶了母亲坐下："知道您是心疼我，只要您消气，让您再多抽几下行不？"

穆胭脂瞪了他一眼，不吃这一套："少给老娘嬉皮笑脸的，是不是又进赌场了？你哪来的本钱？"

"没有！我发誓！"穆澜面不改色地撒着谎，亲热地挨着母亲坐下，"我去师父家了。大半年没见了，又逢端午节，今天班里有事，我就提前去看他了。先生考我学问，一不留神天就黑了，住了一宿。"

听他说是去见杜之仙，穆胭脂脸色缓和了下来，嗔道："明天你把酿好的药酒给杜先生送去。昨天就想叫你把端午的节礼送去的，才转个身你就跑了个没影儿。去看你师父，怎么没想到把节礼一并带去？"

穆澜眨了眨眼睛，很是无辜："您酿了二十坛药酒，不雇车，我没法儿拿呀。我就想先去探望下他老人家，今天走完索，我再给他送过去。"

穆胭脂觉得有道理，"嗯"了声道："我也许久没见过杜先生了，明天我和你一起去吧，顺便将你托付给先生。"

"托付给先生？娘，你这是什么意思？"

穆胭脂理直气壮地说道："你师父号称江南鬼才，不知有多少人都想拜他为师，你有这个机缘，就别浪费了。过几天演完林家那一出，穆家班去苏州，你就留在先生家里跟着他好好读书。"

"什么？"穆澜大吃一惊。

"他"家里是跑运河码头卖艺的人家，而她是如假包换的女孩儿，但母亲从小固执地将她扮成男孩儿养。不仅如此，幼时意外救了杜先生一命，杜先生说要报答，母亲就硬让她拜了师。

穆澜跟了杜之仙十年，从未向母亲说起过自己学到了些什么，母亲也不管杜之仙教了些什么，只看她写的字一天比一天好，杂耍技艺一天比一天强，就满足得不得了。但穆澜一直以为，自己长大之后，母亲就不会再这样执着，让她装一辈子男人。

如今她已经十六岁了，可是母亲却似乎忘记了她是女孩儿。

穆澜笑嘻嘻地靠着穆胭脂问出了心里的疑惑："娘，我好好的女孩儿读那么多四书五经有什么用？您还指望着我去金銮殿考状元？"

"是啊，娘就盼着有朝一日你能白马红花领宴琼林呢。"穆胭脂白了她一眼道。

穆澜摸了摸脖子，横着手掌比画了个掉脑袋的手势："娘，您这是不满足穆家班名震大运河，还要名扬整个大明啊？不过，能让皇帝御笔赐死，这死法也够轰动朝野了。"

穆胭脂颇有几分意气风发地说道："生当作人杰，死亦为鬼雄，做人要有志气！"

"娘！"穆澜哭笑不得地摇了摇她，"我可当不了女霸王。您给我透个底，您究竟是怎么想的？您该不是因为生了个女儿，被我爹扫地出门了，所以憋着口气要我胜过我爹的续弦小妾们生的儿子们？"

穆胭脂被她天马行空的想象噎得一窒，蛮横地说道："你甭管那么多，让你读书你就读！你还真想一辈子混码头卖艺啊？"

见母亲还是不肯说实话，穆澜也一通浑说："娘，我瞧着李教头就不错，性子也憨厚。上回您来月事不舒服，一个大老爷们儿巴巴地支着炉子给您熬姜糖水。账房周先生白净斯文，单身没拖累，嫁他也合适。您要实在喜欢儿子，要不您再嫁一回，货真价实生个带把儿的！我保证真心实意地喊爹照顾好弟弟。"

穆胭脂气得柳眉倒竖，怒视着她骂道："儿子给娘保媒拉纤，书读狗肚子里去了？"

还一口一个儿子呢，穆澜腹诽着，一点儿也不胆怯，依然笑嘻嘻地说道："可不是吗？您赶紧嫁了，给我生个亲弟弟不就得了？娘，再熬下去，等李教头娶了通州码头开茶寮的那个小寡妇，您后悔都没地儿！"

她那嬉皮笑脸的模样让穆胭脂一时间拿她没辙，瞪着穆澜渐红了眼圈，却依然一个字不提为何固执地让穆澜扮男孩儿的原因。

想儿子都魔怔了！穆澜叹了口气，坐直了腰，挺了挺胸："现在还是小汤包，再过一两年保管长成大馒头，藏不住了呀，娘！"

穆胭脂眼里生起了波澜，她像是不相信似的伸手去碰了碰穆澜的胸，手指触到的胸部硬而结实，她不由得一怔。

"内甲！"穆澜赶紧扯开衣领让她瞧，生怕母亲还不肯相信，"穿了师父做的内甲呢！你还真当我是男人啊？"

穆胭脂恼羞成怒地嘟囔道："我还不知道你穿了内甲啊？"

她的目光情不自禁地扫过穆澜的脸。打小当儿子养着，精致的五官因肌肤被日头晒了浅浅的小麦色，眉宇间多了几分英气，怎么看都是个俊小子。可惜已经十六了，以后扮小子只会越来越困难。穆胭脂的眼神更加坚决："明天我和你一起去见杜先生，他一定有办法。"

有什么办法？江南鬼才医术也高，让师父直接把自己变成个真男人？穆澜想象着汗毛都竖了起来，下意识地就拒绝："我不当男人！"

"啪"的一声脆响，穆澜捂着脸愣住了。

同样怔忡的还有穆胭脂，她怔怔地望着自己的手。这是一双穷苦妇人的手，手背的青筋高高地凸起，像缠在枯树上的老藤，就这样看着，轻易就能看到浅黄色的茧布满了手掌。眼泪在没有意识的时候已经一滴滴砸了下来。

被打了一耳光的人是我吧？穆澜苦笑着望着无声哭泣的母亲。打的是左脸，她把右脸凑了过去："要不，您再来一巴掌，好事成双？"

"扑哧！"穆胭脂被逗笑了，她恼怒地将穆澜的脸推开，使劲儿想要板起脸来，嘴里嗔道："没脸没皮的……"

母亲脾气暴躁了点儿，却是个心思单纯好哄的，穆澜笑眯眯地望着她道："消气了吧？"

穆胭脂只哼了声，站起身道："走索累了，你先歇着吧，回头我叫核桃给你送晚饭来。"

这是还不死心？穆澜望着母亲离开的背影，有些抓狂。这时候腹部一股热流淌过，她脱了裤子一看，脸上的苦意更盛。不是她不想孝顺，满足母亲，男人能每月都这么麻烦吗？还要想方设法瞒过班里的人，她容易吗？穆澜叹着气，迅速把自己整理好，倦意就蔓延开来。

她躺在窄窄的木板床上，双手枕在脑后琢磨开了。母亲相信杜先生有办法，又不肯向自己道明缘由，究竟会是什么原因，让母亲十来年闭口不说？各种念头纷杂涌来，总不能让她肯定自己的判断。穆澜低低地叹了口气想，母亲会告诉杜先生的，到时候自己也就知道了。

穆澜是被一阵低泣声惊醒的。她迷迷糊糊地睁开眼睛，看到桌上放着只食盒，核桃正抱着自己才换下还没来得及洗的亵裤站在床前，木雕似的，失去了生气。

"核桃……"穆澜吓傻了。

她一年前来了癸水，有母亲帮忙掩饰着，一直隐藏得滴水不漏。今天折腾得累了，一时没有将换下来的衣裤洗了，没想到被送饭来的核桃发现了。

望着核桃黑白分明的眼眸，穆澜脑中突然跳出了"天网恢恢"四个字。啊呸！她又没干坏事，从小女扮男装都是被母亲逼的好不好？

"核桃，你来给我送饭是吧？今天夺了头彩，厨房肯定炖肉了！我都闻到红烧肉的味儿了。"穆澜干巴巴地没话找话，坐起身去拿她手里的裤子。

谁知核桃握得紧，一扯之下，亵裤被拉开，白色棉布上那块血迹像雪里红梅似的越发打眼了。核桃一脸发蒙地盯着手里的亵裤，她觉得自己一定是看花眼了，巴巴地望着穆澜小声地问了句："少班主，你被班主打伤了？"

仿佛只要穆澜一点头，她就得到了救赎。

核桃穿着再简单不过的衣裳，发间只别着一支简单的银簪，噙泪的楚楚模样像一只停在花间的小蝶，吹口气，都要惊吓着她。

面对这样的核桃，穆澜一时间心乱如麻，骗她的话再也说不出口。

船舱里出现了短暂的寂静，静得穆澜仿佛能听到核桃眨眼间睫毛簌簌抖动的声音。

最后一缕光慢慢退出了房间，核桃的心已经坠入了黑暗之中。少班主绾起的发髻松散了，鬓旁滑落一绺黑发，落在瘦削的腮旁。淡水色的薄唇紧抿着，嘴角天然往上翘着，像浅浅的上弦月……少班主的笑容早就勾走了她的心。核桃再也骗不了自己，她倾慕了多年的少班主竟然和自己一样，是个姑娘！

"少班主……"核桃喃喃地叫了一声，双腿酸软地坐在了地上，抱着那条亵裤呜呜哭了起来。

穆澜低下头，看到一串串晶莹的泪砸落在褐色的船板上，飞溅开来。她挠了挠头，蹲下身搂住了核桃的肩。

"少班主！"核桃叫了声，双手环住了穆澜的腰。她像是找到了依靠，但愿这是一场噩梦，马上让她快点儿醒来。

穆澜轻拍着核桃那单薄的脊背，清了清嗓子劝道："核桃，这世上好男儿多的是，少班主一定给你找到如意郎君！我也不愿意啊，我娘说是因为……为了躲仇家。核桃，你就当不知道，咱俩还像从前一样好不好？"

"仇家？"核桃抬起脸，眼睛瞪得圆了。

"我娘打死也不肯说，是我猜的。"穆澜这时松了口气。核桃知道，身边也能多个人帮自己遮掩，此时断了她的绮思，也好过耽误她一辈子。

"少班主，你好可怜！"核桃像是找到了新的目标，咬着牙道，"您放心，核桃不会说出去的。你一天不改回女儿身，核桃就陪着你一辈子！"

穆澜哭笑不得地用袖子给她擦泪："傻啊你，我可舍不得这么美的核桃不嫁人！"

船舱门突然被推开，灯光和穆胭脂同时出现在两人面前，打断了她俩的话。

见是母亲，穆澜松了口气笑道："娘，您怎么来了？"

穆澜将核桃拉起来，低头将她的衫裙抚平，抬头却看到核桃恐惧的目光。穆澜转过身，看见母亲的脸上没有一丝笑容，她没来由地有点儿心慌，笑嘻嘻地去挽母亲的胳膊："娘，核桃不会说出去的。"

穆胭脂将她的手甩开了。

"班主，我发誓绝不会说出去的！"核桃"扑通"跪在了地上。

"娘！"穆澜看到母亲眼中的狠意，蹙眉提高了声量。

穆澜挡在了核桃身前，眼神坚决。穆胭脂终于妥协移开了目光，她低头看着核桃，一字一句地说道："核桃，八年前黄河溃堤，是我把你从水里捞起来的，是我养大的你。你要记住，你若忘恩负义，我和穆澜都会死在你手里。"

"我不会出卖您和少班主的，您若不信，现在核桃就还您一条命！"无论是班主的救命之恩，还是少班主待自己的好，她宁可死也不会让她们陷入危险。核桃拼命地磕头，头重重撞在船板上咚咚作响。

穆澜心疼地拦住了她："核桃，咱俩一块长大，我不信你还能信谁？"她心里也暗暗惊心，自己暴露女儿身竟会引来杀身之祸吗？

"少班主。"核桃喃喃叫了声，突然又记起眼前温柔俊俏的少班主不再是她能贪慕的人，一时心里的酸涩悉数冲进眼底，化为泪水奔泻而出。

穆胭脂将灯留下，转身离开，关上舱门的瞬间，她心里闪过一丝犹豫。生死攸关的大事，穆澜却全然不放在心上，她能行吗？

穆澜骑着燕声的那匹马，和母亲一起赶着装满药酒的骡车到了竹溪里。

杜家门外已经不复往日的清静。

离大门不远的溪边空地上搭起了一座牛皮大帐，外面升着口大锅烧着滚水，水汽氤氲，四五个小厮打扮的人穿梭忙碌着。

黑漆大门外也站着两个小厮。穆澜认出了燕声，另一个迎着穆澜的目光望过来，露出了笑容，脸颊上的两个酒窝格外打眼。

一顶精致的绸帘小轿停在台阶一侧，周围站着四名身穿枣红色短襟、绑腿打倒赶千层浪的利索汉子。

"穆公子!"燕声像见着金元宝似的快步走了过来。

对燕声的热情,穆澜心知肚明,却装着不懂,翻身下了马,将缰绳递给了他:"向林大公子借用了一天,喂过草料了。你放心,一根马毛都没掉,是匹好马呀。"

"您喜欢,就送给您……"燕声还没说完,穆澜已经转身走到骡车旁去了,她将母亲扶了下来:"娘,这里就是杜先生家。"

燕声急得直搓手,不晓得该怎么和穆澜搭讪,雁行已经上前恭谨地朝穆澜行了礼:"雁行见过穆公子。车上是给令师送的节礼吧?来人,帮着卸东西!"

不等穆澜拒绝,雁行就招呼着人上前卸酒。

穆胭脂惊奇地望着他们,穆澜憋着笑,低声在她耳旁说道:"林家大老爷病了,林大公子想求师父去瞧一瞧,他们是林府的家仆。"

"哪个林家?"

"就是三天后咱们要去献艺的那个林家。"

林家大公子求杜先生出府治病?穆胭脂两眼放光,甩开穆澜的挽扶对雁行笑了起来:"小哥在林大公子身边做事呀?一见就知道你是个伶俐人!"

"谢太太夸奖,小人只是帮公子爷跑跑腿打打杂而已,这种粗活交给小人就行了。"雁行笑眯眯地应了。

"哎呀,那可真谢谢你们了。李教头,你也搭把手去。"穆胭脂一点儿也不见外。

穆澜禁不住扶额:"娘……"

穆胭脂根本不搭理她。林府是林大公子在执掌家业,得罪了林二老爷,能与大公子攀上交情,二老爷也得卖他几分薄面吧?三天后就不会再为难穆家班。她炫耀地说道:"我儿子是杜先生的爱徒,让我儿子去说说情,杜先生指不定就答应了!你们也别太着急。"

雁行和燕声闻言大喜,齐齐地朝穆胭脂和穆澜跪下磕头:"小人给太太和穆公子磕头了！太太慈悲！"

哎哟，大恩啊！不用担心林家二老爷为难。穆胭脂喜得赶紧扶起了两人，瞟了穆澜一眼，颐指气使地吩咐道："澜儿，叩门去。"

您就装吧！当我不晓得您想借机套近乎……穆澜腹诽着。

自己还想从林一川手里再敲诈点儿银子呢，千万别让母亲给搅和了。想到这里，穆澜上前叩了门。

哑叔见到她又露出慈爱的笑容，他请了穆胭脂和穆澜进去，却站在门口堵住了帮忙送酒进去的汉子，冲他们摆了摆手。

"先生不喜生人进屋，酒先放在门口吧，回头我来搬。"穆澜把哑叔的意思告诉了林家的人，扶着母亲朝宅院里走去。

黑漆大门又关上了。

燕声伸着脖子往里瞧，门闭合之前还是只看到了一堵白色照壁，他急躁地说道："少爷都在杜家待了一天一夜了！昨晚悄悄翻墙出来……都怪我没想周到，没给少爷带换洗衣裳，也没备好洗澡水。少爷直接跳溪水里洗了个凉水澡，又穿上脏衣裳翻墙进去了。少爷哪天不换衣裳啊？他可怎么受得了？"

"少爷爱洁，是家里养得金贵，习武的时候，他也不是沾点儿尘土、汗水马上就要更衣。"雁行一点儿也不着急，指使着下人将酒坛搬到门口放好，轻声说道："少爷在杜家待了一天一夜，也没被赶出来吧？如今穆太太、穆少爷又来了，杜之仙多半会答应。为了老爷，换不换干净衣裳又有什么打紧，少爷会熬过去的。"

素来相信雁行的脑子比自己聪明，燕声不再担忧林一川，露出满脸喜色："这下好了，老爷就有救了！"

第七章
陌生的母亲

从前院看，杜家和普通庄户人家差不多，倒座对面竖着一堵刷得粉白的照壁。绕过照壁是个宽敞无比的大敞院，正面是三间正房带两间耳房。左边一排是猪圈，右边一排是柴房和灶房。院子正中开了两畦菜地，搭着瓜棚架子。

穆澜扶着穆胭脂顺着菜畦中间的甬道前行时，她看到林一川正在劈柴。

他的衣袖挽到了肘上，下襟胡乱地塞进了腰带中，绯红色绣团花的绸衫皱得像霉干菜，梳得一丝不苟的发髻散落了几丝下来……穆澜可没忘记在凝花楼，林一川脸上被喷了几点唾沫星子就飞奔着跑进浴室洗脸的事，他现在居然能受得了自己的邋遢，穆澜惊奇得啧啧出声。

见到穆澜，林一川提着斧头愣住了。心念动了动，有这小子帮忙劝说，杜先生应该会答应吧？他无声地张嘴提醒穆澜："一万两！"

谁知穆澜压根儿没注意到，她的目光移到了林一川的脚上，那双金丝银线绣制的斑斓虎靴已经沾满了污物，不复昨日的灿烂。不是别人穿过的鞋他不穿吗？穆澜翘着嘴直乐。

林一川顺着穆澜的视线低下头，鞋被那小子穿过……他的脸色顿时变得极不自在起来，下意识地把脚往后缩了缩。

"这位就是林家大公子吧？"穆胭脂刻意放柔了语气，手指悄悄地掐着穆澜的胳膊使劲儿拧了一把，"怎能让大公子干这种粗活呢？澜儿，你去帮大公子把柴劈了！"

一个大男人不能干这种粗活，姑娘就可以去劈柴吗？穆澜气得不行，知道母亲又忘记了自己的性别，她忍着痛拉母亲离开："娘，还是先去拜见杜先生吧！"

穆胭脂哪儿肯放过和林一川套近乎的机会，用力甩开了穆澜，瞪了她一眼朝正屋大声说道："我又不是不认识杜先生，他的命还是我救的呢！你劈柴去，我自己去见杜先生。"又对林一川笑道："大公子放心，妾身会帮着你劝杜先生的！您当心磨粗了手。我儿子皮糙肉厚的，尽管让他做就是了。"说着，她用力将穆澜推向柴房，自己则由哑叔引着，朝着正房去了。

这是亲娘吗？穆澜为之气结。

粗鄙谄媚的妇人，这是林一川对穆胭脂的第一印象。他不知见过多少这样的人，并不放在心上，只是很疑惑，穆澜的母亲为何急着巴结讨好自己？难道这小子贪财，其母更甚？他睃了眼身材瘦削的穆澜，想起她比自己小一圈的手掌，再想到穆太太那句皮糙肉厚，禁不住乐了："亲娘？"

"亲的！"穆澜重重地点头，心想得赶在母亲坏事之前从林一川手里再抠点儿银子出来。她挤了满脸笑，眼神闪烁，声音故意压低了道："大公子，有个对你来说非常重要的消息，你要不要花钱买？"

"本公子是你的摇钱树吗？自从认识你，每天不被你摇几遍抖出点儿银子来，你就不罢手是不是？"林一川是生意人，赚别人的银子理直气壮，但轮到别人想从自己荷包里掏银子，他就不舒服了。

穆澜耸了耸肩，跳上柴垛坐着，悠然地望着碧蓝的天空，半晌才道："大公子在杜家干粗活，平时忍不了的，现在也能忍了，就不怕功亏一篑，后悔莫及？"

林一川是聪明人，一听这话就明白穆澜想卖的消息和父亲有关。他有些自嘲地想，自己这是怎么了？为了点儿银子和这小子争闲气？林家最不缺的就是银子。反正被这小子勒索定了，还不如大方点儿。虽心里这样想着，但他神色依然如旧，语气也淡淡的："说来听听。"

这是打算付钱的意思了，穆澜也不拿乔，开开心心地转过脸笑道："你二叔请了个杂耍班三天后要去府上演一出求佛取药，说是让你爹开心开心。走索估计离地有二三十丈，你说万一摔下来，血肉模糊的，你爹瞧见了会不会……"

本就病着，再受惊，神仙也难救，林一川脸色大变："三天后？"

"就是后天。"穆澜说着竖起了一根手指头，"消息免费送你。不过，大公子若是肯付我一万两，我替你摆平这件事。"

"如果你做不到呢？我岂敢将父亲的安危托付于你！"林一川不会轻易相信初相识的穆澜。

穆澜也不着急："保不准你二叔肯花双倍的银钱，买一个意外呢？"

甭说两万两，二百两银子就足以买条命了。走索的人如果从空中摔下来，父亲受了惊吓，若有个三长两短，二叔还会跳出来装好人。林一川眼眸里的怒火熊熊燃烧。

穆澜又加了把柴："谁知道我师父想考验你到几时，你若中途离开，想要再进杜家就难了。"

为什么每次这小子讨银子都能讨得这么顺？林一川很是不甘心。消息得了，还有两天时间，他人不在府中，却也能安排妥当，只是不赶回去，就怕中途生出变故，出现意外……林一川突然想到了穆澜的母亲，那妇人对自己的态度分明是有求自己。他不动声色地使了个拖字诀："穆公子对林家很是了解？"

穆澜坦白地说道："我打着师父的旗号想从你手里抠点儿银子时，我就打听清楚了。不过，大公子，我是站在你这边的。毕竟，我先收了你的钱不是？"

拿了我的钱，你自然是站在我这边的，但如果我二叔出双倍，你又会站在哪一边呢？林一川脑中突然冒出了这个念头。

见他不肯利索给钱，穆澜眼珠转了转，捂住了鼻子："你清扫过猪圈了？"

我不过说了句鞋踩了脏东西，你就受不了，现在你受得了吗？穆澜很好奇、很邪恶地等着林一川抓狂。

虽然她用手捂住了口鼻，却将那双清亮的眼眸衬得格外有神。眼睛扑闪扑闪的，好像在说，你怎么还没被臭晕啊？林一川胸口堵着的气全化成了力气，提起斧头狠狠劈下。

"哗啦"声中，竖在木墩上的柴被一分为二，露出白生生的碴口。

忍！

忍字头上一把刀，这把刀就插在林一川的心口上。他坚持了这么久，难道就能因为这小子一句话忍不住？杜之仙没有答应，但也没有赶他走，他一定能坚持到把杜之仙请回府。

"你是来看本公子笑话的？对，本公子不仅铲了猪粪、扫了猪圈，还把这两畦菜地田垄上的杂草铲得比狗舔了还干净！从昨天到今天，把柴房里的柴垛拾掇得比本公子书房的书还整齐！本公子就不信，打动不了杜之仙！再脏、再累、再臭，本公子都忍得住！"

话是对穆澜说的，更多的却是在给自己鼓劲儿。林一川说得咬牙切齿，额头的青筋都鼓了起来。

穆澜"扑哧"地笑了，漫不经心地说道："来的时候看到你家下人在河边搭起座牛皮大帐，烧了好大一锅热水，这是为大公子准备的吧？"

热水澡……干净衣裳……林一川哆嗦了下，手里的斧头差点儿没拿稳。想洗澡沐浴的渴望被穆澜一句话勾了起来，顿时浑身发痒，难忍至极。

穆澜当没看见，跳下柴垛往门外走去，边走边嘀咕道："给师父酿的二十坛酒还放在门口，又不肯让生人进门，还得小爷去做这力气活！"

肩头被按住了，身后传来林一川急切的、压低了嗓门儿的声音："一坛酒十二银子，我给二百两，你让我去搬……洗个澡的时间就行！"

"两千！"穆澜傲骄地回过了头。

林一川深深吸了口气，他想起穆澜的习惯，往掌心啐了一口，扬着巴掌等穆澜回应："击掌为信！"

穆澜险些笑出声来，只一天一夜工夫的磋磨，林大公子就不避讳往掌心里啐唾沫了。不过，现在她嫌弃他的手脏，笑眯眯地说道："两千两银子对大公子来说算得了什么，不用击掌为信了，我信你。"

黑漆木门再次打开，穆澜出现在门口。她望着燕声和雁行，朝旁边瞥去一眼，嘴唇翕动着："传话一百两，不讲价。"

"成交！"林一川躲在门后干脆地答应了，他不想让林家下人看到自己现在邋遢的模样。他是未来的林家家主，不能在下人面前失了仪态。

穆澜清了清喉咙道："大公子吩咐说人多嘴杂怕吵到杜先生，让下人们退到林外去候着，留你俩伺候就行了。"

燕声和雁行狐疑地朝门里看了一眼，看到自家公子伸出了一只手掌，扇苍蝇似的挥了挥，两人马上应了。

隔了片刻，穆澜见人都走远了，这才笑着对林一川道："大公子，趁我娘和师父说话没留意到你，你赶紧着，免得被我师父瞧着，觉得你心不够诚。"

绯红的身影从门里冲了出去，燕声和雁行只来得及喊了声"少爷"，就看到林一川奔进了溪旁的牛皮大帐里。

瞧见了林一川的身法，穆澜微微有点儿惊讶，心道，他的轻功底子也不弱。

回头看了眼宅院，安静异常，穆澜眼里飘过一丝算计。

林一川在帐中洗澡，雁行和燕声忙着打水伺候，没半个时辰，林一川不会回来。

哑叔引了母亲去后院见师父，却守在了后院，母亲对师父说的话有着什么秘密？穆澜不能保证老头儿会告诉自己，但她一定要知道母亲保守了十年的秘密——让自己女扮男装的秘密。

穆澜转身进门，绕过照壁的瞬间，脚尖轻点，如五月杨花轻盈地飘过了院墙。

田田荷叶围绕着竹制的平台。

一方矮几，一炉一壶，浅浅水汽飘浮。

杜之仙与穆胭脂静静地对坐着。

池中水自溪流引进来，穆澜也从溪中浮水潜进了池塘。

老头儿身边虽只有一个哑叔，穆澜却不敢大意。哑叔守在后院门口，坐在老树根制成的凳子上搓着草绳，编着草鞋。杜之仙把她教得太好，她很多年前就看出哑叔那双手掌能开碑裂石。

她像鱼一样在水中滑行，借着密密的荷叶的遮挡慢慢探出了半张脸。离平台尚有几丈，母亲和杜之仙的声音被微风吹了过来。

"她的性子……只怕是九死一生……"

这是杜先生的声音，是在说自己吗？

杜之仙换了身簇新的衣裳，雪白的宽袍绸衫，袖口与衣摆绣着金黄色的小簇丹桂。五月阳光下那些丹桂栩栩如生，有种华贵的艳丽，母亲那身青色半臂褐色罗裙被衬得黯然失色。

离得远，看不清楚母亲脸上的神情，但穆澜觉得母亲的坐姿格外挺直，像雪松，又似青竹，这让她感觉到陌生。

"我为先生泡杯茶吧。"

母亲说着用茶碾慢慢碾着茶。她的姿势优雅而美，像在抚琴，又像在作画，穆澜情不自禁地屏住了呼吸。在这样安静得连风声都没有的环境里，一点点响动，都会破坏她泡茶的韵味似的。

在她的印象中，母亲是个走江湖的粗鄙妇人。母亲在她脑中的印象不是叉着腰大声呵斥着班里的人，就是爽朗地大笑，以及……佝偻着腰谄媚地讨好着施舍赏钱的贵人们。母亲坐着的时候，不是在拨拉算盘，就是在数钱箱里的银钱。穆澜从来不知道母亲还有这样优雅的时候，她的心突然乱了。

杜之仙趺坐着，双手自然放在膝上，宽大的袍袖随意拖曳至地，他目不转睛地看着母亲。

水沸，穆胭脂拿起竹勺从中舀出三勺，抬手扬向了池塘，又添水入壶，二沸水滚如珠，这才提壶浇下。茶香随之扑面而来，杜之仙露出了愉悦的笑容："穆班主这手茶技甚是了得。"

"先生号江南鬼才，妾身混迹江湖讨生计，都快忘了如何泡茶，在先生面前不过是班门弄斧罢了。"穆胭脂微微欠了欠身。

杜之仙啜了口茶赞道："甚好。"

泡在池塘里的穆澜都要急死了，怎么就听到那么含糊的一句，就茶来茶往了？

"澜儿就托付给先生了。"穆胭脂终于开口。

难不成自己支开林一川就听到这句结束语？穆澜沮丧得不行。这时，一条水蛇竟朝她游了过来，穆澜想都没想，伸出手指飞快地捏住了蛇的七寸用力捏着。蛇挣扎着，尾端在水面敲击了下，蛇身缠住了她的手腕。穆澜手上用着劲儿，那条蛇渐渐瘫软，她松开手，蛇无声沉入了塘中。

"好，我答应你。"杜之仙应了。

穆胭脂眼中渐起波澜，她扭头望向池塘，轻声说道："不堪重梦十年间，无人解忆回长安。澜儿他爹冤死十年了，想为她爹翻案何其艰难，她是家中唯一的血脉，冒险也要一试。先生教她十年，妾身等这天等很久了。"

父亲，冤死，翻案。

穆澜只记住了这三个词。

杜之仙缓缓说道："既然穆班主做了决定，总不能瞒着她。"

穆胭脂低下了头："做母亲的，要将她送入险地，妾身总是开不了口。澜儿聪慧过人，却不知她是否愿意去冒险，可若不将当年的事查个清楚明白，妾身死不瞑目。"

险地？有多危险？母亲一直闭口不说就是这个原因？穆澜思索着。

"为了她父亲，穆澜会答应的，你多虑了。我既然答应了你，就一定会办到。"杜之仙胸口气血翻腾，咳了起来，他抬袖掩了嘴，待缓过劲儿来笑道，"多谢你的药酒，我才能撑到现在，回头你还是告诉她为好。"

"多谢先生。"穆胭脂站起身，朝杜之仙行了个大礼，慌得杜之仙赶紧拦住了她："穆班主无须如此……再为我泡杯茶，就当谢礼了。"

听到这里，穆澜知道也听不出更多的秘密了。只有盏茶时间，她便悄无声息地游到后院墙边，顺着水渠游进了溪中。

穆澜湿淋淋地上了岸，从岸边草丛中拿起外袍和鞋穿好。湿透的内衫渐渐浸湿了外袍，她停了下来，瞅着远处林家的帐篷打起了主意。

宽敞的帐篷中只摆了个浴桶，浴桶红漆雕花，精致宽大。换了两次水，林一川终于觉得摆脱了周身的臭味，泡在热水中简直不想起身。

"少爷，一炷香还没燃完呢。"雁行在外面知趣地说了声。

还能再泡一会儿，林一川闭上眼睛靠在了桶壁上。昨天晚上他睡在了柴房。柴房啊，他从出生到现在，睡得是雕花的拔步床，垫的是丝棉，盖的是锦绣缎被。不像杜家柴房的稻草，翻个身就窸窸窣窣地作响，刺得他浑身发痒。

"喂，你俩赶紧把酒坛搬到照壁那儿放着呀！"雁行和燕声看到穆澜从帐篷的一边探出脸来，"哑叔在后院呢，难道还要你家少爷亲自去搬啊？"

两人感激地看了眼穆澜，挽起衣袖就去了。穆澜闪身从帐篷后出来，见雁行不放心地回头，她摆了摆手："快去！快去！"

烧水的锅冒着水汽，挡住了她大半个身影，雁行没看出什么来，扭头和燕声搬酒坛去了。

穆澜松了口气，冲里面问道："大公子，你还要洗多久？"

林一川听得清楚，嘟囔道："再来点儿热水，一会儿就好。"

"行，我帮你！"正中穆澜下怀，她弯腰往身上泼了些水，顺手提起一桶水掀了帘子。

帐篷中林一川背对着她，露出线条优美的脊背，穆澜把脸扭到一边，提起水就泼了过去："想得美啊，还要泡一会儿？当是你家啊？赶紧起来吧！"

哗啦啦的水声中林一川被刺激得从浴桶中站了起来，气极大骂："你居然泼我凉水！你真够狠的，洗个澡我给了你两千两！你也太不地道了！"回答他的是木桶扔在地上的"扑通"声和兔子般跳出帐篷的身影。

穆澜站在帐子外按着"扑通"跳动的心，不停地安慰自己："你是男人，是男人，是男人……男人看男人如看木头，没什么大不了的。"

听到里面的骂声，她又忍不住笑起来，隔着帘子理直气壮地说道："不用凉水泼你，大公子怕是想在澡桶里睡一觉呢！还害我弄湿了衣裳！换衣裳去了！你赶紧吧。"

头一昂，穆澜走了。

林一川快速地换好衣裳出来时，雁行和燕声已经搬完了酒坛，他冷着脸握拳，又飞奔进了杜宅。

穆澜的好运气似乎已经到头了，她刚走到东厢，哑叔陪着她母亲正巧从月洞门出来。哑叔和母亲的目光同时看向了她，哑叔的眼神有点儿吃惊，母亲的眼神中多了几分气恼。

"不小心被浇了身水。"穆澜无可奈何地解释。

哑叔没有问是谁浇了她一身水，指了指东厢，示意穆澜去换衣裳，比画了个吃饭的手势，就去厨房做饭了。

穆澜正要进房，胳膊就被母亲拉住了。

"怎么湿成这样？"穆胭脂一声惊呼，"头发都湿了？你栽进溪水里去了？不是让你帮着劈柴吗？谁浇了你一身水？"

"林大公子洗澡，他家小厮脚踩滑了，一桶水浇在我头上而已。"穆澜低声埋怨道，"反正我早就说动了师父去问诊，他欠咱们老大人情了。娘何必还要去讨好他？"

穆胭脂恨铁不成钢地往她身上睃了眼，嗔道："娘还不是担心你？也不知小心点儿，受了凉后天怎么走得了索？"

母亲还记得她这几天身体不适，穆澜心里微暖，忽瞥见林一川进来，便大声说道："还不是你要我去帮林大公子干活……我去换衣裳！"

帮他干活？他就提桶凉水来浇自己？林一川望着走进厢房的穆澜气不打一处来。

"大公子，我儿子是粗人，笨手笨脚的……哎哟，没把您衣裳弄湿就好。"穆胭脂快步走到林一川面前，上下打量着他。

她讨好的神情让林一川心中微动，脸上也带出笑来："穆公子动作麻利，帮我大忙了。"

他穿着的依然是那件绯色绣花袍子，却熨烫整齐。昨天晚上雁行迅速准备了五套一模一样的衣服供他换洗。

"我儿子毛手毛脚的。"穆胭脂嗅到了澡豆的香味，看出林一川已换了身干净衣裳，只装着不知。这个发现让她胆子也大了起来，赔着笑脸向林一川讨人情道："大公子，您府上的二老爷要请穆家班去演一出求佛取药，也怪我儿子不好，昨儿端午节来迟了，差点儿误了二老爷的事。杜先生已经答应去府上诊脉，您看，三天后这求佛取药是不是就……"

"杜先生答应了？"林一川惊喜交加，撇下穆胭脂走向了正房，站在门口掀袍就跪下了，"杜先生，大恩不言谢，受在下一拜！"

杜之仙忍着咳嗽的声音从房中传出："念你至孝，老夫就走一趟吧！"

林一川磕了个头，激动地说道："先生，轿子已经备好，门外恭候先生。"

见他大踏步就往外走，穆胭脂疾步追了过去："大公子，那三天后……"

穆澜？穆家班？原来那小子就是昨天端午走索夺了彩，替二叔赢了三万多两银子的穆家班少班主！林一川恍然大悟。被二叔请到林家走索的人是穆澜，他居然就趁机卖消息还想勒索自己一万两！我倒要看看不给他银子，那小子敢在索上摔得血肉模糊不！林一川微笑着朝厢房看了眼道："既然是二叔的一番好意，穆班主就请尽力演上一回，让家父也瞧瞧闻名大运河的穆家班走索绝技。演得好，林某定有重谢。"

"这，这……"穆胭脂没想到林一川仍然坚持让穆家班去表演，一时间瞠目结舌。

等到林一川出了门，穆胭脂懊恼地跺了跺脚，轻轻地给了自己一个嘴巴子："早知道，先让他答应不让穆家班去林家献艺，再告诉他杜先生答应出诊，我怎么这么笨！"

"娘，不是你笨。人家是商人，得了好处哪儿还能记得起你？"换过衣裳的穆澜抄着胳膊靠在门口，懒洋洋地说道。

"呸！有钱人真不是东西！"穆胭脂骂完，赔着小心看向穆澜，"那娘就和李教头先回去了，杜先生身边也没个伺候的人，你服侍他去林家走一趟吧。澜儿，路上和林大公子好好说说，看在你师父的面儿上，走索的时候也不至于太过为难。"

絮叨着的母亲显得这样熟悉，让穆澜险些觉得半个时辰前是自己看花了眼睛。她送母亲出门，穆胭脂欲言又止，最终还是什么都没说，匆匆上了骡车离开。

穆澜心里微叹，母亲想替父亲翻案，又怕将自己送进险地，所以才会这样回避自己。她有些内疚，如果母亲知晓自己苦练十年武艺，是东厂闻之色变的刺客珍珑，就不会这样患得患失了。可惜，这是她和老头儿之间的秘密。她立过誓，不会告诉任何人。

转过身，师父不知何时已经出来了。老头儿什么都强，就是欠不得人情，十年前得了母亲的药酒，不仅收了自己当徒弟，待母亲也一向礼遇。穆澜觉得老头儿这身穿得太骚包了，白衣飘飘，颇有些翩翩公子的味道。

"师父今天瞧着精神气不错嘛！"穆澜笑嘻嘻地夸了他一声。

杜之仙轻咳了两声，两颊又泛起了红晕："有些东西还需要准备，大公子明天辰时来接老夫吧。快午时了，穆澜，送完客回来用饭。"

"是。"穆澜笑眯眯地应了，"大公子，明天请早吧。"

明天就明天，总比不去的强。林一川倒也痛快，朝门里朗声道："明天辰时，在下准来接杜先生。"

他离家两天，心里挂念着父亲，翻身就上了马。

"等等。"穆澜拦在了马前，她笑嘻嘻地伸手，"我说服了师父出诊，酬金一万两，大公子什么时候给我？"

林一川伏低身体，很诚恳、很认真地说道："穆少班主是想明天拿银子，还是后天？"

明天陪师父去看病，自然是拿银子的最好时机，可林一川为何还要提后天？穆澜听到他叫自己少班主，心知林一川已经知晓了自己的身份。知道林二老爷请的杂耍班就是穆家班，也知道自己是在勒索他，林一川定是气极了。

穆澜微微笑着，声音里透着股戏谑："病来如山倒，病去如抽丝，大公子别太心急了。"

也不想想，你爹就算有救也需要慢慢将养，我还是我师父的徒弟，你现在就想报复我，是不是早了点儿？

他是太急了，被这小子气得都忍不住脾气了。林一川明知自己急了，又顺不过胸口堵着的气，脸色说不出的难看。

"大公子看起来挺不高兴的？脸色阴沉得都能挤出水了。"

"谁说本公子不高兴？"林一川咧开嘴，刻意露出雪白的牙齿，"能请到江南鬼才为家父诊治，本公子高兴得都快哭了！"

"在下总算不负大公子所托，一万两酬劳，大公子打算什么时候付呢？"穆澜轻轻松松把圈子绕了回去。

林一川一语双关道："明天杜先生进府替家父诊治时付你，林某会记住穆少班主数次伸手的情谊的！"

听到这句被林一川咬字清楚的"数次伸手"，穆澜不由得大笑起来，觉得林一川甚是风趣，她眨了眨眼道："大公子明儿可别来得迟了。"

林一川哼了声，策马急奔。

穆澜摇着头想，老头可不像自己，伸手只会讨些零碎。

哑叔中午做了笋子烧肉，炖了鸡汤，穆澜喝到汤里浓浓的药味。

连喝两大碗汤，感觉到热意从小腹腾起，穆澜笑嘻嘻地说道："师父待我真好。"

"汤是你哑叔炖的，怎么不谢他去？"杜之仙淡然回道。

穆澜捞了块翅膀啃着，含含糊糊地说道："救人如救火，何况还要从林家抠银子，师父决定明天去，不就是心疼我想让我在家多歇歇？"

她谢的不仅是药膳。

十年前，穆胭脂让六岁的穆澜拜自己为师，杜之仙问她："你母亲想让你学经史文集，你想学什么？"

穆澜认真地回答："请先生教我如何做一个男人。"

才六岁，穆澜就能猜到母亲真正的心思。杜之仙觉得是天意，让他真心想收穆澜为徒，然而很多时候杜之仙又觉得自己对不起穆澜。把她教得太好，令他愧疚。

"女孩儿在这段时间如果不好好照顾自己，将来容易病痛缠身。从前告诫过你的话，你从来不会犯第二次错，今天为何忘了？"

被林一川的小厮不小心泼了满身水的谎言骗得了母亲，却骗不过师父，穆澜很坦然地放下筷子道："因为我有种感觉，母亲告诉您的话，您不一定会告诉我。而我，一定要知道。"

"叮当"一声，杜之仙手中的筷子掉在了桌上，他厉声喝道："你潜在池塘中偷听？你，你听到了……你怎么这么不白意白己的身体？"

穆澜眼尖地发现老头儿将微微颤抖的手指捏成拳头藏进了袖中。担心自己不顾身体，不至于让老头儿慌乱地拿不稳筷子；只听到让自己进险地，为父亲翻案，也不至于让老头儿如此紧张。母亲究竟说了些什么？那个优雅泡茶的身影又出现在她的脑中，让穆澜暗暗遗憾没有偷听到更多。

她是个好学生，所以她绝不会让老头儿发现自己的疑惑。

"不就是要我女扮男装去找证据替我爹翻案吗？女扮男装进官场当然是险之又险，被发现就是砍头的命。母亲对我愧疚，又怕我不去，所以一直吞吞吐吐的，不肯告诉我实情。"

轻描淡写加上一副"我早猜着了大概"的神情，眉宇间满是不在乎，仿佛在说，不就这么点儿事吗？杜之仙盯着她，没有看出半点儿破绽，又暗暗掐算着时间，他松了口气。

"穆澜，你在穆家班扮男人，有你母亲替你遮掩。如果让你和穆家班的小子们同吃同睡，你有多大把握不会被他们看出来？"杜之仙神情严肃地问。

"就班里那帮小子，我绝对有把握不让他们看出来。"这点儿自信穆澜还是有的。

"因为你是少班主，他们再与你亲热，你拒绝和他们一起跳大运河里洗澡，他们也不会扒光你的衣裳拉你下水，但换成陌生人呢？当你拒绝和男人进澡堂子，就会帮自己找一个理由。当你的各种理由和借口一点点增多后，你就会成为别人眼中的异类，自然就会引起别人的怀疑，尤其是两种人。"

穆澜肃然受教："哪两种人？"

杜之仙淡淡地说道："一种是想害你的人，另一种是关心你的人，这两种人都会异常关注着你。盯着一根竹子的时间长了，就能发现它的特点，能把它和别的竹子区分开来。"

"所以，我最好成为这两种人眼中的陌生人。不引起前者的怀疑，同时远离关心我的人。"

杜之仙轻叹："穆澜，你一直聪慧。"

夸自己聪慧，却不夸自己做得好。

只有淡情冷性之人方能做到吧？师父和母亲都认为自己心软。不插手茗烟刺杀朴银鹰之事，东厂就不会发现珍珑的行踪；不拦住母亲对核桃的杀意，也许核桃早成了河里冤魂。穆澜垂眸掩住眼底闪过的悲哀："母亲想替父亲翻案，如果因此搭上无辜者的性命，他们难道就不冤枉？"

杜之仙愣了愣。

"我今天第一次听说……父亲。在我的生活里，父亲只是偶尔在脑中的想象。师父，请你告诉我，父亲是怎样的一个人，当年又是怎样的故事。来之前，母亲说把我托付给您。她说不出口，就请师父告诉我吧。"

风和日丽的五月，蜻蜓趴在粉嫩的荷花瓣上，不冷不热的太阳晒着它的翅膀，让它惬意得不想离开。穆澜摊开身体，躺在竹制平台上，盯着那蜻蜓出神。十六岁时乍然知晓自己有父亲，知晓母亲从小把自己当男孩儿养的原因，穆澜对自己居然一丝激动与诧异都没有，感到奇怪。

她的父亲叫邱明堂，正七品河南道监察使御史。十年前春闱，河南道奉旨巡查，后爆出了会试舞弊案，供奉在孔庙中的试题泄露。病中的先帝震怒，京中倒了一批官员，地方也换掉了一批官员。邱明堂因巡查不力被罢官，然而罢官后的第二天被人发现在卧房中悬梁自尽。

那天邱明堂被罢官后颓然归家，饮酒浇愁，含糊地告诉穆胭脂，他已经查到了科场舞弊案的线索证据，却无力回天。那晚穆澜发着烧，穆胭脂陪女儿睡。穆胭脂说，邱明堂喝得烂醉如泥，卧房没有承尘，梁极高，邱明堂在桌子上又搭了一张凳子，这才勉强将脖子伸进了绳圈里。

老头儿说得很风趣："你母亲嚷道，你父亲擤断了脖子她信，悬梁自尽不可能，他得站在椅子上再跳起来才能把脖子挂在绳子上。"

穆胭脂想起了邱明堂说过的话，办过丧事后就悄悄地带着穆澜走了，从此隐姓埋名。

"庚戌年科举舞弊案，我随母姓。"穆澜喃喃念着，老头儿说得详细，甚至连大理寺的卷宗都给抄录了一份。

破了那件案子，就能知道是谁想杀人灭口。

"谁还留在朝堂上，谁从那件案子中得了极大的好处……"穆澜脑中闪现出一个又一个的念头，又带来一串串疑惑。

脚步声由远而近，停在了她身边，杜之仙低头看着她道："在想心事？"

他已经换过了衣裳，如往常一般穿着普通的青色圆领袍子，穆澜翻身坐起道："乍听说父亲的事，心里总是想多想一想的。师父……可曾有怀疑的对象？"

"自然。"杜之仙掀袍坐下，拿着茶盅一个个放好，"东厂督主谭诚，网罗门生打击对手，舞弊案后期东厂奉旨提审官员，正是打压对手的好良机。礼部尚书承恩公许德昭，他原是侍郎，案发后礼部连贬六名官员，他毫发无伤，擢升了尚书。当然，这也可能因为他是太后亲兄，舞弊案与他可能无关。内阁首辅胡牧山，庚戌年他才成了首辅……"

"没一个能惹得起。"穆澜打断了他的话，"最容易入手的是哪一个？"

杜之仙拿出一沓资料递给她："陈瀚方，国子监祭酒。试题泄露后，原祭酒被砍了头，他从司业升了祭酒。"

穆澜眼神含笑，挂着让杜之仙最头疼的惫懒笑容边看资料边说："母亲大字不识，就是个懂得点儿皮毛功夫的粗鄙妇人，没想到十年前她就晓得让我女扮男装，今天正好方便混进国子监，这是不是就叫大智若愚？"

"是我的主意，你母亲……想不到这些。"杜之仙无奈地承认。

穆澜一脸"我就知道"的神情。

杜之仙又道："你长大了，可以晓事，自然可以去了。我在你房中给你备好了你日后所需之物，这两天你就待在家里好好看看，明天我一人去林家即可。后天的走索，师父会想办法让林大老爷取消。"

"不行啊，师父，林一川还欠我一万两呢，我明天得跟着你收银子去。"穆澜笑了起来，想到林一川的神情，她就开心。

杜之仙想了想，点头道："也好。"

不知为何，穆澜望着老头儿被风吹得飘荡的青袍，总有些不安。

第八章
用他的命换她的命

林家是典型的江南宅邸。一弯白墙中两扇高大对开的黑漆木门很是醒目,精美的雕花石砖围绕木门镶出一座门楼,上方门楣上简单嵌了"林宅"二字。

前院天井狭长而窄,正对的花厅里摆着条案、太师椅,一色的黑漆嵌云石家具。天光从屋顶的琉璃瓦漏下来,阳光晒出的几缕尘柱无声地落在青石地面上。

穆澜背着医箱欣赏着中堂悬挂的字画,意外发现那幅墨竹图的落款是老头儿的名字。林一川回头看了穆澜一眼,见他笑着用眼神询问自己,他矜持地抬起了下巴,无声地用嘴型回答他:"才换的!"

见他得意,穆澜低了头就笑。

林一川抬手指着画,和杜之仙寒暄:"先生十年前所作,林家视若珍宝。"

"依大公子眼力,杜某这幅画价值多少?"

突然间谈到画值多少钱?林一川想都未想,直接回道:"于喜爱它的人而言,价值连城。"

杜之仙笑了笑,继续前行。

穿过了花厅，又过了一个窄窄的天井，出了葫芦门，眼前就亮了。

高低错落的山石堆出层叠的空间，顺着地势修建的风雨长廊蜿蜒曲折，穿行在绿树藤萝中。粉墙低矮，隔数步就是一扇镂空花窗。一窗一景，绝不重复。

一顶竹帘小轿停在门外，林一川亲自请了杜之仙上轿，望着轿子抬远，他走到了穆澜身边道："穆少班主需要坐轿吗？"

穆澜知他心气不平，笑着将医箱递给了他："大公子帮我拿医箱就好。风景如此好，走路正好。"

燕声飞快地将医箱抢到了手里抱着。

穆澜忍不住笑道："我又没说一定要你家少爷拿，你着什么急？拿好了，里面有药剂，别颠出来了。"

林一川哼了声，终于还是塞了个荷包给穆澜："一万两，本公子言而有信。"

言而有信，也会睚眦必报，林大公子心里的怨气还没有消呢。穆澜看得清楚，不客气地接了荷包道："我师父昨天跟我说了，明天不让我走索，麻烦大公子跟林二老爷说声呗。"

正想明天二叔会将怒气朝着穆家班发作……杜之仙今天为父亲诊治，他很想看看二叔的脸色。听到穆澜的话，林一川又哼了声。

穆澜偏不肯服软，有恃无恐道："反正我师父也要提，你还得答应，何必顺不过心头那口气？大公子也不想想，如果不是我，你能请到我师父吗？大公子是林家掌舵人，何必与我这种爱钱如命的小人过不去？"

这小子半点儿亏都不肯吃，居然肯这样评价自己？林一川狐疑地看着穆澜，突然看到他望着一株高大的玉兰笑着。他半张脸沐浴在阳光下，元宝般的耳朵上覆盖的浅浅绒毛被照得纤毫顿现，极为可爱。

自己和这半大的小子置什么气？他也没说错，被抠了点儿银子走，也请了杜之仙来。

"你走索很厉害？"林一川心念转动，有点儿想挖个坑给二叔瞧瞧。

"大公子，你的家事在下不想插手。"穆澜叹了口气，除非林一川能把林二老爷压得死死的，否则，她不想让穆家班有任何危险。

林一川悻悻然，他就没有一次在这小子手里讨到过便宜。他心念微动，想起了一件事来："你能告诉我，杜先生问那幅画是什么意思吗？"

穆澜心想，如果你说值个多少钱，老头儿肯定让你出钱买了。这意思却不好说出口，她沉吟道："回头我帮大公子打听清楚便是。"

"一两。"

"什么？"

林一川怕穆澜又狮子大张口，穆澜却真没想敲诈他。

四目相对，林一川别扭地转开了脸。

走了小半个时辰，他们来到一处精致美丽的院落。庭院中两株有合抱粗的银杏长得枝叶茂盛，遮蔽了大半座院子。天光树影映进树旁一座尺余深的浅塘里，光影中隐约能看到白沙间静卧着一对金色的大鱼，姿态雍容而美丽。

杜之仙正负手站在池前，欣赏着池中鱼。

望着穆澜与林一川并肩走来，杜之仙眼神闪了闪，开口道："大公子，看脉时老夫不喜人打扰。"

不等林一川开口，站在正房门口的雁行朝杜之仙揖首道："在老爷院中伺候的人都已请了出去，没有少爷的吩咐，没有人能进老爷的银杏院。"

杜之仙这才示意穆澜拿起医箱。

进了正房，林一川亲自上前掀起了帐帘。

拔步床上躺着个须发皆白的老人，老人两颊的面皮耷拉下来，嘴角两边形成深深的两道沟壑。想来林大老爷未生病前是很富态的人，只是病来如山倒，瘦得太快，以至于皮肤才会塌成面皮。

林大老爷眉心处的那团灰败之气显而易见。穆澜只看了一眼，就知道林大老爷命不久矣。她很有点儿佩服老头儿，十年前就能看出林大老爷身怀宿疾。

"爹，儿子请来了杜先生，请他再给您看看脉。"林一川轻声叫着，小心地将林大老爷的胳膊从被中抽了出来。

林大老爷的眼皮动了动，睁开了一道缝，喉咙里飘出一丝虚弱的声音："杜先生，老朽不信先生所言，自作孽……"

"林老爷，您生了个孝顺的好儿子。杜某再给瞧瞧脉，您先别急着开口说话。"杜之仙拱了拱手，侧身坐在了床前的锦凳上，手指按在了林大老爷的腕间。

林大老爷闭上了嘴，眼里渐渐滚落出两滴混浊的泪来。

早知今日，当初为何不信杜之仙？儿子正紧张地盯着杜之仙。有子行孝，温暖的感觉浸润着林大老爷的心。一川……还小呢，他不能就这样死了，林大老爷的眼神里渐渐有了渴盼。

房中落针可闻，杜之仙足足看了小半时辰，收手道："林老爷安心休养，无碍。大公子外面说话。"

这话一说出来，房中人都大吃一惊。穆澜吃惊林大老爷居然还有救，她于医道只知皮毛，认的毒比救人的药多，一时间觉得自己还有更多要学的东西。林一川父子激动不已，林大老爷两眼一翻就晕过去了。

"让令尊睡吧，无碍。"杜之仙拦着林一川，示意他到外间说话。

林一川留了燕声在房中伺候，陪着杜之仙去了旁边的书房。

"澜儿，我有话对林公子说，你出去吧。"

穆澜愣了愣，有些狐疑地想，难道林大老爷根本没救了，老头儿只是能缓解他的病情发作，这是趁机要向林一川伸手抠银子？

院里清静，穆澜百无聊赖，站在池边观赏着池水。澄清的池水安静地倒映着景物，两尾肥美的金色大鱼在白沙中缓缓游动。她突然看到师父的身影出现在水中，她抬起脸，刚喊了声师父，肩膀像被蚊子叮了一口，她眼前的景物渐渐变得模糊。她努力瞪大了眼睛，只看清楚老头儿手中捏着一根针。

"为什么？"她不知道自己问出口没，思维就陷入了无边无际的黑暗中。

穆澜醒来的时候，一点光晕在眼前由朦胧变得清晰。目光所及，墙角站着一只银色的鹤。鹤嘴里衔着灯，光映着银色的鹤身，照亮了整间屋子。

这不是她熟悉的地方。穆澜下意识地动了动，这才发现自己以极舒服的姿势被绑在了一张躺椅上。

一盏茶递到了她嘴边，穆澜抬起了脸。

她看见一张英俊熟悉的脸，眼神深邃，看不清喜怒。穆澜低下头，衣襟交合处系着的带子上缝了一针，完整无损。老头儿暗算了自己，还没打算让自己暴露身份。林大公子显然是守礼之人，没趁机将她剥个精光……

"几天了？"一开口，她的嗓子异常沙哑，这是用了药的后遗症。

"蜂蜜水。"林一川简单地开口，固执地将茶盏送到穆澜嘴边。

穆澜没有虐待自己的嗜好，一气喝完了整盏蜂蜜水。

林一川将茶盏搁在旁边的案几上，坐在了穆澜面前："现在是丑时，你醒得很快。杜先生说，你应该明天巳时才会清醒。"

也就是说，老头儿下的药是十二个时辰，自己提前了三四个时辰醒来。

穆澜自嘲地说道："年轻，命贱，身体好呗。"

躺椅上垫着厚厚的虎皮，身上搭着块薄毯，如果不是手脚被绑住，这样躺着也很舒服，穆澜平静地望着林一川道："杜先生想错了，我没那么紧张他，拖个病秧子身体还要耗费精力替你爹治病，想找死谁也拦不住。何必要绑着我？就算我想去坏事，以大公子的武力、林家大群身手好的护院，我不过是个会玩点儿杂耍的，我还能闯进去把老头儿拎出来？"

林一川尴尬不已地道："穆公子，这是杜先生的意思，委屈你了。"

很好，林一川还不知道自己会武功。穆澜暗暗咬牙，不是生死攸关，老头儿绝不会用这种办法困住她，她想起了和老头儿的对话。

老头儿本不打算让她来，她想要收林一川那一万两，老头儿说："也好。"

不让她同来林府，就用不着暗算她。老头儿让她来，是让她把账算清楚，他的一条命能从林家换取多少东西。老头儿的算盘打得精，绝不会吃哑巴亏。

本来咳得就要死不活了……一丝酸涩蓦然冲进了穆澜的鼻腔，泪意上涌。穆澜下意识地闭上了眼睛，不想让林一川看到。老头儿不在意他的性命，穆澜很在意。

"既是他的意思……我就再睡一觉好了。大公子守着我，不如去继续守着你爹。我手无缚鸡之力，挣不断这么粗的绳子。"穆澜讥讽道。

林一川起身，抱拳，深揖首："穆公子好生歇息，若有需求，尽管吩咐燕声。"

"少爷，我会伺候好穆公子。"燕声在门口赶紧答道。

穆澜暗松了口气，她观察过林一川，他的武艺比燕声高强，她要争取时间。林一川离开，更方便她脱身。

脚步声匆匆远离，看来林一川不过是中途来察看而已。

房门关闭，穆澜睁开了眼睛，廊下的灯光映出了门外燕声的身影。她的手臂轻轻蠕动，手腕就柔若无骨地从绳索中脱了出来。老头儿以为药效能持续一天，殊不知教她武艺的师傅也是个强人。她尝过的毒和药太多，老头儿并不知道她早已经有了一定的抵抗力。提前了几个时辰，还来得及吗？

穆澜掀开薄毯，弯腰从靴中抽出了薄匕。胸口涌动的戾气与悲伤让她懒得掩饰自己会武艺，挥匕直接将绳子斩成了两截。

"燕声，我要出恭。你想办法吧。"总不能绑着她，让她发泄吧？穆澜克制着自己的冲动，想不动声色地将燕声诱进门来。

燕声听到房中穆澜的声音呆了呆，他的脑子不如雁行好用，对林大老爷的忠心让他更加死脑筋："穆公子，您就忍忍吧，睡一觉就过去了。"

睡到天明，老头儿就该死了！他的话如同火上浇油，穆澜眼里飘着火，从躺椅上一跃而起。

房门突然被拉开，燕声惊愕地回头。他的眼睛花了花，瞧到了一抹青影，然后眼前就一片黑暗。

倒转匕首，柄端敲在了燕声的脖子上，不等他倒地，穆澜已揪住了他的衣领，用力一甩，燕声摔在了躺椅上。

檐下的灯笼照在穆澜身上，青色的布衫蒙上了一层淡淡的暗红色。

天上寥落地挂着几颗星子，清朗而凄清。银杏树的树影像浓浓的笔墨扫过院落，枝叶疏朗间漏下的星光将那片浅池映得雪亮。

很好，还在银杏院中。

穆澜抬头，正对上守候在正房外的林一川愕然的眼眸。她快速地奔过去，中途脚用力踩踏在青砖上，身体一跃而起。

他只眨了眨眼睛，穆澜已身在半空，脚夹杂着风声狠狠踹向他的胸。林一川身体往后仰倒，看到靴尖从脸上掠过，他下意识地抬手，却捞了个空。

穆澜一脚踢空，按常理，她应该落在地上，然而她的身体却惊人地在半空中拧转，轻盈得像一条跃出水面的鱼。她背对着林一川，双手用力推向正房的房门。

好惊艳的轻功！林一川脑中闪过这个念头。但他绝不能让穆澜打断杜之仙的诊治，林一川来不及多想，跳起来就扑向了穆澜。他像小孩儿打架一样，没有任何章法，从身后抱住了她，手脚并用地缠住了她。

两人重重地摔在地上，穆澜回肘，手肘狠狠撞向林一川的肩。剧烈的疼痛让林一川半边身体一麻，他根本无法施展任何招数，脑子里只想着，一定要阻止穆澜进去。一肘接一肘地撞击激起了他的野性，他用力张开胳膊，死死圈住了穆澜，将她压在了身下。

林一川的身高与体力的优势禁锢得穆澜难以挣脱，她就像一条被扔在岸上胡乱扑腾的鱼，始终无法再回到水面。

"老头儿，你给我出来！你死不死的，我才不放在心上！"穆澜挣扎得没了力气，望着近在咫尺的房门，眼泪汹涌奔泻。

带着哭音的嘶吼声在清静的夜晚里回荡着。这一刻，林一川觉得自己像抱着条失孤的小狼崽儿，他不敢放松，反而抱得更紧，不停地念着："对不起，对不起……"

他是自私。杜之仙告诉他，针灸疏通他父亲的全身经络，再配以药剂，只能让他父亲续命两三年。

父亲对他而言，多活一天，舍尽家财他都愿意，何况能续命两三年。

但杜之仙强耗精力，病情会加重，命不久矣。

杜之仙拼了命去救林大老爷，向林一川提了两个条件：第一个条件就是林家拿出三十万两银子去救济淮河灾民。

三十万两银子，就当是为父亲祈福，何况还是救济灾民，林一川毫不犹豫地就答应了。

杜之仙的第二个条件却分外古怪。他说，如果穆澜有一天会性命难保，林家倾尽家财也要保穆澜一命。林一川不知道穆澜这小子会出什么事，竟让杜之仙如此郑重。但他想，就当是还了杜之仙一命，他当场郑重立了誓。

身下传来穆澜哀哀的哭声，她不再挣扎，趴在地上哭得像孩子似的。

对这小子来说，杜之仙就是亲人。林一川明白穆澜的感受，也很内疚，力气渐渐散了。

穆澜听不到林一川的道歉，满脑子都是跟在杜之仙身边的画面。

"澜儿好聪明，以前学过《千字文》吗？"

"我不知道，反正一看就认识。"

那是六岁初拜师时，杜之仙拿了《千字文》考她。

"你怎么认识川芎？"

"一闻就知道了嘛。"

"再闻闻这个？"

"哎呀师父，澜儿又不是小狗。"

"再想想，在哪儿闻到过？"

"药铺嘛，娘熬过这种药。"

"川芎上行头目，中开瘀结，下调经水。师父给你娘开张方子吧。"

好像是十岁，她对药有种无师自通的灵慧，可惜却对诊脉开方不感兴趣。她更喜欢配了药喂给池塘的蛙吃，看蛙的反应，觉得这比学医好玩儿。

"每个人都像一枚棋，只有下棋的人才会知道这枚棋子的用意。咳咳，不要捣乱！"

在棋枰上乱抓了一把棋子的穆澜坏坏地笑："你告诉我为什么杀了东厂的人都要扔枚刻着珍珑的棋子？太傻了吧？"

"打草才能惊蛇，有时候目标不见得是那条蛇。"

"哎，师父，猜您的意思太费劲儿了。"

"所以东厂的人也猜不到。"

"你等于在说废话。"

"师父也只是一枚棋子罢了。"

这是她十五岁那年和杜之仙的对话。

棋子，老头儿曾说过他也只是一枚棋子。他的作用就是为了教导自己，然后赔上性命，让林家对他唯一的徒弟报恩？谁又是那个下棋的人？珍珑局……她一直以为老头儿是布局之人，如果他也只是一枚棋子，谁才是真正的珑主？是师傅吗？六岁起就开始教她习武的师傅？或者，从没见过真面目的师傅也只是一枚棋子？那么她呢？刺杀东厂的刺客珍珑，也只是一枚棋？

杂草般冒出的念头让穆澜迷茫。当务之急是如何为老头儿续命！穆澜感觉到来自身后的力量小了，她背一拱就掀翻了林一川，转身毫不犹豫地一拳揍在他脸上。

"啊！"林一川捂着眼睛险些痛晕过去，悔得肠子都青了，他干吗对这头小狼崽儿心软？肚子上随之又被重重踢了一脚，这一脚力量太大，林一川直接被踢进了水池中。

水花四溅，肥美的金色大鱼被他从水中震了出来，"啪"地摔在了地上。粗壮的身躯"啪啪"地拍打着地面，因为太重，没挣扎一会儿就只能鼓着眼睛可怜巴巴地扭动着身体。

多像自己！暴露了武功，却在做无用功。穆澜擦干净眼泪，仰头望向天空，寥落的星子多像棋盘里的棋，穷尽她的目力也望不透头顶这片浩瀚苍穹……新的眼泪顺着脸颊又淌了出来。为何背底里天天叫他老头儿，心里却觉得像死了亲爹一样疼呢？

"你，你原来都是装的！你会武功！"林一川瞪着乌青的眼睛从池子里站起，气得朝着穆澜冲了过去，"小子，别以为我打不过你！"

手掌夹杂着风声拍向穆澜。

你打吧，穆澜不闪不避。

她真该挨揍。

皇帝三请不至的帝师之才，十万两收一徒，肯揣着银票来拜师的人还会少？皇帝会头一个来排队报名。

一叶障目。老头儿并不缺钱啊，她习字时曾经就用过一锭价值千金的南唐李墨。老头儿说，读书人须知文房四宝。这个"知"字，是用银子堆出来的。

枉她还沾沾自喜，抠了林一川十二万两银子。现在看来，从林家抠银子赈灾只是个借口，老头儿真正的目的，是要她结识林一川。她何德何能，让教导了自己十年的师父，拿命去换别人对她的报恩。

那个笑起来灿烂堪比骄阳的少年站在淡淡星辉下，夜色给他的睫毛染上一层亮色，未干的泪影让双眸像浸润在清水里的黑曜石。林一川的手掌就再也拍不下去了，中途改道拍在银杏树上。树影摇曳，衬得少年的面色阴晴不定，然而他每一个眼神都是同样的悲伤。

"我答应过你师父……"

门"吱呀"开了，穆澜蓦然转过身。

"大公子，令尊睡醒了按方捡药服用静养就好。"

"多谢先生。一川所应之事绝不食言。"林一川抱拳揖首，朝屋里飞奔而去。

杜之仙静静地站在门口，青色圆领长袍被夜风吹动，他的眼神无比慈爱："深更半夜，你想吵得所有人睡不着吗？"

穆澜尖声叫道："您精神不也挺好？"

杜之仙居然答道："还不错。"

他的脸惨白得像鬼似的……穆澜突然想起宅子里的药材。她记得几年前跟师傅学艺时，在深山中意外挖到了一株成形的百年老参，一直舍不得用，只想着留在老头儿病情险恶时救急用："您歇着，我回家拿那根参。"

"……不用了。"杜之仙勉强地笑道，"天快亮了，城门快开了，我们回家吧。"

"你已拿给林大老爷用了？"见老头儿这神色，穆澜就猜到了，她握紧了拳头，冲着杜之仙怒吼，"他家不是很有钱？连一根百年老参都没有？"

当百年老参是地里种的大白萝卜？林家有钱，也要山上有好运的参客挖到。就算挖到了，天底下贵人那么多，能让林家买到的，这几个月都给林大老爷用了。

穆澜走过去，背对着杜之仙蹲了下来："师父，我们回家。"

家里有哑叔，有珍藏的各种药材，兴许还能想出办法。

望着她单薄的脊背，杜之仙微微一笑，伏了上去。

他的身体像纸一样轻，泪水从穆澜眼中滴落。

她轻松地背起杜之仙就往外走。

杜之仙轻声说道："师父本来就活不久了，能让林家出那么多银子赈灾，还欠着份大人情，这买卖不亏。"

穆澜吸了吸鼻子道："您骗我。宅子里那些旧物，都是值钱的玩意儿，哪需要挖空心思来林家抠钱？"

"将来你若有难……林一川会救你。"

她用得着林一川救？穆澜不屑至极："林家除了有钱，还有什么？他再会做生意，不过就是个商人。"

杜之仙居然说道："事已至此，你若说用不着，岂不是特别傻？"

"事已至此，师父也不肯告诉我一句实话吗？"

她的耳边传来杜之仙气若游丝的声音："人为财死，鸟为食亡。东厂想要下属忠心，也需要用钱笼络，谭诚看上了扬州首富林家……竭泽而渔，不如授人以渔。抄没林家不如让林家成为取之不尽的钱袋。林一川面相不凡，他日成就绝非一商贾。"

谭诚看上的人，不奉他为主，就与之为敌。一个商人斗不过东厂，只能投靠。林一川面相不凡，也许还会成为谭诚的心腹。师父未雨绸缪，提前让林一川欠下一个人情，或许将来她这个刺客珍珑落在东厂手中时，他能救她一命。

绕了这么大个圈，全是为了她，穆澜大恸。

"师父对不住你……"

"要死了还这么啰唆！"

身后再没有声音，穆澜惊愣地停下了脚步，直到感觉到细微的呼吸声，她才松了口气。她真怕老头儿耗尽精力，突然猝死。

出了院子，雁行正站在轿旁，态度无比恭敬："穆公子，小人送您与令师回府。"

来的不是竹帘小轿，而是八抬的宽轿。

穆澜轻轻地将杜之仙送进轿中，陪他坐了："要稳要快。"

没有那根百年老参，穆澜搜罗了家里余下的参煎成一壶浓浓的参汤，她将参汤灌进杜之仙的嘴里，摸着他的脉搏，感觉到强壮了一丝。

她指尖下的手腕像一截枯木，褐色的皮肤贴在枯瘦的骨头上，隐隐能看到紫黑色的血脉。师父才过四十，身体已如八旬老翁。

油尽灯枯。

也许是参汤补气，杜之仙的呼吸变得平稳。

哑叔的眼睛红红的，不停地搓着粗糙的大手。他像是想起了什么，推开雕着五福的雕花床板，拿出了一只匣子递给穆澜，比画着手势。

"救命的？"穆澜看懂了，赶紧打开了匣子，里面放着一块绢，绢上绘着赤身男子与针灸穴位。

穆澜医术不精，但也懂得简单的针灸。她利索地取了银针，哑叔却拦住了她，着急地比画起来。

"医者无男女。"穆澜冷着脸生气，"你们从小教我如何扮男人，今天才想起我是女孩儿？如今生死攸关，他是我师父，我不需要避嫌。"

哑叔看着形容枯槁的杜之仙，一辈子没有违过他的命令，他真是为难。

"死也要讲礼！哑叔，他是老糊涂了，你也是吗？现在救命要紧，有时间去请个大夫来给他针灸吗？"穆澜厉声说道。

哑叔低下了头。

"去熬药吧。"

就当你没看见，不知道。

哑叔艰难地朝门外走去，他回头看了眼躺在床上的杜之仙，叹了口气，关上了房门。

脱了杜之仙的衣裳，穆澜又是一愣。她飞快地回头，看到房门紧闭着，她的心"怦怦"跳了起来。

杜之仙的肩上有个刺青，刺着一枝丹桂。难道他的守礼并非是为了男

120

女大防，而是为了遮掩这个刺青？

穆澜想起他那件骚包的白色绸袍，上面绣着簇簇金黄丹桂，这让她想起了教她武艺的师傅。

六岁那年，穆家班的船到了应天府，母亲酿的药酒意外地缓解了杜之仙的病情。母亲留了杜之仙在船上，顺着大运河送他回扬州，她在船上跟着杜之仙念了一个多月的书。到扬州后，穆家班在附近演出，盘桓了三个月。三个月里，她一直留在杜家读书。那时候，杜之仙请来了教她武艺的师傅。

他的个头儿和杜先生差不多高，全身笼罩在宽大的黑色斗篷里，脸上一直戴着副面具。穆澜记得，那副面具的左侧浅浅地刻着一枝花。花形刻得太浅，她从前一直没看出来那是枝什么花。

"原来是枝丹桂。"穆澜今天才明白。

面具男连姓名都没有告诉过穆澜，只让她称师傅。

老头儿教她习文，师傅教她武艺，但在穆澜心里，她更亲近老头儿。

面具师傅神龙见首不见尾，行踪难觅，想来就来，说走就走。有时会出现在杜家，有时会在她舱中留下印记，让她上岸去见他。

他教导她武艺，更多的时候是先教了招式与方法，让她自行练习。再出现，就是考校之时。他从不和穆澜说一句废话。穆澜性情活泼，小时候说俏皮话，等于对牛弹琴。年纪渐长后，穆澜总想方设法地刺探面具师傅的底细，可无论她说什么，面具师傅都当没听到。久了，穆澜都觉得对方是座万年不化的冰山，无趣至极。

穆澜刻苦努力，老头儿时不时也会提醒她练功。母亲与穆家班的人都以为她练的是走索杂耍的功夫，看不出她练的是高明的武技。

针灸之后，杜之仙的脸色不再惨白如纸，穆澜给他穿好衣裳，盯着他睡熟的脸瞧了一会儿，才起身出去。

"哑叔，既然师父不想让我为他针灸，等他醒来，你就别告诉他了，免得他心神不安。"穆澜决定隐瞒下自己看见刺青的事。

哑叔连连点头，慈爱地拍了拍穆澜的肩。

天渐渐亮了。

林家西苑守仁堂燃了一夜的烛光渐渐变弱，林二老爷通宵未眠，两眼泛起了红丝。水肿的下眼睑像两只干瘪的布袋，令他看上去憔悴异常。

这一晚已经过去了，晨曦透过窗棂照进屋来，昭示着今天会是个大晴天，然而林二老爷的脸上布满了阴霾。

他望着东苑银杏院的方向，焦急万分。

他这个侄子实在不好对付。自昨天杜之仙入府起，东苑就封了大门，数百护卫把守得连只苍蝇都飞不进去。二十几位姨娘直接被请回了房，连饭菜都是专人送进房中的。想从东苑传消息出来的人被当场打死了六个，血肉模糊的尸体从后巷里抬出去，连面容都没遮挡，吓得林家的下人们连走路的脚步都轻了几分。

天就这样亮了，东苑仍无半点儿动静。林二老爷又恨起那个收了他一万两订银的掮客，说什么请的是江湖最有名的杀手，啊呸！一万两扔水里还能听到个水花响，东西两苑只隔了一条狭窄的长巷，一整夜连个屁响都没听见！

"二老爷，大公子身边的雁行来了。"

林二老爷胡乱抹了把脸，匆匆赶到了花厅。

雁行脸色并不好，也是一宿未睡，眼睛却还有神，脸颊上两只酒窝仍在："小人见过二老爷。"

花厅地上一张苇席上躺着三个黑衣人，林二老爷一惊："这是？"

"想趁乱进东苑偷东西的贼，护卫手重，直接打死了。"雁行轻描淡写地说道，"少爷在大老爷身边侍疾走不开，烦请二老爷将贼人尸首送衙门报备一声。"

一万两没了！林二老爷心疼得面皮一阵抖动。

雁行关心地说道："二老爷脸色不太好，您不用太过担忧，杜先生已经诊治完回家去了。"

林二老爷心念转动，激动地问道："难道杜之仙真的有回春之术？大老爷的病岂不是被他治好了？"

一点儿消息没漏出，看得出二老爷真着急了，雁行露出了真心实意的笑容："回二老爷，杜先生说大老爷的病无碍，静心调养就行了，小人先行告退。"

真被治好了？雁行走后，林二老爷怔怔站了会儿。他脚下发虚，瘫坐在了椅子上，喃喃念道："真治好了？"

他亲眼看见大哥病得就剩一口气了，这才按下各种心思，耐心等着大哥归西。杜之仙出手居然就给治好了？之前重金请来宫里的御医不是都说没救了吗？

刘管事殷勤地将一盏燕窝送到林二老爷手边："老爷担忧大老爷，一宿未睡，小人特叮嘱厨房给老爷炖的。"

他担忧的是大哥被治好了……林二老爷抬手将燕窝打翻在地，喝道："你将这三个贼子送官府去！"

刘管事马屁没拍好，吓得哆嗦一下，高声叫人来抬尸首，又不死心地问了句："老爷，今天说好让穆家班来演一出求佛取药……"

人都被治好了，躺房里静养呢，还求什么佛取什么药？林二老爷顿时没了心思，怒道："不知道大老爷要静养吗？还演什么演？叫穆家班滚蛋！"

算你们走运！刘管事躬着身迭声应了，赶紧离开了花厅。只是他前脚刚走，林一鸣就抱着虫罐来了。

"爹，您瞧瞧，这身子，这长须，这牙口……"林一鸣心思只在蟋蟀上，压根儿没瞧见父亲的神色，得意扬扬地将虫罐揭开。

清脆的虫鸣声吵得林二老爷额头青筋直跳，他拿起虫罐就想摔。

"爹！虫值一万两，罐子三千！"林一鸣吓得喊了起来。

都是钱啊！林二老爷面容扭曲地将虫罐放在了几上，见儿子宝贝似的捧在怀里，这个不成器的东西……他闭着眼睛有气无力地挥了挥手："给你娘说，开库房拿些补品，用过早饭去东苑探望你大伯父。"

不亲眼瞧瞧，他还是不信杜之仙能把个快死的人给救活了。就算活了，他也要想办法弄死！

再让林一川掌几年家业，二房连汤都喝不上一口了。

林二老爷叫穆家班滚蛋，穆胭脂和李教头都觉得事不宜迟，赶紧滚蛋离开扬州为妙，免得林二老爷回头想起，又无法脱身了。

穆胭脂收拾了穆澜的行装，让李教头雇了辆骡车，匆匆去了竹溪里。

春裳、夹袄、棉袍……林林总总铺满了半张床。母亲把她的行李都搬来了，可仍然没有提半句与父亲有关的事。

穆澜倒了杯茶，靠着床柱慢慢啜着，沉默地看着母亲忙碌。尽管理解母亲想为父亲翻案报仇的心，穆澜仍有一种被抛弃的孤单。

穆胭脂做贼似的将一个靛蓝染花布包打开一角，又飞快地收起。里面是女人月事来时用的私物，她将花布包塞在了枕头底下。

"听说宫里头的贵人们都是用棉布……咱用不起那个。取灰不方便，买黄表纸最好，扔茅厕里不打眼。被人瞧见，你就说痔疮犯了。"

痔疮犯了……穆澜险些被嘴里的茶呛着，却不得不佩服母亲，连这样的借口都能想到。她摸了摸自己的脸，连丝羞意都没有。她自嘲地笑了，脸皮厚得都有一层茧了吧？

"唉！"穆胭脂将她的行李收拾完，长长地叹了口气。

她太了解母亲了，穆澜转动着茶杯，淡然地问道："船什么时候启程？"

"我和李教头回去就走。"穆胭脂顺口答了，终于扭捏起来，"澜儿，杜先生和你说了吧？"

"嗯。父亲……那晚他对娘怎么说的？"母亲不好说，就她来问吧。

恨意瞬间涌入穆胭脂的眼睛，这一刻她的眼神里寒意四射，像磨得雪亮的刀。刹那，穆澜感觉到了杀气，她下意识地挺直了背，母亲却已闭上了眼睛，那种感觉又消失了。母亲恨了十年呢，穆澜心软下来，放下茶杯，半跪在床头的踏脚板上，握住了母亲的手："您慢慢想，细细说。杀父之仇，不共戴天，再危险，澜儿也要去做，您不必觉得对不住我。"

穆胭脂没有睁开眼睛看女儿，粗糙的手被她握得紧紧的。那天晚上的事就像每天都被她细细想过一遍似的，话没有半点儿磕碰就吐了出来："……只是罢了官，没有抄家流放还算万幸。想给老爷烦闷，我亲自下厨给他做了四道菜：一道酱肉丝、一道回锅肉、一盘炝炒白菘、一碟油煎花生米，特意去买了坛剑南烧春。老爷是四川人，爱喝这种酒。"

……

母亲的叙述将穆澜带回到十年前京都榆树巷那间二进的小院里。

六岁的自己喝过药睡着了，母亲给父亲摆上了酒菜，温柔执壶，想让父亲抒怀。

还不到三十的邱明堂一杯接一杯饮着家乡的酒。本以为年轻的自己仕途一片光明，将来能衣锦归乡，如今却被罢官回去，不免心灰意懒，又觉得庆幸："返乡种田还算落了个好下场，只是连累你和女儿要吃苦了。"

"老爷说的这是什么话？妾身又不是什么大家闺秀，镖师家的姑娘能吃苦。老爷莫太过灰心，说不定将来也许还有机会起复呢。"

邱明堂愤然道："那些奸佞小人！"他骂完后继续喝着闷酒，酒劲儿让他心里的不甘又冒了出来，神神秘秘地告诉穆胭脂，"其实我已经查到了线索。"

穆胭脂分外吃惊地问道："老爷既然查到了线索，为何不禀告院里的部堂大人？何至于落个巡查不利被罢了官？"

"我胆儿小了，怕了！"邱明堂苦笑着将杯中酒一饮而尽，眼神渐渐迷离，"那八名被革了功名的监生不是在狱中自尽，就是意外身亡，哪儿有这么巧的事？"

听到这里，穆胭脂也害怕起来："咱还是平平安安的，就当什么都不知道。罢官就罢官吧，明天我就遣散了下人，收拾行李回老家去。"

"我不甘心啊！"邱明堂捶打着胸，恨自己胆小不敢说出来，此时他借着酒劲儿对着穆胭脂一吐而快，"供奉在孔庙里的会试试题根本没有被偷走。科场舞弊案是假的，皇上病重，有人借机排除异己！我已经知道那八名监生是怎么拿到会试试题的了，我明晚查到了……不甘心啊！"

穆胭脂听得心惊肉跳，却见丈夫说完就趴在桌上醉了。她扶了他上床，喂了他一碗醒酒汤，她心里放心不下生病的女儿，给邱明堂盖好被子正要离开，却被他一把抓住了手，他含含糊糊地嘀咕着："御书楼，我知道……是在御书楼。"

穆胭脂叹了口气，吹熄了灯去了女儿房中。第二天，邱明堂就在卧房里悬梁自尽了。

老头儿给穆澜的卷宗抄录得仔细，邱明堂那晚所用酒菜与母亲说的也一般无二。除了家里的房梁高了点儿，没有异样，仵作尸格上填的也是自尽。

"他酒喝得多，都软成一摊泥了，老娘几乎是把他扛上床的！"穆胭脂睁开了眼睛，那股泼辣干练劲儿又出来了，"那绳子是柴房捆柴用的。他为了悬梁自尽，后半夜酒醒了先开二门去柴房找绳子，再回卧房搬椅子上桌。他这么来回折腾没惊醒家里一个人，可能吗？他就是怕死才不敢说出查到了线索，怕死的人会自尽？"

穆澜听母亲这样说，突然有点儿好奇："母亲这么凶，父亲在家一定很怕您吧？"

穆胭脂瞪着她道："和你说正事呢，没大没小，还敢打趣长辈？"

可是她真的找不到邱明堂是自己父亲的感觉，也许她从小就不知道有父亲是什么感觉。穆澜"嘿嘿"笑了笑，继续问道："师父说咱家房梁有点儿高？"

"绳子也短，不过一丈三。"穆胭脂更正着她的话，"你爹那点儿俸禄在京城买不起房，租的二进小院也只图个干净便宜。卧房没有糊天棚，那梁离地有两三丈高。娘偷偷试过了，你爹比我高半头，桌子上搭了把椅子再站上去，他把脖子伸进绳圈，那脚尖才堪堪能点到椅子。他那细瘦胳膊得费多大的劲儿才能把自个儿的脖子伸进绳圈里？说他跳起来把脖子伸进绳圈的吧，一个没跳准，椅子就蹬掉了，那动静哪能不惊动家里人？"

说到这里，穆胭脂又叹了口气道："仵作匆匆填了尸格，衙门里来的人都异口同声说你爹被罢了官想不通这才寻了死路。娘心里怕极了，不敢对人说怀疑你爹是醉酒睡熟时被人举起来挂上去活活吊死的。娘办完丧事带你回娘家，一路上总感觉有人跟着。出了京住的客栈莫名其妙地着了火，娘有点儿功夫底子，抱着你跑了出去。后来听说官府填尸格，把一对母女认成了咱们，娘带着你就干脆隐姓埋名办起了杂耍班走江湖卖艺。"

"十年里，娘都没有回过外祖父家？"邱明堂父母早逝，老家只有族亲，穆胭脂却是有娘家的人，可穆澜从来没见过外祖父家的人。

穆胭脂咬牙切齿道："全死了。就那年冬天，我带你偷偷回娘家，一场大火把整条街都烧没了。澜儿，娘不傻，哪儿有这么巧的事？这是有人察觉到你爹找到了线索，要斩草除根！"

"重新找到我爹说的线索，揭穿庚戌年科举舞弊案是假案一件，因那件案子冤死的人就能得以昭雪，当年操控此案的幕后黑手也许会跳出来现身。所以，我一定要女扮男装进国子监。"穆澜的思路很清晰。

穆胭脂听得连连点头："当年娘不图杜先生回报别的，只要你能学得他的本事，能进国子监就好！"

阳光照在她的鬓旁，丝丝银色夹杂在黑发中，格外显眼。母亲其实才三十岁出头，穆澜怜惜地望着母亲，把脸搁在了她的膝上："娘，其实你早就可以告诉我。"

穆胭脂的身体僵了僵，犹豫了下，伸手摸着穆澜的头发低声说道："被人发现就是砍头的命，娘一直犹豫，该不该让你去。"

"我这些年扮男人连李教头都没瞧出来，您就放心吧。父亲留下了这么清楚的线索，想必我用不了多长时间就能找到证据脱身。当年死了那么多官员，一定会有人支持我们，再寻个时机揭破那件案子是假案。至于如何进国子监，母亲不是把我托付给师父了吗？师父会有办法的。"

提到了杜之仙，穆澜神色黯然。虽然杜之仙暂时性命无忧，却难说寿命有多长。

穆胭脂神色复杂，起身说道："娘去跟杜先生辞行。"

穆澜陪着母亲出了厢房，哑叔守在杜之仙房外，见到她们，他摇了摇头。穆澜叹了口气道："娘，师父昨儿耗费精力太多，还昏睡着呢。"

穆胭脂望着关闭的房门犹豫起来："既然先生在休息，我就不进去了。"她站在门口，双膝落地行了大礼，"杜先生，妾身今生今世都感念您的恩情！如有来生……妾身为奴为婢都会回报您。"她站起，又朝哑叔屈膝："谢您照顾先生和澜儿。"

哑叔吓了一跳，赶紧侧身避开，眼睛却渐渐红了。

穆澜将母亲送到门口，穆胭脂摸了摸她的脸道："穆家班沿大运河北上，娘在京城等你。"

"娘，您别为难核桃，多个人帮我也好。"母亲对翻案报仇的执念已深，穆澜有些不放心核桃。

穆胭脂低声说道："将来我会让核桃留在京城，她既然知道你的身份，也能照应你。"

望着骡车走远，穆澜这才返回了宅子。

太阳还未升起，竹林中升起了浓浓的晨雾，像风吹动的白纱，轻轻柔柔、缠缠绵绵地绕竹不散。

翠绿的叶尖凝着滴晶莹的晨露，悬而欲滴。一道青色的身影踏雾而来，手中握着青色的瓷瓶，随手一抄，竹叶微颤，那滴晨露已落入瓶中。

脚踏在柔韧的枝头上，身体蓦然弹起，顺着竹枝径直而上，踩着越来越细的竹梢往前。穆澜终于停了下来，被她的身体压得弯曲的竹梢上下震荡摇晃着。随着呼吸的调整，她稳稳地站着，竹梢不再震荡，只是被晨起的风吹得微微起伏。

远远望去，竹林起伏如波，穆澜瘦削修长的身体浮在那一片绿意之中。风吹人动，竹静人定。

三寸高的玉瓶盛满了露水。在老头儿家住时，每天晨起练功接一瓶晨露已成习惯。她仰起脸，瓶中露水倾进了喉中，沁凉中带着极淡的竹叶清香。

明明是露水，为何令她有酒后的感觉？

"啊……"她冲着远方没来由地大喊出声。

酣畅淋漓地将胸中郁闷一吐而尽，气将竭尽时，一缕风声破空而至，穆澜来不及提气，脚用力下顿，身体已仰倒，背靠在竹梢上。

竹枝从她眼前刺过，枝头上几片薄薄的青竹叶掠起的风声刮得她肌肤生疼。穆澜后背用力，竹梢用力往上弹回，瞬间，她人就飞起在半空中。双脚轻弹，她抄住了靴中双匕，旋转着舞出两团银丝般的刀芒，朝着毒蛇吐芯般的竹枝绞了过去。

绿波之间，青与黑两道身影交错而过，不过几个呼吸的碰撞，就已分开。

两丈外站立着一个头脸罩在斗篷里的黑衣人。他面东而立，第一缕晨光正照在他的面具上，面具右颊浅浅地刻着一枝丹桂。他低头看着手里的竹枝，枝头的青竹叶已被绞得粉碎，他随手扔了，声音嘶哑暗沉，隐隐能听出话中惊叹："你练成了小梅初绽。"

穆澜不置可否，弯腰将匕首插进靴中："师傅，有好几个月没见到您了，您是来送杜先生最后一程的吗？"

面具师傅当没听到穆澜的问题，冷漠地说道："青出于蓝，而胜于蓝，我已经没什么可教你的了。"

黑色的身影朝着林外跃去。

"师傅，你真不去看杜先生啊？"

面具师傅没有停留脚步，眨眼工夫就消失在绿波竹涛之中。

七月似火，说话间朝阳的热意已融化了林中薄雾，热气蒸腾而上，然而穆澜却觉得遍体生寒。那个刺青与师傅面具上的刻花真的一模一样呢，为何面具师傅不肯见老头儿呢？他不知道老头儿真的快要死了吗？穆澜重重叹了口气。

穆澜捡起竹背篓，挖了一背篓夏笋。春笋有春鲜，夏笋有夏甜，清热化痰，益气和胃，做道酸笋滚鱼头，老头儿还能喝上一碗。

"师父，您这是打算把李金针的饭碗抢了？"穆澜回到家中，脸上挂上了平时的灿烂笑容，揶揄地打趣着。

哑叔将背篓接过去，拎去了厨房。穆澜舀了瓢井水洗了手和脸，将冻在井中的凉茶提溜了出来，几口饮下，心里最后一丝烦躁也被冲淡了。

丝瓜长势喜人，绿茸茸地顶着将蔫未蔫的黄色花朵。瓜蔓滤去了灼人的阳光，独剩下暖融融的绿意。

杜之仙坐在瓜棚架下的竹躺椅上，瘦骨嶙峋的，身上搭着块薄毯。他脸色蜡黄，双颊泛着奇异的红晕，精神瞧着却极好。旁边矮桌上放着几件衣裳，他的膝上搁着针线篮，一双手很稳地穿针引线，专心致志地将鞣熟了的羊皮缝进亵裤里。

穆澜拿了张竹凳坐在他面前，撑着下巴望着他笑。

杜之仙一点儿也不觉得难为情，喜滋滋地将裤子拿出来给穆澜看："这条是练骑射时穿的，皮子缝在内侧，免得磨伤了腿。犯了事就穿那条屁股上缝了牛皮的。这条是读书用的，跪着读书是常事，冬天地上凉，膝上缝了羊皮防潮。有的先生有恶癖，专查学生是否用了护膝，师父做的裤子摸起来像厚的土布，绝对查不出来。"

"针脚这么细，除非剪开来查，真看不出是缝了皮料的，师父的手艺巧夺天工！"穆澜心里悲伤，嘴里不吝赞赏，只盼着能哄着老头儿多开心几天。

老头儿醒来后，每天就给她做各种衣裳护具。做完内甲做衣裳裤子，看得穆澜伤心地躲在厨房里哭了几回，每次都大大方方地撒谎说烧火煮饭时被烟熏红了眼，老头儿也不揭穿。

一整天就这样消磨过去，直到他倦极睡着，哑叔才将他抱回房中休息。

这段时间林家几乎隔天就会送来大批药材。林大老爷身体渐渐好转，已能下地，据说补回了二十斤肉。林家对杜之仙感激涕零，毫不吝啬银钱，遣人四处搜罗药材。百年参还了三根，上十年份的参装了一箩筐。

药材收了，林家请来的各路名医却都被杜之仙婉拒。医者不自治，他与众不同，提笔给自己开方，硬是将精气神给养了回来，穆澜当时以为老头儿再磨叽活个几年没问题。

日子一天天过去，刚进八月，杜之仙的病情就陡转直下。

"药没用了，何必再吃？"

杜之仙的话，却惹来穆澜大怒："你不吃怎么知道没用了？"

穆澜强行灌了他几次药，反而把老头儿折腾得吐晕过去。他也不朝穆澜发脾气，无奈地看着她，穆澜就知道再得根千年老参都没办法给老头儿续命了。

"行李都给你备好了，过了八月十五，你必须走，不然赶不及秋季开学。"

我走了，谁给你当孝子摔盆送终？她顾不了那么多了。国子监几千监生学子，既然知道典籍厅管辖的御书楼中有古怪，她总能想法子混进去，穆澜满不在乎地说道："等了十年，不急这半年，大不了我等到明年春闱后再入学。"

不过是舍不下他而已，杜之仙轻叹。

后院湖边的那株丹桂，开花那天正是八月十五，杜之仙已动弹不得，哑叔抱了他，让他躺在平台上。他就一直伸着脖子远远地望着，不肯去树下，仿佛隔着池塘瞧着多了几分朦胧美似的。

穆澜站在后院门口瞧着，实在不忍心告诉他，面具师傅来过，又走了。

衣袖被扯了扯，穆澜回头，看到须发全白的哑叔红着眼睛。他示意穆澜跟他走，穆澜觉得今天哑叔的举动特别奇怪。从林家医治林大老爷回来后，哑叔的视线几乎就没有离开过老头儿，这样将老头儿一个人扔在这里不管，还是头一回。

哑叔从杜之仙的床底下拖出来一只樟木箱子。四角包银，箱盖上雕着一树丹桂。

看到丹桂雕花，穆澜又叹了口气。扮了这么多年的男人，她也能瞧出核桃对自己的情愫。到这份儿上，她已经明白，老头儿宁肯让杜家绝嗣，一生未娶，心里定是有人了，还是个他没办法娶回家的人。

她不由自主地想起了面具师傅。师傅比自己还要高半个头，那肩宽、那背影、那嗓音怎么都不像是个女人……穆澜翻了个白眼。师父诶，你号称江南鬼才，咋就偏喜欢上个男人呢？还是个连你病得要死了都不肯来瞧你一眼的男人！

胡思乱想中，哑叔将箱子打开了，宽大的手掌小心地从里面捧出了一套衫裙递到了穆澜手中。

"真好看！"穆澜惊叹地望着这套衣裙。

衣裙柔如烟罗，捧在手里轻若无物。

裙子是春天柳树初绽新叶那种像绿雾般的色泽，褙子是迎春花最柔嫩的黄。黄与绿极难配出上佳的色彩，这套衣裳的两种色却极柔极嫩，配在一起有了明艳的感觉。只看这颜色，仿佛就有一个豆蔻年华的少女出现在了眼前。

褙子的襟口用金线绣了丹桂，和老头儿那件白袍上的花形一样，一簇簇生动活泼地怒放着，淡淡的桂香萦绕在鼻端，仿佛是才从树上摘下来似的。

哑叔指了指她，意思是让她换上。

"给给给……给我的？"穆澜激动得舌头都打卷了，天知道她多想穿裙子打扮得美美的。及笄时，母亲将她带到河边，连条素裙都没让她换，往她的道髻上插了一支钗，就算成了礼，那支银钗转手还被母亲收走了。核桃及笄时母亲都给核桃新做了条粉色碎花的裙子，羡慕死她了。

哑叔着急地比画着，穆澜当场石化："让我扮师父的……心上人？"难道她想差了？面具师傅和老头儿不是那么回事？

她仔细瞧着这条裙子，嘀咕道："不会是师父自己绣的吧？"

哑叔居然点了点头。

她这个师父是拿得了笔，也捏得了针。穆澜今天都不知道叹了多少口气，她寻思着衣裳上的桂花绣得精致，江南只有李金针才有这等绣技。突然她就冒出了想法，老头儿的心上人不会是李金针吧？一时间师父为讨好李金针研究绣艺的场面就出现在眼前。

　　"哑叔，我记得李金针曾来拜访过师父。要不，我去苏州将她带来？"

　　哑叔急得直跺脚摆手，不停地比画。

　　原来师父是向李金针请教针法，就为了亲手做套衣裙送给自己的心上人，穆澜又叹了声："哑叔，师父都到这份儿上了，你直接告诉我吧，我去把人带来见他。"

　　哑叔的眼神分外忧伤，眼圈一点点地变红。

　　看懂了他的意思，穆澜也难过起来："不在扬州啊，师父等不了那么长时间。"

　　哑叔犹豫了下，朝穆澜跪了下去，他行了大礼，眼里落下泪来。

　　"我知道了。"

　　老头儿快死了，却惦记着想见一眼心上人，见不着人，就望着那株丹桂发呆。

　　穆澜也捧着衣裳发愣，她从来没想过，她会在这样的情形下第一次穿上女孩儿的衣裙。不是为了自己，是为了扮老头儿的心上人，再让他瞧上一眼。

　　束了多年的头发第一次披散下来，瀑布般流泻在背上。穆澜换好衣裙，柔嫩的颜色让她的心情异常复杂，她习惯了青与黑，她将来还能是一个无忧无虑的姑娘吗？她打开房门，冲哑叔说道："大小合适，裙子短了两寸，隔得远，不妨事。"

　　她想，师父心里的那位姑娘身材比她矮两寸，一样的纤瘦。

　　哑叔摇了摇头，推着穆澜在妆镜前坐好，拿起了桃木梳。

　　"哑叔……你，你会梳，梳梳梳……女人的发髻？"穆澜第二次震惊得舌头打结。

　　哑叔的手变得温柔异常，顺畅地梳通着穆澜的长发。这双能开碑裂

133

石的大手居然会绾女孩儿的发髻？穆澜呆若木鸡。她突然发现，相处十年，她并不了解老头儿，更不了解看上去憨厚的哑叔，他们都有着什么样的过往？

老头儿年轻时也潇洒倜傥、玉树临风，是先帝都恨不得招为驸马的人物，什么样的姑娘才会对他不屑一顾？

短短几个月，发生的事情就像春草一样，疯狂地冒出来，让穆澜走进了一片迷雾中。她不知道这是今天第几次叹气了，只觉心如乱麻，她干脆闭上了眼睛。

过了片刻，哑叔拍了拍她的肩。穆澜睁开了眼睛，镜中出现一个梳着双螺髻的少女。鸦青的发，清亮的眼，挺直的鼻梁，花瓣似的淡唇，被那娇嫩的黄、蒙蒙的绿衬得柔媚万分。

镜中人突然一笑，美丽倾城。穆澜"哇"地大叫起来，冲着镜头挤眼吐舌头，哈哈大笑："哑叔，我好漂亮啊！"

哑叔被她的快活感染着，生满皱纹的脸舒展开来，对她跷起了大拇指。

"啧啧，难怪娘让我扮男人呢，这模样跑码头准被恶少抢破头排队来调戏啊！"穆澜恋恋不舍地望着镜中的自己，轻轻摸着发髻道，"还没戴首饰都这么漂亮，我太喜欢了！核桃都没我美呢，那丫头要是瞧见，准得伤心死，哈哈哈哈！"

"咳咳！"哑叔被逗乐了，怜惜地看着她，想了想，从柜子里又捧出一只匣子。

打开一看，穆澜都要晕倒了："老头儿年轻二十岁，我嫁他得了，居然还给他心上人准备了漂亮的首饰！"

好奇心膨胀起来，究竟是哪家的姑娘啊，连江南鬼才都瞧不上？

那顶花冠以金丝编就，嵌着蚕豆大的珍珠，工艺精湛至极。六支宝相花形的金镶玉花钗、同款的耳环，玉质洁白无瑕。

哑叔从中拣出一对蔷薇形的簪花，插在她的双螺髻上，穆澜的脸被耀眼的金照得更加明艳。

她摸了摸耳朵，真遗憾，她没有穿耳孔。

哑叔比画着告诉穆澜，这是杜之仙留给她的。

"师父！"穆澜眼里涌上了泪。

她记得有次和核桃她们玩闹，抹了脂粉，母亲直接就抽了她一顿鞭子。从来没有人像老头儿这样惦记着她。在老头儿心里，教她扮小子，却待她如闺女。穆澜吸了吸鼻子，宝贝地摸了摸匣子，递给了哑叔："将来等我办完事，我就打扮给师父看。"

哑叔慈爱地笑着，递给她一方白纱。他告诉穆澜，那个"她"出现在桂花树下时，戴着一顶帷帽。

"家里没有女人用的帷帽，别让师父等久了。"穆澜用白纱蒙了脸，大步就往外走，却被裙子绊住，她一个趔趄，撑着桌子才没被绊倒。

哑叔轻走了两步。高大的身躯，走着碎步……

穆澜"扑哧"地笑了，她学着哑叔走了两步，还是将裙子提了起来："我从大门出去，翻院墙！"

桂树在池塘对面，靠着后院的竹林。她翻墙进去，从竹林中走向桂花树，老头儿隔岸瞧着，也许会以为真的瞧见"她"来了。

穆澜提起裙子，飞快地跑向大门。

第十章
神秘黄衫女

翻身下了马，林一川和捧着中秋节礼的燕声踏上了石阶，他的手才触到门环，杜家的黑漆大门突然就打开了。

门口站着个身材高挑的姑娘。眉如新叶，腰若细柳，朦胧的白纱遮住了面容，一双眼睛又圆又亮，像受惊的小狗，惶恐慌乱。

裙子是烟罗纱，褙子是沉水缎，金线刺绣的桂花从领口一直垂到了衣角，繁复而华丽。黑色的门与娇艳璀璨的衣饰相映，林一川惊艳地倒退了一步，仰着脸望着意外出现在女子，哪来的富家千金？

穆澜吓蒙了，也往后退了一步。

女子那双露在面纱外的眼睛噙满了惊恐，让林一川没来由地放柔了语气："姑娘莫怕，在下林一川，是来给杜先生送中秋节礼的。"

他灼灼的眼神里透出毫不掩饰的惊艳神色。四目相对，穆澜的心"怦怦"狂跳起来，要不要杀了他灭口？

她长长的睫毛颤了颤，林一川的心就像被一片羽毛拂过，他的声音更加温柔了："烦请姑娘通报一声，在下与杜先生的弟子穆公子是旧识。"

叫她姑娘？他没认出自己，穆澜一颗心荡荡悠悠总算落定。我还不知道你是谁？她双眼圆瞪，"砰"地将门关了个严实。

林一川感到莫名其妙，转身问燕声："你家公子长得像罗刹？她怎么吓得跟兔子似的？"又啧啧赞叹，"不过，好温婉的女子。我打赌，她一定生得极美！"

　　燕声也看傻了眼："少爷，这门外也无车马，她是住在杜先生家的，难不成是穆公子的小媳妇？"

　　一股不舒服的感觉油然而生，林一川撇嘴道："那小子不过是个玩杂耍的，他也配娶这样的姑娘？那身衣裳就至少值五六百两银子，小铁公鸡舍得？"

　　门再次打开，哑叔出现在门口。

　　"哑叔，我是来探望先生的。"林一川赶紧朝哑叔行礼，"先生可还好？"

　　他的目光情不自禁地往里瞧，哑叔移动脚步挡住了他的视线，哑叔接过燕声递来的礼盒，比画着。

　　"原来先生有客人在，那在下告辞，改天再来看先生。"林一川施礼告辞。

　　上了马，林一川又回头看了眼杜宅，有些高兴："听到没？那姑娘是杜家的客人，跟那小子没关系。"

　　燕声打趣道："少爷该不会对那姑娘一见钟情了吧？说不定面纱下的脸上带着疤呢。"

　　林一川作势举拳要揍，昂着头说道："反正不能是那小子的小媳妇！一个走索卖艺的，长得不错就算了，比我还会抠银子，还敢揍我，还娶那样的姑娘，你叫少爷我怎么咽得下这口气？改天我定要约他正式比一场。"

　　燕声也没忘记被穆澜敲晕的事，同仇敌忾地说道："少爷，那小子功夫不弱，他忒会装了！您得小心。"

　　"我不过是瞧在杜先生的分儿上让着他呢，真要打，还不知道谁挨揍呢。"林一川说着又咬牙切齿地恨上了，"那小子的确狡猾，瞒得滴水不漏。可惜的是，雁行没从白莲坞里找到夜行衣，不然我真怀疑那晚凝花楼中东厂要抓的刺客就是他。"

两人骑行在窄窄的小径上，秋日午后的阳光浓烈，一道强烈的光从林中闪过，林一川皱了下眉，又舒展开来，低声说道："前面有埋伏，别慌，往回跑。"他忽然提高声量叫道，"燕声，不如比试下，看谁先出竹林！"

燕声紧张地应了声好。

两人同时狠狠朝马抽了一记，马扬蹄前奔。

埋伏在两边林中的人听得分明，皆扣紧了弓弦，就等着两人冲进伏击圈。就在马往前奔驰的同时，两道人影从马上跳了下来，头也不回地朝着来路狂奔。

"被发现了！放箭！"

竹林中瞬间站出十来个黑衣人，持弓放箭。

"嗖嗖"的箭矢声刺破了空气，交织成一张网，笼罩着林一川和燕声，两人借着密密的竹林躲过。箭矢拖延了两人逃跑的时间，回头一看，黑衣人已围了上来。

"分头跑，这里林子密。"林一川抬剑挡住了砍来的长刀，一脚踹中对方心窝，腾身跃起，顺着竹子往上爬。

一名黑衣人紧随而至，抱着竹子，拿起手中长刀就砍向林一川。

脚踩在刀背上，林一川借机又往上爬了一截。眼看爬到顶，竹梢细而柔软地弹起，将林一川朝另一个方向送了过去。黑衣人却也不是吃素的，手臂抬高，臂弩射出了强劲有力的弩箭。

听到破空声，林一川往竹后躲闪，一支弩箭扎进了竹竿中。他瞟了眼，心里暗暗吃惊。

箭矢破空声不绝，林一川被逼得落了地，他仗着一身好武艺杀了几人，逃进了竹林深处。燕声已不知去向，很显然，黑衣人的目标是自己，所以他们没有理会燕声。也许他再多撑一会儿，燕声就能带着人赶来。林一川在林中狂奔，再回头，发现只有一名黑衣人跟在身后。

这人的轻功很高，猫戏老鼠似的跟着他，怎么也甩不掉。林一川干脆不跑了，他喘着气对跟过来的黑衣人道："兄弟，别人出多少银子，我给双倍！"

那人笑道："江湖规矩不能破，林大公子，你就认命吧！"

"你们接活儿为的是银子，规矩算什么？我给三倍！反正你知我知，天知地知，你就当没追上我，如何？"

说话间林一川一直盯着对方手里的刀看。黑衣人的刀都是同一式样，弓箭是一石强弓，还有能刺穿楠竹的劲弩，他们彼此间配合默契，绝不是普通的江湖杀手。

黑衣人扬刀砍向了他。

轻功这么好，武功却不怎么样。林一川舔了舔有些干燥的嘴皮，思索着。刀夹杂着风声砍来，却不够凌厉。为什么就只这么个货色追上了自己？林一川边打边喘着粗气，像是用尽了体力，双手握着剑朝黑衣人劈下。

黑衣人眼神微眯，轻松挥刀将他的剑击飞，一脚踹在他后背上，林一川扑倒在地，挣扎了几下就晕了过去。黑衣人提着刀走到他身边，又一脚将他踢得翻转过身，见没有动静，不屑地说道："有钱人家的公子哥儿，能把武艺练成这样实属不易。"

他朝竹林另一头看了眼，举起了手里的刀。刹那，他心中升起了警觉，就像野兽最本能的反应，他就地滚开，一把匕首"噗"地扎进了他原来站立的地方。

"谁？"黑衣人悚然喝道。

竹林高处衫裙晃动，一位姑娘似驭风而来。极嫩极柔的身影像风中飘荡的一朵花，转瞬间就到了他眼前。

一点银光映进黑衣人的眼中，他仓皇间举刀去挡，然而那个曼妙的身影轻飘飘地飞过了他的头顶。他回首的瞬间，像是什么东西扼住咽喉，让他呼吸困难。好快的身法！他脑中想着，眼前已是一片黑暗。长刀从他手中掉落，他费劲儿地伸手，摸到了喉间突起的一截刀尖。

拔出匕首，穆澜弯腰揽起林一川迅速地离开。

黑衣人"扑通"跪倒在地上，瞪着吃惊的双眼就此死去。

竹林是这样的安静，风无声吹过，吹散了浓浓的血腥味。良久，一双鞋踩着清脆作响的枯叶走到了黑衣人面前，皂底布靴上一幅绣着云浪的缎袍微微摆动。这是个四十来岁的中年男人，略胖的团脸斯文和气，穿戴像是个江南富家翁。

四周渐渐响起脚步声，先前的黑衣人赶到了这里，见到中年男人的瞬间，黑衣人齐齐单膝下跪："大档头！"

梁信鸥沉默地望着黑衣人喉间的血窟窿，想起了死在刺客珍珑手里的骆公公。那个女子的轻功令他惊艳，出手干净利落，用的也是一对匕首。难道她是珍珑？刺客珍珑是个女人？他喃喃说道："总算对督主有个交代。"

"撤！"他轻声下了命令。

风从脸上掠过，林一川悄悄将眼睛睁开了一道缝儿。

柔软的衫裙勾勒出苗条的腰身，淡淡的桂花香气从她身上传来。从他的角度看去，白色的面纱被风吹拂着贴在她的脸上，露出脸部朦胧的轮廓。林一川望着她，手指轻轻动了动，有种想立刻揭开她面纱的冲动。几缕长长的发丝从鼻端飘过，"阿嚏！"林一川没忍住打了个喷嚏。

醒了？穆澜低头看到林一川灼灼的眼神，她立刻松开了手。

身体陡然下坠，林一川乱挥着手叫了声，重重地摔在了地上，他一个鲤鱼打挺帅气地跳了起来。

她站在高高的竹枝上，衣袂飘飘，像枝头初绽的娇嫩花朵。

"喂！你松手前不知道打声招呼啊？"林一川用力拍打着身上沾着的泥土、枯叶，没好气地说道。

原来他是假装昏厥。为什么他要在黑衣人面前假装体力不支被打晕过去？穆澜猜测着林一川的意图，然而她更在意的是自己居然被他骗得出手！穆澜气恼不已。看来师父和母亲说得没错，她的心软迟早会害了自己。

穆澜冷冷看他一眼，脚尖踩着柔韧的竹枝，朝外掠去。

"我还没谢你呢！"

她头也不回地离开，身姿轻盈美丽。

"还是个冰山美人？"林一川欣赏着她远去的身影，俊脸上涌起了笑容，"不理我？我不知道去杜先生家找你？"

竹溪里依然如昔，竹中那场刺杀并没有影响到杜宅的清静。

暮色还没有完全沉入黑暗时，穆澜出现在桂花树下。

最后一线黄昏的光落在枝叶间，墨绿叶片间星星点点的金色桂花幽幽吐放着香气，穆澜有些紧张地站在树下。老头儿，你瞧见了没？"她"来了。你再不要失望伤心，你看到"她"，是否就可以走得安心？

她轻轻攀下一枝桂花，装着嗅闻着花香，透过枝叶望向池塘的对岸。

早已无法站立的杜之仙居然从躺椅上站了起来。

穆澜惊愕得放开了花枝，老头儿站起来了？这执念得有多深啊？

风吹过他的衣袂，穆澜依稀看到当年那个名满京城的翩翩公子。

老头儿被刺激得都能站起来了！穆澜激动地想,她是不是可以扮下去，让老头儿的病慢慢好起来呢？

她发怔之时，杜之仙突然整了整衣袍，双膝落地，朝桂树所在的方向行了个大礼。

什么情况这是？穆澜下意识地就想闪身避开。然而，杜之仙伏在平台上再没有抬起过头，一丝不祥油然而生。穆澜不敢动，盯紧了他，盼着他重新站起来。

他以极恭敬的姿态跪伏于地，任由身体被黑暗吞噬。

时间仿佛停滞，暮色终于完全沉入了黑夜。

"师父。"穆澜的尖叫声打破了静默，她的心狂跳着，她几乎用最快的速度跑向了杜之仙。

他的眼睛已经闭上了，嘴角含笑，面容安详。

穆澜摇晃着他，眼泪大滴大滴地落下。

一盏晕黄的灯照亮了她和杜之仙，哑叔沉默地将灯笼放下，跪了下去。

"怎么会这样？"穆澜抱着杜之仙，哑声问道。

哑叔跪在阴影里，高大的身躯沉重得像背负着一座山。

"回答我！为什么师父见着桂树下的女人会行叩拜大礼？他不是只想见他的心上人一眼吗？你骗我！"穆澜高声怒吼着。

哑叔的身体簌簌发抖，呜咽地哭了起来，他用力地磕着头，撞得平台砰砰作响。

穆澜扯住了他的衣襟逼视着他："你说话！你告诉我为什么！

"我不扮成那个女人，他就不会泄了心里的那口气，他是不是就不会死？

"哑叔，你从小就疼我，你为什么要让我害死师父？

"你不是最听他的话？你怎么舍得让他死？

"她是谁，你告诉我她是谁？她不是老头儿的心上人，是债主！老头儿欠了她什么？哑叔，你告诉我！"

哑叔颤抖着手比画着。

穆澜明白了，若"她"不出现，老头儿死不瞑目，他人生最后的夙愿就是对着"她"下跪行礼，乞求饶恕。

"至少师父走得安心。"穆澜喃喃说着，呜呜哭了起来，"我不甘心！我什么都不明白、不知道！为什么不能告诉我？他欠了别人的债，我帮他还……"

哑叔抱住了穆澜，大手轻轻地拍着她单薄的背。穆澜瞧不见，此刻哑叔眼里的悲哀比夜色更浓。

林家几十名护卫举着火把将林一川和燕声遇袭的地方照得如同白昼。

"少爷，确定是这儿？"雁行仔细地把这块地方查了个遍，没发现任何异样。

林一川踢了踢自己装晕的地方，面前有块草皮被铲走了。打扫得真干净，连淌了血的地皮都铲走了，他"嗯"了声道："查不出什么了，回吧。"

护卫拱卫着他上马离开，林一川突然又想到一处地方。他沿途回忆，终于找到了那棵竹子。雁行留声，那些人铲走了带血的地皮，还没有把这棵粗大的楠竹砍走。他取了支火把腾身跃起，抱着竹竿爬了上去。

扎进竹身的弩箭已经被取走了，不过，他身上还有一支弩箭。箭镞上刻着鹰翅图案，是从茗烟身上取出的，属于朴银鹰的那支。林一川将火把插在竹枝间，将弩箭朝着竹身上的孔洞插了进去。纹丝合缝，就像原本这地方插的就是这支弩箭。

是东厂的番子……

取了箭放进怀里，他跳了下来，不动声色地说："清理得很干净，走吧。"

但走了一程，他又想到了杜家的那位姑娘，带了人又折回了杜家。

"城门已经关了，就地宿营。"林一川下了命令，自己却迈上了台阶，"少爷我去杜家借宿一宿。"

杜之仙没有拒绝林家送去的大筐药材，想必借住一晚，也不会拒绝他吧？他微笑着上前叩响了门环。这次来开门的，还会是那位冰山美人吗？他有些期待地站在门外等候着。

没有丝毫动静，难道东厂的人来过杜家了？林一川拧紧了眉头，再次叩动了门环："杜先生在家吗？在下林一川！哑叔、穆公子！"

没有听到脚步声，他心里越发着急了，正打算翻墙进去看看，门"吱呀"一声开了。穆澜一身白衣孝服，红着眼睛瞪着他："敲门喊得这么急，来奔丧的？"

林一川大怒："你……"他看到了穆澜的装扮，话及时咽进了肚子。

"让开！"穆澜冷着脸越过他，拿起竹钩将门上的灯笼取下来，换上了白灯。她用竹竿挑着素白孝幡竖在了门口。

"你这是……杜先生过世了？"林一川倒吸口凉气，他来得太巧，看情形这是才发生的事情。

俊秀眉眼间难掩凄色，穆澜忍着泪"嗯"了声，淡淡说道："在下要忙师父的身后事，大公子自便吧。"

"杜先生于家父有活命之恩，在下理当留下来行后辈之礼。"林一川肃然说道。

一股火突然就冒了出来，穆澜盯着林一川恨恨说道："若不是医治你爹，我师父死得没这么快！"

老头儿本来可以多活几年的！她需要林一川这条后路吗？说不定将来

他投靠东厂作恶，她会先宰了他！

穆澜的恨意是这样浓烈，林一川无言以对："我去给先生磕个头……"

"砰！"杜家的大门被穆澜用力地关上了。正想跟进门的林一川险些被撞到鼻子，他沉默地站着，却生不出一丝怨气。

"雁行，杜家人丁少，看情形杜先生的丧事会极冷清，咱们却不能让先生走得无声无息，你去办吧。"

雁行点了点头，点了些护卫连夜往城里赶。

杜之仙的丧事办得盛大隆重，整座杜宅淹没在如雪的素幡中。

他过世的消息被林家宣扬出去后，扬州城的大小官员络绎不绝地赶来吊唁。官员们去了，有头脸的富绅接踵而至，附近书院的学子也闻声而来。

竹溪里不复清静。平时行走的三尺小径硬生生被车马行人踏宽了两倍，正门内外一百零八个和尚、一百零八位道士打擂台似的唱经念佛，还有三十五名专职哭丧的妇人，来个客人，就号得哭声震天。院里内外供的香烛纸烟烧起袅袅青烟，熏得方圆百丈连只鸟都瞧不见。

杜宅外头的竹林伐倒了一大片，搭起了竹棚，来的读书人相聚于此，竞相写下无数诗篇，这番风雅又引来了城中的小娘子们。燥热的秋日，竹溪里平白多出了几分春意。

杜家的丧事接待被林一川悉数揽上了身。林家的管事、下人有条不紊地安排丧仪，打点茶水饭食，无不周到。

望着林一川忙碌的身影，穆澜嘴里没说，心里充满了感激。

"……杜某昔日门生故旧无数，以吾弟子身份进国子监如双刃剑，照拂者有之，嫉恨者亦有之。以汝之聪慧擅加利用，定能化险为夷。"

她原想低调进京，如今被林一川这么一折腾，还没进国子监，恐怕她这杜之仙关门弟子的名声早就传扬开了。

老头儿还算厚道，给她留下了一封书信。信末一再叮嘱她不用居丧，免得为他守孝耽搁时间。

师父为了她，甚至叮嘱她不用居丧。穆澜看到这句话时，那种难过像刀刺着心，她不愿意让老头儿走得无声无息。

老头儿的话又在她心里浮现出来："事已至此，你若说用不着，岂不是特别傻？"

"所以，师父，澜儿决定为你守孝，明年开春再去京城。"穆澜对着杜之仙的灵位低声说着。她很感谢林一川，成全了自己的孝心。做出这个决定，她的心就安静了下来。

穆家班已经到了通州，穆胭脂在信中催促她早些动身。鞭长莫及，就算母亲返回扬州，哭着求她去京城，也赶不上秋季开学了。穆澜洋洋洒洒地回了封长信，重点就一句："百善孝为先。若不能为师父守孝，必为人诟病，国子监必驱逐之。"

相信母亲看到这个，再不会心急催促。

吊唁的人太多，穆澜跪肿了膝盖，还礼时额头都磕得青了。杜家没有人来，穆澜到现在才知道老头儿活得有多么孤寂。起身时，林一川瞧见她有点儿踉跄，伸手扶了她一把。

"谢谢。"穆澜对他露出了笑容。

林一川一直都知道，穆澜笑起来时灿烂得令人炫目。此时穆澜的这抹笑容配着素白的孝服，憔悴得让他心生怜意："你去房中歇会儿吧。"

穆澜揉着膝盖，微微蹙了蹙眉。

两人离得近，林一川瞧着穆澜秀美的眉毛，突然想起了那位蒙面姑娘，他情不自禁地问道："中秋那天见着有位姑娘来拜访杜先生，你还记得吗？她蒙着面纱……"

她的武艺还很不错，杀了一个黑衣人，救了自己。但那个黑衣人是东厂番子的事，林一川却没有告诉穆澜。

穆澜揉着膝盖，慢吞吞地回忆着："蒙着面纱的姑娘？中秋那天……我那天去城里买节礼了，没见着什么姑娘。哑叔！哑叔！"

她叫来了哑叔，比画着手势。

"什么？"穆澜装着大吃一惊的模样，手势打得飞快，半晌，沮丧地告诉林一川，"哑叔说的确有位姑娘曾来拜访师父，不过师父没让哑叔伺候，见过那位姑娘就让她走了。她长什么样？"

林一川站在旁边仔细观察，没有看出半点儿异样。如果穆澜说的是真的，那可真是个神秘的女子。她和杜之仙又有什么渊源？可惜杜之仙已经死了，无人知晓她的身份来历。

想起那姑娘杀死的黑衣人是东厂番子，林一川不敢泄露更多情况。正巧来了客人，林一川胡乱搪塞着："我来送节礼，她开的门，我也没瞧见她的脸。哑叔都不认识，我更不知道了，我去招呼客人了。"

穆澜翘起了嘴角。

那时，她听到竹林中的动静悄悄赶了去，看到了黑衣人用的刀。刀身平直，刀头呈圆弧状，并上翘。刀长两尺五，宽一寸半。只有东厂番子配的雁翎刀才会在刀身开出血槽。正因如此，她才来不及换掉裙装出手救下林一川。

东厂的人为什么要追杀他？师父曾经说过谭诚想要收服林家，难道师父判断错了？谭诚选中的傀儡是更容易被掌控的林二老爷和他的草包儿子林一鸣？那她得同情林一川了，如果是这样，东厂一定会整死林一川父子。

"老头儿绕了这么大圈子，让你赔我一条命，你若轻易死了，老头儿就白白赔上他的命了。"穆澜叹了口气，如果东厂真要杀林一川，她还得先想办法去救他。

东厂既然出手，一定还会有后手。被人追杀，林一川却像没事人似的，将老头儿的丧事打理得井井有条。接连几天，他都是在宅子外头临时搭的竹屋里过夜，没有回家。老头儿判定林一川会投靠东厂，依然信他会坚守承诺。从林一川这些天的表现看，师父的相面术果然精准。头七过完，穆澜觉得不能再给林一川添麻烦了。

"大公子，您对家师的心意，在下心领了。家师遗言丧事从简，逝者为大，头七已过，明天就让家师入土为安吧。"

林一川只听说过没钱无法办丧事的，没听说过有人出银子，还不想多办几天水陆道场的，他颇有些吃惊地说道："你是先生的关门弟子，岂能不为先生尽孝？你放心，银子我出，必要为先生做满七七四十九天道场，让他风光入葬。"

穆澜心头一热，就越发不想让林一川继续待在杜家，她故意激他道："家师为官时两袖清风，退隐后只求清淡闲适，丧事办得太热闹，在下怕不合他老人家心意。再说，大公子已经赢得了知恩图报的美名，何必再多费银钱？"

林一川大怒道："林某一心想报恩是真，却不图这个美名！"

"哦？那大公子是对那位蒙面姑娘念念不忘？还想等她来祭拜我师父，来个灵前相会？头七都过了，也没见她来，你就死心吧！"

"你你……岂有此理！连灵前相会都说得出口，也不怕亵渎你师父！"林一川气得脸都青了，他是那种人吗？

见真把人气狠了，穆澜又觉得愧疚，抬手揖首向他道歉："在下心伤家师病逝，对大公子颇有怨意，大公子莫与我计较。在下只是觉得大公子对家师尽心了，遣个管事帮忙，在下就感激不尽了。"

见她说得明白，林一川心里总算舒服了点儿，他认真地告诉穆澜："是家父的病连累先生早逝，我已决意为先生守灵，抬棺入葬，你别劝我了。"

穆澜暗叹了口气，再不相劝。这时，院子门口知客大声唱喏："东厂梁大档头吊唁杜先生！"

两人悚然惊觉，脸上同时露出了警觉戒备的神色。

五月初，东厂十二飞鹰大档头朴银鹰被刺杀，死在了凝花楼中。八月中，又来了一个姓梁的飞鹰大档头。

当晚，穆澜射出一枚珍珑棋子，让东厂番子们悄悄按下了案情。穆澜也知道，死了位大档头是震惊东厂上下的大事，东厂对刺客珍珑的追查只会更紧。这位梁大档头来到扬州，很明显是冲着调查朴银鹰遇刺案来的。

联想到前几天东厂番子扮成黑衣人刺杀林一川，穆澜判定与这位梁大档头一定有关系。如果他来杜家祭拜顺便要抓走林一川，自己只能伺机在暗中出手相救。

穆澜第一次正面与东厂中人接触，她合上眼睛，平静地调整着自己的心态。

林一川也想起了数天前竹林中的伏击。东厂蒙面刺杀，现在却亮明身份出现，他站在灵堂前思索着，自己是否应该先避开新来的这位飞鹰大档头？

白色的身影从他身边走过，穆澜径直进了灵堂，跪在蒲团上说道："在下一介草民，没见过东厂这么大的官，全仰仗大公子招呼了。"

他还想躲开呢，结果杜之仙的正牌弟子躲得比他还利索。见穆澜跪伏在地上，头脸都藏在孝帽中，一副我只管磕头还礼的模样，林一川气得冲天翻了个白眼。

数名身穿褐色圆领长袍的挎刀番子鱼贯而入，呈雁翅形站立在院中。东厂番子的到来让杜宅上下为之惊恐，哭丧的妇人们都忘了号叫。

一片安静中，梁信鸥缓步走了进来。他没有穿官服，打扮得像扬州城里的富家翁。他戴着顶平顶纱帽，身穿棕色织团花圆领长袍，腰间坠着个小巧的玉质鼻烟壶。如果不是两侧肃立的番子，那张略圆的脸与和蔼的笑容令人怎么都看不出他是东厂的十二飞鹰大档头。

"梁大档头请入内上香。"林一川迎上前招呼道，没话找话掩饰着心里的不安，"杜先生医术高明，治好了家父。家父闻听噩耗伤心不已，奈何大病初愈，叮嘱在下一定要把杜先生的后事办得风风光光。您请！"

俊朗的脸，举手投足间从容不迫。不过十八岁，生于商贾之家，面对恶名在外的东厂能有这份镇定，是个可塑之才。梁信鸥面带笑容，进了灵堂。

他已经将林家调查得清清楚楚。被杜之仙诊治后，林大老爷的病谈不上痊愈，但活上几年没有问题。

林家的生意做得风生水起，南北十六行通过大运河的漕运赚着源源不断的银子。生意北达京城，南至广州。东厂年初才通过林家运至京城的一批货查实，林家暗中投靠了锦衣卫。

被刺客珍珑杀了数人，东厂被锦衣卫嘲讽得颜面尽失。梁信鸥想起南下时督主的叮嘱，这块肥肉东厂一定要夺过来。

想要收服林家，逼林家弃锦衣卫投靠东厂，自己已经布下了天罗地网，由不得林家了。他打算先礼后兵，刻意安排了场刺杀，躲在暗中伺机出手相救，想施恩于林一川。没承想半路杀出个蒙面女子，抢了自己的戏，将林家大公子救走了。

那女子和刺客珍珑的刺杀手法相似，这样也好，又多了一个拿捏林家的把柄。

梁信鸥不动声色地上香，目光在灵堂中睃了一圈。

杜之仙没有子嗣，灵前只跪伏着一个身材单薄、披麻戴孝的少年。他心头微动，听闻杜之仙归隐十年收了个关门弟子，就是他？

少年朝他重重磕头还礼。

少年身形单薄，孝帽下只露出清秀光洁的下巴，还是个半大的孩子。梁信鸥全部心思都在林一川身上，就没有多加注意穆澜，随口温言问道："你是杜先生的弟子吧？"

"在下愚笨，跟着先生读了两年书，先生就……"穆澜伏在地上哀哀痛哭，脸藏在孝帽中，不打算给梁信鸥留下深刻印象。

"小公子节哀。"梁信鸥叹了口气道，"杜先生旧疾难愈，于此归隐，清闲度日。皇上素来敬重杜先生，林家知恩图报，大公子年少有为，能将杜先生的丧事办得如此风光，皇上知晓一定欣慰不已。"

梁信鸥的话里对林一川多有推崇赞赏之意，穆澜来不及细想，就朝林一川磕头："大公子为家师大办四十九天道场，此番恩德在下没齿难忘！"

喊！又装！先前是谁还想着尽快结束丧礼？林一川对穆澜转眼变脸的厚脸皮领教过无数回，当着梁信鸥的面，他还要挂着谦虚和气的笑容斯文还礼："杜先生对家父有恩，林家岂能置之不理！"

梁信鸥笑道："世间锦上添花者多，雪中送炭者少。梁某最是欣赏懂得知恩图报之人，将来大公子若是遇到为难之事，不妨给梁某递个话。"说着递给林一川一张名刺。

先前想要自己的命，现在却一副笼络的好脸色，东厂究竟想做什么？林一川内心如惊涛骇浪般，脸上却挂着受宠若惊的神色，双手接过了名刺。

东厂飞鹰大档头的话连一府都督都要重视，何况一介商贾？梁信鸥相信，林一川会明白抱住东厂这条大腿的好处，他微笑道："本官还要去凝花楼看看，等大公子为杜先生办完丧事，梁某再到林府探望林老爷子。"

凝花楼看看……去家里探望父亲……林一川感觉到一根绳子套在了自己的脖子上。他揖首谢过，目送梁信鸥带着东厂的番子离开。

两人的对话悉数落进穆澜耳中。老头儿的话在她心里来回过了好几遍，东厂果然想要拉拢林一川。那么，那天的刺杀难道是一场戏？顺着这个思路想下去，穆澜突然想到，如果梁信鸥想要演戏救林一川示恩，那天他会不会就躲在竹林中？他看到自己杀死东厂番子救走林一川了？冷汗瞬间从她额头沁了出来。

匕首细长轻薄，易于隐藏，穆澜杀东厂数人皆用的是匕首。庆幸的是那天她换了女装，蒙着面纱，只要不被识破女儿身，东厂的人反而会被误导。

穆澜伏在地上，心里紧张地思索着。

"人已经走了，吓得那尿样！"林一川居高临下地看着穆澜，没好气地说道，"你小子太会装了。我自小跟着父亲经商，也算识人无数，还真看不出来你是真的害怕，还是在装！"

穆澜抬起头，神态自若地站了起来，还不忘抚平衣袍上的褶皱："怕是真怕，装也是真装。我一个江湖卖艺的小子，自然不想和东厂沾上关系，不过，在下恭喜大公子了！"

"恭喜我什么？"林一川警觉地反问道。

命运有时候很是神奇，穆澜不得不承认自己和林一川在老头儿的安排下，似乎是拴在一块儿了。她的眼神闪烁不明，薄薄的唇勾出不怀好意的笑，凑近了林一川低声说道："恭喜大公子马上就要抱上东厂的大腿了，瞧在我师父的面上，在下将来就托大公子多多照应了。"

林一川也不是吃素的，他朝外面睃了一眼，确定灵堂附近无人，压低声音对穆澜道："死了位大档头，东厂岂肯善罢甘休？你别忘了，那晚你也在凝花楼。"

"可是依在下看来，梁大档头对大公子颇有笼络之意。大公子只要肯投了东厂，人虽然是死在林家的地盘上，但想要揭过此事无非是出点儿银子罢了，林家又不缺钱。"穆澜不以为然。

林一川如哑巴吃黄连——有苦说不出。

先是刺杀，再是示好。梁信鸥先提出去凝花楼看看，后又说等杜之仙丧礼后去拜访父亲，东厂是要和林家谈条件了。

东厂目前看似选择了他，而不是二叔和堂弟，看中的是自己已经接管了林家南北十六行。如果拒绝，东厂会退而求其次，去扶持二叔。他那位嫡亲的二叔也不是草包，为了争夺掌家之权，恨不得马上投靠东厂弄死他和父亲。

那晚穆澜虽然也在凝花楼，也曾引得林一川怀疑，但没有证据。杜之仙刚死，东厂仅凭怀疑就抓他的弟子，他的门生故交必愤怒抱团抗争，东厂没有那么蠢。林一川却不一样，人死在林家的地盘，林家脱不了干系。如同那晚他的判断，京城那位东厂督主的胃口太大，要的是整个林家。

"你放心，看在令师治好我爹的分儿上，我不会拉你蹚这浑水。我应承过杜先生，绝不会食言。"见招拆招吧，强龙不压地头蛇，更何况林家背后还有锦衣卫撑腰，林一川眉间露出自负的神色。

杜之仙就是看准了他将来投靠东厂，会混得不错，没准儿能成为自己的救命稻草，这才出手医治林大老爷。穆澜明白林一川的处境，同情却不能破了师父设的局，她有些不忍，叹了口气道："后院桂花开了，大公子可想去瞧瞧？"

似有似无的桂花香飘浮在空气中。

穆澜站在桂花树下，忧伤地望向池塘对面的平台。老头儿去世的那一幕让她耿耿于怀，她捻下一簇丹桂，米粒大的花被她揉搓碎了，自指尖滑落。总有一天，她会解开心里的谜团。

林一川在扬州太顺了，什么都用银子开道，以为有钱就能办事，这种自信与自负让穆澜觉得林一川会栽跟头。他是老头儿相面看上的人，穆澜觉得自己有义务提醒他。她想了想，轻声说道："幼时我天不怕地不怕，师父说，初生牛犊不怕虎，其实不是不怕，而是无知者无畏。"

林一川疑惑地看着穆澜，无知者无畏是在说自己吗？说自己轻视了东厂？一个玩杂耍的小子，不过跟着杜之仙读了点儿书，能知道什么？不过，他还是有点儿意外。这小子最爱和自己作对，难得对自己好一回，心里还是有点儿暖融融的。为杜之仙操办丧礼，穆澜这小子还懂得记情："梁信鸥来找我，你替我担心了？"

穆澜又开始让林一川生恨："自然，我师父不能白救你爹。"

林一川冷了脸："放心，我记得呢。还有，你当本公子像你？听到东厂名号就吓得趴地上连头都不敢抬了？"

穆澜本意是想提醒他，不愿和他置气，淡淡说道："我一介庶民，听到东厂名号自然是怕的。民，不与官斗。"

她咬得重，意味深长。林一川再听不懂，穆澜只能祝他运气好了。

他居然没有生气？林一川突然感觉自己有点儿了解穆澜了。这小子牙尖嘴利，真心想对人好时，能不厌其烦地劝说。

真的只是因为杜之仙才对自己好？不，这小子一定是心里感激着自己，嘴里不说罢了。林一川的嘴角情不自禁地勾起了一丝浅笑。

他不图回报，但也绝不喜欢自己所做的事，对方连半点儿感激都无。

素白的孝服将穆澜的眉眼衬得清美动人。新叶般的眉、清亮有神的眼眸，怎么就能这样像呢？不，不，不像。这小子蛮横粗野，那姑娘受惊吓时像只小兔子。小狼崽儿和小兔子像吗？他心里猫挠着似的。然而闭上眼睛，桂花的香气缠绕着他，让他感觉身边的人就是那位姑娘……无亲无故，那姑娘为何要救他？

"在下有些倦了。"该说的话已经说了，穆澜不打算再陪林一川围着池塘转悠，她张嘴打了个哈欠。

她的唇很薄，花瓣似的嫩粉色。林一川突然想起在凝花楼中穆澜嘟着嘴的模样，他下意识地舔了舔嘴唇。起了心思，他越看这小子的眉眼，越发觉得与那姑娘相似。

赌了！林一川握住了穆澜的肩，深深呼吸。

瞥了眼搁在肩上的手，穆澜扬了扬眉："大公子这是何意？"

那手突然滑到了她腰间，穆澜一惊，人就撞进了林一川的怀里。

"你放心！我答应过杜先生的事一定会做到！"林一川诚恳地说道。

撞进怀里的人有着硬朗的平胸，没有想象中的柔软。唉！身上也没桂花香……就这么用力一抱，林一川迅速松了手，快得让穆澜来不及反应。然而他那双清亮的眼睛瞪得圆了，噙着惊诧与警觉，怎么又像极了那姑娘的眼神？林一川看得愣住了。

转悠了这么久，就为了狠抱自己一下，说句话来安慰她？穆澜总觉得哪里不对劲儿，又说不上来，郁闷得想撞墙。都是她心软自找的！她后退两步，拉开了两人之间距离，淡淡说道："你记得就好。"

"开一间小商铺，只需打点街头恶霸、衙门差役。林家南北十六行漕运生意做得顺，从中得利的人不少。虎口夺食，总有人会对东厂不满。"林一川向穆澜解释着。

林家将扬州府的锦衣卫千户早喂得饱了，京城那位镇抚使虽然没有明示，也算搭上了关系。东厂主要势力盘踞在京城，一个飞鹰大档头跑来扬州撒野，未必能从锦衣卫手中讨得了好。

话已递到，林一川依然自信自负，穆澜不再赘言，告辞离去。她的背影挺拔瘦削，脚步迈得极开。林一川长长地叹了口气，自语道："你这是怎么了？怎么会怀疑这小子是那个姑娘？"

那身法曼妙如花的倩影从他心头掠过，林一川狠狠甩了下头，将对蒙面姑娘的好奇抛到了一旁。

第十一章
东厂来人

四十九天道场做完，杜之仙终于入葬。

林一川兑现承诺，与穆澜一起为杜之仙抬棺。

那株桂树被穆澜移到了杜之仙的坟头，母亲炮制的没有喝完的药酒照老头儿遗言，悉数与他陪葬。

坟头前一老一小，素衣白袍，孤单清冷，林一川瞧得极不是滋味："穆公子如有需要，尽可来林家寻我。"

穆澜朝他深深弯腰，一揖到底："大公子待家师之恩，穆澜铭记于心，孝中不便招待，大公子勿念。"

杜家终于清静下来，黑漆大门紧闭，不再待客。竹溪里渐渐回到过去人迹罕至的模样，穆澜终于静下心来整理杜之仙的遗物。

房中半壁书架，角落竹篓中插满画轴，棋枰上尚摆着一局残棋。

这些书每一本穆澜都读过，老头儿的批注她字字记得，这些画……她抽出一幅展开。山水、墨荷、竹枝、雪梅……没有穆澜想看到的丹桂。

她凝视着那局残棋，老头儿做事显然比她想象中布局还要深远。比如去治林一川的爹，为的不是银子，图的是林家的恩情。他去的这样快，这几个月来半字不提珍珑局。穆澜执棋杀了东厂七人，虽说每次是老头儿飞

154

鸽传书，但那些情报绝不可能是隐居在扬州的杜之仙打探所得，幕后另有人在。

她有种感觉，老头儿不提，也一定会有人再来找自己。

"主持珍珑局的会是什么人？"师父对自己的爱护，穆澜感觉得到，不提及定是为她好。穆澜很想知道以杜之仙的才华，究竟是什么人能令他甘心做一枚棋子？

棋枰上黑白布子斑驳一片。穆澜坐在黑棋一侧，随手拈子。她的棋艺虽不能称国手，但常年与杜之仙对弈，棋艺也不弱。静下心来，穆澜落了子。

一枚枚将围死的白棋捡走，她又走到对面，从棋盒里拈起一枚白子。

秋天的暖阳照过来，穆澜移动脚步时，光与影在变幻。她停住了脚步，慢慢后退，又走过去。她沉默地将棋中白子一一捡了出来，只有黑子的棋枰变得清爽干净，一个"國"字出现在棋盘上。

"从戈守口，象有卫也。兵守封域是为卫国。江山如枰……"穆澜喃喃地念着。

一片杀伐之气似从棋枰上扑面而来。

每杀东厂一人，放一枚刻有珍珑的黑子于尸体上。黑子代表着奸佞贼子，那么老头儿布下这黑子写下的"國"字，是在喻指当今奸臣当道，太监篡权吗？

她苦涩地笑道："师父，澜儿是个姑娘，不能立身朝廷，没那么大本事。"

突然，她脑中闪过一道流光。珍珑局……老头儿是在告诉她布下珍珑棋局的主人，所图的是江山吗？

"您走了，我绝不会做别人手里的棋子。"穆澜坚定地拂乱了棋子。

除了一封交代后事的信，现在她发现师父用意颇深地留下了一枰棋。

老头儿也许是说不出口，才会用这种隐晦的方式提醒自己。他一定还留有东西给自己，穆澜的目光再一次落在竹篓里插着的画轴上。

先前她只想找丹桂图，现在再回忆，脑中就跳出了一幅雪梅图。她记得去年冬天来的时候，没有见过老头儿画梅。冬季已经过去很久了，春天里为何要画梅开？

她抽出画轴展开。茫茫雪海，梅成林。笔墨很旧，不是新近所画。穆澜记得师父收藏的旧画都收藏在箱笼中，竹篓里放着的都是新近的画作。她盯着落款："……辛丑年于苏州香雪海……辛丑年？"

父亲死的那年爆出了庚戌年会试舞弊案，辛丑年是庚戌年的前十年——杜之仙正值二十岁的弱冠之龄。

穆澜的目光移上了题跋，淡字浅墨地题着一句词："如今香雪已成海，小梅初绽，盈盈何时归？"

老头儿踏雪观梅，在等谁归来赏梅？

师傅说："你练成了小梅初绽！"

原来她所练轻功的名字来自这半阕词。小梅初绽！四个字重重敲击着穆澜的心房，画卷从她手里滑落，"哗啦"掉落在地上："师傅……"

林家在扬州城传家百年，家主所居银杏院大气简朴。门窗上的雕花、飞檐上的石雕神兽又透着江南人家特有的婉约精致。两棵大银杏树脆黄的叶落在青砖地面上，如同铺就的点点碎金。

梁信鸥换了枣红绣云龙圆领褡撒，腰间束着白玉带。漆黑的头发用根青玉簪束着，戴着顶沙帽。团脸上挂着习惯性的和蔼笑容，多了一份不怒自威的气度。他颇有兴致地看着浅池清水中两尾游弋的金色大鱼。光照在鱼身上的不同部位时，每一片鳞片都分外清晰鲜明，色调浓淡不一地变幻着。鱼游动的姿态极其优雅，鱼尾无声破水，呈现出一种娴静之美。

这两尾背覆红色大鳞的鱼叫过背金龙，生于南洋，极为珍贵。它们是林家的镇宅之宝，已养了六七十年，如今长到了三尺之巨。

数月工夫，林大老爷养了二十斤肉回来。虽不如过去那样富态，但与当初躺床上的枯槁模样相比，已判若两人，耷拉的面皮重新被脂肪填充得圆润，眼里精神十足。他微躬着腰站在梁信鸥身后一步，以恭敬的姿态迎接这位东厂大档头的造访。

"就这院里吧。今天天好，暖阳微风，银杏树下摆宴，风景正好。"

梁信鸥毫不见外，语气是居高临下的吩咐。

林大老爷不动声色地吩咐下去，酒席以极快的速度摆在了银杏树下，菜品皆是鲁地名菜。

两人分坐于左右，院中并无他人。

梁信鸥睃了眼菜肴，心知林家对自己也彻底打探了一番，他笑着举杯道："梁某是山东人，没想到远至扬州竟然能吃到正宗的家乡菜，甚是感动。客随主便，老爷子太客气了。"

"梁大人远至江南做客，老夫担心您水土不服，是以吩咐厨子做了山东菜。"林老爷子绵里藏针地回道。

"梁某是粗人，北地寒冽尚不能弱了心志，又何畏这江南柔风？倒是老爷子大病初愈，这院中风景虽好，本官也担心让您受寒着凉，病情反复可就坏了。杜之仙已经死了，再无人能妙手回春。"梁信鸥毫不示弱，语意双关。

遣退左右，直面相谈，林大老爷很清楚梁信鸥的来意。

林家的南北十六行除了漕运，还供着内廷所需的丝绸、茶叶、瓷器。生意做得大，年年分给朝中官员和锦衣卫的红利也不少，如今东厂也想来分杯羹。

梁信鸥提到了生死，这是在威胁。林家给了别家好处，能不孝敬东厂？林大老爷的账在心里过了一遍又一遍，早就拿定了主意。他叹息道："杜之仙正是为诊治老夫才耗尽精力，病情转重而逝。可惜，老夫也只多挣回几年寿命，实在是对不住他。大人的来意，老夫不能揣着明白装糊涂。林家的生意能做得顺畅，全仰仗着大人们照拂。大人既然来了，林家不会让大人空手而回。和气生财方为上道，林家每年抽出两成利孝敬督主。"

朝中官员一成，锦衣卫两成，再分成东厂两成。林家生意再赚钱，白送出去五成利，真正能落到手中的不过一成到一成半。这是林家的底线了。赔本做生意，还不如买些田地，安心做个田舍翁。可惜谭公公瞧不上这两成利，梁信鸥摇了摇头道："林老爷子这笔账算得不对，梁某不妨直言，东厂要四成。"

林老爷子顿时脸色大变："梁大人，林家虽然是扬州首富，看似有着几辈人用不完的银钱，但年年赔本做买卖，纵有金山银海，也撑不了几年。"

"老爷子莫急，东厂多要的两成，是锦衣卫的。我家督主对杀鸡取卵的事，素来不屑。"梁信鸥淡淡地说道。

东厂要吞了锦衣卫的两成利，林家对锦衣卫如何交代？林大老爷雪白的长眉不受控制地抖了抖，脸色难看至极："梁大人这是强人所难！"

东厂是厉害，可锦衣卫也不是吃素的。林家本想左右逢源，夹缝里求生，东厂却不肯，想要独吞。既然这样，林家就没什么好说的了。

"老夫身体不适，恕不奉陪了。"林大老爷露出强硬的姿态，打算送客。

梁信鸥气定神闲道："本官此行，替督主转达对老爷子的问候是一件事，另一件事是为了查案。"

凝花楼已经火速卖给了城北修家。林老爷子清楚，东厂在凝花楼死了个大档头，不会轻易罢休，他轻描淡写地说道："朴大档头死在凝花楼，是刺客所为，但毕竟是死在林家的地界，林家会出笔抚恤。"

拿笔银子出来就想不了了之？梁信鸥笑了："本官去了凝花楼，发现有件事极为有趣。当晚朴大档头被刺客所杀，而凝花楼中也死了名舞姬。据说她是自尽，埋在了乱坟岗，然而本官却刨出了一座空坟。更有趣的是，八月十五，林大公子去竹溪里给杜之仙送节礼，遇到了伏击，来了位蒙面姑娘将他救下。本官查验死者伤口，发现与那位刺客珍珑的手法相似。本官不得不怀疑，尸首消失的舞姬茗烟其实未死，她正是那位蒙面女子，也是……刺杀朴大档头的凶手。这一切，似乎大公子都脱不了干系，本官有十足的理由请大公子回东厂调查！"

林大老爷的心顿时一紧。东厂死了个大档头，梁信鸥抓住此事硬要拿林一川回去审问，林家根本无力阻拦。他抬头看了眼天色，午时的阳光透过枝丫照射下来，扬州那位锦衣卫千总并没有出现。不管是这位千总惧怕了梁信鸥，还是东厂用了手段阻碍了他的到来，都说明一件事情，锦衣卫此时不会和东厂强硬对抗。

等到了京中，哪怕那位镇抚司亲自出面，进了东厂的大狱，不死都要脱层皮,儿子总要吃苦受罪。无论如何,他都不能让梁信鸥带走儿子。

林老爷子沉默了。

"梁某见过大公子。江南水好,出了令郎这样芝兰玉树般的人物,可惜……"林一川是林大老爷的老来得子,林大老爷膝下就这么一根独苗。他活不了几年,儿子却才十八,家中还有一个对家业虎视眈眈的二老爷。梁信鸥相信,林大老爷很快就会做出选择。

一川十八岁了,经商有悟性,又极其孝顺。林大老爷只要一想到儿子会被东厂折磨,心里就如钝刀在割,心痛难忍。

也罢,不是孝敬锦衣卫就是孝敬东厂,想要左右逢源,骑墙观望,那是奢望了。林大老爷拱手认输:"大人话已至此,老夫也不是不识趣的人。只是神仙打架,凡人遭殃,投了东厂,锦衣卫不会罢休。督主看得起林家,想让林家忠心效力,林家却受不起这池鱼之灾。"

梁信鸥微笑道:"既是一家人,东厂不会让林家受委屈。"他的语气格外轻蔑,带着丝丝傲意,"就算是锦衣卫那位镇抚司,见着督主,也是极尊敬的。"

林家是通过扬州锦衣卫千总与京里搭上的关系,连那位镇抚司的面都不曾见过,而东厂督主谭诚却亲自吩咐梁信鸥登门造访。一个是林家拼命地去讨好结识,另一个却主动伸出了手,林家别无选择。

林大老爷长叹一口气,举杯与梁信鸥轻轻一碰。席上欢颜笑语,言语中的威胁与针锋相对在这遍地秋阳中消融得干干净净。

"老爷子养病要紧,大公子接管南北十六行,将来打交道的时间尚多,请来见见吧。"

父亲坚持和梁信鸥单独会面,林一川相信父亲会好好对付这位东厂大档头。他等在院外,就等着将肃立在门口的东厂番子悉数赶出去。然而,随着时间的推移,他渐渐觉得事情并没有如自己想象的那样进行。雁行悄悄传来的消息让林一川愕然,扬州那位锦衣卫千总尚"熟睡"在家中,未能如约而至。

东厂已经摸清了林家的底细，来者不善。

听到召唤，林一川整了整衣袍，大步走进了院子。银杏树下，梁信鸥笑容和蔼，如同自家长辈，父亲则朝他无奈地点了点头。林一川深吸口气，压下了心中的不甘，朝梁信鸥拱手行礼："见过大人。"

梁信鸥看过去，只见宝蓝色的绸袍与金黄的银杏树相映，林一川长身玉立，分外俊朗，只是那双比常人更黑的眼眸，分明透着愤怒与不服。腰挺得太直，似不愿向东厂屈服。

他用朴银鹰死在林家凝花楼的事，压得林老爷子不得不向东厂投诚，然而商人的眼中只有利益，谁能保证将来林家不会再倒向锦衣卫？扬州城那位被下了药迷倒在家中的锦衣卫醒来，自会密告京中。锦衣卫那位镇抚司也非善辈，定会插手，和东厂角力。督主看中林家，实则是从林家入手，要和锦衣卫争夺整个江南的掌控权。

梁信鸥决定给眼前如骄阳般的少年一点儿善意的警告："听闻这桌菜都是大公子亲自为本官准备的，大公子有心了。"

林一川谦虚地回道："大人满意就好。"

梁信鸥点了点桌上那道酱焖黄花鱼道："听闻扬州有道名菜叫拆烩鱼头，专用大鱼鱼头，拆去鱼骨清炖，鱼肉肥嫩，汤味鲜美。今天梁某不太想吃家乡的鱼，对拆烩鱼头颇感兴趣。"

梁信鸥将话转到菜品上，林一川正想吩咐照办，这时，他看到了梁信鸥意味深长的笑容，他顺着梁信鸥的目光看了过去。

浅池中映着蓝天白云，水面飘着金色的落叶，两尾金色的大鱼优美地摆动着鱼尾。林一川的瞳孔蓦然收缩，心头的怒意再也压抑不住，冷了脸道："在下这就吩咐厨房用最好的花鲢鱼头做菜！"

梁信鸥当没听到他的话，微笑着对林大老爷说道："这鱼叫过背金龙吧？福建总督两年前进贡给皇上的生辰礼好像就是这种鱼，林家这两尾鱼养得比那两条还好。"

"一川，去将那两尾鱼杀了，让厨房做拆烩鱼头。"林大老爷眼皮一跳，迅速吩咐道。

什么？这两尾过背金龙鱼来自南洋，在林家待的岁月比他的年龄还多几倍，一直被林家视为家业兴旺发达的吉物。姓梁的欺人太甚！给了梯子不下楼，居想还想吃这两尾鱼？他知道这养了六七十年的过背金龙值多少银子不？他在东厂干一辈子大档头所得的俸禄赏赐、死后的抚恤都买不起半尾！

不甘与愤怒在林一川心中来回冲撞着，就算林家投了东厂，他一个东厂大档头凭什么想让林家宰了镇宅之宝？

"哎呀，老爷子，这可怎么行？这两尾鱼的鱼头虽然肥美，做成拆烩鱼头却是有些可惜……"梁信鸥话音未落，林大老爷已一巴掌重重拍在了桌子上，怒声呵斥道："孽子！没有听到为父的话吗？"

两人究竟谈了什么，让父亲对梁信鸥退让至此？父子间心意相通，林大老爷黯然朝儿子又轻轻点了点头。此时不是与父亲争论的时候，林一川的后槽牙都咬得紧了，牵动着两颊肌肉动了动，从牙缝里蹦出了一个字："是！"

还是个年轻人哪。老爷子不过几年寿命，林家将来都是林一川的。有才，易冲动，这样的年轻人才容易掌控。梁信鸥不再言语，微笑着等着。

一剑紧接着一剑，两尾金色的龙鱼被串在了三尺青锋上，肥硕的身躯在空中拼命地扭动着，溅了林一川满脸水渍。他用力往上一挥，两尾鱼被他抛到了空中，他闭了闭眼，挥剑狠狠砍下去，鱼首分离。

冰凉的血溅开，宝蓝色的袍子上沾上了点点血污。林一川眼里没有丝毫情绪，忘记了爱洁，他一手拿起了一只鱼头，一字字地说道："儿子这就亲自盯着厨下做拆烩鱼头！"

梁信鸥目露赞赏之意，能忍能下手，此子心志非同一般："大公子还年轻，尚须老爷子多加调教。"

既然投了东厂，就容不得林一川三心二意。梁信鸥这两句话发自肺腑，出于好心。

林大老爷目光微闪，叹道："燕雀难比鸿鹄，家檐太低，一川在扬州城只能看到巴掌大的天，将来他要成为林家的掌舵人，尚须历练。请梁大档头转告督主，给一川机会。"

把儿子交出来，林家给出了最大的诚意，梁信鸥哈哈大笑。

至于那个自尽的茗烟、莫名死去的崔妈妈，还有救走林一川的蒙面女子，将来总有揭开谜底的一天。朴银鹰遇刺案，早晚会被自己查个水落石出。

鱼眼鼓出，极淡的血顺着他的手滴落。林一川提着两只鱼头，面无表情地走出了银杏院。

候在外面的雁行与燕声看到那两只金色的鱼头时，同时张大了嘴巴，惯于在脸上带着笑的雁行都僵硬了脸。这是林家的镇宅吉物……在林家待的岁月比老爷的年纪还长，少爷竟然杀了这两尾鱼！

林一川出了院子，蓦然回头，黑黝黝的双眸充满了愤恨。他可以把银杏院里的东厂之人悉数宰了，处理得无声无息，为什么父亲要如此退让憋屈？他不由自主地想起穆澜说的话，究竟是自己无知者无畏，还是父亲老了，不再有昔日雄霸漕运的自信？

"少爷！这，这……这不是……"

"拿到厨房做拆烩鱼头！"林一川咬牙切齿地将鱼头往两人怀里一扔，看了眼满是血渍的手飞快地离开，雁行和燕声一人抱着只金色大鱼头呆若木鸡。

清静的院墙下，四顾无人，林一川吐得面无人色。他扶着墙，缓过了气，有气无力地走回自己的院子。

心疼、愤怒、难过……然而他需要在最短时间里换过衣裳，亲手端着拆烩鱼头再进银杏院。

鱼已经被自己杀了，父亲恐怕比自己还难过，却连缓冲的时间都没有，一直赔着笑脸，陪着那位东厂大档头强颜欢笑。想到这里，林一川的双肩上像压下了一座山，让他的背挺得更直。

梁信鸥走的时候和蔼地拍了拍林一川的肩，看似随意地问道："中秋那天大公子遇袭，是被一位蒙面姑娘所救，她的功夫不错。"温柔的眼波，如同关心一位子侄。

"是位姑娘救了我？"林一川懵懂的表情让梁信鸥有点儿失望，接下来林一川的话更让他尴尬，"一川醒来时躺在林间，没看到什么人。不过，大人既然知道是位蒙面姑娘救了一川，可知道是谁想杀我？"

梁信鸥适时地叹了口气，轻描淡写地朝林家西苑方向看了眼，体贴地说道："梁某待大公子如同自家子侄，相信大公子在林家的地位不会再受到威胁。"

"我就知道……"林一川攥紧了拳，毫不掩饰自己对二叔的恨意。

他当然知道梁信鸥是在祸水东引。自己本来就是二叔一家的眼中钉，林一川也无意替林二老爷辩驳。梁信鸥这样解释，他就这样相信好了。

送走梁信鸥，返回银杏院，林大老爷的精神气已经消失了，两只金色的拆烩鱼头完好无缺地摆放在如玉质般的龙泉青瓷大碗中。林大老爷想到这鱼比自己活得年岁还长，心里泛起阵阵绞痛，竟离席而跪，拍打着地面，冲着饭桌哽咽："……对不起列祖列宗啊！"

"爹！"林一川用力扶起父亲，恨得双眼泛红，这时候才爆发出来，"一个东厂大档头，咱们为什么要怕他？难道锦衣卫真的惹不起东厂？"

儿子长到十八岁了，这样俊美懂事，又有孝心，今天被自己逼着亲手宰了那两尾鱼……林大老爷无比心疼。他扶着儿子的手在椅子上坐下，语重心长地说道："林家有两尾过背金龙鱼，皇上也有两尾，林家这鱼不能留了。"

林一川愣了愣，气急败坏地说道："不过是梁信鸥给林家的下马威罢了！这世上除了皇帝，别家就不能养龙鱼了？"

"胡说什么？"林大老爷急了，一巴掌呼儿子头上，"这鱼沾了'龙'字就不是鱼了！林家可以养，但不能比皇上养的龙鱼好！东厂诚心要收了林家，梁信鸥这才出言提醒，不宰了那两条鱼，回头林家全族就该上断头台了！"

见儿子仍然脸色难看，林大老爷放柔了声音道："一川哪，你是富贵窝里长大的，只知道有钱能使鬼推磨。士、农、工、商，再有钱，商贾也

163

是贱业。上了公堂，身上没有一文钱的秀才可以不跪，你纵有金山银海，见了官，也要跪的。"

穆澜那小子说："民，不与官斗。"还口口声声恭喜自己抱上了东厂的大腿。她早就知道林家斗不过东厂，林一川此时才觉得自己看轻了穆澜。杜之仙的关门弟子，哪怕她出身江湖杂耍班，自己也不该因此看低了她。

"一川，趁着爹还有几年可活，你去京城走一走，读万卷书不如行万里路。林家在京城也有产业，你接管南北十六行，还没去过京城，去瞧瞧也好。你要记住，咱们家是靠着运河做买卖，真正打交道的人，是京城的官员、皇城里的贵人们。"林大老爷慈爱地说道。

林家养了六七十年的龙鱼被林一川宰了，做成了拆烩鱼头讨东厂大档头梁信鸥的欢心，这个消息让林二老爷胸口暮然疼痛起来。他捂着胸，脸扭曲得几乎变了形。幼时他最爱去父亲所住的银杏院看这两尾鱼，那时候父亲告诉他和兄长："龙鱼吉祥，能护我林家富贵不衰！"

"败家子！败家子！"林二老爷气得不停地咒骂着林一川。他这个侄儿简直就是自己命里的克星、灾星！眼看兄长年迈，膝下无子，产业必然要落入自己手中时，林一川就出生了。眼看兄长病入膏肓，林一川请来了杜之仙治好了他，坏了自己撺掇宗族中人想抢过掌家之权的大事！他忍了这么多年……

"爹！孩儿忍不了！都是长房嫡孙，凭什么儿子想去看一眼龙鱼都不行，他就能把鱼给宰了做菜？他知道那两尾鱼值多少银子，能买多少顷地不？"林一鸣嫉妒得双眼发红，嚷嚷着转身就跑了出去。

也罢，让一鸣去闹，闹得林家宗亲都知晓才好呢。

"那两尾龙鱼哦！"林二老爷有气无力地哀叹了声。他心里清楚，自从崔妈妈悄悄跑来告知了他凝花楼的刺杀案，东厂就盯上林家了。他心里害怕，立刻要了崔妈妈的命，忍痛让林一川顺利地将赌坊和青楼卖给了城北修家。

然而事情都有利弊。侄儿杀了龙鱼讨好东厂，抹过了那件事，但也让林一川难以对林氏宗亲们交代。他就高坐钓鱼台，看戏吧，谁叫他那个狡猾如狐的大哥还能多活几年呢。林二老爷暗下决心，等到兄长归西，林一川孤掌难鸣，就将他踢出林家去！

这边，林一川正一脚将林一鸣踢了个狗趴。他心里憋着的气全撒在了林一鸣身上，一脚踏在他背上狠狠骂道："还有脸和我说银子？你月银才二十两，老四海每月账单七八百两，前月和城川修三少在流花赌坊玩牌九，输了二十八万两！人家花万两买只虫，好歹也要赢回两场银子，你连养虫的盆都输给了对方。修家接手凝花楼前，好歹是自家产业，白玩姑娘不过费些茶水酒菜钱，现在凝花楼是修家的了，你去装什么少东家？还在凝花楼摆客请宴替修家招揽生意。雁行，修家拿到账房的账单是多少？"

雁行忍着笑意，轻声报了个数："一万三千三百二十七两！"

细长眉眼、眉目清秀的林一鸣愤怒地扭过脸号叫："别以为你掌家管着南北十六行，产业就都是你的了，里面也有我爹和我的股子！我花的银子再多也没你败家！林一川你就是个孬种！得罪不起东厂，就把价值百万两的两尾龙鱼宰了！"

林一川一把将他从地上揪了起来，左右开弓一顿好揍。林一鸣痛得呼爹喊娘，却死不服软。还是雁行怕出事，用力抱着林一川的腰，林一鸣这才鼻青脸肿地跑了。

"松手！我有分寸，揍不死他！"林一川甩脱雁行，气得胸膛起伏不平。外忧内患，这个不省心的纨绔堂弟还跑来添乱。

雁行轻声细语地说道："二老爷有些坐不住了，这才由着二公子前来闹腾添堵。"

林一川不屑地说道："父亲在世，二叔就不敢妄动。爹继承家业，并不完全是靠着嫡长的身份，二叔在爹面前抖不了威风。去京城前，将事情都打理妥当，二叔翻不起大浪。"

雁行恭敬地应了："是。"

第十二章
咱们是同窗了

　　纷扬的雪飘落下来，竹溪里越发清冷。然而年节前，位于竹林深处的杜宅再一次车马喧嚣。

　　林一川带着雁行和燕声，来给杜家送年节礼，顺便祭拜杜之仙。还没到杜家大门，站在山坡上就看到门外数抬轿子停着。门外不仅站了衙役，还有几名身着飞鱼服的带刀侍卫。他心里"咯噔"一下，认出是锦衣卫。很明显，是扬州的官员陪着贵客来拜访杜家。这时候他不方便再去杜家，就吩咐雁行前去打探，和燕声避进了竹林。

　　此时杜家院子里站满了人，扬州知府、学政等官员有些好奇地打量着穆澜。

　　正门外摆了案几，燃了香，穆澜一身青衫素服与哑叔正跪着接旨。

　　"……赐入国子监进学，钦此。穆公子，接旨吧。"

　　有些尖刻的声音惊醒了穆澜，她伏在地上，高呼万岁，双手接过了五彩绣祥云瑞鹤的绫绢圣旨。

　　杜之仙的去世终于传进了宫中，那位一心对杜之仙尊崇有加的年轻皇帝就遣了身边的大太监素公公前来祭拜，并颁下了恩旨，让穆澜蒙恩入国子监。

166

老头儿过世前，让穆澜去京中寻他的一位故交，道是已安排妥当，穆澜没想到能接到这样一道恩旨。

能得皇帝青眼，恩旨入国子监，将来前程不可限量。扬州的官员们个个和蔼可亲，对穆澜大加赞赏，除了谆谆教诲外，各自又赠了不少银两及文房四宝等物。加上皇帝的赏赐，堆满了半间屋子。

穆澜谦逊地陪同素公公和官员们去了杜之仙墓前祭拜。

临走前，素公公叹息道："皇上惊闻噩耗，难过了许久，一直叹息未曾能拜杜先生为师。穆公子入学后，当勉力勤学，莫要辜负了皇上待先生与你的这片心意。"

"穆澜谨记。"

人怕出名猪怕壮，她是杜之仙的关门弟子的这个身份本就够打眼了，现在又接了皇帝恩旨入国子监，穆澜心情格外复杂。她不由自主地想起老头儿从前说过的话，想害她的人、关心她的人，都会不错眼地盯着她。哪怕她找出国子监御书楼里的秘密，揭开十年前那件冤假错案，想脱身却是不易了。

车到山前必有路，走一步看一步吧。她心里打定主意，大不了也就一个"遁"字，一辈子隐姓埋名。

刚把人送走，雁行就来敲门。

林一川等到人走后才进了杜家，祭拜完杜之仙后，穆澜请他到厅堂里叙话。

睃了眼堆积的礼物，林一川颇有种荒谬的感觉。好像自从在凝花楼见到穆澜后，他就一直在和她打交道。即使杜之仙死了，这缘分仍像斩不断似的。

哑叔端来的茶是自制的竹叶茶，林一川就像饿了数顿的人，就着点心饮了一杯又一杯。

他不知道在厅堂饮的茶是摆来看的，专为主人端茶送客准备的？穆澜睃着他，心里格外不舒服。她才接了圣旨，想清清净净理下思绪，林一川这吃货却坐了快一个时辰了。

"来而不往非礼也，前些日子我和哑叔把家里的两头猪杀了，腌了些肉，送你两坛。你在师父家清理过猪圈、铲过猪粪，估计你会吃得格外香。"

清理过猪圈、铲过猪粪！你还吃得下吗？

林一川正捏着块绿豆糕往嘴里送，这句话刹那勾起了他的回忆，绿豆糕的颜色让他仿佛又看到了猪圈里的那些排泄物。他的手颤抖了下，但仍然保持着斯文举止，将绿豆糕放回碟子里。

还能不能好好相处了？动不动就说这些腌臜的东西来硌硬他。林一川动了动手腕，皮笑肉不笑地说道："一直想与穆公子切磋一番，择日不如撞日，现在就去，如何？"

穆澜没心思和他切磋，端着茶呷着，凉凉说道："大公子是来讨揍的？"

你这话才讨揍呢！林一川气得不行，绷着笑脸道："我其实是来套近乎的。"

他和自己套近乎？林一川？扬州首富家的大公子？嫌银子太多了，愁着往外扔是吧？差点儿喷出口的茶好不容易顺下了喉，穆澜睃了眼满屋子的礼品，露出了倨傲的神色："今天收得最便宜的礼都值个百八十两银子，大公子送的节礼也就值个十两吧？"

那些年货的确值不了多少钱，不外是些风鸡腊鸭米面等物，可关键是心意！林家没有在杜之仙死后就变得凉薄疏离，自己还亲自前来祭拜，怎么到了这小子眼中，就只看值多少银子呢？

然而套近乎的话已经说出了口，穆澜摆明了就想看他给多少银子来套近乎，林一川咬牙把气又咽回了肚里："穆公子打算何时启程进京？"

"过完年节就动身。"穆澜也不隐瞒。她有些好奇，林一川也看上了自己蒙恩进国子监后将来前程无量？林家打算提前烧冷灶，供自己在国子监读书？

林家给了三十万两派了管事买米粮给淮河灾民，自己从林一川手里抠来的十来万两银子也一并捐了出去。加上今天收的赠仪，家里现银不过六百两，虽然古玩字画值钱，但她一件都舍不得卖掉。另外，还要留一半银钱给哑叔生活。穆家班要养活二三十号人，银钱也紧，母亲给不了自己多少，好在国子监包吃包住还发廪银。三百两银子虽然不多，但她省着花，也能过得不错。不过，林家愿意供奉，穆澜也不拒绝。

"既然如此，在下就包一艘船送穆公子进京。行程就定在年节后，到时候我让燕声来接你。"

林家包船，吃宿船资能省二三十两银子，再加一笔赠仪，少说也有一二百两，路上也定会被伺候得舒舒服服。有便宜不占王八蛋，穆澜眉开眼笑道："大公子如此热情，在下却之不恭，多谢多谢。"

林一川得了准话，终于起身告辞。

过了年节，穆澜收拾好行李，独自去了杜之仙坟前祭拜。

一壶酒洒落坟前，穆澜蓦然心酸，她认真磕了三个头起身。

"哑叔年事已高，会留在家里陪您。他的来历是个谜，我也不想勉强他说出当年之事。这十年，师父待我如父，澜儿没别的能孝敬您，知道师父对当年之事耿耿于怀，至死不安，我定会给您一个交代。"

那幅《雪梅图》又浮现在穆澜的眼前。师父如父，师傅却如陌路人，任穆澜怎么留心，自老头儿死后，她也没发现面具师傅偷偷来祭拜过。她不相信，两人之间的关系如此淡漠。

"我的好师傅，总有一天，我会揭下你的面具。"穆澜暗暗发誓。

她回了前院，燕声已带着人等候多时。

哑叔将她送出门，欲言又止。穆澜拍了拍他的肩道："哑叔，你不能说就不必说。该我知道的，我总会知道；不该我知道的，我想知道也一定会知道。清明替我给师父上香烧纸，得空我就回来看他。您保重，澜儿谢您这么多年的照顾！"

她朝哑叔深揖首。

哑叔扶住了她，粗糙的大手紧握着她的手，一件东西悄悄塞进了穆澜的手中。

穆澜不动声色地收下，与燕声和林家随从一起骑马去了码头。

江风凛冽，吹开了漫天云朵，冬季碧空如洗。

码头上停着艘大船，穆澜下了马，听到头顶有人招呼。她抬头一看，林一川裹在黑色的皮毛大氅里，戴了顶同色镶蓝宝石的毛皮帽子，朗眉星目，俊美无俦，只是他脸上的笑容怎么看都觉得有点儿贼。

穆澜踩着船板上了船，拱手见礼："大公子亲自来送在下，实在客气。"

在穆澜看来，林家赠仪送来、行程安排妥当就可以了，林一川是否来送自己一点儿关系都没有。

这小子还不知道呢。难得让穆澜吃惊一回，林一川怎么都忍不住，笑得分外开心："我不是来送你的。"他故意停了停，看到穆澜狐疑的眼神，他靠近她耳边说道，"在下也要去京城，干脆和穆公子同行。"

什么？这一个多月要和林一川同坐一条船去京城？穆澜瞪大了眼睛，林一川说的套近乎指的是同行进京？

"喂！你说清楚，你也要进京？"穆澜的秘密太多，林一川又是个观察仔细入微的，她可不想天天被林一川盯着。

林一川从怀中拿出一张纸抖了抖，让穆澜瞧得清楚，他抑扬顿挫地念道："户部执照。户部遵旨录扬州府俊秀林一川，年十八，身长面白无须，遵例报捐监生。所捐银一千四百八十两已入国库，讫相应换给执照。看懂了吧？到了国子监，我就凭这个换取监照。"

户部发给捐资入学的人一张执照，再凭这个换取国子监录学生入学的监照。意思是林一川捐了银钱，也要进国子监读书？

想到当初穆澜恭喜自己抱上东厂大腿时所说的话，林一川用力拍打着穆澜的肩，瞧着他傻乎乎的模样哈哈大笑起来："咱俩以后就是同窗了！我是捐钱入学的，而穆公子是奉旨读书，国子监里谁不敢照拂你这个天子门生？在下将来全仰仗穆公子多多照应了！"

这这，这才是他说的套近乎？穆澜瞠目结舌。

船身一震，已然扬帆起航，穆澜这才回过神，扭过头盯着舱房咬牙切齿地道："阴魂不散哪你！敢坏我的事，我先宰了你！"

大明帝国的运河南极江口，北尽大通桥，运道长达三千多里。

穆澜从小长在船上，沿着这条运河南北不知走了多少趟，她对沿途风光熟识于心，没有北上进京的兴奋与好奇。林一川则不同，他幼年时随父亲去过一趟京城，印象早就模糊了，这一趟沿大运河北上，看什么都稀奇新鲜。船行运河上，他嫌一个人寂寞，每天都去找穆澜，每至一地，必来邀穆澜同行游玩，烦得穆澜只能待在房间里，闭门谢客。

船到沧州，房门又被敲响了，穆澜叹了口气，打开门一看，林一川穿着身醒目的银白色绣团花锦袍，领口一圈银狐毛，气度非凡地站在门口，腰间荷包、香囊、金三事、玉佩挂满了玉带。穆澜暗自撇了下嘴角，生怕沧州的贼看不到他似的。不等林一川开口，穆澜抢先说道："在下晕船，大公子想上岸游览请自便。"

晕船？从小跟着穆家班在船上长大的人会晕船？眼前的少年神清气爽、精神矍铄、唇红齿白。船上饭食做得好，他每顿饭至少两大碗，吃得兴高采烈……当面撒这种谎他脸都不红！穆澜的厚颜无耻，让林一川又开了次眼界。

穆澜堵在房间门口，连房门都只开了一半，林一川怀疑，自己敢像前几回那样勉强拖着他上岸，他一定会"砰"地关上门，林一川悻悻然地说道："我一片好心……"

"谢了，头好晕，晕船好难受，补眠去了。"穆澜二话不说打断了他的话，关了房门。

"不识好歹！"林一川拿热脸去贴冷屁股，颇不是滋味。难道穆澜这小子奉了圣旨进国子监，眼珠子立马长头顶上去了？行商人家就这么不招人待见？他想起父亲说过的话，不由得冷哼了声，他将来要做一个有钱的官！什么穷秀才的风骨，连件锦衣都穿不起，他才不稀罕。

他才转过身，身后的门又打开了，穆澜探出脸来笑嘻嘻地说道："沧州驴肉火烧味道不错，大公子记得帮我带几个回来。晕船晕得没胃口，怎么想到这个口水就出来了呢？差点儿忘了，要赵家老字号的，在下舌头刁，

171

吃得出来，别糊弄我啊！"

林一川还来不及说话，门"砰"地又关上了。

"你给我等着！驴肉火烧！还赵家老字号的！我买一箩筐让你吃到吐！当本公子是你小厮啊？"林一川气急败坏地走了。

不过，等他尝完几家的驴肉火烧后，仍然不甘心地买了赵家老字号的。反正他有银子，还真买了一箩筐。晚饭时，饭桌上就摆满了摆得高高的火烧，下面还升着炭盆保温。

林一川恶狠狠地说道："甭客气，随便吃！这点儿银子本公子出得起。"

穆澜叹了口气，拿了个火烧咬了一大口："大公子，在下跟你明说了吧。我自幼来往大运河，该逛的都逛遍了，我还得抓紧时间温书哪。你以为拿到执照就能进国子监了？入学要考试的，不知道多少双眼睛都盯着我呢。我要考不好，丢我师父的脸，皇上也没脸不是？你何必与在下赌气，浪费银钱呢？趁热把火烧赏给船工、下人们当晚饭吧。"

原来拒绝上岸游玩是想抓紧时间温书？林一川突然想到一个问题，大惊失色："我捐钱入学的，也要考？"

虽然他从小也学过四书五经，但他是林家独苗，将来是要继承家业的，不可能像那些奔着科举的学子那样成天掉书袋里的。这次他想进国子监，林大老爷格外赞同，对外的说法是惩罚林一川杀了两尾金龙鱼，给林氏宗族中人一个交代。

林家也打探了些消息，但所有从国子监毕业的官员嘴里只有推崇。只道赏罚分明，刻苦勤学便可。林家捐一千多两银子，轻松就拿到了户部的录入执照。进国子监凭他的聪明，读书也不是件难事，可突然听说还有入学考试，林一川急了。万一被刷下来，二叔会不会又借题发挥呢？不行，最关键的是林大公子不能丢这个人！

赵家老字号的驴肉火烧外脆肉鲜，酱汁香浓，穆澜狠咬了两口，鼓着腮帮子有点儿噎着了，直接向桌上的茶壶。林一川也顾不得了，赶紧给倒了杯茶递过去。

就着茶水顺了口中的食，穆澜这才笑了起来："要不怎么说大公子精

172

明呢？提前抱上了在下的大腿……咳咳，不是不是，是提前与在下套上了近乎，我就说与大公子听听。"

国子监的监生大致分四种：春闱落第的举子，三品以上朝廷官员家每户可以荫恩一人入监，各州府书院每年推荐的贡生，以及像林一川这种捐银钱入学的捐监生。

监生的待遇极好，衣食住行全包，每月还有不等的癝银，全由国库出具。这么一来，随着生员的日益增多，国库的负担就重了。

国子监毕业就能出仕，但新帝行冠礼后，觉得国子监人数众多，良莠不齐。从今年起，下旨新立了一条规矩：但凡新监生入学，都要进行入学考试。

"像大公子这等捐银入学的人不少，能占监生的三分之一。但再有钱，大字不识、诗文不通，拿到监照也会被刷出去。不然某天见面，说起来对面的草包还是自己同窗，岂非丢人至极？"

这一路与林一川同行，穆澜想得很清楚，林一川有钱、人聪明，还会武艺，进了国子监自己少不得也需要帮手，套近乎就套近乎呗。和他勉强算半个乡党，只要他不坏自己的事，各取所需，也是件好事。

她揶揄道："大公子不仅文武双全，还囊中多金，应付这样的入学考试，绝对不在话下。"

林一川目光微闪，他素来心细，立刻抓住了穆澜话中的意思："你的意思是，有钱还能请枪手代考？"

穆澜"嘿嘿"一笑，抓了两个火烧在手，拍了拍他的肩，一脸正色："我可没那样说……在下温书去了。"

杜之仙的关门弟子知晓的就是比自己多，赔笑脸、套近乎、好吃好喝地供着，总算有了一点儿成效。这笔买卖稳赚不赔，林一川深为佩服自己的眼光。

进门来的燕声看着他拿着个火烧不停地往嘴里塞，吓了一跳："少爷，你怎么了？"

林家大公子吃火烧这类食物从来不会整个儿拿在手里啃，得用银刀分成小块，公子爷骤然变得和平常百姓一样豪放，燕声有点儿难以接受。

燕声的这一声叫醒了沉思中的林一川，一口烧饼哽在了喉间，噎得他直翻白眼。顾不得叫燕声倒水，他抓起茶壶猛灌了数口，这才长长地打了个嗝儿。

"少，少爷……"燕声目瞪口呆，心里不禁冒出一句话来，近墨者黑，他家少爷生生跟着穆公子变得粗俗了。

林一川头回这样拿着烧饼啃，觉得极带劲儿，他白了燕声一眼，振振有词地说道："国子监进餐吃烧饼都得这样，你家公子爷提前学学。"

"哦！"

他突然看到酱汁已顺着手指淌了下来，黏糊糊的，真恶心！林一川飞快地将没啃完的火烧扔到了桌上，喝道："还不去拧块巾子来！"

吃过驴肉火烧后，从沧州到京城，林一川也不下船闲逛了，开始温书习字。

无人再去打扰穆澜，她终于拿出了哑叔偷偷塞给自己的东西。

这是一枚白色云子，晶莹如玉，对着阳光，边缘泛起淡淡的宝光。上面钻了个孔，用根褪色的红线拴着，看起来像是一枚挂坠。棋子上也刻有"珑珑"二字，只不过这两个字不是穆澜的手笔，字体娟秀清奇，带着柳骨之风。

以往杀东厂之人，她扔的是黑色棋子，哑叔却给了她一枚上品白色云子。白子又代表什么呢？穆澜摩挲着棋子，静静地思索着。

一月中旬，船经过了通州，直达京城外的码头。

林家有管事来接，在昌平歇了一晚，第二天午后穆澜和林一川就到了京城。

城池雄踞在广袤的平原上，青灰色的城墙如蜿蜒大山，气势磅礴，城门楼金碧辉煌。京城的热闹也与扬州不同，同样的喧嚣热闹、人声鼎沸，却因街道的宽敞、一眼望不到边际的楼台亭阁，更显大气。

"小时候我跟着父亲也到过京城来，感觉没这么热闹啊。"林一川骨子里还是个十八岁的少年，兴奋好奇满满地写在了脸上。

穆澜也长舒一口气，她终于到京城了，总算能甩掉林一川这块狗皮膏药。她拎起两只大包袱，背起书箱就要下船："大公子，多谢一路照拂，咱们就此别过，入学考试时再见吧！"

"哎哎，你别急着走啊！"林一川赶紧拦住了她，"你没地方下榻吧？不如跟我回家。林家在京城有店铺，现成的三进大院，总比你找客栈强吧？今年春闱，进京赴考的举子早把客栈住满了，你拿着行李也不好找。"

穆澜笑道："谁说我要住客栈了？我回穆家班。我很久没见我娘和班里的兄弟，甚是想念。大公子，你留个地址，有事我去寻你。放心吧，咱俩是一伙的，进了国子监还得抱团帮忙不是？"

对，一伙的！这小子虽然可恶，好歹也有几分交情了，林一川眉开眼笑地说道："你别拿行李了，你先给个穆家班下榻的地址，回头我吩咐人给你送过去。"

"行。"穆澜也不想累着自己，痛快地说了地方。

林一川恨不得和穆澜走得更亲近些，吩咐燕声找伙计扛行李，转身他手里就多出一提礼品，笑眯眯地说道："既然咱俩是同窗了，我理应前去拜见伯母。"

穆澜"咝咝"两声，咬起了牙，林一川也太贼了吧？明知道母亲对他谄媚讨好，这一拜访，就冲着他家的银钱、在扬州的势力，母亲也会满口答应让自己帮他。

"走啊！"

走在前面的林一川回头催促着，穆澜哼了声，与他并肩下了船，冷笑道："大公子，丑话我有言在先，你千万别对我娘动什么歪心思，我进了国子监，我娘也管不了我。"

"瞧你说的，我就是作为你的同窗，去拜见一下穆伯母而已。你不是说咱俩是一伙的吗？难道，我有事你会不帮我？"林一川反问道。

拿她的话来堵她的嘴？穆澜翻了个白眼。

穆澜带着林一川径直去了正阳门外，远远就看到人群聚集，锣声响起，穆家班的人正在演杂耍。空地里围了里三层外三层的人，旁边的酒楼回廊上也站满了看热闹的人。两人刚走近，就听到一声声叫好声。

"这么多人，赏钱一定多！刚过了年节，小孩儿手里都有过年红包呢。"穆澜说着兴奋地挤进了人群。

林一川哭笑不得，这小子真是地道的财迷，连小孩儿的过年红包都惦记上了。

穆家班的小子正在翻跟头。五个人，在场子里翻个不停。

李教头手里的铜锣敲得越来越急，五个小子的速度也越来越快。

"好！"

又一轮叫好声响起。

李教头朗声说道："有钱捧个钱场，无钱叫两声好！各位看得痛快，穆家班的小子们谢赏啦！"

铜钱就撒了进来，一群丫头小子欢呼着蹲地上捡着。

"接下来在下给各位表演飞叉！"

锣声一停，五个小子稳稳当当地停了，朝四周抱拳行礼。

"换节目搬家什的空当儿也不能停，停下来，人气就散了！"见到穆家班的人，穆澜很开心，极少见地对林一川解释起来。这时场子里就有个小丫头背靠桌子用腿蹬起了坛子，一双纤细的脚顶着一人高的坛子滴溜溜地转着。

"等会儿你瞧着啊，李教头的飞叉也是一绝呢，六十斤的飞叉转得跟风火轮似的。"

林一川不置可否："以我的武艺，我也能。"

穆澜瞪着他道："那飞叉上还站着个人呢，转起来人不会摔下来，你能吗？"

这倒稀奇了，林一川等着看。

李教头脱了衣裳，露出一身古铜色的腱子肉，腰间扎着三寸宽的护腰，朝四周抱拳一揖，说完场面话，拿起了飞叉。

墙根积着的雪还没化掉，纵然知道李教头长年累月如此，不怕寒冷，穆澜仍然瞧得眼里泛酸。她将来一定要多挣银钱，让穆家班的人都过上好日子。

李教头将飞叉横摆于胸前，一名六七岁的小子抱住长柄这端，李教头大喝一声，那孩子随之就被挑了起来。那小子凌空翻了个筋斗，飞叉就趁着他在空中的时候转动起来，掠起呼呼风声。众人惊呼起来，飞叉往空中一摆，那小子竟稳稳当当站在了飞叉上。随着飞叉的舞动，那小子或跳或跃，始终站在飞叉上没有被甩下来，震天响的叫好声此起彼伏。

穆澜给了林一川一个得意的眼神，压低声音说："演到这时就要停下来讨赏了！"

果然，穆家班的人端了铜锣四处讨赏。

"许家三公子和直隶解元谭公子在绿音阁斗诗啦！"蓦然出现的高亢声音瞬间吸引了所有人的注意，叫嚷者兴奋得满脸通红，"听说输了的人要站在长街上大吼三声：我不如对方！满京城的小娘子都朝绿音阁去了！"

"啊？那可是许家的三公子，许家玉郎！"

"这可新鲜！太后亲外甥哪！"

"走，看看去！"

不过眨眼工夫，围着杂耍班的人一窝蜂散了个干净。穆澜抬头一看，对面酒楼长廊上的有钱贵客们也早就没了踪影，她气得直吼："给完赏钱再走！白看戏啊！"

没有一个人因她的叫喊声停下脚步，穆澜叉着腰破口大骂："两个大男人斗诗有什么好看的？"

人群一散，李教头就停了下来，惊喜地看到了穆澜。班里的小子丫头也围了过来，热热闹闹地叫着："少班主！"

站飞叉上的小子年纪小，抱着穆澜的腿就哭开了："少班主，豆子今天没有挣到赏钱！"

"改天少班主露两手绝活儿，把今天的赏银都挣回来！不哭！"穆澜低头柔声哄着他。

两颗金灿灿的豆子塞进了豆子手里，穆澜吃惊地转过脸，林一川笑得灿烂无比："他们走了没关系，本公子还没走呢。演得精彩，我赏你的！"

豆子的眼睛放着光，甩开了穆澜，拿着金豆子朝李教头兴奋地叫道："师父，豆子得了赏！"

"谢谢。"穆澜露出了真心的笑容。

大概是进京城，穆澜终于换了身新衣，莲青色的缎面直裰衬得整张脸清俊无比。望着他的笑容，林一川不知为何突然想起了夏天青翠碧荷上滚动的晶莹露珠。鬼使神差，他低头对穆澜说道："想不想去整整那两个害穆家班没拿到赏钱的什么公子？"

"澜儿！"

穆澜听到母亲叫自己，睒了一眼，发现母亲脸色似不好看，她就想起自己拖延进京的事来，总不能让林一川看到自己被母亲拿鸡毛掸子追着抽吧？

"当然要去见识下了！"穆澜匆匆回了他一句，把林一川朝母亲推了过去，"娘，林大公子来拜访您。我还要去瞧瞧直隶解元的诗才，说不定能认识几个同窗好友，回来再和您细说。"

穆胭脂憋着一肚子火终于等到穆澜进京，见她躲在林一川身后，只得把火气压了回去，换成了一张笑脸，伸手接了林一川手里的礼品："多谢大公子，您太客气了。您这是和我儿子一块儿来的？"

"在下捐了个监生，将来与令郎不仅是乡党，还是同窗，约好同船进京。听闻伯母在此，在下特意前来拜见。"林一川笑着揖首行礼。

穆胭脂就瞪向了穆澜："同窗？还同船进京？"她知不知道万一被林一川识破身份会是什么下场？

"娘，我俩先去看斗诗了！"穆澜见势不妙，拉着林一川就跑。

"浑小子，晚上早点儿回来吃饭，听到没有？"穆胭脂的目光落在林一川的身上，眉心渐渐拧起了疙瘩。

第十三章

公子如兰

　　绿音阁是琉璃厂中一家经营乐器的店铺，专销前朝名琴，名人所用笛、箫，当朝名师亲制琴、筝、二胡、笛、箫等，客人非富即贵。

　　店铺十二道隔扇门大敞，大堂是五间打通的宽阔大开间，四周书架上全是各种乐谱，等级相对普通的乐器陈设其间。正中一道镂空月洞门通向后院。庭园占地极广，遍植梅兰竹菊，临池照影，景色宜人。

　　乐师们抵挡不住这里的乐器的诱惑，以能受邀到绿音阁演奏为荣。买不起，能触碰着弹奏一曲，便心满意足。久而久之，京城中的贵人们就把在绿音阁饮茶品乐当成了一件雅事。

　　当朝制琴大师徐凡音亲手进山选材，花费六年制了一张琴，取名沉雷，被绿音阁得了，特意请来京城天香楼的花魁沈月试音。消息传来，京城的公子们蜂拥而至，两拨儿人为争雅室，斗上了。

　　绿音阁的大部分客人非富即贵，因乐生雅，对布衣学子也极为客气。三月春闱，天下士子齐聚京城，到绿音阁赏乐吟诗、交流策论也成了一景。

　　今天杠上的这两拨儿人，一拨儿是以太后亲外甥、皇帝表弟、礼部尚书承恩公之子许玉堂为首的京城贵公子；另一拨儿是以直隶解元谭弈为首，前来参加春闱的举子们。

举子们先得了沈月的邀请，贵公子们却抢先到了，两边争执不休。举子们文才、辩才了得，含沙射影，指桑骂槐，把贵公子们讥讽成纨绔都不带半个脏字。贵公子们哪儿受得了这等奚落，一怒之下，就来了个文比。

穆澜和林一川赶到绿音阁时，整条街都挤满了人。更令两人惊奇的是，里面还不知晓动静，外面的小娘子们已经泼辣地比试上了。

"三公子没参加科举罢了，若他去了，什么直隶解元，定会因玉郎之才羞愧得再不敢提笔！"

"不就名字中带个'玉'字，也配在谭公子面前称玉郎？见过谭公子，才知道什么叫玉树临风，羞杀卫玠！"

"区区直隶解元，还以为自己就是天下第一呢！许玉郎貌如皎月，他才是京城第一美男子！"

"京城有天下大吗？见过谭公子就知道什么是真美男！"

美貌小娘子们越争越厉害，寸步不让，大有撸袖先打一架的架势。看得穆澜和林一川咋舌不已，两人的好奇心都上升到无与伦比的高度。

穆澜睨着林一川道："不知道许玉郎和谭解元比起大公子之貌会如何？"

林一川不屑至极："大男人被一群小女子评头论足，有什么值得夸耀的。不过……我倒是觉得他二位肯定比不上穆公子。论才华，你是江南鬼才杜之仙的关门弟子，不会比他俩差吧？论容貌嘛，穆公子刚柔并济，精致如画，我觉得他俩肯定比不上你。"

这话说得穆澜心花怒放，用胳膊肘捅了捅他："挤都挤不进去，人都没见着，怎么弄死他们？你可得想好了，许三不好惹，身份贵重，谭解元嘛，颇得人心，当心捅了马蜂窝。"

林一川只是笑："我没那么傻，整人嘛，当然得不露痕迹。瞧我的，保管你顺溜踏进绿音阁的大门。"

他转过身，对随行的雁行和燕声吩咐了几句。燕声神色呆滞，雁行扯了他一把，走了。

不多时，只听到身后一阵爆竹声乍响，烟气弥漫中，穆澜听到了燕声的大嗓门儿："集珍斋盘货了！所有东西一两银子起售！走过路过不要错过！南洋的海珠香料、苏杭的彩线越窑青瓷一律一两银子起售！前面一百位客人赠送湖笔一支！先到先得！"

"大公子厉害！你这么败家你爹知道吗？"穆澜没想到林一川依然是用钱砸开道，一时间哭笑不得。

人群分出一部分朝着集珍斋跑去，林一川扯住穆澜的胳膊迅速地挤了进去："你以为我蠢到败家？一两银子起售，又不是都只卖一两银子。先把人调开再说，还能给集珍斋拉点儿生意。"

"奸商！"穆澜笑骂了声，跟着他挤到了绿音阁门口。门外正站位管事，不停地团团作揖："小店容不了太多客人，见谅！见谅！里面的诗文绿音阁都将悬挂出来！"

穆澜还没想好，林一川已拉着她上了台阶。

"两位公子，在下刚才说得很清楚……"

"我俩是许三公子请来助阵的，许家不能输。"林一川低声打断了管事的话。

一身华丽的卷草蝴蝶纹蜀锦长袍价值不菲，外罩黑狐皮毛大氅金贵异常，林一川傲慢地睥睨着管事，摆出一副"许玉堂输了，你就死定了"的神情。那管事情不自禁地侧过了身，林一川昂首挺胸就走了进去。

"那两人怎么进去了？"外头有人不服气地嚷嚷起来。

管事仍然四处行揖："那二位是许三公子的客人！"

穆澜闷笑不已："你装得真像！"

林一川得意扬扬地说道："他又不能将许三请出来对质，怕什么？走吧。"

进了后院，只见池塘边草地上两拨儿人不惧寒风对峙，四周还站了不少围观者。就衣着看，两人一眼就认出了当中的许玉堂与谭弈。

许玉堂里面穿的是件绯色的袍子，披着件天青色的鹤氅。面如冠玉，似雪里枝头红梅。气质中没有豪门公子的矜持自傲，眉宇间反而露出一股温润如玉的气质。

"好一个许家玉郎！人如其名。"穆澜脱口赞道。

"我看谭弈的家境也不输许三。"林一川被谭弈吸引了目光，他眼睛毒，上下一打量就瞧出谭弈的不凡之处来，"谭弈穿的那件裘衣是雪貂，我想弄一件都没找够那么多皮子，千金难买。许三和他比，同样俊俏，气势却弱了三分。"

裘衣白中带着浅浅银色出锋。谭弈身材高大，五官立体分明，俊美又不失英武气概。

"金窝里的凤和鸡窝里的凤还是不一样的，外表虽难分高低，气度上，谭弈却多了几分狠厉。君子如玉，许三就是块经长年累月的优渥生活磨出来的老玉。谭弈像块新玉，火气太重。"穆澜注视着两人的目光，低声说道。

"在你眼里，本公子是什么样的玉？"林一川见如此推崇许三，隐隐有些不服气。

穆澜想都想没想随口答道："你就是块金子。"

金子？林一川脑子转了转，就气得咬牙，这是说他俗气呢，没那两人有气质。

一缕琴音自厢房中突然传出，两拨儿人顿时交头接耳，品评起来。

穆澜寻了个围观者打听，这才知道，厢房里是花魁沈月在抚琴。琴曲终了，两拨儿人就以乐赋诗分个高低胜负。

"我现在又不太想整人了，能围观斗诗也不错，你说呢？"穆澜听着琴音，心境变得安宁。说起来许三和谭弈斗诗拉走客人，让穆家班少了赏钱，也并非他二人的过错。

她硬硬自己的时候从不心软，却偏对这二人生出了好感，忘了来绿音阁的初衷。林一川睥睨着她，心里百般不是滋味，见她听得出神，就悄悄地离开了她身边。

不远处假山上建着座精美的亭阁，从雕花窗户望出去，下方斗诗场景一览无余。

春来小心地往暖炉里加了炭，用天鹅绒罩了，送到窗前站立的年轻公子手中，抱怨道："窗户上装块琉璃就好了，开窗风寒着呢。"

那年轻公子戴了顶出锋的雪貂皮帽，帽子正中镶了颗龙眼大的金色珍珠，淡淡珠光映出张清癯俊秀的脸。他正是端午那天穆澜不小心撞到的绿衫公子。

琴音悠悠顺风传来，沈月弹的是《雉朝飞》。这支琴曲有个来历，据说有个在山中打柴的人一生辛劳，暮年仍茕茕一人。他看到草丛中雉鸟成双飞过，就越发地觉得自己孤独凄凉，因而悲歌："雉朝飞兮鸣相和，雌雄群兮于山阿，我独伤兮未有室，时将暮兮可奈何？"后有人据此谱成了这支琴曲。

接过暖壶抱着，他默默地想着沈月琴曲中的心思，突然说道："许三郎是太后的心头肉，谭弈是谭公公的宝贝义子。这一回赌得大了，谁胜谁负都难以收场，莫等到曲终，答应替沈月姑娘赎身，让她把局搅和了。"

春来得了吩咐正要去办，乐声突然停了，正挠头想诗的才子们纷纷惊诧地望向厢房。房门打开，盈盈走出一位穿着紫色绉纱银鼠皮裙、头戴雪白卧兔儿的美貌女子。行到众人面前，沈月满脸喜色盈盈下拜："方才有人替妾赎身，放妾归良，妾答应恩公永不抚琴，诸位公子见谅。"

剑拔弩张的两拨儿人同时愣住。许玉堂表弟、靖北侯世子靳择海跳了起来，世子威风大作，指着沈月道："弹完再走！"

话音刚落，谭弈已拱手笑道："恭喜沈月姑娘！咱们这些人受姑娘相邀来此，得闻喜讯，也替姑娘欢喜。"

举子们个个都是玲珑心肝，平时也常与沈月联诗品琴，便纷纷道贺，立刻就将对面靳择海等面露不悦的贵公子们衬得粗鄙不知礼。

沈月娇羞着一一还礼，看得出心情格外高兴。她年已十八，虽是花魁，可再过两年待容颜老去，最好的下场不过是嫁给商人为妾。她心高气傲，熟读诗书，最羡慕书中所写的一生一世一双人。然而她身价又高，出得起银钱的，她未必看得上，想许付芳心的，又拿不出赎身银钱。突然厢房中来了一人，许诺为她赎身，却只放她归良。这等条件，沈月自然立马应下。

谢完这边，沈月马上向靳小侯爷赔礼："求小侯爷怜惜一二。"螓首低垂，显得楚楚可怜。

没等靳择海开口，谭弈就啧啧两声，叹息道："小侯爷何必为难一弱女子？"

靳择海对表哥许玉堂的文才极为崇拜，今天是他先和谭弈等人争执起来，相约斗诗后，这才去承恩公府请来了表哥许玉堂，一心想在诗文上争口气。原本听到沈月说不弹了，他只是下意识地吼了声，并没有真要为难沈月的意思，但被谭弈拿话一挤对，靳小侯爷就抹不开脸了。他银牙暗咬，眼白翻上了天："想要小爷不为难沈月姑娘也行啊，谭解元当街大吼三声不如我表哥许玉堂就行了。"

"岂有此理！"

"当真以为咱们怕了他？"

"只知走鹰弄狗之辈，知道'诗'字怎么写的吗？"

举子们愤怒地又说开了。

以靳择海为首的公子们也不是吃素的，纷纷讥讽对方胆小怕事、腹中空空。诗文比不过，就借沈月之事想要赖，拦了沈月不让离开。其中一人纨绔劲儿上来，叫嚷道："和这些酸才比什么诗文？依本公子的意思，不服气就打一架，打伤了本公子包赔汤药费！"

靳小侯爷素来是个爱凑热闹的，当场脱了披风，揉开了腕子，蔫儿坏地说道："小爷不考进士，打折了胳膊腿也不怕！谁来和小爷过招？"

此言一出，举子们就愣住了。别说打折了胳膊腿，就是弄伤了手指握不住笔，想考春闱还要再等三年。事关一生前途，举子们不免踟蹰起来。一举子不屑地说道："清雅之地竟成斗殴所在，有辱斯文！"

贵公子们哈哈大笑："不敢就是不敢！男子汉大丈夫，就剩一张嘴厉害，有什么意思？"说得举子们神情愤慨，扯歪理却不是这些纨绔的对手。

许玉堂扯了靳择海的袖子低声说道："打什么打？都是要参加春闱的举子，打坏了告到府衙，看你爹不揍死你！"

"表哥，你没看到吗？我大不了挨家里揍，他们却是不敢应战的，只晓得写酸文说风骨，一提打架腿都哆嗦。什么手无缚鸡之力，家中杀只鸡连刀都不敢拿，这种柔弱男人，我最是看不起了！"靳择海赌这些举子不敢打，便夹枪带棒地又损了一通。

"诗文谭某比不过诸位，打架这种事谭某擅长，各位仁兄就站在旁边替在下掠掠阵好了。"谭弈突然站了出来，说得诚恳，笑容也灿烂明朗，将众举子的尴尬顿时化为无形。

举子们哄然笑道："谭兄算了吧，小侯爷那细腕子也不比筷子粗多少，别让人家说欺负小孩子。"

谭弈瞥着对面小猴儿似的靳择海，微笑道："小侯爷身子骨柔弱，在风里冻着了想活动筋骨，在下陪着练练，定不会真折了他的胳膊。"

靳择海是早产儿，十六岁瘦得跟竹竿似的，他平生最大愿望是如父亲一样靖北安邦，最恨别人说自己柔弱。所以，听了谭弈的话，他气得白着嘴唇就要冲过去。

"海弟！"许玉堂大惊，伸手拉住了靳择海，"好生站着！"

他盯着谭弈想，这位直隶解元究竟是个什么来路，竟敢不惧自己和靳择海的家世背景。看衣着定是出身豪富，但这天下豪富到了京城谁还敢如此嚣张？他的言谈举止对举子们颇为照拂，怪不得一进京城，就大受举子们推崇，风头大盛。坊间都有赌盘开出，押谭弈能连中三元，今科状元、榜眼、探花总能得其一。

许玉堂边想边解了披风，扔给了靳择海，站到了谭弈面前："我这表弟年方十六，心性纯良，不受激，谭公子总拿话挤对一个孩子，又有什么意思？我陪你过几招，如何？"

太后外甥、皇帝表弟、承恩公礼部尚书之子许玉堂也会武艺？谭弈想着许玉堂名字前那些个前缀，情不自禁笑了，他双手环在胸间，揶揄道："我怕把你打伤了，许尚书拿我们这些举子撒气！"

众举子蓦然惊觉，春闱由礼部主持，打伤了许尚书的儿子，被记恨上，多年寒窗苦读都要付之东流。一时间，众举子皆心有戚戚，看许玉堂的目光变得不善起来。有人就讥讽道："谭兄，算了，离春闱不足两月，温书要紧，哪有闲工夫陪这些贵公子过招呢，免得赢了遭恨。"

许玉堂斯斯文文地说道："谭公子的意思是家父会徇私？"

谭弈却不上当："我等还要考试，谁愿意和你们打架！若不是小侯爷死缠烂打，我和他打什么架？有这闲工夫，还不如去天香楼替沈月姑娘摆酒庆贺！走了！"

众举子爆发出轻蔑的笑声，高声叫道："走了！"

这个谭弈在举子中的声望很高嘛，许玉堂暗暗沉思起来。

"许三哥，你今天要不动手，我瞧不起你！"公子哥儿里有人就冲许玉堂嚷嚷起来。

"表哥，我今天不揍他们，我心里过不去！打！"靳择海一口气咽不下去，招呼了声，他身后的公子哥儿们几时吃过这种亏，喊了声打，跟着靳择海就冲了过去。

许玉堂阻拦不及，急得直跺脚，扯了绿音阁看傻眼的小厮叫他去搬救兵，一咬牙朝着谭弈就冲了过去。转瞬间，斗诗变成了斗殴。

穆澜津津有味地看着这场闹剧，见真打起来了，她跟着围观的人就要离开。这时，她突然想起了林一川，左右一看，没见人影。穆澜也懒得管他，转身就走。"哎哟！"身边响起一声娇呼，穆澜转头看去，是那位沈月姑娘被人挤着摔倒在了地上。她心头微动，伸手扶起了沈月："给你赎身的人去哪儿了？"

"恩公说他有事先走一步，公子认得我家恩公？"沈月惊喜地捉住了穆澜的胳膊，急切地问道。

"你不会连他姓什么都不知道吧？"穆澜惊讶地道。

沈月的脸羞得红了，轻声说道："他给了奴家两万两银子便走了，不肯留下姓名，奴家记得他的模样，将来会替他日夜上香祈福。"

啧啧，两万两！穆澜咋舌。听沈月一形容，她就知道是林一川所为。随手花掉两万两，隐姓埋名当好人，不像他的风格啊。不过她转念一想，林一川存心毁局，还真不能让人知道是他所为，被两边恨上，都不是好事。

"我不认识他，只是有些好奇罢了。以免夜长梦多，姑娘还是早点儿离开京城的好。"穆澜回头看了眼打得正热闹的两拨儿人，好心地提醒了沈月一声。

两方打架都因自己中断抚琴而起，想起靳家小侯爷的脸色，沈月一惊，匆匆谢了穆澜，提起裙子就跑了。

穆澜正要离开，大门口冲进来一大群手执棍棒的家仆，为首的指着庭院里的人叫道："看清了衣裳，打！"

他娘的！穆澜听到这句话就知道要糟糕，她虽换了身缎面棉袍，但离那些侯门公子的打扮还差得远呢。还在思索间，几名家仆一眼就看到她，目光往她身上的衣裳一打量，确认是个穷酸无异，挥舞着棍子就冲了过来。

"狗眼看人低！"穆澜骂了句，左右一看，朝假山飞奔而去。

她没施展轻功，一身杂耍功夫还在，借着假山躲过了那几个家仆。这场架打得轰轰烈烈，穆澜寻思着京畿衙门的人也快到了，她得想法子躲着，抬头看到假山上的亭阁，她顺着台阶就跑上去了。

门一推就开，穆澜关上门松了口气。鼻端忽而飘来茶香，她警觉地回过头。升着炭盆的亭阁暖意融融，窗边案几旁有一位年轻公子正在煮茶。

雪白的皮帽，浅绿色的锦缎面银貂出锋皮毛宽袍，还有他唇角浮现的浅浅笑容，让穆澜有些恍惚。亭阁下面那场斗殴仿佛并不存在，这里异样地静谧，让她似乎走进了另一个世界。

炭炉红色的火苗温柔地舔着紫砂水壶，他垂下眼帘静等着水开，一双白皙修长的手自宽大袍袖中伸出，稳稳提起了水壶。穆澜见过茗烟煮茶，也见过杜之仙煮茶，更曾远远见过母亲煮茶，但那些优雅淡然的举止都不及眼前这位带给她的震惊，她心里浮现出一句诗："兰之猗猗，扬扬其香。"

水入茶盏，盈香满室。

他抬起头望向穆澜。

"走错地方了，抱歉。"穆澜回过神，转身欲走。

"穆少班主，我们见过，你忘了吗？端午，扬州，你手里的狮子头套撞到我了。"他放下水壶，静月般的笑容温柔而美。

端午那天，他穿了件浅绿色的茧绸圆领直裰，浅笑的眉眼透出股雨后青竹的气息，如月般皎皎，温文尔雅地站立在杂乱的人群中。还意外得了他一百两赏钱，穆澜一拍脑袋想起来了，她抬手一揖："原来是您，上次没来得及向公子道谢，谢您打赏。"

这世界真小，竟然在京城又遇见了。

他笑了笑，目光移向窗外："坐吧，你是哪边的？"

穆澜眨了眨眼，有点儿迟疑地问道："看穿着打扮，您该不会是许三公子那边的吧？"

愉悦的笑声从他喉间发出，他摊开了手，戏谑地说道："还没来得及写诗出场，就困在这儿了，你该不会想和我在这里打一架吧？"

"原来阁下是许三公子请来的枪手啊！"穆澜笑着大方地走过去坐在了他对面，下面的喧闹声仍在继续，中间夹杂着各种对骂呻吟，她揶揄道："好像是你那方胜了，公子不会出卖我这条漏网之鱼吧？"

她的话又逗得他大笑起来。

"我与你也算有缘，真没想到你竟然是名举子。"他回想当时的那一幕，有些感慨，"走杂耍卖艺的少年都知读书奋进中举，朝廷将来何愁没有栋梁之材。"

"春闱能高中进士者，谁不是才高八斗？入仕之后也非人人皆国之栋梁。"穆澜随口答道。

"哦？穆公子赶赴春闱，难道不是为了能实现心中抱负好造福百姓？"

"您误会了，"穆澜大笑道，"我不是举子，我是来看热闹的。两边都打起来了，在下正想离开，谁知道门外冲进一群手执棍棒的家仆，大喊，看清衣裳，打！在下衣着寒酸，被误认成了谭解元那边的举子，只好抱头鼠窜，意外闯到您这儿来了。"

原来是这样。穆澜说得生动，他想着那句"看清衣裳打"，也有些忍俊不禁。

"既来之，则安之。"他把茶推向穆澜，温和地问道，"没想到你不仅玩杂耍，还对斗诗感兴趣，读过书？"

"哎，实话告诉你吧。其实是穆家班在献艺，结果许三公子与谭解元斗诗消息一出，看客们顾不得扔赏钱，一溜烟儿全跑了。在下一时好奇，就跟着来看看名震京城的两位公子。"

她的话再一次出乎他的意料，想象着眼前这少年没拿到赏钱的模样，他就想笑："该不会是一时气愤，才跑来看的吧？"

穆澜当然不会承认："在下岂敢对许三公子和谭解元心怀愤恨？这消息传出去，外头整条街的小娘子们一人一口唾沫都能淹死我。"

"京城有句话叫万人空巷看许郎。"

"如今又多出一句话叫，羞杀卫玠解元郎。"穆澜一本正经地将打听来的话接上了。

两人蓦地同时笑出声来。

他笑得愉悦，像一枝白玉牡丹徐徐绽放，穆澜脱口而出："不过，我觉得她们真没眼光，如果公子与许三郎、谭解元并肩同行，就该羞杀许、谭二郎了。"

他为之一怔，白玉般的面颊上渐渐浮现出一抹粉色，唇角禁不住微微上扬："当天我在扬州见着穆公子，就感慨江南灵秀，连个杂耍班的小子都眉目如画。"

穆澜"噗"地笑了："这番话传到外人耳中，必定认为你我二人嫉妒他俩，正互相吹捧对方呢！"

他跟着笑了起来："那得小声一点儿，莫让外面打架的人听到了。穆公子，用些点心吧。"

一碟葱香牛舌饼、一碟蜜三刀、一碟核桃酥、一碟豌豆黄。茶不是碾筛煮的茶汤，细长的叶在水中舒展开来，一色清幽。穆澜浅啜了口茶，顺嘴说道："六安瓜片清淡，佐这些点心正好解腻。"

他眼中闪过诧异之色，一个杂耍班的小子居然知道这茶是六安瓜片？他不动声色地先拿起一块豌豆黄吃着，穆澜也拿了一块。这少年防范心很重嘛，只取他取用过的那碟豌豆黄。

细腻的口感，甜而不腻，这是她吃过的最好吃的豌豆黄了！

穆澜蓦然瞪大的眼睛里噙着惊喜，小巧的舌头无意中舔过嘴唇，让他想起幼时喂小奶猫吃奶的情景。才觉得他防范心重，转眼就看到这么可爱的一面，他莞尔一笑，才十五六岁的年纪，哪有那么深的心机？

啃完一块豌豆黄，穆澜又取了一块葱香牛舌饼，吃得饼屑簌簌直掉，她忙不迭地用手托着，眉眼都因手里的饼香幸福得眯了起来。

他眼里的笑意越发重了。

"京城太小，事实上我有个朋友长得也极英俊，不输许三公子和谭解元。"穆澜吃得高兴，想起了林一川，顺嘴说道。

"哦？能得穆公子如此推崇，能压过那二位，必是位美男子了。"他突然想到刚才穆澜也这样赞过自己，不由得失笑，换了话题，"这些点心外面买不到，回头我嘱人送两匣子给你。"

"不用不用，过犹不及。"穆澜心想若让母亲看见，定又要刨根问底，不过这豌豆黄实在太香了，她可以偷两块带回去让核桃尝尝。

他并不勉强，吃过一块就不再吃，很贴心地替穆澜续着茶水。

两人说话间，公侯府的家仆人多武力强，秋风扫落叶般将举子们打得抱头鼠窜，这会儿已是打扫战场的尾声。这时，外面又一阵喧哗声传来，穆澜从窗户望出去，奇道："怎么来的不是京畿衙门的人？竟然是东厂番子？"

他往外看了眼，眉心轻蹙了下又散开。公侯家的公子们叫来了家仆，谭弈也能叫来东厂番子帮忙，是理所当然的事。

穆澜就看了一眼，转过身继续喝茶，现在不是出去的好时机，她还是赖在这里好了。

"对了，得了公子赏银，吃了您的茶点，还未请教公子尊姓大名。"

吾生也有涯，而知也无涯。天下事，他需要学的太多，他略一思索便道："我字无涯，我与许三公子是亲戚。"

"怪不得，我总觉得看无涯公子面善，似在哪儿见过。"和皎月般的许三郎是亲戚，难怪她见他时有种熟悉感。

外面突然传来急促的脚步声，无涯看了眼，脸色顿时大变，几个东厂番子正朝亭阁奔过来。

"东厂的人要搜绿音阁，怎么办？"

什么怎么办？穆澜有些奇怪地望着他道："士子们和名门贵公子群殴关咱们什么事？看无涯公子的打扮，家世定也不凡，东厂不会贸然为难。东厂再厉害，也得讲道理吧？随意大肆抓人，他家大牢住得下吗？放心吧，也就是过来瞧一瞧，盘问几句就走了。"

问题是他不能让东厂的番子看见自己，也许认不出他来，但也可能会被人认出来。无涯蹙紧了眉道："你可有办法拦住他们？"

"我？"穆澜指着自己的鼻子惊呆了，"我只会走索玩杂耍，带你跳窗翻墙出去还行，拦东厂的人，我可没那胆子。"

"好，那就跳窗翻墙！"

穆澜呆滞地望着他，喃喃地说道："你该不是被东厂缉拿的钦犯吧？"

听到脚步声更近，无涯顾不得许多，起身一把将穆澜拉了起来，大步走到后窗处，推开了窗户。后窗外不远就是围墙，可是她凭什么要显露轻功带他离开绿音阁？东厂的人不过是搜搜而已，她不过一个看热闹的，东厂又不能把她怎么样，无涯公子为何这样害怕东厂的人？

脚步声越来越近，已经奔上了台阶。

无涯后悔不已，看着两边打起来时，他吩咐春来让京畿衙门出面。本以为留在绿音阁再无危险，没想到东厂的人竟会搜到此处，此时更不能发信号叫秦刚露面。

"我知道你会功夫，不是普通的走杂耍的功夫。你说，要怎样才肯带我离开这里？"

他怎么会知道？虽然他拉着她胳膊的手很有力，但明显和习武之人不同，穆澜想起了他身边那个大块头秦刚。他看起来家世不凡……穆澜从不肯做亏本生意，竖起一根手指："不能透露我会功夫的事。"

"好。"

穆澜又竖起第二根手指头："你欠我一个人情，将来得还我两个！"

"行！"

穆澜伸出了手，无涯深吸口气，他竟看错这少年了："你还有几个要求……"只是话刚说到这里，腰身就是一紧，穆澜揽住了他，手一撑窗台跃了出去。

猝不及防间，他一声惊呼便要脱口而出，穆澜不知从哪儿摸出一块豌豆黄塞进了他嘴里，噎得他顿时呼吸不畅。他的手不由自主地挥动着，穆澜的手却极有力地揽紧了他的腰。视线一空，他看到了围墙近在眼前。

不偏不斜地落在围墙上，无涯还没回过神，穆澜已带着他轻盈地跳了下去。两人跳下围墙的瞬间，身后传来亭阁隔扇门被大力踹开的声音。

"走！"穆澜低喝了声，拉着无涯沿着院墙朝巷子里跑去。

"嗯！"无涯还没来得及吐出嘴里的豌豆黄，就被她扯了个趔趄，不由自主地跟跄着脚步跟着她跑。拐进一条安静的小巷里时，穆澜才停了下来。无涯"嘭"地将豌豆黄喷了出来，呛得直咳嗽。白玉般的脸涨得通红，嘴边沾满了黄色的碎屑，显得狼狈不堪。

"扑哧！"穆澜喷笑出声。她做的事自然不好再笑下去，只好努力地忍着，脸上的笑容怎么也掩饰不住。那笑容灿烂得令人炫目，无涯也跟着笑了，他似乎从来没有这样狼狈过。他抬起手想擦拭一番，突然想起自己没有随身带帕子的习惯，他抬起了袖子。

"哎哎，等下。"穆澜迟疑了下，拿出了一方手帕给他，"用这个吧，别弄脏了这么贵的衣裳。"那么贵的锦袍袖子用来擦豌豆黄碎屑，太可惜了。

无涯愣了愣，想起穆澜曾说过走索是他的饭碗。贵人一件衣，贫家一年粮，这件锦缎皮袍真染上了豌豆黄，也许会被扔掉不会再穿了，他得记下这件事："我嘱人洗干净还能再穿。"

穆澜笑着将帕子塞进了他手中："新的，没用过。"

素色的普通青缎，角落上绣着两枚圆滚滚的核桃，很别致的花样。他道了声谢，擦了嘴，见黄色的痕迹染在青色缎面上极为醒目，随手放进了袖中："我另还你一摞新的。"

"这可不行，你给我，我自己洗干净就好。"这是核桃绣给她的生辰礼，穆澜可舍不得扔了。

无涯便道："洗净后还你，这样我过意不去。"

穆澜爽快地说道："行！天色不早，我也要回穆家班了，再见。"

不知为何，无涯听到穆澜说"再见"，心里竟有些不舍。大概是缘分吧，他很难得认识这样一个少年，话就脱口而出："那三天后，我们在会熙楼再见，我请你吃饭。"

她说"再见"的意思是这个吗？穆澜有点儿迟疑。

"会熙楼的主厨是前御厨告老后开的馆子，他的手艺极好，我早订了席面，独自一人不如请穆公子作陪，顺便还你帕子。别无他意，若穆公子不方便，那便作罢。"似看出穆澜的犹豫，无涯温言解释道。

"多谢您宴请，我准到。"穆澜也不是拖泥带水的人，揖首告辞后，就寻了穆家班下榻的方向去了。

夕阳的橙光将穆澜的背影拉得极长。真是个有趣的少年。今天，也是极有趣的一天。无涯望着穆澜的背影，心情愉悦至极。地上渐渐多了几个影子，他站着没有理会。

"皇上，您没事吧？"春来屁滚尿流地从马上滚下来，匆匆跑到他面前，上下左右细细打量着他。

他一巴掌拍开了春来的脑袋，笑骂道："等到朕有事，你还能好好站在这里？秦刚，依你看那位穆公子是有意还是误闯？"

秦刚牵着马过来，想了想道："卑职看得清楚，的确是误闯。卑职还查到一事，那位穆公子单名一个'澜'字。"

"穆澜？"世嘉帝眼中闪过一道光，"杜之仙的关门弟子，朕下恩旨许蒙恩入国子监的那个穆澜？"

秦刚有些惭愧："卑职也是在他闯入亭中后查到的。穆家班少班主姓穆单名一个'澜'字，他到过扬州，如果不是巧合，应该是同一人。"

偶然遇到的杂耍班少班主，不仅有江湖门派的功夫，还是杜之仙的关门弟子，今天又意外闯进了他所在的亭阁，他言语中却没有半句提及自己进京城是奉恩旨进国子监。这究竟是有意还是有缘？

先生，你这关门弟子机敏可爱，还与朕有缘，朕会护着他。世嘉帝望向穆澜离开的方向，微微一笑。

春来看了眼天色，急道："皇上，时辰不早了，尽早回宫吧。万一……素公公也拦不住啊！"

太阳挂在西边的城门楼上，城角鼓楼里"咚咚"响起了暮鼓雄浑沉重的声音。他叹息了声，接过缰绳翻身上了马又道："去查一查，今天是何人赎了沈月，明天叫许三公子进宫。"吩咐完，便带着春来和侍卫们朝宫城赶去。

第十四章
棋枰中的布局

　　暮色的橙光中，紫禁城的高大红墙越发显得厚重。东安门外的东缉事厂灯火通明，往内第二进的花厅中，一老一小，一坐一站。

　　坐着的是司礼监大太监、东厂督主谭诚，站着的是换过一身黑色锦缎长袍的谭弈。

　　光线已经很暗了，谭诚仍慢悠悠地下着棋。谭弈悄眼打量了下义父，谭诚的脸被暮色掩住，看不清喜怒。他已经站了一个时辰了，义父仍没有开口说话，谭弈心里有点儿发慌。多年的锻炼让他不由自主地想，今天他做错了吗？错在什么地方？

　　花厅的门大敞着，谭诚突然抬头朝东面望去，不远处的紫禁城已成一片黑色的暗影，像只张开翅膀遮蔽了日月光明的雄鹰。

　　"掌灯。"

　　终于听到义父开口说话，谭弈迅速地打燃火，点亮了花厅里的灯，刹那间灯火通明，将花厅耀得如同白昼。

　　谭诚的脸终于显露在谭弈面前。这是个四十来岁的壮年男子，两撇极长的眉、深陷的眼窝让他的双眼显得异常有神。他的嘴唇紧抿成一线，大概是常年难得一笑，嘴角两边抿出了两道明显的法令纹，让他的面容多了几分威严之感。他看了眼棋盘，拈起枚白子落下，结束了整盘棋。

"义父……"

谭诚截断了他的话，指着棋枰道："你来说说最近义父的安排。"

谭奕想起了义父曾经下过的一盘棋，他认认真真地看着这枰棋，思路渐渐清楚明朗："开春后，义父根据珍珑棋子出现之地，发现了对方沿大运河南下的线索。在扬州落下一子，布下埋伏，打劫的目标是刺客珍珑。"

因而让十二飞鹰大档头朴银鹰护送负责内廷采办的薛公公去了扬州，然而薛公公无恙，朴银鹰却死在了刺客珍珑之手。锦衣卫和东厂争夺权利，斗得热火朝天，东厂大档头被杀了，却没捉到刺客，番子们只好秘而不宣。这一次针对捉拿珍珑的局彻底失败。

"依你看，这一局，为父是胜还是败？"

谭奕愣了愣，言不由衷地说道："虽然失败，但也印证了义父对珍珑的判断，也可以说是胜了。"

谭诚叹了口气，言语柔和起来："阿奕，东厂有十二位飞鹰大档头，你觉得他们都是忠于为父的吗？"

十二飞鹰大档头在东厂位高权重，但是谭诚依然安排了人手，每个月收集各大档头的动向，谭奕情不自禁地背出了朴银鹰死前一个月的档案："朴大档头在明时坊麻绳胡同新买下一座三进宅院，义父的意思是这笔钱来路有问题？"

谭诚从多宝阁上取下一个紫檀木盒打开，三寸高的玉雕小马在灯光下栩栩如生，散发出属于极品翡翠的神秘色泽："他买宅子之前曾去山东办案，在山东，他悄悄当了这只翡翠玉马。这是去岁云南总督进京述职时，悄悄献给皇上的。"

皇上赐给了朴银鹰……谭奕脑中浮现出世嘉帝那儒雅斯文的脸。

"皇上亲政两年，如今已经二十岁了。赏赐一文钱，内库都会记档，可这只翡翠小马却在内库没有上册。皇上，用心良苦啊！"谭诚感慨道。

谭奕听明白了："所以义父安排的饵不是薛公公，而是朴银鹰。他能擒获刺客珍珑，咱们从中得利；他死在珍珑手中，咱们便借珍珑之手除掉这个叛徒，同时也印证了义父对珍珑的判断。珍珑目前只针对东厂，皇上又……义父怀疑刺客珍珑是皇上的人？"

长在深宫，十八岁才从太后手中接过皇权亲政。短短两年，那个年轻的皇帝在暗中真拥有这样的力量？

"一切皆有可能。"谭诚的双目里浮现出一片阴霾，"开春皇上去塞外春猎，感染风寒，拖延了一个多月才回京。为父被京中琐事纠缠无法脱身，皇上是否真在大帐中养病，为父至今也无法查证。以东厂的能力都查不到，本身就证明了咱们这位皇上的能力。"

皇帝一个人是无法掩藏行踪的，一定有人帮忙。

谭弈顺着义父的思路想了下去："假设皇上装病离开了春猎大帐，他会去哪儿？"

"扬州。"谭诚的目光扫过棋枰上右下角的一枚白棋，"扬州有一位江南鬼才杜之仙，咱们的皇帝欲掌控皇权，急求良策，非寻他不可。"他眼中掠过一丝轻蔑，"当初杜之仙若有能耐，也不至于眼看着她全家被抄、宗族被灭，又逢母丧，一时间呕血悔恨，才选择致仕返乡。他倒识相，归隐老家足不出户，为自己多赚了十年的命。"

杜之仙如果不老实，他早杀了他。

这件事谭弈却是从未听闻，不免有些好奇："义父嘴里的她是哪户高门？"

"都是过去的事了。活着的人，才有资格站在这朝堂上指点江山。"谭诚淡淡地回道，"再说说今天之事吧。"

谭弈一凛，自责道："孩儿拉拢举子心切，一时间敌不过那些家仆，便请梁大档头以搜查钦犯为名查抄了绿音阁，将许玉堂一行人带回盘查，以出心头之气。可是，目前举子们并不知晓孩儿与东厂的关系，许玉堂也不知道。"

"阿弈，十二飞鹰大档头出了个朴银鹰，你的身份便瞒不住了。能为东厂所用者，定会巴结讨好于你。看不上东厂名声者，你一直隐瞒是我义子的身份，只会让那些举子认为你待人不诚，有心欺骗，反而适得其反。

往后，不用再隐藏了，东厂只需要忠心之人。"

"是。"

看出谭弈心中疑惑，谭诚耐心告诫于他："此次，你错在太过浮躁，目光短浅。虽得了举子们的推崇，却将那些个侯门公子得罪死了。梁大档头将许玉堂、靳小侯爷带回来盘查，扔大牢里吓唬一番，又有什么用呢？回头还得备了厚礼，一一登门致歉。出得一时之气，心里痛快了，但后果却会让你难以承受。"

谭弈不服气地说道："孩儿不信许德昭敢在会试中借机报复。"他不相信义父对付不了礼部尚书许德昭。

"阿弈，这次春闱你就不用去了，进国子监读两年书再入仕途。"

谭诚的话如给了谭弈当头一棒，他英俊的脸上飞快闪过一丝急切，却又死死忍住了，半晌才垂头道："孩儿听义父安排。"

谭弈心里的挣扎与最终的顺服让谭诚满意，但他依旧冷冷地说道："这是你得罪数家公侯名门公子必然要付出的代价。许玉堂身后站着的不仅仅是他父亲礼部尚书许德昭，他还是太后的亲外甥。靳择海身后站着靖海侯。朝廷官员们就要想一想了，一个连许玉堂、靳择海都敢打的举子，将来同朝为官，是否逮着谁就咬谁？独狼凶狠，当群羊抱团时，它未必讨得了好。此时放弃春闱，是示弱，但何尝又不是对你的一种保护？"

谭弈细细琢磨着，心悦诚服道："木秀于林，风必摧之。"

谭诚"嗯"了声，神情变得和蔼可亲："为父知道你倾慕锦烟公主，想夺得状元来个金殿求娶。锦烟公主才十五岁，为父保证，除你之外，无人可娶她为妻。"

"孩儿谢过义父！"谭弈"扑通"单膝下跪，激动地说道。

"再来说说为父让你进国子监的想法。"

谭弈静下心来，脑中便清明无比："孩儿虽得罪了那些公子哥儿，但也得到了举子们的推崇。示弱进国子监，能得到同情。虽然孩儿亮明身份，但举子们更会认定孩儿磊落。如义父所言，忠心投靠的人自会前来巴结讨好。皇上想揽权，需要培养新的官员进行大换血，这样的人只有国子监才有。许玉堂今年蒙恩进国子监，他会是皇上的眼睛。义父放心，孩儿进国子监后，绝不会让许玉堂替皇上笼络到一个有用之才。"

"此外，你注意下扬州的林家兄弟，他俩捐了监生，今年也会入学。"

谭弈想起来了，梁信鸥曾去扬州说服林家替东厂效力："是否需要孩儿在国子监多加照拂，毕竟林家投了咱们。"

"不。"谭诚微微笑了起来，"林家大老爷活不了几年了，生意会悉数交给独子林一川。而林二老爷一直觊觎林家产业，听说大公子捐了监生，也迫不及待地把自己儿子送进京城。打压大公子，照拂二公子，让林二老爷死心塌地替我们在林家当眼线。林家那位掌控了南北十六行的大公子需要磨一磨锐气，才能明白不抱紧东厂的大腿，他将一无所有。"

正阳门东南边的东坊喜鹊胡同里，坐落着一大片大杂院，穆家班二十来号人就暂居于此。

穆澜回去时买了不少京城小吃，提溜着一摆麻纸包兴冲冲地进了大杂院的门："我回来了！"

风声呼呼地朝她扑来，穆澜错步躲开。看到母亲举着根高粱扫把朝自己打来，她无奈地叫道："娘，好好说话成不？我刚回来呢！"

"混账小子，翅膀硬了不是？老娘说话当放屁是吧？嫌老娘人不在就管不到你了是不是？半年一封信就把老娘打发了？"穆胭脂气呼呼地用扫把指着她骂道，"知不知道穆家班为了等你，在这儿住了大半年！京城房租、柴、米、油、盐多贵啊！"

"我这不是来了嘛！"穆澜叹了口气，将零嘴递给了围过来的丫头小子们，朝里面张望着，"核桃呢？怎么不见她人？"她怀里还偷藏了一块豌豆黄呢。

听她提起核桃，穆胭脂突然变了张笑脸出来："李教头，去周先生那儿支钱，买头羊回来，晚上炖羊肉汤、吃白面饼！"

"好咧！"李教头高兴地应了。

听说晚上有羊肉汤、白面饼吃，丫头、小子们轰地欢呼起来，大杂院的气氛变得像过年节似的，喜气洋洋。

"外面冷，进屋说话！"穆胭脂将扫把放在门后，整了整衣襟，进了正房。

穆澜心里"咯噔"了下，母亲这番变化让她泛起不好的预感。她跟着进了房，顺手将门掩上了。

"赶紧换了衣裳上炕。"穆胭脂盘腿上了炕，从暖套里拿出茶壶倒了杯热茶，指着笸箩里的零嘴儿说道，"都是你爱吃的，娘特意买的。"

穆澜脱下身上的缎面棉袍，搭在衣架子上，又拿起炕上叠得整齐的青布棉袄、棉裤换了。她扣着高竖领的盘扣，回头看到了母亲满意的眼神，没好气地说道："放一百个心吧，我知道轻重，师父做的内甲贴身穿着呢。"

"臭小子！娘对你当然放心。"穆胭脂见她收拾停当，怎么看都是个俊俏小子，笑意直深入到眼底。

上炕盘膝坐下，穆澜抓了把南瓜子嗑着："说吧，核桃哪儿去了？"

"你也知道，穆家班在京城停留时间太长。班里二十几张嘴要吃饭，京城待久了，杂要把戏总有被人看厌的时候……"穆胭脂絮絮叨叨地说开了。

穆澜听得不耐烦了，打断了她："我知道，我到京城了，母亲嘱咐妥当就要带着穆家班南下。核桃呢？您把她弄哪儿去了？母亲答应过我的。"

"我不知道。"穆胭脂嘟囔了句。

"什么？您怎么会不知道？"穆澜万万没想到竟听到这么一个回答。

穆胭脂转过身从炕上的柜子里取出一封信来，没好气地拍在了桌子上："自己看吧。我问过周先生了，信是写给你的。"

看到信封上的字，穆澜瞳孔一缩，情不自禁地按住了胸口。她衣襟里藏着一枚吊坠，珍贵的白色云子做成的吊坠，上面刻有"珍珑"二字。字体娟秀清奇，深得柳骨神韵。信封上写着"穆澜亲启"四个字，与那云子上的字如同出一人之手。

她木然地拿起信，信没有封口，显然写信的人并不担心内容外泄。她抽出信纸展开，里面只有一句话："核桃我带走了，安全无虞，勿念。"

落款画着一个面具。

面具师傅带走核桃有什么目的？难道他也认为知晓自己女儿家身份的核桃不宜再留在穆家班？进国子监找父亲留下来的线索，与面具师傅又有什么关系？

穆胭脂伸长了脖子去看信，嘀咕道："周先生说有人带走了核桃，说安全，还说这人你一定认识。也不知道核桃那丫头能不能守住秘密，早知道……"

"早知道你就把她扔进大运河里去了是不是？"穆澜将信收好，冷冷说道。难得见母亲这般好说话，自己不在的这半年，核桃的日子定不好过。

穆胭脂气得一拍炕桌："她是我养大的，我会那样对她？你就这样看娘的？"

穆澜根本不理这茬儿，淡淡地说道："娘虽救了杜先生一命，但杜先生教我十年，他过世，我为他守几个月的孝有什么不对？娘却一直催我进京，早点儿进国子监。娘对杜先生没有一点儿感恩之情，对核桃又能好多少？"

穆胭脂的脸色顿时变得难看至极，把脸扭到了一旁："是，我报仇心切，我一刻都等不了。你的父亲、外祖父、外祖母、舅舅……"泪水从她紧闭的眼里顷刻滑落。

穆澜轻轻叹了口气，伸手握住了母亲的手："娘，我心急核桃失踪，心情不好，不该迁怒于你，你别生我的气。"

穆胭脂用力甩开她的手，抽了帕子拭着泪。

穆澜只得继续柔声哄她："我知道您说话算话，带走核桃的是杜先生请来教我武艺的师傅。考过入学试，我就进国子监，我一定能找到当年父亲留下的线索。"

听了这番话，穆胭脂整个人又活了过来，擦干了泪，笑眯眯地跟着穿了鞋下炕："今晚娘亲自下厨给你做几道好菜，你收拾整理下行李就歇着。"

穆胭脂掀了厚棉门帘出去了，不多会儿穆澜就听到了她的大嗓门儿："……拿刀来！澜儿爱吃血肠，今晚灌血肠吃。"

母亲总是这样，大大咧咧的，心里却惦记着自己。穆澜愣了一阵，觉得自己实在不该把面具师傅带走核桃的事怪罪到母亲身上。她大字不识一个，也就会些粗浅功夫，怕是连人怎么被带走的都不晓得。

　　穆澜挽起衣袖出了门，对满院的人爽朗地笑道："给我把剔骨刀，我来剔肉！"

　　穆家班宰羊做席面时，林一川也在吃羊肉，只不过他没有穆澜那样的好胃口。因为穆澜是和自己喜欢的穆家班老小们欢呼着抢肉，而他，食不甘味。

　　怎么就送来这么个堵心玩意儿呢？林一川慢慢嚼着羊肉，被对面的堂弟林一鸣硌硬得不浅。他没想到，自己前脚刚走，二叔就把林一鸣打包送上了船，两人竟然前后脚进了京城。雁行急匆匆找来绿音阁，他一听，都顾不上和穆澜打招呼，就匆匆赶回了林家在京城的宅子，林一鸣已经到了。

　　三大盘涮羊肉被吃得风卷残云，林一鸣吃得满脸油光，笑嘻嘻地问林一川："大哥，你胃口不太好啊？"

　　林一川咽下羊肉，慢条斯理地道："二弟初来乍到，吃这么多羊肉，也不怕上火？"

　　"不怕！今天我心情好啊！心情好就得多吃点儿。明儿叫集珍斋的掌柜带我去琉璃厂逛逛，我淘个虫盆去，听说京城玩虫的场面比扬州不知热闹了多少倍！"林一鸣叼着根银质牙签，吊儿郎当地说道。

　　他这个大哥心情不好了，他的心情就好得不得了。爹这事干得漂亮！大伯父以为自己去苏州游玩，没想到自己也捐银当了监生，进京城了。林一川见到自己时那难掩吃惊的模样实在太好玩了。林一鸣越想越得意。京城多好啊，天下脚下，想玩什么没有？没有人管束，身上又带着大量银票，他的好日子来了。

　　林一川玩味地看着扬扬得意的堂弟，心想还有场入学考试，你这草包能过吗？想到这里，他板着的脸绽开了笑容："行啊，让老掌柜带你转转，可别让人给蒙了。先说好，柜上的银子一两都不会支给你，我读书花的是宫中的银钱，你也一样。想买虫玩鸟包妓子，用自己的私房。"

等他走了，林一鸣才"扑哧"吐掉了牙签，昂着头道："啊呸！当二房是靠大房吃饭的穷酸吗？我爹和我也有南北十六行的股子呢！用不着！少爷我荷包里有的是银票！进了国子监看我怎么捉弄你！"

三天后，穆澜准时赴约。

那位无涯公子似乎有心结交，她从没有向他透露过自己是杜之仙关门弟子的身份。也许，是因为缘分吧。事实上她对无涯也充满了好奇，她很想知道他惧怕东厂的原因。敌人的敌人，也许就是朋友。

无涯给穆澜送了封信，她有些奇怪，但仍按信中所说从会熙楼后门进去，之后来了个伙计亲自将她引上了三楼。

穆澜心里犯起了嘀咕，感觉有些神秘。

伙计站在一间房门前敲了两下，开门的是春来。

春来一直觉得像穆澜这类人，做的是贱业，实不该和九五之尊沾上关系。在扬州，穆澜接了赏钱的前后变化，让春来觉得她是个江湖油子。当初他以为自家主子再没机会和这个玩杂耍的下九流小子有所交集，没想到在京城这小子竟然得到了与主子同席宴饮的恩赐。

"穆公子和我家主子挺有缘的，远在京城也能遇见。"春来的声音压得低，哼哼唧唧的，不难听出他的嘲讽之意。

敏感察觉到眼前清秀小厮的敌意，穆澜毫不谦虚地回道："在下运气一直不错，一进京城就遇到了无涯公子。能在会熙楼包席吃前御厨亲手做的菜，在下太有口福了。"

脸皮真厚！蹭吃蹭喝也不知道客气两句？春来忍不住撇嘴。

"穆公子到了？"里面传来无涯温和的声音。

春来顿时换了脸色，在门口弯下了腰，声音又轻又柔："爷，穆公子到了。"

"快请。"

春来推开了里间的雕花木门，穆澜进去前还不忘冲他挤了个笑脸：

"多谢。"

春来不敢造次，心里对穆澜的讨厌又多了两分。他轻轻将门拉拢，低眉顺眼地在门外站着，竖着耳朵听里面的动静。

房间里，无涯正在下棋。他抬头看了眼穆澜，发现她仍穿着三天前那身莲青色缎面棉袍，熨烫得一点儿褶子也没有，就知道他没有更好的衣裳。他没有放下棋子起身相迎，颇自来熟地说道："一人下棋总是无趣，你陪我下完这半局棋吧。"

一见棋，穆澜的心就跳得有点儿急。难道无涯也是珍珑中人，所以不想和东厂碰面？他又如何知道自己会下棋？她连连摆手道："在下对棋只知一二，实在是个臭棋篓子，不敢坏了无涯公子的棋局。"

"无妨，我只是嫌一个人下棋无聊罢了。"无涯想知道杜之仙的关门弟子棋力如何，只当穆澜是在谦虚。

棋枰是用金丝楠木所制，金丝般的纹路华贵美丽。无涯执黑，穆澜就拈起一枚白子，指尖传来只有极品云子才有的温润质感。她瞟了眼手中的棋子，边缘在阳光下微微透着宝蓝色的光晕，和她胸口藏着的那枚吊坠云子几乎一模一样。

再看棋局，先前半局或因是一人所下，黑白棋子厮杀厉害，难分输赢。穆澜有意试探，细细观棋后苦笑道："这局棋已下过中盘，胜负难分，在下真的不行，要不，您让我几子？"

见穆澜清亮的眼睛盯着自己，仿佛在说，你不让我，我就输定了。无涯大方地说道："好，我让你，你说让你几子？"

"我看看啊……这一子让我，这枚子也让我……"穆澜故意将要害处的棋子一枚枚捡走。

无涯看得连声叹气："四子了，可以了吧？"

"我再捡……三枚。"穆澜飞快地又捡走三枚黑棋子。七枚黑子，加上朴银鹰，正是死在她手里的东厂人数。她满意地停了手，还意犹未尽道："那就先让我着七子吧！"

还只先让你七子……无涯不由得失笑："棋盘厮杀，一子能定江山，何况七子？局面已被你改得面目全非，如此一来，黑子必输无疑。不行，最多只能让你四子。"

"七枚黑子才与我的棋力匹配。"穆澜很是坚持，目不转睛地看着无涯。

无涯看过棋局，苦笑道："去掉这七子，你还不如让我认输得了。算了，用过饭重新再下一局吧。"

他的神情如此自然，难道是自己猜错了？穆澜捏着手里的白子对光看了看，故作惊讶地说道："这云子品相真不错！外头也没见过这么好的云子！"

无涯一笑："喜欢就送你。"

"这种品相的云子瞧着像是贡品，您一定也是极不容易才得到的，君子不夺人所好！"穆澜珍惜地将云子放回棋盒。

云南年年进贡，对他来说，算不得多么珍贵。无涯笑道："不过是一副云子罢了。穆公子，入座吧。"

还真是贡品！哑叔塞给自己的云子吊坠，它的主人是如何从皇家得到的？蒙面师傅究竟是什么身份？穆澜一边想着心事，一边随无涯入了席。

菜刚上桌，外头就起了喧哗。外面的声音很大，穆澜耳力又好，所以听得清清楚楚。有人生辰，邀请朋友来会熙楼吃饭。会熙楼在京城也算是豪奢之地，但架不住天子脚下贵人多，一、二楼全满，就想上三楼，却被伙计们拦在了楼梯口。

"穆公子，尝尝这道佛跳墙，会熙楼的名菜。"无涯神色淡定地说道。

汁浓汤鲜，穆澜赞不绝口。可没想到外面的喧哗声越来越大，看似又来了一拨食客，气势如虹，两人不自觉地停下了筷子。

"敢拦爷的道？也不去打听打听爷是谁？爷的姑父是东厂梁信鸥梁大档头。"

"东厂大档头的亲戚？"这世界很小嘛，穆澜脑中跳出了梁信鸥那张看似无害的笑脸，她睃了无涯一眼，紧张地问道，"万一那人恼羞成怒，把梁大档头找来……你要不要现在跳窗跑啊？"

其实她是在试探，她很好奇，无涯为何那天会害怕被东厂的人见到？

无涯眉心很好看地皱起道褶子。梁信鸥的亲戚不会这么巧地要硬闯会熙楼三楼用饭，看来自己前几次偷偷出宫已被谭诚察觉，他盯自己盯得真够紧的。

　　不行，他绝不能让东厂的人盯上穆澜。想起上次逼着穆澜带自己跳窗翻墙的事，他忍不住想笑。很久没有这样胡闹过了，等到穆澜知道自己的身份，恐怕连这样的胡闹都不行了。他突然很珍惜这样的机会，笑道："又连累你了，你带我跳窗跑吧！"

　　啊？又带你跳窗？穆澜惊呆了。然而无涯不等穆澜回绝，就玩心大起，一把将她拉了起来，兴冲冲地走向窗前："跳吧！"

　　你当跳窗是玩啊？穆澜哭笑不得："至于吗？"

　　无涯认真地说道："被东厂的人盯上不是件好事。"

　　这句话让穆澜突然想起老头儿的话。东厂是恨她的人，盯上她，自然不是件好事。看来无涯的身份不仅神秘，还能引起东厂的注意。注意到无涯，不就注意到自己了？无涯既然送信叮嘱她从后门进入会熙楼，就是不愿意让人知道自己和他用膳。还是……跳吧！

　　穆澜低声说道："你闭上眼睛，别乱动。"

　　"我保证。"无涯可不想嘴里又被塞块点心，闭上了眼睛。

　　只见他长长的睫毛覆盖下来，唇角带着微笑，穆澜忍不住问他："你就这么相信我？这可是三层楼，你真不怕摔下去？"

　　"我信你。"无涯脸上的笑容更浓，"春来，我和穆公子先走一步，你自行回府吧！"

　　门口传来春来惊惶的声音："主子！"

　　"快走！"

　　被他一催促，穆澜果断拉着他的手一跃而出，无涯下意识地握紧了她的手。手真小。风声迎面吹来，他睁开了眼睛，眼前的楼宇、街道、天空似是倒了个儿，天旋地转，让他忍不住惊呼出声。

　　穆澜没有往下跳，而是带着他钩住屋檐，翻上了房顶。他惊呼出声的瞬间，穆澜将他按在了屋顶上，手捂住了他的嘴气急败坏地说道："你想让整条街的人都发现有人从会熙楼窗口跳了出去？"

无涯从来没有以这种姿势被人按倒过……还是在屋顶上。后背被瓦片硌得生疼，他却没有生气羞恼的感觉。

他尚记得在扬州城外的码头，穆澜那璀璨自信的笑容，那时的灿烂令人炫目。此时的穆澜微微带着点儿薄怒，眼里染着些许的嗔意，新叶般的眉活泼地扬起，有种灵动的美丽。

自无涯记事起，他的生活就是一个圆，圆滑地沿着固定的轨迹行进。十八岁从母后手里接过皇权亲政之前，他更多的事情是读书。太傅慈祥严谨，宫中女官与侍女们离他三步开外就蹲身低头，连多看他一眼都不会。

慈爱又严苛的母后、严肃的舅父、应答守足礼仪的臣工，他一度以为紫禁城中的人与全天下的人并无不同。

十八岁亲政之前，他觉得自己会做一个好皇帝。亲政之后，他却发现，皇帝并没有他想象中的威严。他的心意就像被道道堤坝拦住的河流，不论往哪个方向走，总会被阻拦回去。

他并非读死书的人。母后与舅父，以及教他学问的太傅们以极隐晦的方式让他明白，在朝堂上，掌控话语权的人并非只有他这个高坐在九龙椅上的皇帝。

各种错综复杂的关系交织成网，牵一线动全身。他感觉自己脚下踩着的江山并不完全属于自己。江山如枰，被各种势力分成了一个个的小格子。他装病去了趟扬州，悄悄进了竹溪里，见到了仰慕已久的江南鬼才杜之仙，向他拜求帝王权术。

那一趟南行，他眼中的世界就变了。万里河山不再是纸上画的、书里写的，大运河的水扑到脸上，他真正感觉到了河流的味道，而非禁中镜面似的平湖。老百姓是活生生的，喜怒嗔骂不是戏台上咿咿呀呀的唱腔。

杜之仙逝去了，他却把他的关门弟子送到了自己身边，他想起了杜之仙的话："老夫已如朽木，命不长矣，唯一放心不下的是弟子穆澜……"眼前这个表情生动的少年让他备感亲切。

"摔疼了？"穆澜移开了手，将无涯拉得坐了起来，"吓着你了？胆子这么小，还总想着跳窗做什么？"

无涯傻乎乎地笑："不疼，我还从来没有像这样坐在高高的屋顶上。"

"走！"

穆澜拉起他沿着相邻的屋顶奔走，不多时就远离了会熙楼，寻了个安静的小巷带着无涯跳了下去。两人整理了下衣袍正要离开，后窗里忽然传来了人声："三千两，考试包过。"

听到这句话，无涯停住了脚步，穆澜则想起了十年前的那宗科举舞弊案，她轻轻拉了无涯一把，两人猫腰蹲在了后窗下。

"应兄，三千两也太贵了！"

"侯兄，进了国子监，毕业后就可出仕为官，十年清知府，十万雪花银。三千两买个前程，太便宜了。这是行价，再晚一点儿，像在下这种能在国子监里当枪手的监生就很难找了。今年连荫监生都要参加入学考试，那些三等大员家的公子早就在国子监找好枪手了，要不是看在你我同乡，我也不会拖到现在也没有应允别人入场替考。"

穆澜恍然大悟，原来是三月下旬的国子监入学考试。三月初会试后，下旬就是国子监的入学考试，她要不要多写一份试卷呢？考试时与人偷换了，三千两轻松到手。

无涯气得攥紧了拳头，他难得顺心下回旨。如果不是户部供着几千监生银钱吃紧，恐怕六部堂官也不会应允得这么痛快。

国子监是国家后备官员储备人才之地，他想不动声色地集权，只能培养忠心于自己的年轻官员，一步步换血。没承想，竟然无意中偷听到这么一出。姓应的、姓侯的，还有其他人，休想在考试中作弊！

穆澜拉扯着气愤中的无涯悄悄离开。小巷中无人，无涯猛地站住，咬牙切齿道："出仕为官难道就只为了赚银钱吗？实在可恶！你这就报与京畿衙门知晓，将那两个商议作弊的人先抓起来，必能审出更多作弊详情！"

"我去？我没证据啊！"穆澜抄着胳膊直笑，她还想赚上一笔呢。

"你就是人证！"无涯斩钉截铁地说道，威严之势自然而然散发开来，"你尽管去举报，衙门那儿我会打招呼。"

"人证？"穆澜笑着摇头，"实话告诉你吧，我今年也要参加国子监的入学考试，我不会去举报当证人的。听那姓应的书生话里的意思，国子监里的老监生们都四处当枪手赚银子呢。断人财路如杀人父母，我可不想将来在国子监里日子难过。"

身为杜之仙的关门弟子，已名声在外，她再去举报老监生当枪手，是嫌自己风头还不够足？这种蠢事她是决不会做的。何况国子监几千监生，就算人人都才华横溢，难道出仕为官后就都是清官、好官？若真如此，大明帝国早就海晏河清、国泰民安了，还建什么东厂、锦衣卫监视文武百官？

"你你……我真是错看你了！"无涯指着穆澜气得脸色大变，"还以为你眉目清正，胸中定有正义，你却为了明哲保身，任凭这些人肆意作弊！"

穆澜讥笑道："你不也听到了？无涯公子也是人证，我不去举报，你可以去堂前做证嘛。"

他如何出面？堂堂皇帝去听人壁角得来的消息？无涯被她一句话堵得半晌不知如何作答。

"无涯公子胸有正义，看不惯有人弄虚作假，却又不肯抛头露面举报，定有苦衷吧？"

无涯用力地点头："我若能出面，何必让你去！"

穆澜凉凉地笑了："无涯公子有苦衷，在下就没有吗？钱帛动人心，又不是会试作弊，我还想当枪手挣一笔呢，谁叫我穷呢？"

看不惯早点儿散，反正你出身富贵，与我这种下九流玩杂耍的本就不是一路人。穆澜抬手："告辞！"

午后蓝天白云，阳光下的穆澜脊背挺直，走得无愧于心。无涯被气得狠了，望着穆澜高声叫道："你若敢帮人作弊，我定抓你，绝不徇私！"

穆澜蓦然回头，满脸灿烂，对他挤了个怪脸："当场抓到我就认！口说无凭！"

无赖！嚣张！他怎么就能是杜之仙的关门弟子？杜之仙怎么会收这么个人当关门弟子？无涯气得胸膛起伏不平，连秦刚带人来到身后都不知晓。

"皇上，回宫吧。"

"秦刚！去将巷子那头屋里的姓应和姓侯的书生悄悄擒了，朕要亲自查办国子监入学考试作弊一案！"

秦刚身上有两个头衔：锦衣卫千总、皇帝贴身亲卫军统领。皇帝选择亲近锦衣卫，对抗东厂，他对皇帝的忠心可表日月，然而东厂不是那么好对付的。秦刚犹豫了下道："皇上，东厂盯得紧。以属下看，此事不宜大张旗鼓，只可暗中查办，免得东厂横插一脚，打草惊蛇。"

他能想到培养年轻官员，谭诚就想不到吗？这次国子监入学考试，东厂不知会暗中放进去多少自己的人。秦刚说得有理，无涯略一沉思道："不用查了，放开口子让他们以身试法！朕要亲自去巡查，在入学考试上杀他们一个措手不及！就算东厂想插手，当场被抓包，他们也无话可说。"

他回头望着穆澜离开的方向，想到应允杜之仙照顾他的事，又气得紧了。他敢帮人作弊，他就……代杜之仙好好教训他！

第十五章
踏青偶遇

　　红色的宫墙将天空切成一条狭而长的缝隙，早春二月的风从头顶呼啸而过，两顶软轿陡然在长巷里相逢。

　　褐衣的番子毫不退让地立在道中，无视对方那顶绷着绿呢显示是朝廷大员的官轿。番子们有足够的骄傲，因为轿中坐着司礼监掌印大太监、东厂督主谭诚。哪怕是内阁大学士，也要给自家督主几分薄面，虽然更多时候是督主会谦逊地给那些老家伙们让道。

　　用督主的话说，让他们先走一步又有何妨？

　　先走一步，要看是走向哪里，也许会是死亡，那么，让一让又何妨。

　　修长白皙的手从轿帘里伸了出来，轻轻摆了摆，番子们停下了轿，朝后退十丈。对面轿中的人却一把掀起了轿帘，露出冰冷愠怒的脸。

　　承恩公、礼部尚书许德昭从轿中走了出来，手同样一摆，抬轿的轿夫与随从同样退到了十丈开外。他背负着双手仰头望向头顶窄窄的一线蓝天："想见谭公公一面，比见皇上还难哪。"

　　谭诚下了轿，缓步走到许德昭身边，同样抬头望向蓝天，轻声叹息道："承恩公在此等候咱家，是为令郎来讨个说法？"

　　"许久没见谭公公，本官担心会认不出您了。"许德昭微含讥讽地说道。

"早春二月的风把云都吹走了，这一线天碧蓝如湖水。"谭诚感慨道，"咱家记得十年前的春天，天也这样蓝，风很凉，让人怀疑春风不在。那时你曾道，寒冷能让人保持清醒。若非那点儿清明，又如何能在十年后仍能看到这如洗蓝天？"

许德昭终于低下头，转过脸直视着谭诚的眼睛道："我怕有人掌了十年的东厂大印，开始犯糊涂了。"

微微尖厉的笑声从谭诚嘴里发了起来，他笑得甚是爽快："三公子的事，是咱家的孩儿鲁莽，咱家必会给您一个交代。"

"怎么交代？送八色礼盒到我府上来吗？"许德昭逼视着谭诚道，"三郎是我儿子中最有出息的一个。谭公公，我不希望再出现类似的事情，以免坏了你我多年的交情。"

"谭弈是咱家的义子，他不会参加这次会试，您可满意？"谭诚收敛了笑容，淡淡说道，"年轻人火气太旺，做事不周全，咱家打算让他进国子监多读几年书。"

原以为是东厂大档头梁信鸥所为，没想到竟然是和三郎起争执的那个直隶解元谭弈。许德昭动容，他看好自己的儿子许玉堂，而以谭弈的才华，何尝不被谭诚看重？放弃会试，等于暂时阻断了谭弈的仕途，这个交代太郑重了。

"年轻人的事让年轻人去处理吧。"许德昭也是一叹，算是揭过了此节。

谭诚的目光移向正北太和殿的方向，微笑道："稚鹰向往飞上蓝天，承恩公心疼令郎，可别忘了照拂其他晚辈。"他朝许德昭拱了拱手，返身回了轿中，番子们上前抬起轿，沿着旁边的门拐了进去。

长长的宫巷内只留下许德昭独自负手而立，他缓慢地转过脸，沿着谭诚先前的视线望了过去，心思渐渐重了。

坤宁宫里一派春色，穿着紫色团花锦宽袍常服的皇太后和几位太妃正观赏着一幅幅打开的画卷，笑语嫣然。

"娘娘喜欢哪家姑娘？若是没个中意的，再叫礼部呈选就是了。"宁太妃感慨道，"娘娘瞧着还如二十年前年轻美貌，可一转眼皇上都要立后了，时间过得真快。"

"可不是吗？"清太妃奉承地说道："我看到她们，就想起娘娘年轻时，没一个及得上娘娘当年的风采。"

许太后不过四十出头，身材却如二八少女，只是鬓旁多了几缕银发，微微上挑的凤眼往二人身上转了转，眸中风韵犹存。她笑了起来："你们俩比我还小几岁，这是变相在夸自己吧？"

两位太妃便抿着嘴笑了。

许太后也瞧得累了："我瞧这些姑娘都还不错，但还得看皇上喜不喜欢，咱们替他操心不管用。"

宁太妃和清太妃笑着又陪着说了会儿话，见太后面露倦意，两人便知趣地告退。

坤宁宫安静下来，许太后倚在锦枕上，由着侍女拿了美人槌轻轻地敲着。她揉着额，有点儿头痛。儿子十八岁亲政后，朝中就有大臣提出该立后了，但那时皇帝才接过朝政，专注其中，这么一拖就是两年。

许太后心里明白，一旦立了后，自己就要搬出坤宁宫，后宫的主人将变成皇后。十来岁的小姑娘能为儿子撑起整个后宫吗？她摇了摇头，没有人比她更明白后宫的复杂。

有了皇后，就会同立妃嫔美人，那些女人会把她们的家族势力一起带进宫廷，然而形势已容不得皇帝再拖下去了。可惜，许家却没有适龄的嫡出之女，年龄最长的一个才十岁。兄长令礼部呈上这些闺秀的画卷，也是不得已。她长长叹了口气，看来只能从许家的属官的女儿中选一个了。

"皇上驾到！"

许太后睁开眼睛，看了眼窗外的天色，心中微动，随口问身边的女官梅青："皇上这个月来请安，好像有几次都来得迟了？"

梅青睃着漏壶，低声回道："有四五次了，迟了约莫半个时辰。再晚，宫门就要下匙了。"

是因为忙于政事？不，不对劲儿。许太后"嗯"了声吩咐道："去打听打听。"

梅青早有耳闻，她迟疑了下，轻声告诉了许太后："听乾清宫的小太监说，乾清宫好几次都是宫门紧闭，素公公亲自守着，皇上极可能是出宫去了。"

"什么？"许太后还是头一次听说，她紧张地站了起来，朝前殿疾步行去，迎面就看到世嘉帝穿着浅黄色常服已进了正殿。

"母后。"世嘉帝笑着行礼请安，亲手扶了母亲在正殿凤椅上坐下，关切地问道，"母后又劳神了？精神不太好。"

许太后心里温暖，拉了儿子在身边坐下，嗔道："你舅舅送了些闺秀的画像来，你也该娶妻立后啦。母后与两位太妃看了一下午，各有千秋，但主意还得你定，看你喜欢哪家姑娘。"

怎么又提立后？还是亲舅舅主动提出来的！世嘉帝脸上仍带着笑，但那笑容却没染上他的眼眸，他有些不满许德昭的殷勤："眼下马上就是春闱，许尚书不忙会试，倒替朕想得周全，连画像都弄来了。"

"立皇后选妃嫔，本来就是礼部的分内之事。他还是你的亲舅舅，他不替你着想，谁替你着想？你舅舅选的人，总比朝堂上别人选出来的强。"许太后见儿子话语中对兄长颇有不满，赶紧劝说道。

母子俩叙话时，梅青听见是立后的事，使了眼色，带着侍女、太监们悄悄退下了，偌大的前殿就只有母子两人了。

"无涯，你十八岁亲政时，就该立皇后了，但你执意不肯，你舅舅身在礼部却依着你的意思没有劝谏，也不知道受了多少弹劾。你现在都二十了，再不立后，胡首辅就要带头劝谏，到时候文武百官在大殿上长跪不起，你是应与不应？你舅舅也是一番好意。"

左右无人，世嘉帝霍然起身，困兽般疾步走着："胡牧山见着谭诚哪有半分首辅的模样？明着是朕的首辅、朕的内阁，还不是东厂说了算！朕的大臣，朕才一天没见到，定罪的条陈就呈上来要朕朱批了。如果不是朕倚重锦衣卫牵制东厂，朕怕是出趟宫都要谭诚点头！我看立后这事，谭诚说了算，胡首辅说了算，舅舅说了算，偏朕说了不算！"

一口气说出来，堵在胸口的郁悒消了不少，世嘉帝白玉般的脸又缓缓平息了激动之色，他重新在许太后身边坐下，叹了口气道："母后，儿子这皇帝当得甚是窝囊，若再娶个不齐心的皇后，这日子没法儿过了。"

"扑哧！"许太后先是被儿子一通发泄惊愣了，转眼却又看到他一如从前般地在自己面前嘟囔，她终于忍不住笑了起来。

她成了太后，可她的儿子却不能当傀儡皇帝。许太后想起谭诚，眼中就闪过一丝厌恶，更多的却是无奈："东厂势大，朝廷宫掖哪里没有东厂的人？这两年你虽倚重锦衣卫，但毕竟比不得谭诚经营多年，龚指挥使眼下也要给谭诚几分面子。无涯，你还年轻，不要心急。"

他现在一门心思都在今年的会试上，这是他亲政以后的第一次春闱，要取士三百多名，他不信全是东厂塞进来的人。世嘉帝所有的心思都用在选录忠心自己的举子身上，对选皇后毫无兴趣。

"母后，帮我想个法子，再拖一两年吧。"世嘉帝希望两年后属于自己的权力更多一点儿，选择皇后的权利也多一点儿。

许太后宠溺地望着儿子。玉树临风的儿子是她的心肝、她的命，她也不愿意让另一个女人这么快取代自己。

"母后最近总是做噩梦，打算去行宫养养身体，我儿至孝，就以此为理由吧。"

世嘉帝感动得握紧了许太后的手："母后！"

许太后俏皮地说道："这样，无涯现在出宫就有借口了。"

连深宫中的母后都知道自己偷偷出宫的事，谭诚自然更是一清二楚，他还以为瞒得严实呢，世嘉帝苦涩地笑了。

他想了想，宫里能得到母后的支持，也是好事："眼下天下举子云集京城，儿子最近常微服出宫，是想亲眼看看这些举子，最好能结识一些有才之士。"

认识有才之士，与之结交，培养自己的力量？许太后怔了怔，半晌才叹道："皇儿长大了。"

谭诚经营多年，从朝堂到地方满布他的官员，他的话比皇帝的旨意还管用。没有许家，哪有谭诚的今天。然而，如今的谭诚，却不再受许家掣肘。许太后心里冷笑，许家能给他权力，就能由她的儿子去拿回来。

二月春风吹绿了枝头，还有一个月就要会试，京城各处景点随时都能看到踏青的举子，各种聚会也成了举子们交流策论、结识新友、打探消息的来源。

林一川邀穆澜去京郊灵光寺踏青游玩。骑在马上，感受着春光洒下来的暖意，穆澜心情很不错。她偷瞄着穿着一袭紫色织团花的林一川，团花的金丝绣线随着光影像湖中泛起的鱼鳞光，耀眼醒目。怎么看，她都觉得他就是个移动的钱袋子。当然，是个非常俊俏的钱袋。至于他身边牛皮糖般黏糊的林家二公子嘛，穆澜藏住了对这个纨绔公子的鄙夷。

拿人钱财，与人消灾，林一川用银子收买人做得极顺手，也极大方。穆澜悄悄捏了捏荷包，里面有林一川给的五百两银子。

林一川靠近她，声若蚊蚋："别捏了，办成了还有一半呢。"说完，两道剑眉还上下抖了抖，黝黑的眼眸闪过一丝促狭。

难得见着林一川扮怪脸，逗得穆澜抿了嘴直乐，她低声笑道："我收钱，你放心。"说完她拍马上前，与林一鸣并肩而行。

林一鸣要盯死林一川，死乞白赖地跟着出门，果然就见堂兄是邀了杜之仙关门弟子出游。扬州城的人都知道，穆澜是接了圣旨入国子监的，前途不可限量。林一川花银子与之结交，他凭什么不可以。所以，穆澜一跟过来，林一鸣心道机会来了。

"三月下旬是国子监的入学考试，二公子准备得如何了？"

林一鸣也知道了还有入学考试，但在京城人生地不熟的，他只能遣贴身小厮去四处打听，从国子监老监生们那儿花了上千两买了好几次试题，雇人做了文章，背得滚瓜烂熟。但买来的试题都不一样，他心里就有些打鼓了，听到穆澜这一问，顿时来了兴趣："穆公子对考试知之甚详？"

穆澜清了清喉咙，往后面贼贼地瞥去一眼："大公子今天也向我打听呢，你们兄弟俩真是心有灵犀！"

怪不得林一川会邀约穆澜去灵光寺踏青呢，林一鸣兴趣更浓，鄙夷地说道："我堂哥抠门儿得很，别看他衣裳穿得好，那是为了在外头的体面，事实上他对自己和身边人吝啬到了极点。听南北行的掌柜们说，他跟着出去运货时，吃食都和船工们一样，舍不得花银钱买酒肉。"

也正因为如此，十六岁的林一川才能得到你林家南北十六行老掌柜们的推崇，只有你这个纨绔，才会觉得他抠门儿。穆澜又捏了捏装着五百两银票的荷包，心里却多出一道警醒。林一川需要花钱的时候，金山银海都舍得往里砸，他绝非表面瞧着那么好对付。

"谁说他抠门儿？他花一千两请我去寻杜先生的故交好友打听消息呢。"穆澜故作惊奇，"咱们说的是同一个人吗？"

一千两打听消息！真舍得花钱！林一鸣倒吸了口凉气。他知道自家这个堂兄从小就请了先生授课，入学试题只要不难，很容易考上。而他堂兄若将来入仕当了官，二房在堂兄面前，更没有说话的余地。来之前，他爹就跟他交代过，不求他将来做官，只要盯死林一川，暗中下手叫林一川在国子监毕不了业，等大老爷一死，林氏宗族中的人就会支持二房接管家业。

林一鸣咬牙道："穆兄，市面上的消息太多了，我也不蠢，买消息对我来说不管用，只要你能包我过考试，多少银子都成！"

哎哟，还不是个蠢到家的纨绔嘛，穆澜刷新了对林一鸣的认识。

"当枪手太冒险了，我卖点儿消息还成。"

林一鸣急了："实话告诉你吧，这次有两千人参加入学考试，除了落第的举子外，荫监生、捐监生都四处找人替考、找枪手写试卷呢。我就是知道得迟了，临时抱佛脚，找不到人，只能胡乱买了些试题。我当然知道穆公子也要参加考试，替考是不行了，那么就多做一份卷子，到时候使个调包计，你看如何？"

这不是先前她想的法子吗？穆澜眨了眨眼睛，谁说林一鸣是纨绔、草包来着？这两兄弟都不傻嘛。

"两千人考试，二公子的座位不一定能和在下挨在一块，如何能调包？"

"聪明！要不怎么会被杜先生收为关门弟子呢？"林一鸣跷起大拇指夸道，他左右看了看，继续说道，"考场设在国子监，由率性堂的监生布置，在下使了点儿银子，这座位嘛……他们也不敢做得太过，只悄悄放了四十个名额出来。我早打点好了，花了六百两！对方只等着我报名字过去呢。别的人我也接触过，但哪有穆公子稳妥呢？咱们是同乡嘛。"

率性堂里的学子是国子监六堂中成绩最好的监生。有钱不赚王八蛋。贴座位名字，举手之劳就能赚六百两银子，四十个名额就是两万四千两呢。

报她的名字？穆澜心里暗叹，可能别人就算看不上你这六百两，也要杀一杀杜之仙关门弟子的威风。帮林一鸣作弊，太过危险，这钱赚不了。

穆澜没有马上答应，林一鸣却越发觉得穆澜可靠，黏着她不放："市价三千两包过，我给你四千！"

"看在银子的份儿上，行吧！考完试我再收钱。"

"一言为定！"考完试再收钱，只能证明穆澜铁定会帮自己，林一鸣眉开眼笑。

"咱们考场见，你堂兄盯着咱们呢，咱俩一直在一起会惹他怀疑。"穆澜突然想起了无涯。不知为何，她颇想知道自己如果去当枪手，无涯要怎么抓住自己？

说话间已到了灵光寺，穆澜和林一鸣下了马。回头见林一川拍马追来，怀疑地看着自己和穆澜，林一鸣得意地飞了个眼神过去，带着小厮自行去逛了。

穆澜等到林一川过来，笑嘻嘻地朝他伸出了手："另一半！"

"说说，你怎么捉弄他的？"林一川也不小气，又塞给穆澜五百两银票。

他拿荷包的时候，穆澜又瞥见荷包里的那锭二两碎银子，前尘往事一股脑儿地涌进心里。面具师傅带走了核桃，那二两碎银子是核桃的私房钱，她又伸出了手掌："把那二两银子还我。"

林一川愣了愣，马上想起来了，幽深的眼眸死死地盯着穆澜："原来那晚你的确是装出来的！"

"你不早就怀疑了吗？我帮你解惑，大公子应该开心才对，心里少个疙瘩，是否痛快了？"

她有武功，他知道；她在凝花楼装睡，他也猜到了。穆澜笑得极其可恶："茗烟去做什么我不知道，我只知道我是找你赚银子的。"

是啊，百般怀疑，却没有证据证明茗烟刺杀朴银鹰时，穆澜在场。

"林家投靠了东厂，大公子要去告发我吗？告我什么呢？茗烟行刺时，我醒着？哦，我还会武功，实在是值得怀疑。"

东厂！借着朴银鹰在凝花楼被刺，拿自己要挟父亲，迫林家投靠，更逼他亲手杀了那两尾镇宅龙鱼，这个仇他非报不可。林一川沉着一张脸道："凝花楼的事我不会再提及，这二两银子我也不会还你，它会提醒我记住那件事。"

穆澜无奈："行，你就留着吧，总有一天我会拿回来的！"

"你收了我的银子，还没说怎么捉弄他的！"

"你堂弟出四千两……让我帮他考入学考试，买座位和我挨在一块。我不帮他，他岂不就抓瞎了？"穆澜慢悠悠地说道，"对得起你花的一千两吧？"

"考完入学考试我补你三千两！"

真大方！穆澜换了张笑脸，沿着青石板砌成的山道往上走："大公子这么大方，我对二公子真是一点儿愧疚之心都没了。"

"我还不知道你？让你损失三千两，你一定会帮那草包考过！"林一川没好气地说道，"既然我愿意花钱，自然就要做到最好，如何都要让林一鸣考不过入学考试，免得进了国子监被他黏着不放。贵是贵了点儿，倒也不算赔本买卖。"

穆澜想起了沈月那件事："你花两万两替沈月姑娘赎身，没见你求回报啊？匿名替人赎了身，沈月姑娘都不在京城了，难不成叫着恩公，天天为你祈福，大公子就心满意足了？"

"回报必厚过我付出的两万两，要不要和我打赌？"林一川笑了起来。

那翘起的唇角泄露出他的好心情，穆澜就不明白了，难道还有自己没看懂的地方？她好奇地问道："赌什么？"

"四千两银子。你赢了可以赚翻倍的钱，输了，就把一千两还我。你不帮林一鸣，我也不付那三千两。"

真是个奸商！抠门儿！嘴里说得大方，还是舍不得给自己那么多银子。穆澜的眼珠动来动去，目光闪烁，显然内心在挣扎。林一川也不理她，径直朝前走去。

反正银子都是他给的，大不了当自己没赚过。穆澜实在不解，快步追上他道："赌了！"

林一川得意地笑道："虽说两拨儿人打了一架，但沈月中断抚琴，也没有出现谁输谁当街大喊不如对方的尴尬，于双方名声无损。得罪了权贵公子，沈月不说清楚能离开京城吗？我又没有蒙面出现，他们一查就知道是我搅得局。许玉堂和谭弈都不是蠢材，事后一想，只会感激我。谭弈会试高中，为官后回想这件荒唐事，定会感激我。国子监隶属礼部管辖，许尚书能不记这个人情？我得到的好处，岂是区区两万两就能买到的？"

"狡猾啊！"穆澜原以为他害怕被人家查出来，没想到他故意使了招欲擒故纵。找上门来这般一解释，谁不承他的情？

她磨磨蹭蹭地拿出还没焐热的两张银票，林一川捏着银票一头，她却苦着脸舍不得松手。

"喂！愿赌服输！"

穆澜嘟囔着："我知道……我就再多摸一会儿。"

她恋恋不舍地松了手，林一川飞快地将银票揣进了兜里。好不容易从小铁公鸡手里抠出了银子，他高兴得不行，胳膊就搭上了她的肩，低头直笑："别垂头丧气了，将来有的是从我荷包里抠银子的机会不是？"

他说话的热气扑在她的耳朵上，痒得她"嗖"地红了脸。穆澜使了个巧劲儿，轻松甩掉了他的手，怒道："说话就说话，勾肩搭背成何体统！"

她瞪了他一眼，"噌噌"地沿着山道快步走了。林一川啧啧两声，鄙夷地说道："小铁公鸡！输也是输我的银子，至于这么生气吗？喂！小穆，等等我！"

他拔足追向穆澜。

"你胡喊什么？你别跟来啊！"见他故作亲热地叫着自己，穆澜更不想和他一起游寺了，开口喝道。

"小穆，你真小气！要不要堵我能不能追上你？就刚才的赌注！"穆澜越回避，林一川越开心，大笑着朝她跑去。

她脑袋被门夹了才会当众施展轻功。穆澜啐了口，加快脚步往山上跑去。

两个人在山道上对骂追逐，那笑声直透山林。

上方山道的尽头虬扎古朴的迎客松下，穿了件普通浅绿绸衫做书生打扮的世嘉帝远远地看着穆澜轻盈如鸟的身姿。他屈尊结交，他却不珍惜，心里顿时不舒服起来："小穆？"

穆澜哪怕不施展轻功，腿脚也快，转过山道，一角绿衫正好从她视线中消失。许是来寺里游玩的举子，她也没在意，"噔噔"几步就站在了那棵罗汉松下。待她回头一看，林一川正站在几步开外的台阶下，望着自己笑。他倒用起了轻功。穆澜跑得满头是汗，倚着罗汉松吹着风，方才的恼怒没多会儿就被风吹散了。

"渴不渴？后山罗汉壁下有口泉，甚是甘甜，我们煮茶去？"林一川走到她身边，兴致勃勃地说道。

跑了一程，是渴了，穆澜好奇地问道："你来过灵光寺？"

林一川笑道："我十八年前就来过了！"

"喊！"穆澜才不会信，转身与他并肩朝罗汉壁走去。

"要不要赌一把？"

还来劲了？穆澜昂着头笑道："赌我是否知道？一千两！"

"我还真不信你知道！"林一川大笑，"小穆，不是我不想和你赌，我怕你没银子还债！"

"我就不会输！"穆澜给了他一个白眼。

走过旁边的葫芦门，后山那面罗汉壁就出现在眼前。一大片山崖刀凿斧削般耸立着，不知从哪个朝代起，寺中就请来工匠雕刻罗汉。五百罗汉星罗棋布，甚是壮观。崖上长着数棵矮松，虬扎粗大的根系牢牢伸进了岩石中，古朴沧桑之感扑面而来。细听又有细碎的叮咚声不绝于耳，崖缝中渗出的清泉滴落而下，在崖底汇成一汪浅浅的潭水。

"好地方！"穆澜大赞道。

跟上来的雁行和燕声在离罗汉壁不远的松下找了张石桌，布置起来。

林一川望着高耸入云的罗汉壁，眼神有些伤感，喃喃说道："要摸完这五百罗汉真不容易。"

沿着峭壁凿有窄窄的小道，顺着尺余宽的石道，可以摸遍山壁上的罗汉。没有栏杆，山壁上的铁索已被摸得光可鉴人。

"你在你娘肚子里就来摸过这些罗汉了是吧？"

这小子还真猜到了，还好没和他赌。林一川腹诽着，感慨道："可惜娘亲辛苦生下我，却过世得早，没享几年福。"

"你娘定是个美人。"见过林大老爷形如枯槁的面容，穆澜觉得林一川定是肖似他母亲。

林一川想起父亲请人绘的母亲小像，只是一笑，并不作评。他心里隐隐有些高兴，这小子在变相夸自己呢。

"我从前就想，到了京城一定要来趟灵光寺，亲手再摸一遍五百罗汉壁，以慰母亲在天之灵。你要不也试试？听说很灵的。"

摸完五百罗汉，诚心祈求，心愿一定会达成。穆澜想起了老头儿。她"嗯"了声道："饮杯茶歇歇就去。"

这边雁行与燕声已沏好茶水，两人行到树下坐下了。

茶还没饮完，又有人声传来，却是一群举子逛到了后山。见到两人煮茶，他们也来了兴致，招呼寺中小沙弥取了茶具，就在潭边支了案几、蒲团，煮茶闲聊开来。

地方宽敞，离得又近，举子们的议论被两人听得清清楚楚，只听一人说道："治国之道，道家讲究清静无为。治大国若烹小鲜。人法天，天法道，道法自然，天下之事莫过于此。道之静即无极，道之动即太极又象及理而知数，只要当今圣上不太过于昏庸，清静可以为天下正。"

"无为而治？天大的笑话！"一人气得冷笑出声，愤然起身道，"南方水患饿殍遍野，山野间强盗频出，卖官鬻爵屡禁不穷，不肃清吏治，何来朗朗乾坤？"

"刚则易折，柔则常存。人皆可以为尧、舜。我欲仁，斯仁至矣。圣上只需为政以德，譬如北辰，居其所而众星共之。"

此言一出，众举子就笑了起来："老廖，你这是自比星子，胸有壮志啊！"

说话的廖姓举子轻抚胡须道："十年寒窗苦读所为来？学得文武艺，卖与帝王家。诸位仁兄，难道就不想高中，一展抱负？"

气氛又活跃起来，举子们见景生情，赋诗作对，好不热闹。不经意间，此处罗汉壁下已聚得许多游客。

林一川和穆澜几乎同时开口道："人太多，不如迟些再来。"

在两人心中，去摸遍五百罗汉为心里思念的人祈福是很严肃的事，不想被下面的人围观。

见对方也是这样的打算，两人相视而笑，起身进了寺里。

穆澜耳目聪灵，才走了几步，就感觉有视线落在自己身上，她下意识地回头。

浅绿的春裳，静月般的气质，穆澜一眼就从人群中看到了无涯。她想起那天的事来，灿烂地笑着，抬手一揖，向他打招呼。谁知道无涯的目光极淡地扫过，竟装着像是没看见她一样，侧转身望向正在赋诗的举子。

"小气！"穆澜狠狠地甩了下袖子，嘀咕了句。

"我小气？"林一川以为她是说自己呢，揶揄道，"我说小穆，没赢走我的一千两就是我小气？谁叫你赌本不够呢。"

"赌赌赌！林大公子，你爹知道你这么爱赌吗？你要赌本够，找有钱人去，找我干吗？不知道我是跑江湖卖艺的穷酸？"

无涯门庭高贵，定看不上像自己这种出身低贱的人，何必把他一时释放的善意当真呢？穆澜心里这样想着，却仍然被无涯那个漠然的眼神伤到了，劈头盖脸地就冲着林一川发作起来。

她拂袖离去，林一川愣了半晌，气得额头青筋直突突，一甩袖子又跟了过去："本公子花了这么多银子套近乎，就这样被你气跑太吃亏了！小穆，你等等我！"

无涯慢慢转过身，穆澜青色的身影在红色的寺墙门洞里晃了晃就消失了，那位衣着华丽的紫袍公子也跟着穆澜去了。他脸上依旧挂着浅浅的微笑，眼神却有些黯然。他真心想和杜之仙推崇的弟子结交，但是他却说他也想做枪手赚银子，他怎么能这样辜负先生和自己的期望？无涯轻轻摇了摇头，继续把注意力放在眼前的这些举子身上。

"杀人啦！"突兀的声音从寺中蓦然响起。

无涯再次转过头，发现声音正是从穆澜先前进去的地方传来。他心头一紧，朝那边奔了过去。

第十六章
灵光寺里的血光

　　靠近后山的地方，沿寺墙起了一溜儿屋舍，这些禅房是供进寺烧香礼佛的人歇息所用。今年会试，各地举子进京赴考，城中客栈爆满，穷书生们又无钱赁屋，就寻寺庙借宿。虽然离城远了一点儿，胜在清静便宜。

　　除了一些长年住在寺内带发修行的居士，灵光寺的禅房今年几乎全部租给了赴考的举子，发现凶杀案的便是名姓苏的举子。

　　无涯反应快，跑进红墙那道后门后，远远就看到那名举子脸色发白地跌坐在一间厢房外，双手捂着头脸还在不停地叫着："杀人了！杀人了！"

　　穆澜站在那举子身边，望向大开着门的厢房。

　　那名紫袍公子呢？无涯没看到林一川，快步朝穆澜走了过去。

　　这间厢房位于整排禅房的末端，房外空地上砌了一座小小的花台，种着株两丈来高的老梅。早春二月，山中这株老梅正含苞吐芳，花期正好。点点殷红的花蕾缀在褐色的树枝上，耀眼夺目，美丽无比。

　　听到脚步声，穆澜回头看了一眼。一枝红梅半遮着她的脸，青衫直裰衬得她身材修长，无涯焦急的心顿时静了。

　　春来追得脚步踉跄，眼尖地又瞧见了穆澜，顿时咬紧了雪白的小牙，暗骂了声阴魂不散！

无涯放慢了脚步走到穆澜身边，目光迅速地将他上下打量了一遍。见他衣着整齐，神态镇定，便知此事与他无关，心里先松了口气。

没等他开口，穆澜就露出一副惊喜万分的神色："哎呀，好巧啊！无涯公子也来灵光寺踏青？"

明明刚才还看到自己行礼打招呼呢……因为没理他，所以惹他不高兴了。无涯此时才后悔先前的举动，其实他很想和他说话，装着糊涂道："是啊，又遇到小穆了。"

他也叫自己……小穆？穆澜被无涯的这个称呼惊得瞪大了眼睛，笑容僵在了脸上："呵呵，是挺巧的。"

"小穆，究竟出什么事了？"他吃惊的模样落在无涯的眼里，没来由地，他就觉得"小穆"两个字极其适合他，又顺口又亲近，他不动声色地转开了话题："里面……"正开了个头，这时就从厢房里走出三个男子。当先一人穿着湖色圆领缎袍，戴着纱帽，两鬓斑白，四十来岁，气度优雅，目光清正。他身后两人则穿着国子监监生的常服。

无涯一眼就认出来，这个四十来岁的男子是国子监祭酒陈瀚方。

抬眼见着红梅树下那张玉雕般的脸，陈瀚方以为自己看花了眼，再仔细一看，他惊得迅速弹了弹衣袍，打算行礼。这时，无涯冲他微笑着摇了摇头。陈瀚方又是一怔，这才看清楚世″帝一袭绿衫，打扮如寻常举子。

陈瀚方似乎有些明白了，在厢房外站定，故意大声吩咐身边的监生："寄居在寺中的一名妇人被人捅了一刀，已经断了气，你二人速去寻了寺中住持暂时封了这里，报衙门再请件作前来验尸。"

无涯朝陈瀚方投去一个赞赏的眼神。

谁与这妇人有仇？是入室抢劫还是见色起意？

二月山中风寒，陈瀚方后背却渗出了冷汗。皇上既然目睹，就必会将这件案子查个清楚，自己是第一批进场查验的人，皇帝正等着他说案情。陈瀚方镇定了下，继续大声说道："一刀抹喉，毫无挣扎打斗痕迹，瞧死者衣饰装着贫寒，不知谁会对一个六旬老姬下此毒手！唉！"

无涯很满意地又朝他点了点头。

陈瀚方抬起袖子擦了擦额头沁出的汗，却不敢擅自离开。这时因听到喊叫声，从罗汉壁奔来的人团团围住了厢房。

"怎么回事？"

"谁死了？"

"诸位！诸位安静！本官乃国子监祭酒。衙门未来人之前，诸位举子、香客请勿越过花台，以免破坏案发现场。"陈瀚方站立在花台前，高声喊道。这一声亮明了他的身份，让好奇想冲进厢房一瞧究竟的人都停住了脚步。

穆澜的眼睛亮了起来。十年前的那场科场舞弊案中，得了好处的人不少。一堆惹不起的人中，她问老头儿谁最好下手，老头儿嘴里说的人就是他：国子监祭酒陈瀚方。

"苏沐，你别喊了，出什么事了？"有人突然认出了坐在地上还在喊着杀人的苏姓举子，上前扶他起来。然而苏沐眼睛无神，似看不到眼前这么多人，仍一声接一声地叫着杀人了、杀人了。

"苏沐吓疯了！十年寒窗，白读了。"有举子同情地叹道。

苏沐的朋友就想带他离开，陈瀚方皱紧了眉头，阻拦道："我已嘱寺中僧人去请大夫了，他是第一个看到案发的人，他不能擅离此地。"

无涯听见，低声吩咐跟来的春来："此人受惊过度，若不赶紧治，必然癫狂，速去将方太医请来。"

寻常郎中不见得能治好这种失心疯。光天化日，佛寺之中，竟然有人肆意行凶，他既然遇见，就一定要查个水落石出。

穆澜突然朝苏沐走了过去，一把将他从友人手中扯了过来。

"你做什么？"

"我有法子能治好他。"穆澜笑了笑，扬起了手，"啪啪！"数声清脆的耳光声响起。穆澜左右开弓，扇得苏沐两颊肿了起来，随之大声喝道："苏沐！你中了一甲十三名！恭喜你高中了！"

呆滞的眼神蓦然有了神采，苏沐"啊"了声，高声叫道："我中了？我真高中一甲十三名了？"

穆澜松开了手，认真地说道："努努力，有可能哦。"

"噗！"无涯转过脸，忍俊不禁地笑了。

见苏沐真恢复了神志，四周的举子也哈哈大笑起来。

苏沐呆了呆，气极开骂："你这小子！还没开考呢，拿我开涮啊？"

他的朋友赶紧说道："刚才你浑浑噩噩的，被吓得神志都不清了！多亏这位小公子叫醒了你，否则你就甭想进今年的考场了。"

苏沐这才反应过来，郑重朝穆澜长揖到底："多谢公子救命之恩！"

"当不起，当不起，我也只是试一试。"穆澜笑着还了礼。站直身时，她见到陈瀚方朝自己投来的赞赏目光。一面之缘，能给国子监最大的官留个机敏聪慧的好印象，这才是她出手的目的。穆澜随口问道："苏公子方才见到什么了？"

"哎哟，刚才我看到杀人了！我正想来折枝红梅回房插瓶中，一个黄衫蒙面的人就从屋里蹿了出来，我觉得这人打扮好生奇怪，似和尚非和尚的，便好奇走近往房中看了一眼，哪知道见到一个白发老妪浑身是血地躺在地上，我就叫喊起来。紧接着，一个紫衫公子就跟着那个黄衫人追过去了。"

听着穿紫衫的公子追去了，无涯就明白为何穆澜独自站在这里了。

惊吓过度，苏沐就只记得这些了。

陈瀚方却接过了话："本官与两名学生正打算去罗汉壁，听到苏公子叫喊，就过来了，这位……"

"在下姓穆，单名一个澜字。"穆澜抬手行礼，自报家门。

"这位穆公子正陪着苏公子站在此处，本官就带着学生进屋查看，确认老妪身亡，没有动过屋中的任何东西。前后不过数息工夫便出来了，接下来就是各位看到的一切了。"陈瀚方把接下来的事情说得清清楚楚，末了，目光还在穆澜身上打了个转。

穆澜坦然地任他打量，她知道自己一报姓名，陈瀚方就知道她是那个奉旨蒙恩入学的人了。陈瀚方的目光很是清正，瞧着仪表堂堂，颇有大儒之风。不过，穆澜却觉得很奇怪，以他的身份，用不着说给在场的人听，要说也该等衙门的人来了再说，陈瀚方为什么要讲得这么详细？

"在下与朋友走到这里听到苏公子喊叫，我朋友有些武艺，就跟着追去了，我留在这里陪着苏公子。之后，陈大人就过来了。"穆澜也简单说了自己的举动。

只不过，在陈瀚方来之前，她已经进屋去看了眼。以她的眼力，一眼就看出杀手那一刀抹喉干净利索，显然是惯做这种事的人。一个衣着朴素的白发老妪，有什么值得专业杀手前来刺杀呢？不过，衙门自会调查，她也无意卷进去。反正苏沐当时神志不清，穆澜便隐去了这节。

"你怎么知道两巴掌加那句中举的话比针灸、汤药还管用？"无涯的声音打断了穆澜的思路。

他离她很近，略低着头，声音很轻。穆澜嗅到了淡淡的龙涎香，这种名贵的香气提醒着她和无涯的身份之别。她故意折着枝头红梅玩，移开了脚步，离他远了些："看他穿着打扮像赴考的举子。对住在寺中的穷举子来说，中举是他的全部希望。"

他就知道，杜之仙的弟子一定聪慧过人。无涯赞赏的目光让穆澜有些不好意思地低下了头，解释道："我也只是试一试。"

这么多人却没有人像你一样去试着提醒他。无涯下定决心，一定要让穆澜成为自己的臂膀。他缺钱，他就赏赐他金银，他一定要打消他为了银钱冒险作弊的念头。

这时，灵光寺的住持带着僧众赶来，令人封了厢房，嘱人守着，然后请陈瀚方进禅房饮茶等候衙门中来人。

看热闹的举子、香客慢慢散了，最先发现案子的苏沐、穆澜也一并被请了去，方便衙门中人问话。陈瀚方望向无涯，无涯很自然地说道："我也算先到者之一。"

陈瀚方与住持步行在前，偷偷往后瞥了两眼，见无涯一直陪在穆澜身边。他想起那道恩旨，心里更加明了，杜之仙的关门弟子穆澜是皇上的人。

一行人进了禅房，待茶水送上后，陈瀚方心知自己现在就是皇上的嘴，很是热心地问道："那名老妪瞧着在寺中住了些时日了？"

住持宣了声佛号道："她原是山脚下梅村里的民妇。孤老无依，又渐痴傻，无人照顾，她的族亲就施舍了香油钱，将她托付给寺里照顾。那株红梅是她来的时候种下的，如今已长了十八个年头了。"

穆澜慢悠悠地啜着茶，心里暗暗思忖，越想越觉得奇怪，一个在庙里住了十八年的孤寡老妇，为何会惹来杀手行刺？是找错人了吧？

"最近那老姬可有什么异常？"房中清静，无涯便开口询问了起来。

住持想了想道："平时给她送饭的人是静玉。她虽痴傻，也就是记性不好，日常起居都能自己照顾自己。"

静玉是个十岁的小沙弥，眼里挂着泪，说话还带着童音："静玉照顾婆婆五年了，婆婆最喜欢那株红梅。年年梅花开的时候，她就要坐在树下，婆婆一直这样。"他想了想又道，"婆婆今年突然唱歌了。小老鼠搬鸡蛋，鸡蛋太大怎么办？一只老鼠地上躺，紧紧抱住大鸡蛋。一只老鼠拉尾巴，拉呀拉呀拉回家。"

那童音颇是清脆，小沙弥唱完眨着眼睛可怜巴巴地望着禅房里的人。一屋子人都面带苦笑，谁都不明白老姬唱这支童谣是什么意思。住持慈爱地问道："静玉哪，还听过婆婆说别的话吗？"

静玉平时也就送两餐饭，帮着打水清扫，他听了住持的话"哦"了声，又道："最近梅开得好，婆婆总是嘟囔着梅红梅红。"

陈瀚方轻声说道："她是想说梅花红了吧？人老了，吐字不清。"

众人都笑了。

这时林一川大步从外面走了进来，匆匆朝众人揖首道："在下林一川。"

"就是他追那个黄衫蒙面人去了！"苏沐认出了他来。

林一川在穆澜身边坐下，满头是汗，将小沙弥送来的茶一气饮了，才懊恼地说道："没追上。"

穆澜正想安慰他两句，无涯却开口了："林公子可是在寺里追丢的人？"

"你怎么知道？"林一川吃惊地转过头，这才看到穆澜右侧紧挨着他坐着个年轻公子，斯文俊秀，眼神却是斜斜瞟过来，带着股居高临下的味道。他顿时也昂起了下巴，直觉告诉他，说话的这人对自己带着股莫名的敌意。

无涯淡淡说道："苏公子曾言看他穿着黄色的衣衫，似和尚又不像和尚，还蒙了面。很明显，他有头发，却穿着僧衣，这才令苏公子觉得奇怪。穿着僧衣，回头戴上僧帽混入僧众中，林公子没注意到，也就很容易跟丢了。"

苏沐马上说道："对对对对！就是如此！这位仁兄观察细致入微，如同亲眼所见，在下佩服！"

"没有苏公子的话，我也想不到这些。"

两人谦虚了几句，一时间言谈甚欢。

无涯是谁？皇帝！陈瀚方趁机大拍马屁，言语中颇为遗憾："现在再在僧众中找寻，怕也迟了。这位无涯公子若早到一步，也许就抓到凶手了。"

张口就是无涯公子，陈瀚方认识无涯？穆澜心头一跳。

敢情本公子热心追凶手还做错了？我没注意到，就你心细？什么叫很容易跟丢，对方武功相当不错好不好？你早到一步就能抓住凶手？林一川被陈瀚方和无涯的话气了个半死，他起身道："苏公子第一个看见凶案发生，在下没这位无涯公子观察细致，凶手也没追上。这里没我们的事了吧？告辞！"

"林公子仗义热心追凶，虽说没追到，也能对官府描述一番凶手的身高、背影等特征，还是等衙门录了口供再离开吧。"无涯温和地阻止道。

凭什么我要听你的？林一川翘起嘴角笑了："山下衙门来人还有得等。在下当然要录口供。在下和小穆先去游览一番罗汉壁，衙门来了人，到罗汉壁来寻我们就是。"说完，他就看向穆澜，声如蚊蚋，"一百两。"生怕穆澜拆台不陪他去。

穆澜看出林一川怒了，担心林大公子气恼之下说话惹恼了陈瀚方，忍着笑起身道："在下与林公子就在寺中游览。"

林一川得意地朝无涯瞥去一眼，也是斜斜地一瞥，带着十足的傲慢。无涯全当没看见，一拂衣袍也站了起来："方才正想仔细欣赏罗汉壁，却被搅了兴致，趁天色尚早，再去观赏一番也好。小穆，一起去吧。"

小穆？他居然叫穆澜"小穆"？他俩很熟？林一川黝黑的眼眸里顿时

飘起了两团火。

左边是林一川，右边是无涯。

紫袍金贵，绿衫素雅。

在穆澜眼中，他们都是富贵人家的公子哥儿。

穆澜不知不觉就走在了两人中间，这二人有意地一左一右，让她觉得自己像风箱里的耗子，两头受气。

林一川绷紧了下巴，无论看神情还是看眼神，都是一副富家公子哥儿的气派，只差没说给你多少银子，赶紧滚蛋了。

无涯依然静谧如月，微微带着笑，偶尔那长长睫毛下的凤眼轻飘飘地睨向林一川时，穆澜都会生出一种"你想找死我成全你"的感觉。

穆澜停住脚步，往后望去，差儿点喷了。春来被雁行和燕声勾着肩搭着背，这哥儿仨看起来是相合融洽，脸上的笑那叫一个灿烂。

她停下来，林一川和无涯也站着不走了。

"无涯公子这件绿晕衫做工很精致啊！"林一川赞着衣裳，下一句却是讥讽，"尚宫局的手艺、御赐的锦料，一般人还真瞧不出来。想扮成普通举子，穿这么精致的衣裳很容易被戳穿身份的。"

这件衣裳叫绿晕衫？很贵？很精致？该死！明明吩咐春来找一件普通的衣裳……无涯拂了拂衣袖，看到晕染出来的精致麒麟图案，决定回去狠揍春来一顿，面上不动声色地浅笑："男儿志在天下，穿衣打扮这种事，我不如林公子。"

骂人真不吐脏字啊？说他钻脂粉堆，娘娘腔？林一川试探了下，马上确认了，眼前这个看似温和、气质如兰的无涯公子就是在有心针对自己。就凭这件绿晕衫，他就惹不起对方！林一川郁闷莫名。惹不起，他的傲气也注定了他不会和无涯结交。

他看出来了，无涯的目光就没离开过穆澜。小铁公鸡除了是杜之仙的弟子外，还有什么值得无涯结交的？难不成这个无涯好男风？瞧他带来的小厮就知道了，阴不阴阳不阳的。林一川马上就笑了，甚至期待着无涯黏着穆澜，然后被收拾得极惨。

"我要去摸遍五百罗汉为杜先生祈福。"两人话里藏针，穆澜只当听不见，扔下两人率先踏上了窄窄的山道。

报仇无须再等十年哪，林一川乐了，给了无涯一个挑衅的眼神。绝壁上的山道仅尺余宽，险要之处只能握着钉在岩石上的铁索上走过，胆小的人都不敢走遍所有山道。林一川想起了母亲，一个柔弱女人需要怎样的胆识与勇气才摸完这绝壁上的五百罗汉？

"小穆，等等我！我也去！"林一川笑着喊了声，也踏上了山道。

两人一前一后走在窄窄的山道上，挨个儿摸着罗汉，动作出奇地一致，山风吹得衣袂飘飘，人正少年，瞧着颇是赏心悦目。

无涯抬头，高耸的绝壁直插云端，他喃喃说道："摸遍五百罗汉就能心想事成？"脚步刚动，春来直扑到了他脚下，抱着他的腿说什么也不松手："爷，您等秦刚来了再去行吗？秦刚不在，奴婢说什么也不能让你去。"

"我不登高，就在下面摸几个玩。"无涯微笑道，"千金之子，坐不垂堂，松手。"

春来从地上爬起来，下定决心要跟着他。

无涯再往上看，林一川和穆澜已攀到一角凸出的山岩，离地有三丈来高。他纵然上去，也追不上穆澜。他无意攀到高处，便沿着垂落山泉的幽潭上方那条狭窄山道，漫步欣赏着刻在岩壁上的罗汉。

头顶上方长着数株松树，枝干如苍龙，苍绿似华盖，将天光遮了一半去。俯首一看，脚下清潭能映出自己的身影。清泉滴落，叮咚声不绝于耳。

穆澜与林一川腿脚轻盈，转眼已到了绝壁半空，离潭水足有二三十丈的高度，穆澜往下张望，没看到无涯和春来。这时，一角褐衣在眼皮底下闪了闪，她认出是春来穿的那件衣裳。原来无涯也踏上山道打算摸五百罗汉祈福？穆澜顺着那条半隐在山岩间的石道找寻无涯的身影。

一缕银白的光从苍松中闪过，像一根白头发夹杂在乌黑的发髻间，刺目耀眼。

"无涯！你站住！"穆澜大声喊着，朝那几株苍松飞跃而去。

林一川看到穆澜突然显露轻功，吃惊地叫了她一声："小穆，你做什么？"随后见她叫着无涯的名字如离弦之箭，林一川哼了声，对无涯越发不满，"有本事自个儿爬上来啊！"

然而穆澜已经跳下去了，林一川看到下面那几株松树，知他找好了落脚点，心里更不舒服了。他愤愤不平地继续摸着身边那个罗汉光滑的脑门儿，忍不住腹诽："还不想暴露功夫？从这么高跳下去不用功夫？骗鬼呢！"

二三十丈的高度，直接一跃而下，足以惊世骇俗。林一川往四周看去。令他奇怪的是，后山罗汉壁除了他们这行人，竟然没有别的游客。但他转念一想就明白了，灵光寺出了凶杀案，香客们觉得晦气，踏青的举子怕受牵连，能走的自然都下山离去了。住在寺中的举子肯定关门闭户地老实待在房中，还有兴致登山崖摸罗汉的也就他们这几人了。

无涯听到穆澜的声音，露出了笑容，他以手圈口，朝着上空大喊："小穆，我在这儿！"

这时，穆澜离松树很近了。她下坠的速度很快，只需眨眼工夫，就能落在那片墨绿色的松树上。

松树枝叶间突然有一片墨绿色动了动，穆澜看得仔细，竟是件墨绿色的披风。一张脸从松叶间探了出来。这张脸被面具遮掩着，面具一侧刻着枝丹桂。他伏在苍松中，若不抬头，几乎与松叶融为了一体。

面具里的眼睛冰冷，没有丝毫生气，他看了穆澜一眼就低下了头，手里握着一把细长的匕首。

面具师傅！穆澜心头震撼，脑子已失去了思考的能力。

那柄细长匕首像藏在松叶里的一根针，只要轻轻刺下，树下毫无察觉的无涯就会死在他的手中！

穆澜此时脸朝下脚朝上，她用力扯断了颈间拴着白色云子的线，刻着"珍珑"二字的白色云子化为一道流光射向松间的面具师傅。苍松已映入眼帘，穆澜伸出手在山壁上拍出一掌，身体在空中陡然翻转。

从穆澜看到藏在松叶间的刀光，到她出声跃下，不过是瞬间发生的事情。无涯还维持着以手圈口呼喊她的姿势。穆澜从他头顶的松树枝叶间落下，朝着他就扑了过去。

"你你你你……"春来大惊失色。他听到头顶穆澜喊了声，自家主子也跟着喊了声，然后穆澜就从天而降，将皇上扑倒在地。

不，不对，山道太窄，穆澜抱着无涯直接摔进了那口幽潭里。"扑通"一声，水花高高溅起。

春来抹了把溅了满脸的水，吓得尖声高叫起来："秦刚！护……"他及时咽下了那个字眼儿，后院宽敞，秦刚早得了吩咐守在外面不让人进来。春来也等不到秦刚过来，毫不犹豫地跳进了潭中，奋力游向无涯。

雁行和燕声正在罗汉松下烧水煮茶，意外看到了这一幕。水花高高溅起，雁行推了燕声一把："救人。"

燕声反应迟钝。雁行叫他做什么，他一向信服，就一溜烟儿跑向了水潭。而雁行却望向峭壁，他并不关心穆澜和无涯摔进了水潭，他只挂念着自家公子。可这一瞥却让雁行倒吸口凉气，心"怦怦"直跳，他下意识地闪身躲在了罗汉松后。

无涯只觉得身体在瞬间飞了出去，还没来得及反应，水沁凉的感觉已经没过了他的身体。他睁着眼睛，眼前的景物在刹那间变成了泛着绿意的水波，他像隔着块翠绿的琉璃看着对面的景物。穆澜的脸在他眼前晃动，在她身后，几株苍松摇曳，一张戴着面具的脸在松叶间出现。

面具中的眼睛怨毒地望着他，水波晃动间，那张面具又消失了。无涯睁大了双眼，将这一幕牢牢记在了心里。

无涯只见穆澜的眼神空洞，脸惨白如纸，他像是受了极大的惊吓，神情有些呆滞，他没有游动，就这样望着他，静静地下沉。

为了救自己，穆澜竟不惜将后背暴露给那个戴面具的刺客。虽然他们因谈论考试作弊不欢而散，但他依然毫不犹豫地出手相救。说不清道不明的感觉从无涯心里油然而生，他揽住了穆澜的腰，感觉他轻得像一根水草。无涯心里禁不住有些着急，难道他受伤了？他带着穆澜游向了水面。

看到无涯的脸冒出水面，春来刨着水游了过去，拉扯着他直哭："主子，你受伤没有？"

"去准备禅房、热水、新衣。"无涯甩开他的手喝道。

春来一激灵，赶紧游上岸，湿淋淋地就往寺内跑。

无涯用力拉着穆澜上了岸，着急地询问道："小穆，你怎样了？"

穆澜一直望着高处的那几株苍松，风吹来，湿衣冰凉地贴在身上，她打个了寒战，眼睛渐渐有了神。无涯顿时松了口气，他顺着穆澜的目光看过去，下意识地上前一步，拦在了穆她身前："别怕！"

他说这句话的时候，穆澜突然想笑，可抬头看见无涯的神情时，她怔了怔。他的目光坚定地望向前方，没有丝毫惧怕。哪怕他没有武艺，那股沉稳的气度却让穆澜觉得，他似乎真的在保护自己。

"人已经走了。"穆澜低声说道。

苍松依旧矗立在山崖上，穷极目力，无涯再没有看到树上的人，那个面具人已经离开了。他"嗯"了声叮嘱道："别声张，就说，我们是失足滑落了水潭。"

自己从二三十丈的绝壁上面跳下来，将无涯扑进了水潭……失足？这么说，谁信？他身边的春来第一个就不相信。

"照我说的做。"无涯的神色异常坚定，穆澜下意识地点了点头。

秦刚得了他的吩咐在外围守着，不会让人进来。春来离得那样近，都没有发现，林一川的两个小厮离得更远。面具人藏得那样隐蔽，林一川若是发现，早跟着穆澜跳下来了。所以，林一川应该也没有看到。

只要穆澜不说，自己不说，这件事就不会有人知道。而这件事一旦传扬开去，东厂定会插手，灵光寺内所有的人都会受到询问盘查，他不见得能护得住穆澜。同时，无涯想到了寺中的另一个人：国子监祭酒陈瀚方。

这位祭酒大人十年前奉先帝圣旨出任国子监祭酒，是条左右逢源、滑不唧溜的泥鳅。不论东厂、锦衣卫、朝廷百官如何争权夺利，他都只管国子监那一亩三分地，其他事情一概不过问。有人曾经想动他，却硬是找不到陈瀚方的错处。顾忌着八千监生的看法与供奉在御书楼中的先帝圣旨，不得已罢了手，陈瀚方也因此稳稳当当地做了十年的国子监祭酒。

以前无涯曾经想过，换个自己的人做国子监祭酒，但他把朝中人想了个遍，还是觉得陈瀚方最适合。换成自己的人，也许当不了几天祭酒，就被推到菜市口，等别人祭他一碗酒被砍了人头。这样一条老泥鳅，无涯不会给东厂捏住他的机会。

穆澜的脑袋乱成了一锅粥。

今天的灵光寺冒的不是灵光，而是血光。她知道一刀抹喉杀死梅村老妪的人不是面具师傅。但面具师傅为何会来这里？是因为那个老妪，还是因为那个杀手？或者，是为了杀无涯？

面具师傅早有准备，他没有穿原来常穿的黑裳，特意换了袭墨绿披风，是为了方便将自己隐于苍松的繁茂枝叶间。他为什么要藏身在罗汉壁？

无涯是临时起意跟着来罗汉壁，面具师傅要杀的人真的是无涯吗？是她的出现让面具师傅临时改变了主意？还是那枚珍珑棋子起了作用？穆澜心里沉甸甸的。

"小穆！"见穆澜脸色煞白，无涯急了，握着她的手送到嘴边哈着气，"很冷是吧？"

早春二月的山间潭水寒凉无比，穆澜望着他还在滴水的头发忍不住想笑："你的手比我还冷。"她话音刚落，无涯就打了个喷嚏。

"怎么回事？"林一川这时也下到了崖底，二话不说脱了外裳就给穆澜披上，冲着雁行和燕行骂道，"还站在这儿做什么？不知道去安排热水和干净衣裳？"他说着伸手拉着穆澜就往寺内走，一拉之下，发现无涯还握着穆澜的手，忍不住又怒道，"你还小啊？没见小穆冻得直哆嗦？"

穆澜将外袍脱了，搭在了无涯身上："我有功夫，你别着凉了。"

无涯心里又是一暖。

这是他的衣裳！林一川气结。他脱了外袍，被山风一吹，也感觉风吹过来遍体生寒。这时，穆澜朝他使了个眼色，明着关心无涯，还和自己是一伙的感觉。林一川心里舒服了点儿，拉住了无涯的胳膊，回头对穆澜说："小穆，跑快点儿，就没那么冷了！"

不等无涯挣扎，林一川已施展轻功拉着他朝寺里跑去。穆澜回头看了眼那几株苍松，也跟着去了。

进了后门，秦刚带着七八个带刀侍卫守在门口，穆澜的目光从他们腰间的刀鞘上掠过。绣春刀？无涯受锦衣卫保护？难怪无涯不愿意和东厂的人照面。她垂下了眼睫，有点儿明白为何后山罗汉壁变得清静了。

"主子，赶紧沐浴更衣吧。"春来冻得嘴唇发白，连衣裳都没来得及换，忠心地等候着无涯。

这阵仗让林一川也吓了一跳，他有点儿明白穆澜为何要将衣裳让给无涯了，他聪明地选择了保持沉默。

"林公子，多谢你的衣裳，再见。"无涯深深地看了穆澜一眼，没有多说，在秦刚和侍卫们的簇拥下离开了。

等到这行人消失在红墙拐角处，林一川才搓着胳膊道："这位无涯公子来头不小啊！我早包下了一间禅房，赶紧泡澡换衣裳去！"

穆澜也冻得够呛，边走边训林一川："指不定他是哪家王侯的公子呢。一直没时间和你说，禅房里的那位陈大人是国子监祭酒，还拍无涯马屁来着，你还和他对着干！进了国子监有你好果子吃！"

"他还披着我的衣裳，不至于这么小气吧？"听到禅房里的那个老头儿是国子监祭酒，林一川又吓了一跳，庆幸自己没有乱说话。

两人交谈时，雁行悄悄看了眼穆澜，停住了脚步："少爷，燕声已经去打点了，小人去收拾茶具。"

"早去早回。"林一川目光微闪，应了。

他从上往下看时，视线被岩石遮住了，但他却看到雁行躲在罗汉松后的动作，他相信雁行此时折返一定自有道理。

第
十
七
章

破

绽

雁行在红色的寺墙处站了一会儿。从这道后门出去，是一大片空地，
遍植松树、楠木，地方极为宽阔。左边竖着那道罗汉壁，下方临着悬崖。

后院空无一人，雁行松了口气，快步走了过去。他疾步上了山道，顺
着无涯走过的那条路往前。阳光从头顶的苍松枝叶间洒下，刻在岩壁上的
罗汉石雕憨态可掬。

雁行站了会儿，仔细地回忆着。他叫燕声去救人时，抬头望向绝壁，
他看到穆澜手中射出一件物事，而原本只有茂密枝叶的苍松间却有道光一
闪而过，将那件物事劈成了两半。紧接着有一大片树叶动了起来，仔细一
看，却是一个被墨绿的披风裹着的人朝着悬崖方向跳了下去。

谁能想到苍松间竟藏着一个刺客呢？这一切都发生在电光石火间。雁
行迅速判断出这个刺客的目标绝不是身在绝壁上面的自家公子，所以他没
有声张。

循着记忆中被劈成两半的物事落下的地点，雁行细细地寻找着，功夫
不负有心人，他终于看到苍松的枝条上挂着一根红色的线。他四处张望了
下，腾身跃起，将那根线拽了下来。

线上坠着一枚残缺的云子，他没有细看，飞快地收进了袖中。他又找

了会儿，却没找到另一半。云子被削去了一小块，大部分都还在。雁行没有再找下去，到松下将茶具炉盘收起，又沿着山路过来的那道门离开。

这时，他仿佛听到了脚步声，便闪身藏在了门后，悄悄探出了头，他看到无涯身边那位身材高大的侍卫正走向罗汉壁。雁行万分庆幸自己提前折返，没敢多看，提着东西走了。

秦刚站在春来描述的地方，他抬起头，透过枝叶的缝隙，望着上面的绝壁出神。那位穆公子就算轻功了得，也不会无缘无故从二三十丈的高处跳下来。

秦刚腾身而起，落在了苍松上，他蹲下身，细细地打量着身下的枝丫。片刻后，他失望地跳下了树，没有发现枝叶被踩过的痕迹，难道真的是那位穆公子兴之所至？

正要离开时，一点白色从秦刚眼里闪过，他停下脚步再看，却没有了。秦刚退了回去，从罗汉与山岩的接缝处抠出了一片白色的半月形物件。他拿在手里，手指从断面上滑过，半晌才喃喃地说道："好快的刀。"

刀锋利而快，春来根本没有注意到，皇上也许也不知情。而知情的，就是那位穆公子了，穆澜却什么都没说。秦刚笑了："有趣的少年！"

禅房里隔了扇屏风，屏风后摆着满满一大桶热水，屏风外林一川正在更衣。穆澜叹了口气坐在旁边的凳子上，想起了老头儿曾经说过的话。男人们相约一起泡澡，她需要找借口和理由推托。现在，这个问题就已经摆在她面前了。

禅房都被举子们租借了，林一川好不容易才借到一间，说好只用一天。看在银子的份儿上，租下这间禅房的举子才临时搬去和同乡挤住一宿。

"幸亏本公子出门习惯多带衣裳，否则只要架熏笼给你烤干衣裳了。都是新的，你莫嫌弃。"林一川披了件披风，坐在外面饮茶。他也很想洗个澡，但寺里的澡桶太小，而他也没有习惯和别人挤用一个澡桶，只得催促穆澜洗快点儿。等他收拾干净后，他再用。

穆澜又叹了口气，万一林一川跑进来怎么办？

"林公子，你能否去外面用茶？"穆澜思来想去，还是不想冒险。

林一川有点儿不敢相信自己的耳朵："你让我出去？"

穆澜从屏风后面探出头来，为难地说道："在下其实也有点儿怪癖，有人在房里，就不习惯泡澡，如同大公子爱洁一样。大公子，可以出去一小会儿吗？在下洗得很快。"

穆澜的脸冻得发白，黑发黏了一绺在脸上，林一川腾地就站了起来："你快一点儿！本公子不洗澡不喜欢换干净衣裳！"

如果不把多带的衣裳分给穆澜，他倒是可以先换上干净的外袍回头再换掉。

"谢谢。"穆澜灿烂地笑了。

瞥了眼穆澜失去血色的嘴唇，林一川带着燕声就出去了。穆澜这才迅速地脱掉衣裳，将整个人沉进了热水里，瞬间感觉浑身的每个毛孔都张着嘴大喊着舒服。

站在门口，林一川突然想起在杜之仙家外自己泡澡时，穆澜拎了桶冷水朝自己泼来。此仇此时不报，更待何时？他朝燕声吩咐了两句，不多会儿，燕声就提了桶热水来。

"你用冷水泼我，我帮你加热水，对得起你了。本公子爱洁，被你恶整，你怕被人看洗澡啊？嘿嘿。"泡进热水里，不冷了，本公子也不用可怜你了。林一川真想仰天大笑。

他拎着桶水径直进了门，大声说道："小穆，瞧你冻得够呛，我给你加桶热水！"

禅房并不大，林一川长腿一迈，两步就走到了屏风处。生怕穆澜出声阻止，才绕过屏风，他就提起手里的木桶，朝澡桶里的穆澜浇了过去。

他是习武之人，眼准手稳，那一桶热水哗啦啦地悉数全倒进了桶里，只零星地溅了一点儿出来。然而没有听到意料之中的臭骂声，林一川愣了愣。这时，他才看清楚，水汽氤氲的澡桶里没有人。

"大公子这么想洗热水澡，在下成全你。"声音从他身后传来，林一川甚至没听到半点儿动静，他干笑着："小穆，你的轻功真好……"正想回头，后颈处就挨了一记掌刀，林一川瘫倒在了地上。

穆澜仓促间扯了湿漉漉的青袍勉强掩了身子，直跃到了梁上，这才躲过一劫。她咬牙切齿，赤着脚狠狠地踢了林一川两下："你不是爱洁吗？喝小爷的洗澡水去吧！"

燕声在门外等了很久，听到自家公子的声音与那一桶热水泼出的水声，他忍不住"哧哧"地偷笑起来。然后……就听不到动静了，直到雁行回来。

"少爷从不与人共浴。"

何止不与人共浴，穆澜用过的浴桶，回头他和燕声都要细细刷干净了，少爷才会再用。雁行用眼神指责着燕声，别人不知道，你还不知道少爷爱洁到什么地步了吗？燕声急了，转身一掌推开了门。

正对大门的罗汉榻上，穆澜穿着自家公子的那件玉带白锦裳，正将擦干的头发用发带束起。见二人抢进门来，穆澜利索地将发带打了个结，戴上了纱帽，潇洒地离座而起："来得正好，去服侍你家公子洗澡吧。时辰不早了，告诉你家公子，在下先走一步。"说完，她施施然离去。

两人面面相觑，直绕过屏风，只见林一川四脚朝天泡在澡桶里，衣裳都没有脱。

"少爷！"燕声气极，赶紧上前将林一川捞出来移到榻上，气得双眼直冒火，"白眼儿狼，竟然打晕少爷！还让少爷喝他的洗澡水！少爷，你醒醒！"

"回头再收拾他！"雁行也恨得不行，帮着林一川脱了衣裳，擦干净身子，转过身也傻眼了，"少爷就带了一套干净衣裳……燕声！"

已经迟了，林一川被燕声弄醒了，他摸着颈后的疼痛处摇晃着脑袋，瞬间全想起来了："小穆，你下手可真狠！这次非得和你打一架了！"他抬腿就要下榻，刹那看到自己全身光着，"更衣！"

雁行沉默地将被子搭在他身上，决定说实话："少爷，穆公子把你扔在澡桶里，少爷你里外都湿透了，带来的那身干净衣裳也被穆公子穿走了。"

让本公子喝他的洗澡水，还穿走自己的干净衣裳，太狠了！林一川深吸口气，狠狠地捶着床榻发泄怒火："还愣着做什么？去给爷弄身衣裳来！"

燕声得了雁行的眼色，赶紧去了。

"少爷，咱们会报仇的，你瞧我找到了什么？"雁行拿出了红丝线串着的东西递给了林一川。

只被削去了一小块，剩下的大部分完全能让林一川看清楚这是什么东西。上品白色云子，上面的字迹清秀隽永。

"珍珑！"林一川脸色凝重起来。

"小的亲眼看到穆公子用它扔向那名刺客。"雁行将看到的说了出来。

穆澜美丽的脸、灿烂的笑容在林一川脑中晃动着，他有点儿不敢相信他真的是出手狠辣、杀死东厂六人的刺客珍珑？可如果不是他，他为什么会有这样的一枚刻着"珍珑"的白色云子？只是因为穆胭脂救了杜之仙的命，所以杜之仙施恩收他做了关门弟子？杜之仙为何要拜托自己将来护他一命？他和那个出现在杜宅的蒙面女子有什么关系？他为什么要救被锦衣卫保护的无涯？谜一样的穆澜让林一川仿佛走进了雾中，他将云子紧紧攥进了手心。

"少爷。"雁行喊了他一声，看到自家公子晦暗不明的脸色，他低下了头，"小的会保守这个秘密，但是秦刚也去了。削断的另一小片没有找到，不知道秦刚是否会有所怀疑。"

幸好，刻着"珍珑"二字的一大半被找回来了。林一川没有想清楚，他当机立断："咱们什么都不知道，你也什么都没看见，这件事连燕声都不能说。"

"是。"

雁行应了。他心里暗想，穆澜如此可恶，就这样放过她吗？

林一川将他的脸色看得清楚明白，一语双关道："这枚云子要用在紧要处。也许将来，林家会用得上。"

珍珑牵涉东厂，东厂又掐着林家的脖子，林家投靠了东厂的消息，锦衣卫很快就会知道，林一川不得不慎重。

穆澜刚出禅房，就看到衙门里的人已经来了，一行人朝案发的禅房方向走去。她看到陈瀚方的背影，想了想也跟了过去。

现场很简单，黄衫蒙面男人闯进屋，一刀封喉。仵作填了尸格，衙役从老妇人的衣箱中找出了两串散碎铜钱，念她没有亲属，就将钱给了寺里办丧事。僧人们卸了门板将那可怜的老妇人抬到一旁，用张苇席盖了面目。

因陈瀚方有官职在身，衙门里的人也不敢含糊，又细细问了苏沐一遍经过。穆澜见状，又上前讲述了一遍。听说是林一川去追的，两名衙役就赶去禅房问话，以便了解凶手的身高、体形，方便画影索形，发下海捕文书。

"这老妪孤苦无依，遭此横祸倒也可怜，本官再补些银钱，寺里给她做几天道场，买口薄棺发葬。将来她的远亲再来寺里，也好知晓去何处寻坟祭奠。"陈瀚方拿了锭银子交给了住持。

"陈大人放心。"住持自然满口应允。

陈瀚方叹了口气，带着两名学生告辞下山去了。

僧人将老妪抬走之后，人群便慢慢散了。不多时，这处角落就清冷无人。穆澜这才慢慢地走过，她装着欣赏那株高大的老梅，感觉到四周无人窥视，这才悄悄地进了屋。

禅房布置极其简单，一榻一桌，靠墙摆着一个衣柜，桌子上摆了个针线篮，里面还有一双扎着麻线的千层布鞋底。看大小，正是小沙弥静玉这年纪穿的。

仵作用白灰画出了老妪死去时的形状，地上的血已渗进了青砖缝里，边缘有些模糊，大概是被人踩着了。穆澜在那块血迹模糊的地方蹲下了身，露出了奇怪的表情。

她清楚地记得，当时林一川去追凶手，苏沐瘫坐在地上神志不清，自己走到门口往里看了看。禅房就一间，她站在门口，整间屋子一目了然。那老妇人脖子汩汩冒着血倒在地上，但她显然临死之前想起了什么，手指在地上画了个十字。

当时穆澜不想多事，就没有进去细查，紧接着陈瀚方就带着两名监生进去了。然而陈瀚方出来后讲述现场时，并没有提到老妪手指画出来的记号。

三人进去时，难道有人无意中踩到了这里，将那个十字踩得模糊不清？所以陈瀚方才没有发现？

面具师傅的意外出现，让穆澜对这个被一刀抹喉的老妇人生出了兴趣。她打开了衣箱，里面有三四套旧衣，质底普通，没有补丁。衙役们已经翻找过一遍了，穆澜也没发现更多的线索。

外面传来清脆地诵经声，穆澜走出去一看，静玉搬了个蒲团，正跪坐着在梅花树下念经，小脸儿一片虔诚。

穆澜想到了桌上没做完的那双鞋底，她蹲在静玉面前，柔声问道："静玉，婆婆很喜欢你，你也很喜欢婆婆是不是？"

静玉眨巴着眼睛看着她，用力地点了点头："婆婆会唱歌哄我睡觉，给我做新衣裳。"

"婆婆姓什么啊？"穆澜想起静玉唱的那首儿歌，不动声色地引着静玉往下说。静玉低下头，抠着蒲团边的蒲草嘟囔："她记不清楚啦，住持师父说她是山下梅村的人，所以让我喊她梅婆婆。"

"这棵梅花树是谁种的呀？"

"住持师父说是梅婆婆的远房亲戚送她来时种的。"

"梅婆婆从前都不爱说话？最近看到开了，才说话的？"

静玉不高兴了："婆婆不是哑巴，她就是记性不好，她要唱歌哄我睡觉的，还说给我做双鞋呢。"

在寺里住了十八年，也不是哑巴，为什么突然会遭到职业杀手刺杀呢？面具师傅是为了无涯而来，还是因为这个老妇人？

穆澜见问不出更多，摸摸他的小光头笑道："给婆婆多念几卷经超度，她来世就有好日子过啦。"

静玉继续虔诚地念经，穆澜站起身来想，她应该去山下梅村打听一番。

离开灵光寺时，穆澜突然想起了林一鸣。他们一起同来，却再没有看到他的身影。他先行进寺，照理说寺里发生命案，以林一鸣的性格，他应该来看热闹才对，他去哪儿了？

穆澜踟蹰了下，又返回了林一川借住的禅房。

衙门里的人已经离开，燕声给林一川找了套干净的僧衣换了。林一川穿着僧衣，越看越不舒服，打死也不想这样穿着回城。他吩咐雁行回去弄身衣裳来，决定在寺里住一晚。

穆澜进来时，燕声恶狠狠地瞪着她，她伸开双手打量了下身上的衣裳，笑容灿烂："大公子的衣裳都挺贵的，穿得很舒服。"

穆澜舒服了，林一川就更不舒服了，他盯着穆澜冷声说道："还好意思回来？你下手可真够狠的！"

洗澡时林一川居然闯了进来，穆澜想起来就阵阵后怕，丝毫不后悔把他劈晕扔进澡桶里。她没有把这件事放在心上，觉得林一川没这么小气，笑嘻嘻地说道："谁叫你偷看我洗澡的？活该。"

他活该？原本是想套近乎，将来在国子监日子好过。对他巴结讨好，就换来他这般作践自己。难道他就没跑来偷看自己洗澡？还浇了他一大桶冷水。回忆起穆澜的种种可恶，林一川怒了："燕声，守住门！今天我要关门打狗！"

穆澜顿时冷了脸，将林一鸣消失不见的事忘了个干干净净："我也要打狗……打摔进澡桶里的落水狗！"

刹那间，两人的眼神如刀剑直刺对方。

穆澜拎起已经拖到地上的袍角掖进了腰带里，林一川顿时讥笑道："矮矬子！"

不仅比他矮多半个头，骨架也比他小，他的衣裳套在穆澜身上显得异常宽大。穆澜慢条斯理地抽了靴子里的匕首将长了一截的袖子割了："衣裳长了，我改短一点儿就行，反正这衣裳破了也值钱！"

穆澜不动怒，林一川气急败坏，那种挫败感让他更想激怒他："穷光蛋就是穷光蛋，偷本公子的衣裳穿还喜滋滋的，真不要脸！"

"穷人没脸面，有骨气，骨头还硬得很，揍你的时候你就知道痛了。"穆澜看似脸皮厚，一点儿也不动怒，但林一川的话已经伤到她了。

走得近了，她觉得林一川并不坏，她心里感激着他为老头儿张罗丧事。也许在她心里，已经将他当成了朋友。

这个世界上，能带来伤害的，永远都是自己亲近的人。无关紧要的人，话再恶毒，谁又会放在心上？老头儿说得没错，她的秘密太多，国子监对她而言是以命相搏的凶险之地，她是独自行走在黑夜里的行者，她不能有朋友。

燕声相信自家公子一定会狠狠教训穆澜这只白眼儿狼，他转身就关了门，提着刀在门口守着。听着噼里啪啦的声响，燕声默默地算着：桌子碎了，凳子摔墙上了，床榻散架了，茶壶砸了，拳脚见肉的闷响，"刺啦"撕破衣裳的声音……

屋里突然安静下来，燕声把耳朵贴在了门上。

穆澜一把撕裂了他的裤子，林一川一掌打掉了他的纱帽。

他的大腿露了出来，穆澜恶狠狠地将手里的衣料扔在了地上，朝他一脚踹了过去。几绺头发散落在他的脸颊旁，分明的五官多了几分妩媚，宽大的衣袍没能遮住他细长的脖子。过往记忆中的碎片从林一川脑中疯狂地涌出，让他瞬间蒙了。

肚子被穆澜一脚踹了个正着，他差点儿闭过气去。他趴在地上仰起脸看穆澜，新叶般的眉下，那双眼睛染满了怒火，美丽得令他目眩神驰。

"林一川，以后别说认识我！"穆澜喘着气，傲娇地说道，"我会还你一套新锦裳！"

果然是只小铁公鸡！一套？你怎么不说还我十套？这样才有拿钱砸人的气势啊。林一川看着穆澜大力拉开门，风也似的走了。

"少爷！"燕声吓得叫了声，朝他扑了过来。

林一川翻了身躺在地上，气终于顺了，他捶着地哈哈大笑，笑声爽朗无比。

"少爷！"燕声都快哭出来了，他长这大从来没见过少爷这么惨过，大腿露在外面，人被揍得爬不起来。少爷这是在惨笑吗？

穆澜寻到寺里僧人买了套合身的青色僧衣换了，感觉走路的步子都轻快起来。望着打包进包袱里的那套玉带白锦袍，她哼了声自语道："修补

246

下还能当点儿钱，想让我白扔掉，门儿都没有。"

马也是林一川的，穆澜毫不客气地骑着走了。

梅村在山脚下，离灵光寺有二十几里路。这里遍种梅树，村里还有一株百年老梅，因而得了梅村的名字。黄昏时分，穆澜骑着马进了村。她寻思着天色已晚，打算在村里借宿，可才进了村子，她就看到一辆宽敞的平头黑漆马车停在一座大宅院外面，门口还站着两名带刀侍卫。她有些错愕，无涯居然也到梅村来了。

春来满脸急色地从院子里出来，抬头就看到了穆澜，他看像到怪物似的，尖声叫了起来："怎么又是你？十处打锣九处在，你黏着我家主子做什么？"

他不喊这一嗓子，穆澜还想避开无涯，听他这么一喊，她笑嘻嘻地催马上前，也不搭理春来，冲着院墙里面提高了声量："哎哟，真是巧啊！又遇到无涯公子了！"

"你还笑！"春来怒了，指着她骂道，"不是你把我家主子扑进水里，他会染上风寒吗？"

可怜的无涯，身子骨就是比不得习武之人。山中风大，早春的潭水冻得她都直哆嗦，何况是书生般的无涯。穆澜闻言跳下马，关切地问道："请郎中了吗？"

山村乡野的郎中也配给主子诊脉？春来骂道："你离我家主子远一点儿，他就好了！"说着又焦急地朝村口望去。

秦刚见无涯高热昏迷，马车颠簸不敢再赶路，只能暂时寻了梅村借宿，着急地遣了侍卫回城去请太医，这一来一回也需要好几个时辰。春来听到马蹄声，以为太医到了，这才到院门口张望。

"在下也懂得一点儿医术。"穆澜就算识毒辨药的本事比治病强，医术也非普通郎中可比。看春来的模样，她就知道肯定没有请到郎中。当时情急之下将无涯扑进水潭，这才让他感染风寒，穆澜有些内疚。

春来嗤之以鼻，对门口的两名侍卫说道："不准这个人进院子！"

"穆公子！"门里传来秦刚的声音。他正着急，就听到了穆澜的声音，像捞到救命草似的，赶紧走了出来。

见是秦刚，穆澜笑着拱了拱手道："听说无涯公子染了风寒，不知他现在情况如何了？"

"穆公子快里面请，您瞧瞧就知道了。"秦刚匆匆地拱手还着礼，恨不得拽着她赶紧进去。

"秦刚！"春来气得跳了起来。

灵光寺在西山，骑马回城最快也要一个多时辰，秦刚扫了他一眼低声说道："就算侍卫快马加鞭回城……这时候城门也已经关闭，能在天明前赶到就不错了。穆公子师承杜先生，医术自然精湛，公子已经烧得开始说胡话了。"

皇上借口去行宫探望太后，结果却摔进了灵光寺后山的水潭。他感染风寒不是小事，一旦被东厂和朝中大臣知晓，不但自己小命难保，秦刚也肯定会被削职。锦衣卫要避开东厂耳目请来太医，还要悄无声息地出城，肯定耽搁时间。春来咬着小牙不作声了。

穆澜听见，疾步往里走："在下先去瞧瞧无涯公子。"

秦刚赶紧上前带路。春来气归气，想想秦刚的话也有道理，垮着脸也跟着进了院子。

村长家的偏院被秦刚包了下来，无涯正躺在正房的大炕上，身上盖着厚厚的棉被。房中生了三个炭盆，穆澜一进房间，热浪扑面而来，闷得她险些呼吸不畅。

"炕烧热了，主子仍然叫着冷，身子又滚烫，村里郎中正巧又去了邻村看病。秦某已经派人去灵光寺向住持讨药，人还没有回来。"秦刚苦笑着解释道。

"把炭盆先移出去，闷都闷死了。"穆澜吩咐了声，坐到了炕沿上。她摸了摸炕又叹了口气，虽然早春晚上还颇是寒冷，但这炕也烧得太热了。

无涯脸颊烧得通红，嘴唇已经干裂。穆澜取下他额头搭着的湿布巾，手掌按在他前额，触手如炭火一般，她皱起了眉头。这场风寒来势汹汹，被火炕和炭热一激，发作得更猛了。

"村里郎中不在家，家中也定会备着一些草药，我去找一找。取坛烈酒用老姜泡着替他擦擦身子。把柴火也撤了，这炕烧得太热太燥，内火虚旺，病情只会加重。"穆澜不敢再耽搁，吩咐完就起身出去了。

春来又想反对，秦刚瞪了他一眼道："你懂医术吗？太医来之前先照穆公子说的办。"

等撤掉炭盆，抽了柴火，秦刚也觉得屋里舒服许多。

春来噙着泪用烈酒给无涯擦拭，见他仍然昏迷不醒，嘴里喃喃地说着听不清楚的胡话，气鼓鼓地嘀咕道："主子若是不好，奴婢定要禀了太后娘娘，砍了穆澜的人头！"

约莫隔了大半个时辰，有侍卫来禀告秦刚："村长的儿媳端了药来，说是穆公子让熬的。穆公子说记得去灵光寺时在路边看到有几味草药，采药去了。"

秦刚大喜，快步去了门口。他们租的是村长家的院子，给了一锭五十两的官银。秦刚认得这个妇人，是村长的儿媳妇。村长的儿媳将食盒递给了秦刚，谄媚地说道："是位姓穆的公子给的药，妾身亲手熬的。穆公子说还差两味药，上山去了。"

秦刚揭开食盒，端起热气腾腾的药闻了闻，用勺子舀了一勺给她："喝下去。"

村长儿媳心里顿时不喜，暗想我亲手熬的，还怕我下毒不成？她贪图赏银，心想不能白忙活，接过勺子就痛快地喝了。秦刚盯着她足足片刻，见她面不改色，这才吩咐道："赏她五两银子。"村长儿媳眉开眼笑地接了银子去了。

秦刚提着食盒回了正房，又用银针探过，见没有变化，就让春来端了药碗，自己扶起了无涯。药正要喂进无涯嘴里时，外面侍卫又来禀告："穆公子回来了！"

回来得真快！秦刚愣了愣，门帘已被穆澜一把掀起。她大步走了进来，拎了一大包草药："先别喂他喝那碗药，我找齐草药了，里面有味药相冲。"她极自然地从春来手里拿过药碗放在旁边的柜子上，"去弄个药锅，生个炉子。"

春来白了穆澜一眼，又不敢不听，赶紧去了。

秦刚不动声色地看了看柜子上的药道："村长白熬这碗药了。"

村长是男人，熬药的事怎么也轮不到他。秦刚定是起了疑心，穆澜极自然地笑道："辛苦他家女眷了。"

难道这药真的是穆澜吩咐熬的？秦刚没有试探出来。

穆澜端起那碗药，当着秦刚的面喝了一大口，似在品味："的确少了两味药，药效不够。"

穆澜和村长儿媳都尝过药，这碗药汤应该无毒，可是秦刚还是觉得有什么地方不对，他直接问穆澜道："穆公子从绝壁上跳下来将我家主子扑进了水潭，总得给秦某一个理由吧？"

"唉，当时就想和无涯公子开个玩笑，没想到山道太窄，没站稳。"穆澜记起了无涯的话，露出了懊恼的神情。她拉起无涯的胳膊，合目把脉。秦刚就不好再说下去了，那块被刀削下来的白色小东西，难道是错捡的？没有刺客，没有刀光？

"无涯公子没有大碍，看似凶险，天明前肯定退热。"穆澜的话让秦刚松了口气。

春来借了药锅生起了炉子，穆澜出去熬药时，顺手把那碗药拿出去，一滴不剩全部泼在了院子里。她望着暮色沉沉的天际，庆幸自己回来得及时。

舌根隐隐传来丝丝回甘。这碗药绝对没有毒，但它里面加了根人参，还是二十年以上的老参。风寒最忌大补，无涯若饮下这碗浓参药汤，病情就会加重。即使风寒好了，他的身体也会变得虚弱，需要长时间才养得回来。

这么短时间，就弄到了老参，穆澜只能叹服面具师傅的神通广大。不，也许是珍珑局中的人不容小觑。

如果自己不来梅村，村里的郎中就一定在家，这碗药照样能进无涯的嘴。她来了，就变成她吩咐村长家的女眷熬制这碗药了。面具师傅一定藏在暗处盯着这里。

穆澜想着心事，将药熬好端进了正房，不等春来和秦刚开口，她就着碗喝了一口咽下，若无其事地说道："再凉一凉，太烫了。"

等一会儿，是让他们看看，自己是否有事。

这位穆公子是个明白人，秦刚对他的兴趣越发浓厚。早在扬州，他就起了爱才之心。在京城遇见，又知道他是杜之仙的关门弟子，被皇上看重。如果能招揽他锦衣卫的暗探，倒是极不错的主意。秦刚看穆澜的眼神变得亲切。

半盏茶后，穆澜又尝了一口，这才示意春来喂无涯喝下。

穆澜一直没有离开，和秦刚、春来一起守在炕边。子时过后，无涯身体的热度渐渐退了下去，秦刚和春来长长地舒了口气。等到丑时，院外传来了马嘶声，侍卫带来了太医。太医一伸手，穆澜就知对方医术定在自己之上，她识趣地告辞。

走到门口，穆澜回头看了眼无涯。他睡得很沉，像一朵睡莲，这样美好的人，为何面具师傅要对他下手？

棉帘落下，阻断了穆澜的视线。她站在院子里，夜晚的风带着阵阵寒意，天上无月，星子分外明亮，她累了一天却了无睡意。

太医已经到了，无涯醒过来之前，她也不能离开梅村。穆澜伸了个懒腰，告诉门口的侍卫，自己再去郎中家一趟，看能否再找点草药，方便太医开方。

第十八章
相思易多疑

出了村长家，夜里安静无人，穆澜快步拐进了旁边的小树林离。她早就注意到了这片林子。如果站在树上，正好能看见村长家的院落。

很多村落里的人家都会在家的附近种下树木，等到成材后伐来建房、打造家具。林中的树木稀落，却很高大，穆澜倚着棵大杨树的树干，静静地等待着。

凌晨的树林异常安静，在等待的时间里，穆澜想起了从前跟着面具师傅学武的时候。身为女子，力量难免不足。她跟着母亲自幼学走索，面具师傅择其所长，对她的轻功要求更为严苛，那时候是在杜家的竹林里练功。

面具师傅说，叶随风动，心随意起。这手功夫练到极致，如同小梅初绽。看着梅瓣鼓胀着破开花萼，只有心才能听到那种声音。

当心静下来，夜风吹过时，穆澜听到了面具师傅到来的声音。她望向两丈开外的地方，面具师傅高大的身影从树后显露出来。

星子再亮，星光依然黯淡。朦胧夜色里，面具师傅沉默伫立，像旁边大树投下的一道阴影，带给穆澜无形的压力。

一文一武教她的师父与师傅是这样的不同。老头儿在瓜棚架下拈针穿线，就着秋日阳光给她缝衣裳的情景浮现在她的脑中，她向往并热爱着那样的明媚，她一点儿也不喜欢面具师傅的沉默严肃。面具师傅像一座冷漠的冰山，总让穆澜觉得难以亲近。

她感念面具师傅的教导之恩，然而，当面具师傅有负老头儿的时候，她毫不犹豫生出了恨意。

穆澜想，为面具师傅杀了六个东厂的人，他教她习武的恩情便还清了。

杜之仙去世的日子里，穆澜不止一次想象着，再见到面具师傅时，自己会有怎样的情绪？激动、愤怒、伤心、痛苦……真见到时，她依然觉得人的想象力太过贫乏。她想遍了自己能预想到的心情，唯独没想过自己会如此平静。

"核桃好吗？"穆澜懒洋洋地靠着树站着。今天她很累，她不想浪费一点儿休息的时间。细长的匕首反握在手中，她不确定自己和面具师傅是否会白刃相见。

"为什么要救他？和他是朋友了？"喑哑的声音，一如既往地不受穆澜的话影响。

罗汉壁旁，浑身滴水、毫无武功的无涯踏出那一步，挡在她身前时，穆澜就记住了那一刻。她承认自己太容易被感动，太容易心软。无涯的那一步，让她对他生出了保护的欲望，她不愿意那样美好的无涯被面具师傅弄死。

"师傅今天去灵光寺，是为了那个被杀手割喉的老妪，还是想害无涯？或者是来见我的？"穆澜回话的方式是跟着面具师傅学的，谁也甭想牵着谁的鼻子走。

面具师傅微微侧过了身，面具上刻着的丹桂在夜色中变得清晰，穆澜不由得自主地想起了老头儿望着丹桂死不瞑目的讨厌模样。

"你会后悔救他。"

无涯和她有仇？他爹是当年科场舞弊案的幕后主使者之一？穆澜不置可否。冤有头，债有主，就算无涯他爹是害了父亲的人，她自会找他爹算账。

"为什么要带走核桃？"穆澜固执地再一次问道。

也许是她的固执让面具师傅觉得难缠，他终于开口告诉了她："过不了多久，你就能见到她，她愿意为你做任何事，我没有勉强她。"

带走核桃，是为了让她帮自己？穆澜心里暗暗冷笑："看来师傅对徒儿甚是了解，你这是拿核桃来威胁我吗？"

"如果你这样想，就算是吧。"

是啊，老头儿死了，这世上除了母亲和穆家班，只有核桃才能让自己如此牵挂。穆家班人多，不好掌控。穆澜有点儿头痛，她毕竟不是冷血冷性的人，一寻思，自己的弱点还真多。如今面具师傅只控制了一个核桃，当核桃失去价值，就该轮到母亲和穆家班的人了，然而她现在却没有能力将二十来号人妥善安置。

自己能被利用的，不外是练就了一身好武艺，能为珍珑局继续做刺客罢了。穆澜干脆挑明了："我应该叫师傅一声珑主吗？主持珍珑局的珑主大人！"

就算看不清楚，穆澜也能感觉到面具师傅的眼神变了，她自嘲道："师傅在信里的字迹与那枚云子上刻的'珍珑'二字一模一样，徒儿还不算太蠢。"

她在山崖下掷来的东西是那枚云子？杜之仙还留着？

"我以为是暗器，削成了两半。"

穆澜一下子站直了身体，绷紧了声音："你没接着它？"

面具师傅没有回答。

穆澜回忆了下，林一川的角度是看不见的，春来和无涯走在被苍松遮挡的山道上，也不会发现。林一川的两名小厮正在不远处的罗汉松下烧水煮茶，他们应该也没看见，否则林一川就会知道当时面具师傅藏在苍松之间。

"应该还在罗汉壁处，回头我去找。"穆澜有些懊恼，她一心想着面具师傅会接住这枚云子，就会明白自己已识破了他的身份。

"傻了吧？"面具师傅不无讥讽地说道。

穆澜毫不示弱地道："被人捡到又有什么关系，又不是我的字迹，我拿着它，也就是想知道布下珍珑局的人是谁而已。我说师傅，你想杀东厂的人，直接告诉徒儿就是了，何必让老头儿劳神费力？拐弯抹角有什么意思？"

"我让你杀，你会去吗？"

穆澜愣了愣，如果是面具师傅让自己去杀东厂的人，她还真有可能不去。她满不在乎地说道："无所谓了，老头儿死了，我不会再替你做事。你有什么图谋，我不关心。"

似早就料到了穆澜的态度，面具师傅淡淡说道："上次我便说过，我没什么可以教你的了，以后你不必再叫我师傅。你如果再坏我的事，我也不会对你在留情。"

两清？那他控制核桃做什么？不是要挟自己继续为他做珍珑杀手？穆澜有些不解。

"将来，等你想起一切，你就知道了。"面具师傅似看出穆澜所想，幽幽地叹息了声。

想起一切？她记忆力好得很，她忘记了什么？穆澜百思不得其解。然而面具师傅从来不会为她解惑，他转过身，朝着来时的方向离开。那些憋在穆澜心里的问题一股脑儿全冒了出来，她曼声吟道："如今香雪已成海，小梅初绽，盈盈何时归。"

面具师傅停下了脚步，他背对着穆澜，墨绿色的披风在夜风中轻轻飘动。

"你我师徒情分已断，老头儿的恩情我却断不了。珑主何以对他如此冷酷，让他死不瞑目？"穆澜的声音变得尖锐生硬，"你不说，总有一天我会查出来。总有一天，我会揭下你的面具，看看你的模样是如何无情！"

面具师傅一言未发，高大的身影渐渐消失在夜色里。他留下的谜像眼前的黑夜，在穆澜心里弥漫开去。

晨曦像一片轻纱浮在梅村的村舍田野间，袅袅升起的炊烟与温暖的春日阳光让整个村落充满了生机。无涯在恍惚间听到了无数的人声，起初隔得那样远，渐渐地清晰入耳，他睁开了眼睛。

春来发出了一声尖叫："主子醒了！"

好吵！他皱了皱眉。

"皇上，下官再为您把一次脉。"方太医满脸喜色，花白的胡须激动地直颤。

空空的房梁，落漆的炕柜……"这是何地？"听到自己的声音，虚弱无力，无涯反应过来，这场病来得急，秦刚必临时寻了个地方落脚，忧虑与焦急就涌上了心头，"可曾惊动宫里？"

秦刚赶紧答道："这里是灵光寺山脚下的梅村，方太医出京没有惊动任何人，家中已安排妥当了。"

无涯听到自己是在梅村，想起了灵光寺那件凶杀案，吩咐道："查查那老妇人的情况。"

"属下已经查过了，那老妇是几十年前从山西嫁过来的，村中老人尚记得她叫梅于氏。没有子女，丈夫死后就独自住在村东头，种些瓜果菜蔬、替人缝补度日。后来变得有些痴呆，更不与村里人往来。十八年前有个远房侄儿过来，见她可怜，就给灵光寺捐了两千两香油钱，寺里就一直照顾她到现在，后来村里人也不知道她的消息了。"秦刚查这个老妪，不是对凶杀案感兴趣，他身为亲卫军统领，必须怀疑一切巧合，查明是否与皇帝有关。

"倒是件蹊跷事。"无涯听得百思不得其解。

"属下会盯着衙门办理此案。"

无涯摇了摇头："当地衙门查不出来，你遣人去趟山西，再查一查最近灵光寺可来过特别的香客。"

竟然对这件案子这般重视，秦刚警觉起来："难道皇上怀疑落水一事……"

"不，那是脚踩滑了。"无涯仍然没有把在罗汉壁险些遇刺的事情说出来，"既然那老妪的侄儿出得起两千两银子，显然对他姑姑颇有感情，还是个有钱人，这十八年来他却再没露面，朕心存疑惑。既叫朕遇上，就去查一查。"

"是。"

无涯这才伸出胳膊让方太医把着脉。探完脉，方太医心里的一块石头落了地："皇上年轻，恢复得快。先前穆公子为皇上熬制的药汤极为有效，

256

昨儿夜里皇上就退了热，下官这就再为皇上针灸，过两三天就无恙了。"

无涯听到"穆公子"三字，不觉诧异："小穆替朕熬药？"

在他的目光的注视下，春来低下了脑袋，不甘愿地回了话："方太医来之前，穆公子去寻了草药熬了碗汤药。"

方太医拿出艾条与银针，无涯由春来伺候着解衣，他想了想吩咐道："朕就在梅村养病，遣人去行宫给太后报个信，就说朕在灵光寺盘桓几天。穆公子既通医理，让他先留下来。"

听皇上话里的意思，要瞒下这场病，将养好了再回宫，可皇上怎么能在这么简陋的山村里养病呢？春来急了："皇上，直接去行宫吧！这地方……"

无涯淡淡地看了他一眼，春来咽下了话，垂着头出去了。

"穆公子师承杜之仙，医术还行，朕记得当年是方爱卿去扬州为杜之仙瞧的病？"无涯看似随意地问道。

方太医捏着艾条的手颤了颤，差点儿灼到无涯的肌肤。他深吸口气，手再次变得稳定："皇上幼时，臣曾奉太后懿旨去扬州替杜大人看病。杜大人咯血的旧症难以治愈，辜负皇上与太后娘娘的厚爱了。"

无涯没有说话，方太医专心致志地给他下针艾灸。安静的环境中，方太医以为闭着眼的皇帝已经睡着了，他收拾好艾条、银针，轻轻为无涯搭上被子，拎着医箱蹑手蹑脚地往外走去。

"朕信得过方爱卿。"

突如其来的话让方太医差点儿没拎住手里的医箱。皇帝的话令他又激动又惶恐，瞬间软了膝，朝无涯跪地行了大礼："皇上厚爱，老臣惶恐。"

"去吧。"无涯这才安心地睡了。

出了房间，方太医情不自禁地抬袖擦了把冷汗。

秦刚办完皇帝交代的事，见方太医出来赶紧迎了上去，方太医低声说道："皇上睡着了，老夫再开张方子，照方煎药。不出三天，必大好。"

秦刚松了口气，请他去厢房开方，同时瞟了眼穆澜睡的厢房低声说道："穆公子不知道皇上的身份，你只是个与无涯公子家里相熟的御医，莫要说漏了嘴。"

"下官省得。"

方太医快速地写了方子，等秦刚拿走，房中只有他一人时，这才瘫坐在了椅子上。他和杜之仙是故友，当年太后欲为小皇帝召杜之仙回朝为帝师，他暗中用了点儿手段，争来了那趟差事。杜之仙是有旧疾，却还没到咯血不止难以回朝的地步。帮着杜之仙隐瞒病情，他已经犯了欺君之罪。

是他多想了吧？杜之仙在扬州隐居，几乎足不出户，年轻的皇帝怎么可能知道他真实的病情？因为杜之仙的关门弟子穆澜，所以皇帝才会提起当年自己奉旨去扬州为杜之仙诊治的事，一定是他多想了。

杜之仙精通医术，当着众人的面咯血不止，得了杜老头儿的眼神，自己不过是装着没有看出来罢了。杜之仙去年又因病过世，此事再无遗漏之处。方太医仔细把当年隐瞒病情的事又回想了一遍，一颗心方才落到了实处。

昨天到得太晚，着急为皇上诊治，没顾得上仔细看穆澜，杜之仙曾来信托他照拂这个关门弟子。开的药方倒是对症，只是不知道她的医术是否得了杜之仙的真传。

有侍卫请他去用早饭，他刚出厢房，就看到院子里摆开了两张桌子。一桌坐着带刀侍卫，另一张桌子旁站着个身穿青色僧衣的少年。新叶似的眉、挺拔秀气的鼻梁，方太医恍惚起来，他就是穆澜？

穆澜迎着朝阳而立，看到方太医的时候，浅浅的笑容浮上了脸颊，拱手行礼："晚生穆澜见过方太医。"

他的声音回荡在方太医的耳中，他激动地朝前走去，忘记了厢房与院子间的石阶，脚下一步踩空，多亏一只手及时地扶住了他的胳膊。方太医看到穆澜关切的眼神，他喃喃说道："老了，熬一宿眼睛都花了。"

穆澜搀着他到桌旁坐下，拿过碗舀了热粥放在他面前，笑道："辛苦老大人了，用过早饭，老大人先去歇着，熬药这种杂事就交给晚生吧。"

"好好。"方太医心头熨帖，目不转睛地看着她道，"杜大人教了个好弟子，昨晚的药用得极好。"

"老大人谬赞，晚生于医术只学了点儿皮毛。"穆澜规矩地回了，也不动筷。

方太医瞧了他半晌，蓦然反应过来，拾起筷子又拿了个馒头："用饭吧。"

穆澜这才开动，她吃得慢而斯文，装着没看见方太医时不时投来的目光，心里犯起了嘀咕。老头儿曾告诉过她几个人名，值得她信赖的朝中官员里，就有这位在太医院混得不如意的方太医。

老头儿说方太医虽医术高明，却因性情耿介，不善奉迎，在太医院待了近三十年，连正六品的院判都没混上，一直是八品的御医。当年和他同进太医院的廖太医医术不如他，如今已是执掌太医院的正五品院使了。

用过饭，方太医仔细看过侍卫找来的草药，守着穆澜熬制。

"穆公子跟着杜大人学医，将来是否有进太医院的打算？"

穆澜坐在小凳上，扇着炉火笑道："师父并未教过晚生医术，只是一些寻常病症，瞧师父用过药，知道方子罢了。"

方太医颇有些吃惊："就算知道方子，你怎么能辨识出那么多种药草？"

因是老头儿提过的人，穆澜也不隐瞒："晚生大概是记性好吧，看一遍药草嗅过味道就能记住了。"

这样的天赋……方太医不免感叹，他轻声问道："你是何时拜杜大人为师的？"

"十年前。当时家母意外救了先生，他感恩就收了晚生这不成才的弟子为徒。"

十年前！方太医蓦然想起了十年前的往事，脸色就渐渐变了："老夫去歇一会儿，药熬好了，无涯公子也该醒了，你服侍他用药吧。"

穆澜闻言有儿点急："既然方太医在，这里用不着晚生了吧？"

方太医板起了脸："第一服药是你开的方子，诊治病人焉能半途而废？"见穆澜不情不愿的神情，他左右看了眼，压低声音说道，"无涯公子身份尊贵，你这孩子……"

身份尊贵又如何？她才不想因为这个就去巴结讨好。她只要进国子监，查出父亲留下来的线索就行了。再者，说不定无涯的父亲还真是当年那宗科场舞弊案的主谋，和无涯走得近了，将来还会很麻烦。

这时春来终于赌完气过来了，颐指气使地说道："穆公子，我家主子要在梅村养病，方太医年纪大了，你留下来熬药吧。"

穆澜顿时来了气，正想将手里的蒲扇扔了，方太医已连声应了："正该如此，正该如此。老夫熬了一宿精神不济，先回房了，劳烦穆公子熬药。"

他焦急的目光让穆澜想起了老头儿，都是盼着她好。转念又想到无涯留在梅村养病，说不定面具师傅还会继续对他下手，她现在还真不能离开。穆澜叹了口气，闷声不响地继续扇着炉火。

谅你也不敢走！春来哼了声，拂袖进房伺候去了。

穆澜煎好药，拿了个托盘端着药碗去正房。棉布帘子被挑开，春来堵在了房门口，小眼睛里闪着讨揍的光，摆足了威风："试药。"

试你个头啊！穆澜差点儿把托盘摔他身上。她就不明白了，无涯好好的一个人，身边怎么养了这么个讨厌的小厮！她皮笑肉不笑地说道："怕有毒啊？你对无涯这么忠心他知道吗？不如你替他尝毒挡死吧！"说着，她将托盘往春来手上一搁，就拂袖而去。她正好可以趁这时间进村打听打听那个老妪，也不知道面具师傅是否离开了。

春来可不敢把药碗摔了，捧得牢牢的。主子是谁？九五至尊！天底下最最尊贵的爷！能为主子试药是多大的荣宠，还敢摔袖子使脸色？他朝穆澜的背影啐了口，不屑地说道："什么阿猫阿狗都想往主子身边凑！让你试药是给你脸了！"

幸亏穆澜没听到他的嘀咕，否则肯定不会顾念方老头的嘱咐，上前夺了药碗摔。她出了院子，在村子里溜达了半天，才将梅于氏的事打听到。隔了十八年，村里人对梅于氏这个人已经淡忘得差不多了，而她打听到的情况并不比秦刚打听到的多。是她多疑了吧，面具师傅只是冲着无涯来的，和那位老妪被害碰巧了而已。

只要与面具师傅无关，穆澜也就抛到了脑后。她不是六扇门的人，也管不完天底下所有的凶案。等她回转，又看到春来站在院门口，她停住了脚步，这么早回去做什么？听说村里长了株百年老梅，去看小厮的脸色，不如去欣赏一番，她毫不犹豫地转了身。

"穆公子！穆公子，你总算回来了！"春来见她转身，急得直朝她跑了过去。穆澜回头看他，哟，这小脸儿上的笑容怎么瞧着极眼熟啊？

"正等着您用午饭呢，可把您盼回来了。"

穆澜终于想起来了，母亲巴结讨好林一川时，脸上的笑容可不就这样谄媚吗？她装作恍然的模样，万分抱歉道："我在村里已经用过饭了，烦请大家不用等我了。"

她利索地转身就走，春来急得一下就跑到她身前，他一着急就顾不得脸上的谄媚笑脸了，霸道地说道："吃过饭你也要回去。"

看春来的年纪不比自己大，个子还矮上半头，小鼻子、小眼睛、面白秀气。平时见他装出一副高高在上的大人模样，生怕自己占了无涯便宜似的，穆澜就想按着他狠揍一顿屁股。现在看出他是奉了无涯的令来找自己，就打算逗逗他："凭什么我要听你的？"

凭我家主子是皇帝！春来却不敢说出来，咬着小牙就是不肯服输："我家主子醒了，他要见你。"

"哦。"穆澜就一个字，绕过春来继续走。

"你给我站住！"春来见她不搭理自己，气得直跳脚，"你敢不回去见我家主子？你吃熊心豹子胆了？"

穆澜脚步一转，往回走了。春来暗松了口气，又得意地翘了尾巴："哼！"

穆澜瞥着他也得意地笑："我改主意了，我去见无涯公子……当面告诉他，你对我使威风呼来喝去，还威胁我。"

春来傻眼了，这不是要他的小命吗？眼泪瞬间就涌了上来，他恶狠狠地瞪着穆澜。

居然吓哭了？穆澜叹了口气，欺负小孩儿真要不得，她弹指给了春来一个爆栗："不是所有人都贪图你家公子的权势富贵，记住了。"

她悠然地进了院子，秦刚很是热情地招呼她："穆公子回来了？"

"去村里看看梅花。"穆澜也是瞧着午时赶回来的，院子里正在摆饭，方太医已单独坐了一桌，她便朝方太医走了过去。

"穆公子，我家主子请你与他一起用饭。"秦刚说着引她进了正房。

房中原本裸露着砖缝的墙被垂地的黄色绢绸挡了个严实，简陋的火炕上铺着缎面的新褥子，炕边上那只剥落了油漆的炕柜上搭一幅月下梅花绣品。炕桌是黑漆面的，擦得干干净净。墙角摆了只圆肚百子嬉戏青花瓷瓮，插着一大束蜡梅，梅香隐隐。

穆澜知道无涯出身富贵，却没想到自己只出去溜达半天，屋子就大变样了。

无涯显然刚洗过澡，散着头发倚在一只锦绣长引枕上看书。他穿着件湖绿镶白狐皮的锦袍，虽脸色苍白了点儿，但眼里已经了精神。见到穆澜，那双深嵌在眉窝里的眼睛泛起了笑意："愣着做什么？上炕吃饭。"

这份亲昵劲儿让秦刚和跟进来伺候的春来都为之一愣，望着穆澜的眼神复杂不已。秦刚想，这位穆公子前途无量啊。春来忐忑不安，生怕穆澜告状。

穆澜见无涯亲切，也随意起来。她没有脱鞋，歪着身子在炕边上坐下，笑着问他："方太医瞧过了？怎么说？"

"我好很多了，过两天会更好，还得谢谢你的高明医术。方太医说若没有你及时熬的药，我好不了这么快。"无涯笑着说道。

穆澜被他夸得有点儿不好意思了："说起来还是我把你推进水潭才让你染上风寒的，我对医术也就会点儿皮毛。"

落水后的那一幕浮现在无涯脑中，他永远都不会忘记，穆澜用背替他挡着那个面具人时心里的震动。论交情，两人还没到那一步，甚至上一次见面还曾负气离开，可是他仍然忍不住想靠近他，觉得和他在一起如沐春风。听到林一川叫他小穆，见他和林一川笑闹就觉得受到了冷落，浑身不舒服。

无涯脸色突然就变了，他对女色一直不上心，难不成他喜欢男人？不不，不会是这样的，无涯努力说服自己，他只是想和杜之仙的关门弟子做朋友而已。

"无涯，你是不是又不太舒服了？"穆澜发现不对，跳下炕走到了他身边，伸手搭上了他的额。热度已经退了，掌心传来凉凉的感觉。

无涯愣愣地望着穆澜，只见他的眉微蹙，在眉心处形成的褶子很好看。他的脸精致无比，他从来没见过比他眉目更精致的少年了。

"到底哪不舒服？"

穆澜关切的问话让无涯心烦意乱，他垂下了眼睫，遮住了眼里的纷杂慌乱："感觉有点儿倦。"

"毕竟是在生病。"穆澜说着移开炕桌，扶着他躺下，"还是叫方太医再来瞧瞧稳妥一点儿。你歇着，我先出去了。"

见他要走，无涯又舍不得了，脑子的思维迟过了身体的速度，他拉住了他的手腕。

穆澜吃惊道："还有什么事吗？"

他的手腕竟如此纤细！无涯心里像住着一窝小兔子，蹦跶个不停，松开了手："你别忘了吃饭。"

笑容从穆澜脸上绽开："放心吧。"

令人目眩的笑容让无涯又怔住了，他狠狠地闭了闭眼睛，不甘心地抬起了自己的胳膊。他非习武之人，也精通君子六艺，可他的胳膊不细。

"主子，你怎么样了？方太医马上就过来。"穆澜才出去，春来就紧张地蹿了进来。

"把手伸出来。"

穆澜真的告状了？春来"扑通"地跪在了地上，哭丧着脸扇自己嘴巴："主子，奴婢错了！"

"做什么你？起来，把你的手伸过来！"无涯恼怒地喝道。

不是掌嘴是要打手板心？春来听到吩咐赶紧起身，把手伸了过去："请主子责罚。"

无涯握住了他的手腕，十五岁的春来个子矮瘦，手腕好像和穆澜一样纤细，无涯沮丧地将他的手扔开："请方太医进来。"

没有责罚自己？春来眨巴着眼睛，差点儿喜极而泣，腿脚轻快地去了。

无涯平放在身体两侧的手攥成了拳头，狠狠捶了两下炕。如母后所说，他是不是真该立皇后了？

第十九章
似是故人子

到底是年轻，底子好，方太医把过脉，给无涯针灸后欣慰地说道："再服两剂药，明天就能下地了。"

一场风寒在短短两天内压下去，不会因此引发事端，无涯的心安稳下来。他望着正在收拾医箱的方太医，心中微动，吩咐道："这两天累着穆公子了，朕见她年幼身体单薄，方爱卿也为她把把脉，开张养身的方子。朕信得过爱卿。"

这是第二次听到皇帝说这句话，方太医差点儿腿软。他看了眼年轻的皇帝，一双静如深潭的眼眸嵌在白玉般的脸上，唇角若有若无的笑容提醒着他，并非为穆澜把脉开个平安方如此简单。冷汗从方太医的鬓旁沁出，帝王的威严无声无息地压在了他的心头，他不敢再与无涯对视，恭声应了，背着医箱出了房门。

墙角种着一株老梅，半树怒放着黄玉般的花朵。树下支着泥炉、药锅，穆澜坐在矮凳上，一手支着下颌，一手拿着蒲扇扇着火，青色的僧衣甚是合身，勾勒出她单薄的身影。

方太医回头看了眼正房，只感到一阵阵头晕目眩。熬了一宿，没那么快缓过来，再耗费精力针灸，他感觉到胸口压着块石头似的，沉重不堪。

他背着医箱进了厢房，上炕休息。闭上眼睛，世嘉帝的话就在耳旁响起，挥之不散，十年前的那些往事更是搅得他难以入眠。他真的老了，方太医叹了口气，翻过了身。

蒙眬间，有人拉过被子搭在了他身上，方太医一惊睁开了眼睛。

"老大人当心着凉。"穆澜细心地给他搭好被子道，"无涯公子晚间才会吃药，我先替老大人熬了一剂养生汤。老大人既醒着，先喝一碗再睡吧。"

一股暖流自他心中涌出。望着穆澜清爽精致的眉眼，方太医刹那间想起了早春那一层刚破土的嫩芽。他是老了，可是穆澜还年轻着，他欣慰地笑道："养生汤的方子如何开的？"

"师父身体不好，我常为他熬制，所以记了些方子。"穆澜解释了句，看出方太医嗜医如命，就将方子背了出来，"乡间找不到太多好药材，只用了陈皮、枸杞炖绿豆……"

她说完抿着嘴笑，从房中炉子上提了陶罐，舀了一碗递给方太医。方太医坐起身，一口汤下去，他的眼睛睁大了。

他出城时怕乡间无药，带了些珍贵的药材，如人参、雪蛤、川贝，自是备着给无涯用的，可这碗汤里却让他尝出了那些药材。皇帝病还没有痊愈，动那些药材砍了她的人头都是轻的，这孩子胆子也太大了！他虽惶恐不安，心里却是熨帖不已。

穆澜朝他调皮地眨了眨眼睛。方太医守了无涯一宿，上午也没睡踏实，又替无涯行了针灸，不补一补，剩下那点儿黑发用不了多久就白完了，她可是很护短的。

见只熬了两碗的量，方太医又反应过来。这孩子定是聪明地一样只动了一点儿，叫别人看不出来，他赶紧说道："莫要总仗着年轻身体好，你把剩下的这碗吃了。"

想毁尸灭迹？穆澜乐了，觉得方太医和老头儿颇有些相似，一点就透。她将陶罐放在了炉旁热着："老大人睡醒再吃一碗，且放宽心吧，晚辈做事有分寸。"

一声"晚辈"让方太医的眼睛微微湿润，他瞅了瞅外面，轻声说道：

"你师父……"

"我知道。"穆澜突兀地打断了他的话，朝他使个眼色，"您歇着，少费精神，我去给无涯公子熬药。"

方太医情不自禁地看向门口，阳光照过来，棉帘下有靴影闪过。他心头微紧，难道皇帝不相信自己？他叫住了穆澜："无涯公子令老夫替你看看脉，开个平安方。"

一老一小，眼神对视着。

她究竟什么地方露出了破绽，引起了无涯的怀疑？

老头儿曾经说过，把脉辨识男女主要是从脉息强弱，根据经验而得。她是武者，脉息比普通女子强盛，只要不是癸水前后那段异常时间，寻常医者几乎不能从她的脉息上辨识出她的性别。方太医的眼神温和亲切，他真的如老头儿所说，值得以性命相托？

穆澜缓缓坐在了炕沿上，微笑着将手腕递到了方太医面前。比普通男人显得纤细的手腕让方太医蹙了下眉，但又释然了。南方男子的骨架纤细者多，有些甚至不如北方女子，细了一点儿也很正常。他伸出的手微微颤抖着，手指轻轻落在了穆澜的腕间。

屋里的安静让方太医听到了自己急促的心跳声，他沉下心摸着脉，目光忍不住瞄向棉帘外，那双靴影已经消失了。皇上应该不会怀疑自己，是他杯弓蛇影，心乱了。

方太医收回了手："穆公子脉象有力，身体不错。如今年少单薄也正常，再过几年必会健壮如牛，老夫回头给你开张强身健体的方子。"

一本正经的语气让穆澜浮想联翩，再过几年自己也壮不成牛。方太医是看出来了还是没有看出来呢？她没能从方太医的脸上看出丝毫端倪。她扶了方太医躺下，细心给他搭好被子："辛苦老大人了。"

望着穆澜离开的背影，一滴泪悄然从方太医的眼角滑落。他攥紧了被子，无声地笑了起来。

穆澜熬好药，春来再没有趾高气扬，他殷勤地跑到梅下，帮着滤药汤，还对穆澜道了声辛苦。穆澜没有为难他，任他端着药去了。

针灸后无涯睡了会儿，这时已醒了，倚着引枕看书。嗅到了药香，他有些高兴地抬头，见端药来的人是春来，眼神就淡了："召方太医。"

春来将药放在炕桌上道："奴婢先侍候您服药吧。"

一股无名火就升了起来，无涯重重地合上书："现在就去。"

这又怎么了？春来不敢饶舌，猫着腰就蹿出去了。

院子里传来穆澜和侍卫们说笑的声音，午后的阳光透过窗户照进来，无涯有些不耐烦地想下炕，正赶上方太医进来，他稳住了心神，慢条斯理地翻着书页："朕觉得好了大半，想出去走走。"

"不可。"方太医耐心地劝导着他，"皇上这场风寒虽说来得急，去得也快，但毕竟没有痊愈，等到明天臣再瞧瞧。若是可以，皇上再出门不迟，不然病情反复，就麻烦了。"

"依卿所言。"无涯也不想病情反复，能在梅村安稳地养好病再回宫，抹去痕迹，才是最稳妥的。

他轻轻翻动着书页，没叫方太医退下，也没再开口。

站在他面前，方太医觉得身上像长满了刺，不动难受，动也难受。他揣摩着皇帝的心思，壮着胆子开口道："臣已为穆公子把过脉了。"

"哦？"盯着书页漫不经心地瞧着，无涯的耳朵已竖了起来。

方太医盯着脚下的石板地面，一字一句地说道："穆公子脉象强健有力，身体康健，臣遵旨给他开了张滋补壮阳的方子。"

滋补壮阳？听到这四个字，无涯沉默了。窗外的说笑声并不大，无涯却能清楚地分辨出穆澜的声音，一股苦涩的味道他的从舌根处泛起："下去吧。"

他怎么可以如此在意一个少年？

"在下自幼走索卖艺，练了一点儿轻身功夫保住饭碗嘛，哪敢和秦统领过招呢？呵呵……"

秦刚想招揽穆澜的心思在扬州时就表露无遗，他这是想试探穆澜的功夫。

无涯想起了第一次遇到穆澜时的情景。他活泼开朗，骄傲地请他看好了，头彩是他的。那张神采飞扬又精致入画的脸怎么也无法从他脑中抹去，无涯的心里顿时生出一股烦躁，恨恨地端起药碗一饮而尽。他绝对不会喜欢这个少年！他只是欣赏"他"，想和杜之仙的关门弟子结交，他不信自己真会对穆澜动那种心思："春来！"

立在门口的春来应声进了屋。

"服侍朕歇着，晚上和穆公子一起用饭。"

瞥见无涯望向院子微皱起的眉，春来心领神会，服侍他解了外裳躺下，又蹑手蹑脚地出了正房。

秦刚正冲着穆澜一抱拳，就打算出招，春来赶紧朝他比画了一个噤声的手势。

"以后有机会再向秦统领讨教。"穆澜暗暗松了口气，借口睡午觉溜回了自己的厢房。

明天，无涯能下地走动了，她就告辞离开。再留下去，不被无涯猜疑也要被秦刚试出功夫的深浅了。

无涯的晚餐很简单，一碗清粥、两碟小菜，穆澜面前则放着一海碗炸酱手擀面。

春来放下面碗，近乎讨好地说道："面里卧了两个荷包蛋。"

哎哟，变化真快啊！穆澜笑嘻嘻地谢过了他。

悄悄瞥了眼皇帝，春来发现主子眉目舒展，他的小心肝终于不再乱跳了，喜滋滋地拿着托盘退到一旁。这时，无涯投来了一个眼神，春来呆了呆，又往后退，站到了门口。无涯大怒，眉梢扬了起来，春来顿时想再给自己一个嘴巴，乖乖地退到了门外。

"你别顾虑我，我只是想有人陪着吃饭热闹一点儿。"无涯端起了粥碗，斯斯文文地舀起一勺清粥。

穆澜搅和着面条看得一愣一愣的，无涯喝粥就像在作画一样优美。人和人真不一样，她也想优雅斯文一点儿，可惜老头儿告诉她，女子吃饭是数，男子吃饭是舞。数着米粒吃饭是女人做派，她要像男人，吃饭就要甩开膀子，所以她很是豪放地往嘴里塞着面条。趁着沉默吃饭的时间，她寻思着无涯究竟从哪儿看到了自己的破绽，生出了疑心。

见穆澜吃得呼呼生风，无涯感觉嘴有点儿淡，嗅着面香，悄悄咽了口唾沫。正巧穆澜抬起头，看到他滑动的喉结，男子的喉结！

她在船上时穿短襦衣，习惯在脖子上搭条围巾。换成直裰长衫后，她的中衣领子比普通的要高出两分，且款式做的是对襟扣，而非普遍的斜领敞衫，能掩住她的脖子。她换僧衣时特意瞧过了，领口虽然矮，但并不明显。无涯就是看到自己的脖子，又觉得她骨骼比男子纤细才起的疑心吧？

十六岁可以说身子还没长成，喉结也并不明显，且南方男子骨骼纤细，甚至有些连北方女子都不及，也说得过去。方太医都没看出来，无涯应该是打消了疑心。

穆澜这样一想，突然就想到了林一川那身宽大的锦袍。林一川观察入微，他会不会也因此而怀疑自己呢？她一时间陷入了沉思。

穆澜的两腮塞着面条，鼓鼓的，酱沾在了嘴唇上，怎么越看越觉得可爱呢？无涯没了胃口。

"在想什么？"

他的话惊醒了穆澜，她努力地咽下嘴里的面条，没料到一下子就被噎着了。当着无涯的面，她很没风度地打了个嗝儿。无涯"扑哧"笑起来，端倒了杯茶递给她："喝口水就好了。"

真是丢人！穆澜一口就将杯里的茶喝了，突然又是一抽。

当着穆家班的人打嗝儿，她完全没有压力，可当着静月般美好的无涯打嗝儿，她的脸就开始发烫："失礼了！我先出去一会儿。"

"我有办法！"无涯想起了幼时噎着打嗝儿的经历，二话不说身体就往前倾着，扶住了穆澜的下巴。穆澜下意识地扭开脸，又抽搐了下。

"叫你别动！"无涯说着扳过了她的肩，伸手就捏住了她的鼻子，"你闭着气，一会儿包好！"

我可以自己闭住呼吸……可以不捏我的鼻子吗？穆澜瞪着他，想把他的手拍开。

"小时候我也噎到过，母亲就是这样捏着我的鼻子，轻声帮我数着数，数到四十就好了。我帮你数数，一，二……"

无涯的话让穆澜忘记拍开他的手。她从小习武，练习走索，消耗很大，很容易饿，经常和杂耍班的丫头小子们一起抢饭菜，吃饭噎着是常事，但母亲可从没这样耐心地数着数哄着她。见有人吃饭噎着，母亲总会叉着腰大骂："饿死鬼投胎呀？饭量这么大，老娘养活你们容易吗？"她真羡慕无涯有那样温柔的娘亲。

不知不觉间，那口气就顺下去了，无涯还在认真地数着数："……二十一，二十二……别急，等我数到四十。"

穆澜的鼻头又挺又尖，小小的，还没有他的拇指大。无涯无意识地数着，只觉心乱如麻。望着那双瞪圆了的眼睛，他竟然有种想亲他的冲动——他数不下去了。

他的眼窝有点儿深，睫毛很长，眉色不是很浓，长长的，飞入鬓角。瞪着瞪着，穆澜的脸突然就烫了起来，她摆头挣脱，揉着鼻子道："已经好了，谢谢，我去煎晚上你要喝的药。"

"等等。"回宫之后，他就再也不见她了，他绝不能纵容自己去喜欢一个少年。无涯平静地望着穆澜，轻声说道："上次说好下棋，陪我下盘棋再去吧。"

"好啊，让我几枚子？"

"不让，我还没和你下过，怎知你棋力需要我相让？"

穆澜笑了笑，叫了春来摆棋。她毫不客气地拿了黑子，占据了主动。行棋当善弈，落子谋全局。穆澜看似费劲儿地思考，却是随手落子。她不想让善弈的无涯通过下棋了解自己，而她却从棋中看到了无涯的另一面。

"我输了。"棋才到中盘，穆澜就扔了棋子认输，她懊恼地说道，"我跟着杜先生就读了几年书，先生的才华我没学到万分之一，实在愧对先生！"

"杜先生号江南鬼才，天底下又有多少人能如他一样百般技艺皆娴熟于心？尺有所短，寸有所长，你年纪尚小，进国子监多读几年书，必成大器。"把穆澜杀得落花流水，无涯胸口憋着的气也就散了，反而不舍得见他懊恼难过，柔声劝导起来。

"说得也对。我就是个臭棋篓子，熬药去了，误了时辰不好。"穆澜顺利地脱了身。

她坐在梅树下熬药，脑子里慢慢复盘着那局棋。无涯的棋锐气毕露，且谋划深远，然而他又有着良善之心。老头儿说过，但凡有枭雄之心者，杀伐果断，少见柔善。无涯静美如莲花，志向似鹰隼，他究竟是什么人呢？穆澜猜不到。

她摸了摸鼻子，没来由地又想起无涯看着自己轻声数数的模样。她用力拧了把自己的大腿，瞬间疼得差点儿叫出来，她咬牙切齿地骂着自己："没见过男人啊？"

她见过男人，自己还扮了十几年男人，可是她从来没见过像无涯这样喝口粥都能把她看呆的优雅男人啊。她深深地叹了口气，无精打采地扇着炉子。她明天一定要告辞离开，再留下去……穆澜的脸上浮现出一丝苦涩。有些花就该留在枝头，起了妄念去攀折，容易摔断腿。

房中无涯也盯着那局棋。他十八岁亲政前，课业繁重，几乎没有玩乐的时间，独自下棋已成了他的乐趣，宫里的棋博士也曾败给了他。但当他静下心再来看这局棋，无涯看出了不对劲。

棋一枚枚地被他捡走，重新复盘。

穆澜所下的每一枚子，都毫无章法，从一开始就跟着无涯走。他走一步，他想了半天，其实也就随便挨着落下一子。怪不得输得这么惨！这样的棋力何止让他七子，让他十七枚棋子，自己都能赢！

"敷衍我！"无涯气结。

也许，一直是自己刻意结交，存心靠近他，他只是不想得罪自己罢了。可是他为什么要从面具人手里救自己？为什么要替自己找药治病？无涯脑中一片迷茫。

既知自己对穆澜生出了好感，何必再去深究这些问题？他叹了口气，明天就打发他离开吧，眼不见心不烦。也许时间长了，他就不会再对这个少年有所牵挂。

晚间最后一次针灸过后，穆澜跟着进了方太医的房间，嬉皮笑脸地套话："老大人，那位究竟是什么来头，您给指点一下？免得晚辈无意中得罪了。"

　　年轻的皇帝看似羸弱斯文，其实心思缜密，穆澜进京不久，就怀疑起她的性别……如果是个男子，他会鼓励穆澜靠近皇帝，那是条捷径，然而现在，穆澜却走上了一条布满陷阱与杀机的路，九死一生。

　　方太医对杜之仙起了怨怼之心。他叫穆澜来找自己，难道他就不能替她做好稳妥的安排？不对，杜之仙老谋深算，国子监里定有什么重要的东西，穆澜不得不去。

　　如今只能让她离皇帝远一点儿，可知道无涯是皇帝，穆澜还愿意离开吗？她连国子监都敢去，还有什么她不敢做的事呢？一念至此，方太医推开了窗户，抚须观月："今晚月色不错啊，穆贤侄，不如与老夫手谈一局？"

　　方太医很明显是偏向自己的，却不肯透露无涯的身份。穆澜仍不肯死心，她的脑袋摇得像拨浪鼓，一听下棋就头痛："晚辈是只臭棋篓子，还是睡觉去吧，免得坏了老大人的兴致。明天无涯公子的病也好得差不多了，晚辈也该告辞了。"

　　"也好。"

　　先前方太医很是积极地劝她接近无涯，可她只试探了一句，这老头儿居然就改主意了，这让她想起了把脉一事。方太医意味深长的目光从她胸口扫过，原来这也只是老狐狸啊。老头儿看人的确准，方太医果然肯替自己隐瞒，这算不算进京城后的一大收获？找到一个同盟，穆澜很开心。

　　瞧见她惊喜的笑容，方太医怎么也忍不住了："贤侄切不可得意忘形。"

　　前面都不是重点，重点是"忘形"二字，穆澜听着有些警醒。进京没多久，和无涯接触也不多，他就能起疑心，将来进了国子监，岂不是步步踩着刀尖过日子？她干笑道："晚辈归心似箭，不如现在就去告辞，明儿早起就走。"

　　听得进劝告就好，方太医抚着颔下胡须，老怀安慰地道："甚好。"

　　一个许玉堂、一个谭弈就能将京城的小娘子们迷得当街掐架，若换作无涯抛头露面，京城的世家千金、豪门闺秀还不知道会如何痴迷。穆澜觉得，无涯连公主也娶得。

而她，不仅要继续装臭男人，还是个走江湖玩杂耍的出身。难怪方太医瞧出自己性别后，就盼着自己离无涯远一点儿。还好现在做男人打扮，换成女子，春来那小子还不从门缝里将她瞧扁了？穆澜脸上挂着笑，心里却越发不是滋味儿。

她打定了主意，走到正房外就不再进去了，和在门口守卫的秦刚打了声招呼，冲里面拱手道："在下离家甚久，家中母亲尚望门守候，无涯公子日渐康复，在下这就告辞，明天一早就不来辞行打扰公子休息了。"

声音从门外传来，他为什么不进来呢？无涯有种想掀起门帘再瞧瞧穆澜的冲动，那丝不舍缠绕在他的心间。以后，那个穿着狮子戏服、神采飞扬去夺头彩的少年只能存在记忆中了。拉着他跳墙跳窗、不客气地用豌豆黄堵他嘴的少年，再不会在他面前放肆。他和林一川打闹嬉戏，那种肆意的快活永远都不会属于自己。想着，就让人心生嫉妒。

然而不舍也要舍，他是皇帝，绝不能对这个少年再起半点儿绮思。人生如若初相见，如果能重新与穆澜认识，无涯想，他绝不会刻意接近穆澜，他的笑容太勾魂。

无涯盯着那枰棋，语气淡然："既如此，我便不送了。春来，赠穆公子诊金千两。"

"这……太多了。"穆澜吓了一跳。御医出诊，能收五十两诊金已是行价，无涯居然给她一千两，是银子多得没地方花了？

无涯就等着这句话呢，冷而高傲地说道："那碗药汤来得及时，我的健康岂值区区千两？"只差没明说他身份高贵，伤根毫毛都是了不得的大事。

穆澜心如明镜，她突然很想笑。一个出身富贵，一个出身高贵，林一川指着鼻子骂她穷光蛋，无涯骂不来这种话，拐弯抹角表达的意思也一样。林一川是赌气，静月般美好的无涯说这样的话，是想赶她走吧？

她主动辞行是一回事，被人赶走是另一回事。前者是她懂事，后者……滚你大爷的！想不想攀高枝是我的事，你拿银子恶心我，就是你不对了。穆澜敢揍林一川，对无涯只有言语如刀。

"如果无涯公子多生几场病,在下岂不是发财了?"穆澜嘀咕着,声音却不小。正拿着银票递给她的春来听到这句话,气得小脸儿都扭曲了。

不等春来反应过来,穆澜已经从他手里将银票抽了出来,对着灯笼看上面的官府印鉴:"啧啧,一千两啊。"

秦刚颇有兴趣地看着穆澜,他的动作、神情表现得极其自然,眼神闪着贪婪和喜悦,实足一个眼界浅薄的贪财之辈。这个少年越看越有趣啊。

没把人气着,穆澜的话却让无涯气不打一处来:"收了诊金,穆公子当知有些话该说,有些话不能说。"

他一定会气得再不肯和自己结交了吧?

哦,还包括封口费?穆澜将银票卷成一团小心地收好,一本正经地说道:"无涯公子放心,在下的嘴紧得很。这两天在下就没见过您,将来见着,也全当不认识。"

那句"全当不认识"一入耳,心间就起了薄薄的一丝酸楚。可恶!可恨!无涯冷冷说道:"你且记住,你敢在考试中作弊,我定抓你。"

我都是众目睽睽盯着的靶子了,犯不着冒险。穆澜大笑,一副小人得志的快活:"有这一千两,够在下花一阵了,犯不着去当枪手,告辞了。"

敢情他是冲着这一千两才不想帮人作弊赚钱的?无涯气结,一掌拍在了棋枰上,棋子"哗啦啦"地落了一地。穆澜当没听到房中稀里哗啦的声响,她揣着银票哼着快活的小调回厢房睡大觉去了。

门口的秦刚和春来听到声响面面相觑。

"白天不还好好的?"春来饶舌,贴着秦刚的耳边嘀咕道。

秦刚也纳闷儿,皇上对穆澜的态度怎么就变了呢?

春来的八卦之心高涨:"难不成他下棋赢了皇上?"

"别说了,赶紧进屋服侍去。"

春来叹了口气,硬着头皮进了房,却见无涯已经拉过被子盖着,面对窗户睡下了。他松了口气,蹑手蹑脚地收拾好落在地上的棋子,端了棋枰出来,当着秦刚的面长长地呼了口气。

见到春来手里端着的棋，秦刚脑中灵光一现，他上前揭开了棋盒的盖子，各拿出一枚云子来。春来莫名其妙看着他，秦刚没有理踩，另叫了名侍卫守在正房门口，他转身进了自己的厢房。

炕桌上摆着两枚从棋盒中拿出来的云子，秦刚将在罗汉壁处捡到的那一小片拿出来摆在一起，他就着灯光细看。同样圆润的边，灯光下泛着淡淡的宝蓝色光。秦刚感觉颈后像被人吹了口凉气，冷汗倏地淌了出来。

"珍珑。"他缓缓吐出了这两个字。

东厂之人连续被刺客所杀，每死一人，尸体旁边皆会发现一枚刻着"珍珑"二字的黑色棋子。而这枚残缺的云子，却是白色的，失去的另外一大半，上面是否也刻有"珍珑"二字呢？

皇上说是失足，穆澜说从二三十丈的高处跃下是和皇上开玩笑，不小心摔进了水潭。皇上也许什么都没看到，穆澜真的没有瞧见吗？秦刚大步出了房间，盯着穆澜住的厢房陷入了沉思。

天还没亮，村里的公鸡打了鸣，穆澜收拾妥当后进马棚牵了马。

"穆公子。"秦刚从墙角的阴影里走出来，拦在了马前。

穆澜无意再和无涯的人过多交往，抱拳笑道："秦统领，后会有期。"

一枚锦衣卫的腰牌伸到了她面前，秦刚轻描淡写地说道："收下这个，你就是锦衣卫的暗探了。"

"在下要进国子监，将来要参加春闱，入仕为官，抱歉。"这烫手的东西穆澜可不敢收。

秦刚没有让开道，轻声说道："不收也可以，你告诉我，你们在罗汉壁究竟发生了什么事？"

不等穆澜开口，他摊开了手掌，他的掌心放着一枚白色云子，还有半片切下来的云子。穆澜没来由地松了口气，面具师傅斩得太巧，这小半片云子上并没有"珍珑"二字的刻痕。

秦刚能从这半片云子上猜到素来出现在黑子上的珍珑很正常，却给了穆澜极好的机会。她望向漆黑的正房，悠然地说道："发生了什么事，我说了不算，你家主子说了算。"

让她隐瞒看到面具师傅的人是无涯，秦刚生出疑心，自然由无涯去回答最为合适。

穆澜的意思是皇上也瞧见了，可皇上为何不告诉自己？瞬间秦刚就明白过来。皇上遇刺兹事体大，他根本兜不住，一旦要追查，自己和随行的锦衣卫都会被停职审讯。皇上这是为了保护他们，秦刚感动不已。

穆澜笑了笑："在下收了无涯公子一千两封口费，在下很讲诚信。相识一场，替无涯公子挡下这玩意儿，算不得什么。"

秦刚倒吸了口凉气，刺客珍珑竟然潜进了被自己封锁的罗汉壁，还差点儿用这枚棋子杀了皇帝，他肃然抱拳："多谢穆公子。"谢他救了皇帝，也谢他救了自己和随行的锦衣卫。

反正将来都要和面具师傅过不去，穆澜极顺溜地栽赃到面具师傅的身上。她也没说谎啊，布下珍珑局的珑主大人就是面具师傅。

"告辞。"穆澜牵着马朝院门走去。

秦刚很是舍不得这个人才，他想了想追了过去："如有需要，可凭这腰牌到宫门找禁军给秦某带个口信。"

不加入锦衣卫，多了面防身腰牌，穆澜这次接得极为爽快。

正房的窗户被悄悄推开了一道缝。月亮还没有落下，清辉洒落在地上，在院门口灯笼发出的光晕下，穆澜利索地上了马，笑着朝秦刚和侍卫们抱拳行礼："再见。"

凌晨的蹄声清脆远去，踩在无涯心间，他不舍地站在窗间。

"皇上，奴婢去叫穆公子回来？"皇上舍不得穆公子，不如叫他回来好了。春来年纪小，想得简单。

黑暗中，无涯看过来的目光令春来软了双膝，一巴掌抽在自己嘴上："奴婢多嘴！"

他对穆澜的心思有这么明显吗？无涯轻轻一叹："我信任的人不多，管好你的嘴，你的命才能长一点儿。"

无涯上炕睡了，留下春来独自跪在黑暗中。他有些茫然，也有些委屈，他都是为着皇上好啊，舍不得就叫穆公子随行侍候，有什么不对吗？电光石火间，春来惊出了一身冷汗。那是穆、公、子，不是穆娘子！他嫌命长了，敢撺掇主子找男人？

穆澜在灵光寺外下了马，此时天边刚起一层鱼肚白。

那枚云子被面具师傅削成了两半，秦刚找到一小片，她决定来碰碰运气，看是否能找到串在红绳上的另一半。

穆澜本来穿的就是僧衣，有心掩人耳目，又去禅房偷了顶和尚的帽子戴上，拿了把扫帚装成了扫地僧。

天色尚早，后山罗汉壁处空无一人，穆澜扫着地上的松叶，回忆着当时的情形。一刀削飞，另一半会落在什么地方？她慢慢靠近了罗汉壁。红绳系着的另一半比那一小块更醒目，秦刚却没有找到，难道是落进了水潭中，没被秦刚发现？

穆澜借着渐渐亮起来的天光，朝水潭里望去。潭水清亮，只有丈余深，她顺着水潭边打扫，目光一点点地搜寻着。直搜到靠近悬崖的地方，一点暗红色从视线中闪过。穆澜大喜，左右瞧着无人，就跳了进去。

她从鹅卵石下扯出了那根红绳，看到了那枚夹在石缝中的白色云子。她松了口气，爬上了岸，冰冷的水冻得她打了个喷嚏。穆澜不敢再停留，施展起轻功，沿着来时的山道一溜烟儿去得远了。

绝壁顶上，一块瞧上去像山岩的东西动了动，林一川掀开灰鼠里褐色面的斗篷，露出了脸。他翻了个身，躺在毛毡上，双眼熬得通红，胡楂儿都冒了出来："小祖宗，你再迟来一天，我真待不下去了。"

这么要紧的东西，她居然迟了两天才来找，真是笨啊！不过，那左顾右盼贼兮兮的模样怎么看怎么觉得可爱，他以前怎么就没觉得穆澜很可爱呢？如果有一天穆澜还换上那身嫩如春色的裙子，再蒙着面纱对自己高傲冷漠着，可突然被自己叫出名字，她会是什么模样？会不会吓得腿软、抱头鼠窜？

"哈哈哈哈！"林一川想着就笑了起来，忘记了守候两天两夜的劳累和疲倦。

旁边盖着同色斗篷的雁行被他的笑声惊醒，掀起斗篷，也是一脸憔悴，笑容哭也似的难看："少爷，大清早的，你别笑得这么瘆人行不？"

林一川踢了他一脚："起来，回家了！"

听到这句话，雁行一骨碌就爬了起来："穆公子真的来了？"

"来了，贼眉鼠眼地扮成了扫地僧。嘿！还是没能逃过爷的法眼！"林一川不无得意地说道，"完璧归赵，总算把这烫手山芋悄无声息地还给她了。"

从此，他就成了在暗中窥视她的人。

林一川越想越开心，把对方的底牌捏在自己手里的感觉真好。小穆，这一次无论你赌什么，你都会输给我！

林一川没有告诉雁行，穆澜就是出现在杜家的那个女子。这一次，雁行完全理解不了自家公子的用心："少爷干吗非要悄悄地还给他？咱们拿着这么一个把柄，想怎么用他就怎么用他。珍珑不是与东厂为敌吗？咱们不好做的事让他去办。"

"她会先杀了你家少爷灭口！你两天没睡就和燕声换过脑子了？"林一川没好气地说道。

朝阳终于染红了天边那一线鱼肚白，橙色的光洒落在绝壁之巅，林一川俊朗的脸上染着蓬勃朝气。当初他想进国子监是想握权，让林家也成为官宦人家，能有一天不再受东厂、锦衣卫以及官员们的勒索威胁。如今，穆澜的秘密、穆澜的目标、穆澜的一切都吸引着他，他觉得和穆澜进入国子监的生活一定会很开心、很好玩、很刺激。

"螳螂捕蝉，黄雀在后，爷要做的就是那只雀……阿嚏！冻死我了！快走！"

雁行卷好毛毡负在身上，又仔细检查了一遍，没有遗漏。随后跟在林一川身后下罗汉壁，他想起了燕声曾经的揣测。他狐疑地望着林一川的背影想，难道公子真喜欢穆澜那样的少年？

老天爷啊，少爷可是林家大房的独苗！进了国子监，不能带人服侍，那里面还有上千个像穆澜一样的少年！雁行感觉到肩上压下了一副重担。

第二十章
捉妖驱邪

　　杂院里乱糟糟的,穆澜回来的时候看到有好几个陌生人抬着箱子离开。她疾步进了门,正看到李教头将他的那柄飞叉交给一个人。穆澜想到荷包里还有一千两银子,她沉住气上前问道: "出什么事了? "

　　"少班主回来了? "李教头从中人手里接了钱袋,满面笑容地说道, "班主决定留在京城不走了,穆家班以后不卖艺了。"

　　"什么? "

　　她离开几天,母亲竟然决定解散穆家班。不卖艺,二十来口人的嚼用从哪儿来? 穆澜惊奇地想,母亲该不会有千里眼顺风耳吧? 知道无涯给了自己一千两银子。

　　穆胭脂正谈妥了价钱,笑容满面地送了买家出来: "您慢走! "她眼尖地见着了穆澜,高兴地冲她招手, "进屋,娘有话对你说。"

　　进了正房,穆胭脂往炕上一坐,穆澜向炕桌旁的周先生打了个招呼,迫不及待地问道: "娘,你这是唱哪一出? "

　　穆胭脂拉了她在身边坐下,笑着说道: "娘想过了,你要进国子监读书,读出来就能当官……"

　　哄鬼去吧! 穆澜直接打断了她: "说重点。"

气得穆胭脂狠狠瞪了她一眼道："这些年沿着大运河卖艺，赚的银钱也就够嚼用，娘打算卖了船和家当，在城里开个铺子做点儿营生。这些年走南闯北的，也累了。"

"在京城开铺子做营生？您会做生意吗？隔行如隔山。船和家当都卖了，铺子亏了钱，班里二十几口人怎么办？"

这时周先生拨完最后一颗算盘珠，在账本上记了数，抬起头说道："一共卖了八百四十三两银，加上咱们的老底子，一共有一千三百五十六两现银。"

卖艺这么多年，把家当全卖了，就攒了这么多，还不如无涯和林一川随手扔出的散碎银子，穆澜有点儿心酸："娘，京城的房子不便宜，多少京官都买不起房，只能赁公房住，这一千多两银子在京城能买房租铺子吗？"

"够！"穆胭脂拍着大腿笑道，"也是赶巧了，这座大杂院的房东要回江南不租了，找中人卖房子呢，娘一听吧，就把这个院子买了。临街的墙拆掉，将倒座改成铺面，前店后院的，正合适。和李教头、周先生一合计，都说好。"

周先生笑道："这院子看着杂乱破旧，地方还挺大的，够咱们住了。重新修葺一下，就是个方正的二进院子。后面有个小花园，还有口甜水井。价钱也合适，一千两就立契。自家的丫头、小子跑个堂、打个杂儿也伶俐。"

"有自己的房子，就能在京城站稳脚跟了。"穆胭脂热情高涨，已经打算好做什么营生了，"修整好房子，余下百来两银子开铺子用，就卖馒头、面条，大家伙都有把子力气，和面也更筋道。"

周先生呵呵笑着收了账本，把地方腾给了母子俩。穆澜送了周先生出去，回来时将门关上，脱了鞋上炕："娘，您这是不放心，想在京城盯着我行事，是吧？"

周先生不在，穆胭脂也不瞒她了："好不容易盼到你进国子监，让我再带着穆家班离开去卖艺，我这心里总牵挂着。澜儿，娘留在京里，你也有个落脚处不是？"

穆澜能够理解母亲的心情，她想的却是别的事："娘，我进国子监如果身份暴露，你们全留在京城，想陪着我砍头啊？"

这句话让穆胭脂愣住了，她没想过这个问题，半晌才道："如果真有那一天，娘陪你去菜市口就是。李教头和周先生又不是咱家亲戚，那些丫头、小子都是买来的，想必也连累不到他们。"

女扮男装进国子监，肯定是砍头的罪，会不会将穆家班所有的人都砍了头，这得看朝廷如何判了。

"要不，您一个人留下，把穆家班交给李教头和周先生吧？"

穆澜想过有一天身份暴露，就遁逃出京，但母亲这个决定，却断了她的念想。她总不能一个人逃了，让穆家班二十几口人被官府捉去顶罪吧，能少连累一个是一个。

穆胭脂为难地说道："船和家当都卖了，李教头和周先生也想过安稳日子，不想走江湖卖艺了。"

穆澜又不是没看到李教头和周先生高兴的模样，而母亲打定主意，死也要留在京城，她知道再无转圜的余地了。她从荷包里拿出无涯给的那一千两银票放在了炕桌上："娘，你拿着这笔钱去京郊买点儿田，建几间房子，让李教头带些人去经营。狡兔三窟，做个准备。如果万一我出事，你们就赶紧出城，也好有个落脚藏身的地方。"

穆胭脂见她不反对自己留下来，喜得直点头，猛然又想起她说的一千两，拿了银票细看："你哪来这么多钱？"

"这趟出门救了个有钱人，赠的谢仪。"穆澜轻描淡写地说道。

有了这张银票，穆胭脂底气十足，穿了鞋下炕道："娘这就让周先生找中人去，回头娘下厨给你做两个菜。"

看到母亲这样高兴，穆澜长长叹了口气。她躺在炕上，捏着那枚残缺的云子，又拿起秦刚送的锦衣卫腰牌，只觉得累。秦刚说，若有事可执腰牌去皇城禁军处寻他。无涯难道住在宫里？他是没有分封出京的藩王？还是……穆澜不敢再想下去。

"澜儿！林家大公子遣人来了！"门外传来穆胭脂带笑的声音。

林一川？穆澜这才想起，带回来的包袱里还有林一川那件玉带白的锦裳，他这是遣人登门讨衣裳来了？她坐起身从炕柜里找到自己的包袱。从杜家带了三百两银子出来，她心疼地拿了张百两的银票。

来的是燕声，他带了半扇猪肉、一腿羊肉、一袋面、一袋米和一桶油，整整装了半车。

丰厚又实用的礼让穆胭脂欢喜得不行，请了他在堂屋坐下，亲手端了大叶子茶奉上："大公子太客气了，听说国子监不让带人侍候，就叫我儿子侍候大公子去。"

燕声虽不会说话，但对穆澜的怒火怎么也不好发作到殷勤的穆胭脂身上，只在肚子里暗骂，叫谁侍候自家公子都成，可穆澜都把少爷揍得衣冠不整躺地上了，这种侍候还是免了吧？然而他现在心急如焚，有求于穆澜，只得咬着牙把怒气憋了回去："我家少爷有急事找穆公子。"

"澜儿！林大公子找你有急事，你赶紧去一趟吧。"穆胭脂见穆澜半天不出房间，高声叫了起来。

穆澜挑帘子走了出来："娘，你忙去吧。"

支走了母亲，穆澜就沉下了脸，将那张百两银票递过去："说好赔你家公子一件锦衣，我看也就值这么多，别狮子大开口啊，当心我一两都不赔。"

"穆公子。"燕声现在顾不了那么多了，急切地说道，"您是杜先生的弟子，您赶紧去瞧瞧我家少爷吧，他快死了！"

啊？穆澜吓了一跳："怎么回事？"

燕声眼睛就红了："少爷和雁行从灵光寺回来就染了风寒，家中管事去请了郎中，哪知道一服药下去，少爷就不省人事了。二公子在家里颐指气使的，雁行怀疑他动了手脚，雁行现在守着公子，叫我赶紧来寻你。"

穆澜瞥了眼外头，李教头正带着丫头小子们将燕声带来的礼从车上卸下来。

"小的自作主张……买的。"燕声涨红了脸嗫嚅道。

再着急，也赶着去买了半车礼送来，生怕自己不去是吧？气归气，穆澜还没恨林一川到让他去死的地步。燕声的忠心让她气消了一大半，顺手将银票又揣回了荷包里。

灵光寺里林一鸣突然消失不见，原来是早回了城。林家二房觊觎家产，都到了有机会就对林一川下手的地步了？

穆澜也不多话："走吧。"

燕声赶车走得慢，穆澜骑马先他一步到了双榆胡同。一座青砖院子里，林家院落里的两株对称而立的高大银杏树格外醒目。

穆澜想起这胡同名，再看到这两株百年老银杏，突然想起林家嫡支两房争产。独木不成林，林大老爷多年容忍着胞弟小动作不断，是否也有这样的原因呢？

林家门口的拴马石上已拴着一匹马，穆澜也没在意，以为是来瞧林一川的人。她在门前下了马，就有个机灵小厮迎上来将马系在了拴马石上。穆澜正感叹林家下人没有狗眼看人低的臭毛病，那小厮已低声说道："是穆公子吧？雁总管吩咐小人在这儿等候公子。"

雁总管？穆澜脑中跳出了脸颊上随时都露着酒窝的雁行，她"嗯"了声，随小厮进了门。脚刚迈过门槛，一只茶盅就飞了过来，穆澜眼疾手快，随手就抄住了。

从门房里走出个留着三绺老鼠须的中年男人，上前对着小厮就一脚踹了过去："大公子正病着，二公子忙得焦头烂额，吩咐不见客人，你耳朵聋啦？"

那小厮机灵得很，往穆澜身后一躲，大声嚷了起来："阎管家冤枉小子了！这位穆公子是二公子的客人！"

阎总管愣了愣，好像才看到穆澜。他厚着脸皮上前拿回她手里的茶盅，嘴里说了声惊着公子了，说话却不怎么客气："您请在门房吃盏茶，小人这就去回禀二公子。"临走前，那双绿豆眼又上上下下打量了穆澜一番。

穆澜从寺里出来全身湿透，就在山脚寻着家农户，买了身粗布衣裳换了。她特意在领间围了块布，看上去像个做苦力的农家小子。一路赶回城，还没顾得上换衣裳，所以她现在的穿着还不如林家的小厮。

二公子会有这种穷酸朋友？还尊称这小子一声"公子"？阎总管不屑至极，随手将那只扔过来的茶盅给了小厮，吩咐道："拿去沏茶，不可怠慢了这位穆公子。"

穆澜呵呵笑着："有劳阎管事了。"

你大爷的！拿砸过人的茶盅沏茶，有这样待客的吗？分明是想把她气走。家里的总管站在门口拦客，林一川看来的确病得不轻。林一鸣这浑人做起事来都不想遮掩了，赶着趁人病要人命呢。

"带路。"穆澜冷笑，争家产争到这份儿上，她不说和林一川交情有多深，但保他一命还是能做到的。

小厮脸上泛起一丝喜色，带着穆澜绕过照壁，顺着抄手游廊往前，没到穿堂，而是拐进了旁边的跨院，顺着夹墙小道去了后堂。

林宅是三进带跨院的大宅子，林一川住在第三进的正房，门口和林家老宅的银杏院一样，种着两株参天大银杏。才到垂花门，一股浓烈的烟气就飘了出来，只听一声钹响，又哭又叫的声音尖锐地响了起来，这让穆澜惊愕不已。

小厮低声说道："二公子请了跳神招魂的大仙。"

这个林一鸣，还真做得出来，穆澜哈哈大笑。

进门一瞧，院里一个穿得花里胡哨的神婆正坐在蒲团上，嘴里念念有词，时不时还抽抽筋，摆出一副与地府神灵沟通的架势。发出哭叫声的是个男大仙，围着两株银杏又摸又拍的，嘴里正喊着："树仙助我！"正中设了个法坛，穿着青衫的道士手执桃木剑，留了几绺长长的白胡子，长得倒是颇有些仙气。他完全不受那二位大仙的影响，嘴里也是念念有词，法坛四周洒满了星星点点的黑狗血。

八仙过海，各显神通。

林家的下人挤了满院，指指点点，评点、议论着好不热闹。穆澜乍一看，还以为是穆家班在玩杂耍的场子，只要捧着锣，就能上前讨赏钱了。

身边的小厮又低声告诉穆澜："大公子的卧房就在东厢，雁总管正守着大公子。"

大敞着雕花木门的正堂里坐着林一鸣和谭弈，看两人表情，谈得甚是愉快。

穆澜心里充满了疑问，离春闱只有十来天的时间了，这位直隶解元到林家来做什么？照林一川那天为沈月姑娘赎身的打算看，谭弈应该是来拜访林一川致谢的，怎么和林一鸣聊得这样高兴？一府解元难道也相信这些乱七八糟的招魂、驱鬼，跳大神？

一道目光从正堂投了过来，穆澜心里一惊，这个谭弈的眼神也不错嘛。她满面春风地穿过院子站在正堂门口，抬手行礼："一鸣兄，贸然前来，不知你家中有事，失礼失礼。"

穆澜嘴里说着失礼，脚却已迈进了门槛，目光极自然地在谭弈身上打了个转。女要俏，一身孝；男要俏，一身皂。这位解元郎今天一身皂黑印团花缎面箭袖长袍，腰束黑底金丝绣花镶白玉腰带。猿臂蜂腰，三分英气衬成了十分，比上次那身衣裳还英武俊俏。

不过，上次在绿音阁初见，穆澜就对谭弈评价不高，这次面对面看得更加清楚仔细，她依然不喜欢他，这种直觉说不清道不明。她想，也许人是讲面缘的，谭弈再英武俊朗都不是她的菜。

谭弈却是头一次见穆澜，也是一愣。他先是被穆澜的浅浅笑容吸引，瞬间就觉得外面的春光照进了屋子，满室生辉。紧接着才发现她穿着身褐色的粗布短襟，裤子膝盖上还细致地打着两块补丁。

他记得义父说过，如果一个人能让人忽略他的穿着打扮，这人必有过人之处。谭弈没来由地生出了警觉。

"穆公子！"林一鸣看到穆澜很是惊喜，他巴不得和穆澜关系近一点儿，热情地为她介绍道，"这位是直隶解元谭弈谭公子，这位是江南鬼才杜之仙杜先生的关门弟子穆澜。"

杜之仙的名字让谭弈想起了那一晚与义父的对话。在义父眼中，杜之仙是知趣的人，所以容他多活了十年。这句话在谭弈看来，意思是杜之仙不是自己人。穆澜师从杜之仙，文才应该不会弱，要么他投靠自己，要么他一定会是自己在国子监里的劲敌。

谭弈笑了起来："久仰大名。穆公子怕是不知道吧？您人未进京，可京城已无人不知杜门穆郎了，参与会试的举子们都极想与穆公子一见哪。"

一丝酸意被穆澜敏感地嗅到。堂堂直隶解元，此次春闱最有能力夺状元的人，和我这个蒙恩进国子监的小子计较名气……这位解元郎不仅好胜且胸襟不宽。穆澜笑得越发和气，言语中带上了些许巴结讨好："在下刚进京城就听到一句话，羞杀卫玠解元郎。谭公子才貌双全，人中龙凤，闻名不如见面。"

穆澜的示弱让谭弈听着很舒服。在他印象中，杜之仙的关门弟子怎么都应该有几分许玉堂的气度，但这个少年嘴太甜了，少了读书人的风骨耿介，不由得让他有些轻视穆澜。

与谭弈见过礼后，穆澜择了林一鸣下首的椅子坐下，好奇地问道："一鸣兄，府上这是在做什么？"

林一鸣大大咧咧地说道："唉，我堂兄染了风寒，结果一服药下去人事不省。我想着该不会是在山里待了几天沾上了什么不干净的东西，就请人来散散！也不知道一个大仙本事够不够，本公子干脆请了仨！"

有病不找郎中，药喝出问题不找人换药，却请了大仙、神棍，林一鸣这摆明了是要折腾林一川。穆澜不知道那碗令林一川喝下去昏迷的药是谁动的手脚，所以现在重要的是搞清楚林一川昏迷不醒的原因。她问谭弈："谭兄觉得可信吗？"

谭弈笑道："子不语怪力乱神，谭某以为世间万物总有其存在的道理。大公子莫名其妙不省人事，一鸣贤弟护兄心切，请来几位高人作作法，说不定还真有用。"

"谭兄简直是在下知己！"林一鸣瞧着天色道，"难得我们三人相聚，我这就让人摆桌席面，不醉不归！"

真是混账得可以！这边跳着大神驱邪折腾着堂兄，马上又想到饮酒作乐。如果不是谭弈在场，穆澜早就跳起来骂人了。然而谭弈一边叫着一鸣贤弟，一边却称呼林一川为大公子，亲疏立见。穆澜弄不清楚谭弈的来头，也不争辩，站起身道："既然知道大公子病了，在下先去看看他。"

"哎哎，穆兄，你去不得。"林一鸣拦住了她，"大师说了，得紧闭房门七天七夜，作法才能有效，门窗都被符箓封死啦！"

真狠啊！还七天七夜，封死门窗！林一鸣是打定主意要林一川的命了？

谭弈也劝道："穆兄若是坏了法事，万一大公子……"

这位谭解元究竟来林家何事？和林一川有仇？不念着林一川赎走沈月解决他和许玉堂争端的好？

穆澜心里的疑问越来越多，她一改温和，张狂地大笑起来："谭兄有所不知，在下这趟本来是找一鸣兄的，没想到撞上大公子生了怪病，这实在是巧啊！我师父号称江南鬼才，于驱神画符颇有研究，在下跟着师父曾在乡间捉到过三只狐狸精，将五个游魂送归了黄泉。在下写文章不行，画符驱邪却得了杜先生真传。速速拿朱砂、符纸来，在下替大公子画几道符贴在身上，包管百鬼速避！也让你俩开开眼界！"

"狐狸精长什么样？"林一鸣瞬间被穆澜的这句话吸引住了。

真的假的？谭弈狐疑地看着穆澜。

穆澜神情颇为遗憾地道："问世间情为何物，直教人生死相许！唉！"她悠悠一叹，拍了拍林一鸣的肩，拂袖出了正堂。

两人快步跟过去时，那位在香案前烧黄表纸、洒狗血的道士双手抄在袖中，满脸仰慕地望着穆澜。林一鸣扯了他的袖子，指着正在挥笔画符的穆澜低声问他："他真会画符？"

那中年道士捏紧了袖中穆澜塞过来的一百两银票，神神秘秘地说道："道行深不可测！"

连谭弈听了都愣了。

赶回府中的燕声正看到了这一幕，他的牙齿咬得咯咯作响，心里一片冰凉。他花了私房钱买礼物送到穆家，就盼着穆澜能像杜之仙诊治老爷一般，治好少爷，没想到穆澜居然和二公子一起胡闹折腾。燕声快步走到东厢房门口，看到门窗上贴满了符纸，气得脸红脖子粗，就想砸门。

"燕声，别莽撞。"窗户纸被雁行捅了个洞，他透过洞看着院子里的闹剧，也看到了穆澜。

　　"你看他！"燕声听见，气得回身一指。

　　穆澜已提了桃木剑，手指往上一抹，串在剑上的黄表纸"呼啦啦"就烧了起来。都是走江湖卖艺的，这点儿把戏，她懂。她的剑舞得比那道士不知好了多少倍。天色渐晚，暮色之中，她手里的剑撩起一条条火线，在空中飞快地形成了一个"镇"字。

　　哭叫着喊"银杏树精助我"的男大仙都看呆了，那位早抖得腰酸背疼的神婆还算聪明，高叫一声："仙师显灵镇妖了！"趴伏在蒲团上趁机休息。林府下人被她忽悠得倏地跪了一地，林一鸣"哇"了声："神了！"

　　谭弈手指捏了个剑诀暗暗比画了下，却发现自己不可能让燃着的符纸在空中写出这样的字。他狐疑地想，难道穆澜真会驱邪之术？

　　穆澜收了剑，几步就迈到了东厢房门外。燕声吓了一跳，张开双臂拦她："不准进我家少爷的房间！"

　　"房中妖邪害怕了！"穆澜心里暗骂他一声蠢，放声大笑着，提剑就朝燕声的眼睛刺去。燕声扭头躲开，穆澜轻巧地越过他，一脚踹开了房门，脚一勾，就把门关了："果然有妖邪在内！看本公子结果了它！"

　　林家的人好奇地聚到了门外。林一鸣探头探脑的，恨不得进去亲眼看看。谭弈低声问他："你怎么知道你堂兄昏迷不醒是妖邪入体？"

　　林一鸣兴高采烈地说道："猜的！不过，我猜对了！不知道房里会不会是只漂亮的狐狸精。"

　　这个草包！难怪义父让自己护着他，打压林一川。林家产业若落在林一鸣的手中，只怕金山银海都会被他败光。

　　东厂的人早盯死了林宅，梁信鸥遣人在郎中开的药里加了料，谭弈这才拿着解药登门造访，谁知道一来就被林一鸣缠住了。他本着要和林一鸣交好的心思，就暂时将替林一川解毒的事放下了，耐着性子看院子里僧道念经、神棍神婆折腾，而穆澜就在这时来到了林家。

　　谭弈捏了捏腰间的荷包，解药瓶子好好地带在身边。他倒要看看，杜之仙的关门弟子穆澜如何把林一川体内的"妖邪"给收了。

正房宽敞,东厢隔成了里外两间,看到穆澜进屋关门,雁行露出了两颊上的酒窝。

"叫燕声守着,别让人进来。"穆澜吩咐了句,掀帘进了里面的卧房。

林家是南方人,宁肯修地龙建夹壁火墙取暖,也睡不习惯北方的火炕。银制牡丹帘勾起了姜黄色的床帐,林一川躺在张四面围了雕花床板的拔步床上。

同样是风寒,无涯烧得浑身滚烫昏迷不醒,如果不是林一川嘴唇干燥,穆澜还真没看出来他受了风寒。

"咳咳!"林一川咳嗽了两声,眉心微微蹙起一道褶子,闭着眼睛昏睡着。

穆澜按着他的脉,林一川是浮脉。浮脉为阳,其病在表。寸脉虚浮……也就是普通的风寒,还是极轻的风寒。穆澜心里思忖着,看来关键就是那碗药了。

雁行将床前柜子上的半碗药递给了穆澜。嗅了嗅药味,穆澜浅尝一口,转头吐了:"有毒。"

"这毒厉害不?能解吗?"雁行小声问道。

穆澜笑了笑:"下毒的人不想立刻要了他的命,先给大公子放点儿血,回头我再配药。"

雁行吓了一跳:"放血?"

穆澜抬起林一川的手指,指给雁行看:"放十个手指头的指尖血,能缓解毒性,等服了解药就没事了。"

刺破十根手指头放血……雁行用手捂了眼,心里默默为自家公子祈福:"小人晕血,去外头瞧瞧动静。"

那画面太美,不敢看。

穆澜捏着林一川的手指头,从靴子里抽出了匕首,嘀咕道:"这么轻易就被人下毒,扬州首富家的公子很好杀嘛。"

突然之间,眼前天翻地覆,穆澜还没回过神来,已经躺在了床上。林一川压在她身上，一只手擒了她的手腕，一只手掩住了她的嘴。

你大爷的，耍我！这一刻穆澜在心里真诚地问候了林家列位祖宗。

"嘘！"

新叶似的眉，黑白分明的清亮眼眸，身下这张被他的手掌掩去一半的脸是如此熟悉。就是她！林一川脑中再次浮现出穆澜穿着裙子的那一幕，修长如柳的身姿，从高处飘落一刀击杀黑衣人时的潇洒。如果她没有蒙着面纱，该有多么美丽。

四肢被他摁得死死的，穆澜觉得自己像一条被摁在砧板上的鱼。她深吸了口气，不再挣扎。林一川试探性地松了捂着她嘴的手，她张嘴就咬住了他的手掌，较劲似的往死里咬。

牙齿深陷进肉里的瞬间，林一川"咝"地倒吸口凉气，英俊的脸疼得扭曲变了形。他加大了摁着她的力气，磨着后槽牙挤出来一句话："咬到你消气为止！"

"啊呸！"穆澜松了口，吐出一口带血的沫子，"老子又不是狗！"

手掌边缘被她咬破了皮，渗出了红色的血珠。他恨恨地看着她，她不是说话来恶心他，就是对他下手贼狠，也不想想是谁帮她守住了秘密。不是她，他会在罗汉壁吹两天冷风感染上风寒吗？

"狼崽子！"林一川甩着手掌骂道。

"上次没揍够，皮又痒了？"穆澜威胁地瞪着他，心想这一次不把你揍得鼻青脸肿，实在对不起自己。

揍他？就现在这样还想揍他？可是他现在不想和她打架。

他又把她惹怒了，怎样才能和好呢？

穆澜觉得这姿势真是令她窝火，林一川还没有松手的意思，她恶狠狠地瞪着他，心里想着百十种折腾他的法子。

她紧抿的唇呈淡淡的粉色，让他突然想起在凝花楼里，她嘟起嘴赌他不敢亲下去。一团火倏地在他嘴唇上燃烧起来，他甚至能感觉到热血从嘴唇上奔流而过。那时候，他怎么就没亲下去呢？

"你闹够了没？"穆澜低吼起来。

林一川眨了眨眼改了主意，瞬间绽开了笑容，松了手。穆澜才坐起身，林一川就张开双臂给了她一个热情的拥抱："小穆，上次是我说话不对，我道歉，咱们和好吧！"

　　和好？穆澜瞬间愣了。

　　他紧紧抱着她，她的脸被挤压在他的胸口，穆澜闷得差点儿喘不过气来："你先松手！"

　　"你看，听到我昏迷不醒，你就赶来了！小穆，你没那么讨厌我是吧？"林一川当没听见似的，近乎委屈地说道，"我这不是听你说要下刀子放我的血才慌了手脚。扎手指头好疼的，我又不是故意骗你，万一你叫出声被外面听见就前功尽弃了……"

　　林家大房的独苗，并非一点儿保护措施也没有。雁行武艺不如燕声，但对这些杂事甚是精通。林一川染了风寒，也找了郎中，那碗药煎好送过来时，雁行习惯性地尝了一口，感觉不对。林一川干脆将计就计，想看看谁是幕后主谋。

　　"林一鸣没那胆子，可是他折腾得太烦人了，我想了半天，就想请你来帮帮我。杜之仙的弟子会什么都不奇怪，你说是吧？"

　　"你抱够了没？放手！好好说话！"穆澜真是要郁闷死了。

　　"我松了手，你又像在扬州那晚揍我一拳咋办？"林一川换个姿势，将脸埋入她的颈窝，无声地笑。这样的机会不多，他要放了手，什么时候才能再抱着她？

　　没听到动静啊？雁行悄悄将门帘掀起一条缝，就看到在床上紧紧抱着穆澜的林一川。自家公子脸上仿佛抱个宝贝似的笑意让雁行如被雷劈，他哆嗦着手放下了门帘，怎么办？

　　他俩谁都没有发现雁行的偷窥。林一川呼出的热气扑在她耳边，穆澜欲哭无泪，她怎么没发现林一川这么赖皮不要脸呢？她从牙缝里挤出一句话来："我不揍你，我保证。"

　　林一川恋恋不舍地松开了双臂，穆澜翻身就将他压在了身下，扬起了拳。

"一千两！"林一川及时地说道。他双手枕在脑后，贪恋地望着穆澜，他以前怎么那么蠢？她的手明明比他的小一圈，揽个肩膀她就气呼呼地发脾气，天底下没有比她更有趣的姑娘了。只有他才知道她的秘密，这个骗死人不偿命的小妖精。

眼前蓦然一黑，林一川"嗷"地捂住了眼睛，疼得什么心情都没了："你保证过的！"

"骗你怎么了？你还骗我呢！"穆澜左右开弓，一阵狂揍。

"再加一千两！还不停手，交易作罢！"林一川护着脸叫道。

穆澜马上就想到要留在京城的穆家班，她哼了声，捡起匕首跳下了床，利索地将匕首插进了靴子里道："说吧，你想让我帮你做什么？"

"我真染上风寒了，帮我开张方子，抓好药悄悄送来，雁行会熬药，我信不过外头的郎中。"林一川气息不稳，嗓子痒起来，又咳了两声。

他用手捂着眼睛，不用看，这只眼圈肯定又被揍青了。不知为何，他心里却喜悦一片。他睁着一只眼睛看着穆澜，见她穿着带补丁的裤子，忍不住又多了句嘴："你能穿好一点儿吗？叫花子似的！拿着那么多银子，还跟个铁公鸡似的。"

她穷，他就想办法塞银子给她。穿得这么破烂，真叫他看不过眼。

穆澜扬起了下巴："我只收一千九百两，扣一百两还你的衣裳钱。"

他真是嘴臭！林一川干笑起来："其实我家小穆穿什么都好看！"

"你家？"穆澜斜斜瞥去一眼。

林一川脸不红心不跳地说："对呀，咱俩不是一条船上的兄弟嘛！"

呵呵……两人笑得各怀鬼胎。

"雁行，拿银票给穆公子，我继续装晕。"林一川不敢再说下去，心满意足地闭上眼睛装睡了。

穆澜居高临下地看着他，突然出手，满意地看着林一川歪了脑袋被自己打昏过去。

雁行正拿着银票掀起帘子，亲眼看见穆澜的那一拳，他心里一片冰凉，少爷对穆公子欲行不轨之事被人家发现了？

穆澜从他手里抽走了银票，冷笑道："那位谭解元一看就是会武之人，我怕你家公子装得不像。"

她提了桃木剑，大摇大摆从屋里出来。

"狐狸精呢？"林一鸣兴奋地朝穆澜手里看去。

"是山里邪风，还没成精呢，被我一剑劈散了。"穆澜随口胡诌，又叹了口气道，"只是大公子伤了元气，暂时还醒不了。"

林一鸣听到这句"暂时醒不了"高兴坏了："会不会一直醒不过来啊？"

草包！穆澜摇头叹息："我医术不精，帮不了他，听天由命吧！"

夜色笼罩着整座宅院，她无意再停留，只说耗费了精力，需要回家休息，向林一鸣和谭弈行礼就告辞了。谭弈心里嗤笑不已，手按在了荷包处，今天再去给林一川解毒不太合适了，让他多昏迷两天也无妨。

"一鸣贤弟，为兄今年不会参加会试，直接进国子监再多念几年书，将来咱们就是同窗了。"

林一鸣幸福得几乎要晕死过去，穆澜是杜之仙的弟子，眼前这位已经是解元了。考试嘛，当然得做两手准备了，到时候他的成绩高高在上，报个喜讯回扬州，林一川就要丢尽了脸。

"树仙保佑……让林一川病得起不了床，考试垫底，进国子监受欺负。"他的话说得太过含糊，谭弈没听清楚，只觉得林一鸣冲着两株银杏团团行礼很是莫名其妙："你在说什么？"

林一鸣神秘地说道："这银杏是我林家的护宅神树，我求树仙保佑我堂兄快点儿好起来。谭兄，咱们一见如故，今晚定不醉不欢。"

我要相信你就是个棒槌！谭弈笑道："好！"

"黄蜂尾后针，最毒妇人心。"林一川脑子里反复就这两句话，他两眼发黑，连怨恨都没有了力气。

他拉完肚子，双腿都软了。他扶着墙出来，见穆澜正啃着一只烧鸡腿，有点儿艰难地咽了口唾沫。只短短两天，林一川的两颊就陷了下去，面带菜色，嘴唇干裂，憔悴得都不肯相信镜子里的人是自己了。

穆澜抹了把油嘴，很是满意自己下的药："成啦，你闭上眼睛装死都会有人相信。明天不拉肚子，就有力气了，武功又没废，保命没问题。"

"本公子前程锦绣，金山银海花不完，舍不得死！"林一川倒头躺在了床上，气愤不已，"至于吗？我花两千两就请你来折腾我的？"

"一千九百两。"穆澜更正他的说法，仔细擦着手，嘲讽地说道，"不用速成法，人家会相信你中了毒？你该谢我才对！两服药管用，省得我天天晚上翻墙。要不是看在银子的份儿上，我也不想冒险，晚上跟贼似的东躲西藏，如果被五城兵马司的人逮着，我还有坐牢的危险。祝大公子早点儿找出幕后下毒之人，告辞。"

得意个什么劲儿？将来娶回家，还不是得乖乖给本公子端茶递水、铺床叠被……这么一想，林一川的心气就平了，意味深长地说道："等我大好了，我会好好感谢你的。"

"还是不用谢了。收人钱财，与人消灾，我们两不相欠。"穆澜将桌上剩下的烧鸡包好，塞进了怀里，"下次还想请我办事，准备好银子就行，再敢骗我，我把你另一只眼睛也揍成乌鸡眼。"

她的身影像风中的柳絮，轻飘飘地就越过了窗户。

"翻窗的姿势都这么好看。"林一川恋恋不舍地收回目光，摸了摸消瘦下去的脸颊，从枕头下面拿出了小靶镜，青肿的眼圈还没消退，他哼了声道，"本公子瞧你可怜，不和你计较！阴差阳错接了圣旨进国子监，只有靠本公子护着你才行。雁行！"

听到召唤，雁行马上进了卧房，速度快得让林一川觉得他是从外间冲进来似的。

"明天就贴告示，悬赏一千两求医。"

雁行应了，目光往桌子上扫了眼，那么肥的烧鸡，穆公子吃得只剩下一根鸡腿骨："少爷，小的觉得穆公子是在报复你呢，明知道你一天一夜水米未进，还当你面啃烧鸡。"

"我知道。"

知道还被他整成这副模样？还开心得很？雁行在心里重重叹了口气。

林一川躺在床上，回想着穆澜的嗔怒浅笑，不在意地说道："放长线钓大鱼，少爷我有的是耐心。"

当心大鱼把您拖走了，雁行收拾着桌子，心里嘀咕着。这事他还不敢让燕声知道，燕声对老爷太忠诚，他担心老爷知道了，会气死过去："少爷，这种贪财之人，少接触的好。"

"小穆不贪财。"林一川很肯定。

还替他说好话呢，雁行气结，恨不得把穆澜贬得一无是处："您不给银子，他会帮忙？"

林一川摇了摇头道："当初她在赌坊赢了十万两，全捐给淮河灾民了。"

雁行哑口无言，这事是他经办的。除了林家出的三十万两，杜之仙又拿了二十万两银票过来，其中就有穆澜赢的十万两。

"少爷，他和珍珑有关，说不定他就是那个冷血杀手。"

"我觉得小穆不像杀手，杀手得多冷血啊？小穆心肠软得很，一听说我昏迷不醒，都不和我置气了。我觉得那枚棋子倒像是杜之仙留给她的。"林一川思忖着。

还心肠软得很呢，好了伤疤忘了疼！您醒醒吧！雁行恨铁不成钢地看着林一川道："总之他与珍珑有关，就是东厂的死敌，咱们和他走得近，没好处！"

林一川沉下脸冷冷地斥道："梁信鸥逼我宰了那两尾镇宅龙鱼时，东厂就是你家少爷的死敌了！"

敌人的敌人不是朋友，也是帮手，想清楚这层关系，雁行诚恳地认错："小的知错。"

全京城的郎中都奔着林家的一千两诊金去了，但谁也没能将林一川救醒。

三天后，诊金加到了三千两。

望着揭下来的告示，谭弈笑了："是时候向林一川示恩了。"

恩威并施，他相信林一川会死心塌地地投靠东厂。

当谭弈赶到双榆胡同的林家时，他和另一拨儿人遇了个正着。谭弈想起义父的叮嘱，跟许玉堂和蔼地打了声招呼："许三郎，很巧啊。"

刚从轿子里出来的许玉堂看到谭弈也是一怔。父亲告诉他，谭弈是大太监谭诚的义子，因上次的事，谭弈放弃会试，会进国子监，算是给许家的交代。原本许玉堂对谭弈并没有太大的反感，但知道他是东厂督主的义子之后，心思就变了。

他和皇帝表哥自幼一起长大，感情极好。无涯十八岁亲政，朝中实权却捏在谭诚手中，许玉堂进国子监就是要帮无涯招揽人才。他心里清楚，谭弈放弃会试根本不是为了给许家一个交代，这是要在国子监当绊脚石。

"是挺巧的，不过在下没空陪谭解元斗诗，在下是来拜访林家大公子的。"许玉堂的脸上挂着微笑，眼神却有些不屑。

谭弈压根儿没放在心上，也笑道："巧了，在下也是来探望林一川的，在下怎么不知道许三郎和林大公子很熟？"

谭弈的话语间仿佛他和林家极熟似的，许玉堂微笑道："上次被我表弟拉着与谭公子斗诗，事后我被家父痛斥了一顿。这种意气之争太过轻率，在下特意来向林大公子道谦，谭公子不会也是为这件事来的吧？"

无涯在罗汉壁落水穿走了林一川的衣裳，赐了十匹上等锦缎，让许玉堂用自己的名义送给林一川。

说话间林一鸣已迎了出来，他与谭弈相熟，热情地招呼寒暄后，听说许玉堂是来谢林一川的，心里已有几分不高兴。他人也机灵，知晓谭弈是东厂督主的义子之后，存心巴结。此时谭弈神色间微微露出和许玉堂的不对付，林一鸣就主动跳了出来。

"我堂兄不会见你，他病着怕吵，亲口吩咐过了，只见郎中不见客，您请回吧。"再尊贵的世家公子也比不上东厂督主的义子，林一鸣打定主意要抱紧谭弈的大腿，连许玉堂是谁都懒得打听，亲热地拉了谭弈进门，直接给了许玉堂一个闭门羹吃。

这样的态度谭弈非常满意，他给了许玉堂一个讥讽的笑容，施施然和林一鸣进了宅子。

许玉堂是太后的亲外甥、皇帝的亲表兄、承恩公礼部尚书之子，京城流传"万人空巷看玉郎"并非虚言。从小到大，他就没受过这种待遇，当场就气得脸色大变，冷着脸转身回了轿中："把礼物扔在林家门口就是。"

原来林家抱上了东厂的大腿！一介商贾之子，都有胆儿公然羞辱他，难怪皇上提起林一川时，神色也带着淡淡的不喜。许玉堂坐在轿子里气呼呼地想，等进了国子监，看本公子怎么收拾林家这两个不知天高地厚的草包！

小巧的瓷瓶摆在黑漆木桌上，谭弈漫不经心地饮着茶。林一鸣盯着这只瓷瓶看了又看，转头问谭弈："谭兄，你觉得我很傻对吧？我林一鸣真的是个傻子，是吧？"

他巴不得林一川长病不醒，最好一命呜呼，嫡支长房没有了男丁，家产不就全是自己的了？凭什么要治好林一川来给自己添堵？如果不是谭弈向他透露了身份，林一鸣敢一大巴掌将他扇出门去。

谭弈放下茶盏，起身走到林一鸣身边："你要不救醒林一川，你才真是个傻蛋！"

"凭什么？"林一鸣愤愤不平地叫道，"又不是我让他病倒的。他昏迷不醒，我求之不得！"

"谁信呢？"谭弈眼神淡漠至极，拍了拍他的肩道，"这宅子的管事是你爹的人，对吧？郎中是他请来的，是吧？喝了郎中开的药，林一川就昏迷不醒了，对吧？不是你做的，是谁？林一川要有个三长两短，你大伯父能放过你？他只需要指控你，开口说要在林氏宗族中过继一个儿子，林氏宗亲还会站在你爹和你这一边？"

"我我我……"林一鸣指着自己的鼻子"我"了半天，谭弈的话让他无言以对，他泄气地坐下了，"这么好的机会，林一川咋就这么命大呢？"

"其实想把家产争到手里，最好的办法是你比林一川优秀。如果林一川身败名裂，你作为嫡支二房的长子，你大伯父想过继一个儿子，也没人争得过你。"

林一鸣眼睛骤然放光："谭兄的意思是？"

"进了国子监有的是机会，相信我。"

"还要让他进国子监？"林一鸣急了，"只要让他考试过不了，他回扬州必然没脸！"

"你家是经商的，他读书不好，会做买卖呀，林家南北十六行的大掌柜照样听他的。哦，你进国子监读书，他回扬州趁机把家业捏实了，你觉得这样很好？他进了国子监，没那么多时间打理家中产业，你大伯父大病初愈，你爹不正好插手？"

林一鸣一巴掌拍在自己脑门儿上骂了句："猪脑子！谭兄说得对，咱们在国子监整死他。"

"这就对了。这药，你拿去给他服下，他还得念你人情不是？"谭弈满意地达到了目的。

晚上穆澜得了信儿又悄悄来了双榆胡同。她用指甲刮了一点儿药丸的粉末尝了，很肯定地告诉林一川："确实是解药。"

林一川开心地说道："躺了好几天，终于可以不用装了。雁行，拿酒菜来！小穆，我们喝点儿酒庆贺庆贺。"

"免了，趁着还没宵禁，我得赶紧走了，家里事多。"穆澜白了他一眼，心想这一千九百两挣得看似容易，却也不容易，她赶紧又补了句话，"交易完了，没事别来烦我。"

好不容易见着，哪能轻易放她走，林一川伸手就去拉她。穆澜的手腕转动了下，手背"啪"地拍在了他手上。偷袭不成，林一川马上投降："有事和你商量嘛。"

"林大公子，我对你的事不感兴趣。"

微扬的下巴、斜睨的眼神，都清楚明白地表明了她的态度：少来烦我。

还是只骄傲的小铁公鸡！林一川看着就心痒痒，什么时候她能对自己和颜悦色、温柔贤惠……他"噗"地笑了，"温柔贤惠"这词安在穆澜身上太可乐了。

林一川那双比常人更黑的眼眸里闪动的情绪让穆澜分辨不清。莫名其妙的眼神、莫名其妙的笑，有病吧？穆澜懒得理他，又打算从窗户翻出去。

"药是林一鸣送来的，其实是受那位羞杀卫玠的解元郎指使的。他施了招欲擒故纵，让林一鸣送药来，却很轻易地让我查到是他送来的。小穆，我们和谭弈没过节吧？你说他为什么要这样做？一边给我下药，一边又送解药来？"赶在穆澜跳窗之前，林一川快言快语地说完，"还有，他突然和我堂弟打得火热，林一鸣那草包有什么值得他结交的？"

"关我屁事！"穆澜只说了这四个字，轻盈地翻窗走了。

林一川气得直奔到窗口，夜色中一道人影在墙头闪了闪就消失不见了。

雁行和燕声正端了酒菜进来，见林一川一拳头砸在自己胸口，燕声脱口而出："少爷，你胸口不舒服？"

林一川揉了揉胸口答了句："饿得本公子心口疼！"

饿了？燕声下意识地揉着胸口，却盯着自己的肚子瞧，似乎没明白怎么会饿得心口疼。

被气得呗。雁行无声地冷笑，他默默地夸了声穆澜好样的！还幸灾乐祸地想，让公子多碰几回软钉子，估计他就知难而退了。

离开林家，穆澜从林家后院的一条死巷子里牵出了马。从大杂院过来要经过好几个坊市，她实在不想宵禁后躲来躲去，爬房顶也很累的。

刚骑上马，她蓦然转过了身。月光将一个人的身影投射在地上，面具师傅高大的身影出现在墙角拐角处。穆澜居高临下地凝视着他，面具掩住了他的神色，眼睛依旧冷漠，没有任何感情。

"珑主不会是在跟踪我吧？"

林一川应该和珍珑局无关，面具师傅的出现就只能是因为自己了。

"双榆胡同后面有四条巷子，你为何选择在这里？"面具师傅的声音一如既往的喑哑。

穆澜笑着弯下腰亲昵地拍着马脖子："我怕我的马被人牵走，我舍不得花银子买。"

面具师傅素来没有和穆澜耍嘴皮子的习惯，他冷冷地说道："海鸥轻盈盘旋于海上，盯着鱼时迅疾扎入水中捕食。梁信鸥轻功好、目力好，下手稳、准、狠。"

穆澜早就察觉双榆胡同四周有人盯梢，没想到竟然是东厂梁信鸥的人，所以她才会感叹林一川的一千九百两银子并不好赚。穆澜笑嘻嘻地问道："您这是在关心我？"

"离林一川远点儿，如果你不想被东厂的人盯上，这是我对你最后的忠告。"面具师傅脚步往后一退，身影消失在围墙背后。

她可以想象林一川的失望与气愤，他真当自己是朋友，而她却拒绝再帮他了。穆澜望着林家宅子的方向，低声说道："林一川，每个人都有自己的无奈，也有自己要面对的事情，祝你好运。"

马穿行于坊市的灯火间，夜风吹过来，那些隐约的笑声从穆澜耳边一闪而过。街头返家的行人从她视线中渐渐后退，她感觉到一种孤单。她驱马经过的人家也许正在围桌用饭，也许正在打架，也许……她只是一个过客。

她讨厌面具师傅那副幽灵般的样子，他却没有说错。穆澜仰起脸叹了口气，当叹息声随风消逝后，笑容重新回了到她脸上。没有朋友不要紧，她还有母亲和穆家班。

不到一个月了，她一定要通过入学考试，进国子监做她应该去做的事情。

第
二
十
一
章

考
试
前
再
赚
一
笔

　　进了三月，漫天的杨絮、柳絮随风飘着，如同举子们的心情，那种忐
忑不安与煎熬只有等着放榜那一刻才会尘埃落定。不过，毕竟春闱已经过
去，考得好与不好，能否榜上有名，只能听天由命了。

　　谭弈这段时间太忙了，会试录三百二十人，尚未张榜，谭诚已给了他
三分之二的名单。他急于"雪中送炭"，挑选着落第却能用的举子，力邀
和他一起进国子监。

　　他忙碌着，可急坏了林一鸣。直到国子监入学考试的前一晚，林一鸣
才在谭弈家的门口堵着了人。林一鸣拉着谭弈就埋怨开了："谭兄，明天
就要考试了，你答应兄弟的事，可不能黄了。"

　　谭弈心里清楚，林一鸣就算交张白卷，也得把他给录进去。这一刻他
突然想逗逗林一鸣，故意叹气道："一鸣贤弟，对不住啊，我这些天四处
找寻那些春闱没把握的举子。会试不中，考个国子监的入学考试应该轻而
易举。结果听到风声，今年的国子监入学考试特意定在会试没有放榜的时
间。朝廷这次对国子监的入学试动真格的了，举子们都爱惜羽毛，一旦被
抓，则科举无望，听说有些答应去当枪手代考的，都退了银子回拒了。"

　　"原来如此，辛苦谭兄这些天为小弟奔波劳累。"谭弈答应会替他找

个穷举子替考，现在又说找不着人，林一鸣心里不高兴，但也没办法，他还得抱紧谭弈这条大腿。

见林一鸣没有急得跳起来，谭弈倒是奇了："瞧你这神色，对入学考试有把握？"

林一鸣是个大嘴巴，"嘿嘿"乐了："实不瞒谭兄，有人替考那是再好不过，但在谭兄答应帮小弟找枪手之前，小弟已经做了安排。"于是，他将交银子买通国子监率性堂换座位一事告诉了谭弈。

四千两买杜之仙关门弟子穆澜多写一份试卷？谭弈敏感地抓住了这句话，这件事该如何利用才能得到最大价值的回报？

送走林一鸣，谭弈赶紧去了义父谭诚的私宅。进了宅子，看到义父，谭弈的急躁一点点地散去。幽静的花园，静立的灯光，谭诚在夜色中欣赏着散放隐隐花香的兰。

"知道为何每次你来，义父总要让你等候片刻才会开口？"谭诚细心地擦拭完最后一枝绿叶，将帕子递给旁边侍候的小太监，示意谭弈随他在园子里散步。

"义父在打磨孩儿的性子。"谭弈并不笨，迅速理解了谭诚的用心。

谭诚不紧不慢地走着。他在家喜欢换了宽袍，穿千层底布鞋。鞋子悄无声息地踏在花园的石径上，每一步的间距与速度都差不多，不管恼怒还是喜悦，从他的步伐中都看不出他的心情。

"说吧。"依然是慢悠悠的声调。

谭弈努力想让自己也变成义父这样，水波不兴。然而他终归才二十岁，说得再缓，语气中也能听出明显的兴奋。

"杜之仙的关门弟子穆澜？"谭诚微微上扬的语气，显示出他对这件事上心了。

他停了下来，正站在一片迎春花前。小太监手里提着的灯笼映着正开得娇艳的黄色花朵，他伸手摘了一朵，拈在指间慢慢揉搓着："你如何看？"

谭弈早有准备，小心答道："别的不说，他是皇上下旨恩赐入学的监生。这次除了落榜的举子外，荫监生、贡监生与捐监生都要考入学。如果穆澜考不中，皇上没脸。"

"杜之仙的关门弟子，成绩不说能进前十，也不会太差。考试过不了，总要有个理由，也许皇上还会亲阅穆澜的卷子。"谭诚淡淡地说道，"阿弈，换成别的考生，不取也就罢了。穆澜既是杜之仙的关门弟子，朝中关注他的目光太多，不是想不取就不取的。东厂做事，特立独行，但也不会在明面上授人以柄。"

谭弈以为义父是在教训自己，别仗着东厂督主义子的身份就无所禁忌，他白着脸低下了头。

谭诚微微笑了起来："你是我的义子，张扬跋扈点儿也不算什么事，只需记得，做事要思虑周全。"

看着谭弈惊讶的神色，谭诚倨傲地说道："知晓你的身份，就算是那一位，也会对你和颜悦色。"他的目光望向夜色深处的宫城。

谭弈精神一振，目光中涌出无尽的狂热，他狠狠地攥紧了拳头。权势！唯有手中有权，方才能像义父这样傲视天下。

"穆澜这次入学试就算考得再好，义父也会令国子监不予录取。"

这话怎么听着和刚才的话不一样？谭弈疑惑道："义父不是说皇上也许会亲阅他的卷子，朝中臣子冲着杜之仙的名气也会关注他？如果他考得好，岂不是让咱们……"

"指鹿为马。"谭诚打断了他的话。

昔日赵高权倾朝野，指着一头鹿硬说是马，朝臣碍于其权势纷纷附和。

谭弈懂了，义父这是要借穆澜试探皇帝与朝臣的态度，可万一皇上借机掀起朝臣们弹劾东厂，又该如何收场？

谭诚那双平时敛尽锋芒的眼里露出鹰隼一样锐利的光，手中的迎春花不知何时被他揉搓得碎了："咱家也想看看，咱们那位花一样的皇上会是什么态度，呵呵……"

静寂的花园里，谭诚的笑声让谭弈情不自禁地哆嗦了下。

今年的捐监生有一千七百人左右，荫监生和贡监生一共才三百余人。

进了国子监包吃住，每月还有五两瘰银。国子监里已经有六千多名监生，户部吃紧，朝廷养得难受，皇帝因此下旨要进行入学考试，择优录取。

捐监生中大都是富家子弟，也有清贫之家想谋个出身，卖房卖地筹得了银子。考不过入学试，捐的银两概不退还。捐监生的银钱其实只是拿到了一个入学考试资格，那些胸无二两墨的捐监生气得直跳脚，但也无可奈何，又不敢骂朝廷无耻，只得另想办法。

天不亮，国子监外面的几条大街小巷挤满了人。穆澜来得也早，坊门才开，就骑了马赶来，但街上已经人满为患了。她下了马，早有做这种生意的车马行伙计上来，收了一百文钱，将马牵去了马棚照料。

她背着包袱瞅着一个摊位旁边还能挤一挤，笑嘻嘻地走了过去："兄台，在下卖符，在你旁边铺个摊与你搭个伙儿如何？"

摆摊的年轻人穿着件紫色系蓝腰带的监生服，瞧着二十岁出头，眼角微微上翘，有一双灵活的桃花眼。他的摊位上用两根竹竿扯了条横幅，写着："试题范围答案，国子监率性堂出品。一两银一册，概不讲价。"

国子监分六堂，进率性堂的是成绩最好的监生，那他穿的大概就是率性堂的监生服了。

应明瞥了穆澜一眼，伸出了手掌："三两。这位置是我给别人占的，他没来便宜你了。"

生意还没开张，就要收三两银子？穆澜听着他的声音只觉得耳熟，却想不起来在哪儿听过，她笑着说道："先赊欠着，赚了银子给你如何？"

"行！"应明将自己的地摊收回来一点儿。

穆澜打开包袱，拿块布往地上铺了，摆上数个纸盒，里面装着几种画出的符篆。

应明有些不屑，一张符能卖几十文钱就不错了，卖完这几叠符，他能赚多少？他从旁边的粥摊上买了份粥，正吃着，就听到穆澜已高声吆喝了起来："一符在手，考试不愁。考试包过符，二两银子一张！买符送率性堂优等生预测试题范围加答案一册！"

粥瞬间吸进了应明的气管，呛得他咳得脸红筋胀。应明缓过劲儿，冲穆澜发作起来："你凭什么占我便宜？"

穆澜很是无辜地装着糊涂："在下问过兄台，是否能与你搭伙儿，你同意了呀？"

搭伙儿？应明这才明白先前穆澜话里的意思。瞧他年纪不大，眉清目秀的，没想到一肚子坏水。自己写这些册子容易吗？熬更守夜，四处打听消息，还费了一笔银子才印制出册，这么一句话就想窃走自己的成果？没这么容易！应明冷笑着弹了弹身上的衣袍道："知道国子监率性堂的监生是什么身份吗？"

国子监里有率性、修道、诚心、正义、崇志和广业六堂，分管监生们的学业、纪律和生活，都是从举子中考试录取，按名次候补。六堂监生相当于帮助国子监的官员承担起一部分的管理职责，将来毕业之后，实习与就任都能选最好的差使。上得师长们的青眼，下得监生们的敬仰甚至巴结。能进率性堂的监生是成绩最好的，手里的权力也最大。应明当然有这样的傲气。

早在进京之前，杜之仙就将国子监揉碎掰细了说给穆澜听。穆澜一看应明穿着率性堂的监生服，就有意与他结交，此时她堆了满脸笑道："我卖二两，买一赠一，兄台的册子叫卖一两，我这么卖力吆喝，帮着兄台卖册子，您没吃亏吧？同为求财，你好我好大家好嘛！"

这几条街巷中像应明这样，赶着卖试题预测赚银子的监生不少。应明矜持身份，又不肯吆喝，所以他的生意并不算太好。此时，听到穆澜的吆喝声，街对面有几个人停住了脚步，迟疑了下，都朝这边走了过来。

"生意来了！"穆澜说着就用肘尖轻轻撞了下应明。

你还不是在占我的便宜！应明看到有生意上门，勉强咽下了话，堆着笑脸上前推销："在下应明，国子监率性堂的监生，这些册子都是在下向出题的教授百般打听后……"

人群中一个着锦衫的胖子"唰"地抖开了折扇，傲慢地打断了应明的话，睥睨着穆澜道："喂，小子，我听你刚才在吆考试包过符？骗人的吧？"

应明先是气得脸色铁青，继而又冷笑着抄着手看热闹。

穆澜笑眯眯地往应明身边靠近了一步："买符赠册子，不灵包赔，兄台难道就不想试一试？舍不得二两银子，失了进国子监的机会，那就可惜了！"

胖子瞥了眼应明，那身紫色系蓝腰带的监生服将应明衬得风度翩翩。他心中一动，这监生自报身份，不灵找他赔就是了。他大方地扔了二两碎银，拿了一张符："怎么用？"

"考前一个时辰，烧成灰用温水服下。"穆澜收了银子，传授了办法，笑着送走了胖子。

有人开始买，旁边的人也瞅了应明一眼，心思与胖子相同，不灵就找这个率性堂监生退钱。眨眼工夫，就卖了十六两银子。应明还傻愣着，穆澜已递了十一两银子放在他手中："应兄卖了八册，加上摊位费，一共十一两。"

他在这儿摆了半个时辰，才卖三册。应明收了银子，觉得这样搭伙儿也不错。他自恃身份，不会高声叫卖，干脆就站在旁边摆出一副名士高人的姿态，任由穆澜大声招揽生意。

天色渐明，穆澜的符已经卖了大半，她将剩下的收了，只留了五张符摆在盒子里。她买了两碗紫菜虾皮大骨汤馄饨，请应明一起吃。

袖袋里的银子沉甸甸的，应明也有些感谢穆澜，端着馄饨边吃边问她："小兄弟如何称呼？"

"在下姓穆，单名一个'澜'字，尚无表字，来自扬州府。"

应明"噗"地就将馄饨喷了出来，大惊失色地问道："你就是那个奉旨入学的穆澜？杜先生的关门弟子？"

"正是在下，进了国子监，烦请应兄多多照顾小弟！"穆澜达到了结交的目的，笑得很是开心。

杜之仙的弟子竟然卖符骗人？应明简直不敢相信自己的眼睛。他左右瞅了眼，担忧地说道："穆公子，你还没进国子监，名声就已传开了，不知多少监生想与你切磋交流，你就不怕被人骂你行骗毁了名声？"

"考得过，我的符就是灵验的。考不过嘛……连国子监都进不了，还敢来惹事？再说，我不是叫他们烧成香灰兑水喝了，有证据吗？没喝符灰水的，符当然就不灵了。"穆澜端着碗将虾米紫菜汤大口咽了，肚里有了食，浑身舒坦。

应明呆呆地望着穆澜，缓缓跷起了大拇指："果然不愧是江南鬼才的关门弟子。"

"没有应兄这活生生的招牌……嘿嘿，小弟这招也不灵啊。"穆澜诚心想结交个率性堂的监生，吐露了实话。

穆澜清亮的眼神在应明身上打了个转。应明顺着穆澜的目光看着自己的监生服，突然反应过来。自己傻兮兮地还自报家门，符箓不灵，别人不找穆澜，可以找自己啊，他顿时觉得哭笑不得。可又觉得穆澜机灵坦诚，奉旨入学，将来前途不可限量，他苦笑着捏着鼻子认了："穆贤弟倒是会算计。"

"一起发财！"穆澜见应明一点就透，胸襟也不小，笑呵呵放了碗，继续吃喝，这一次却将台词改了，"考试包过符，五十两一张，赠率性堂监生试题预测答案一册！只有五张了，手快有，手慢无啊！"

"五十两！"应明吃惊地叫了起来。

穆澜贼贼地朝他挤了挤眼睛，低声说道："天快亮了，赶紧卖！宰一个算一个。"

应明只知道呆愣地点头。

秦刚带着四名乔装改扮的锦衣卫，护卫着无涯顺着这几条街一路走下来。春来手里已多了只大包袱，里面装着国子监监生们卖的各种试题答案、衣袖里写满字的外袍、细密抄录着四书五经的帕子汗巾、塞着小纸条的香囊荷包。

无涯紧绷着脸，他做梦都没想到随便就能买上一包袱作弊的玩意儿。

一个穿着青色监生服的人瞥了眼无涯披着的锦缎鹤氅和身边穿着武士服的随从，心道好一只肥羊，疾走两步凑了过去。

收到无涯的眼神，锦衣卫们没有阻挡，放了那监生靠近无涯，脚步微移，隐隐将那监生围了起来。秦刚微眯着眼睛，盯紧了他的手。只要稍有异动，他就能将这名监生当街扑杀。

"兄台，这次国子监五名博士联手出题，在下打听了点儿实在货，有兴趣听吗？可以听完再付银子。"

题明明是自己出的，难道试题送到国子监后真有博士泄露题目发财？无涯下巴扬起："说。"

"此处不方便，随在下来。"那名监生满脸喜色，将无涯带进了旁边酒肆的包间里。

片刻之后，无涯面无表情地走了出来，门后传来"砰砰"地拳脚见肉的闷响声，春来朝里面啐了口，小声骂道："想诓我家主子爷，狮子大张口！一千两？揍一顿算轻的！"

无涯恨恨地想，这次他不把这些作弊的人全抓了，真对不起自己半夜早起！

这时候他听到了穆澜清脆的吆喝声，静月般的脸顿时"咔嚓"一声龟裂，怒容满面，他一言不发地大步朝着穆澜的声音传来的方向走去。

考试是巳时，等到卯时，禁卫军就会净街，迎礼部官员和都察院监考官进国子监，这摊就摆不成了。此时正是黎明前最黑暗的时候，在国子监外摆摊的，都赶着做最后的买卖。摊位上大都只挂着一盏灯笼，灯光并不明亮，沿着长街伸向黑暗的星点灯火却望不到尽头似的。

"真热闹啊！"这样的热闹却是为了作弊，无涯的怒火更盛。他停下了脚步，不远处，应明摊子的灯光照亮了穆澜那活力四射的脸。那张脸撞入视线，像天上最亮的星辰，让无涯眼中再难看到旁人。

"穆贤弟，我卖了八十几册，剩下的还能卖给刚入学的新生，这个人情为兄记下了。"应明清点册子。这条街上类似的摊点太多了，他摆摊之后，感觉能卖五十册就已心满意足。他印了一百册，靠着穆澜的花言巧语才卖了这么多，袖袋里沉甸甸的银子让他兴奋不已。

"率性堂的监生还缺银子使？应兄难道另有苦衷？"

率性堂握着监管学生的权力，冲着这个，前来巴结讨好的学生就不会少，银子自然也是不缺的。穆澜目力所及，除了应明，还真没有见着第二个率性堂的监生。

　　应明叹了口气道："我也不瞒你，我老家十涝九旱。去年遭洪水，家里房子被冲没了，我上有高堂，下有八个弟妹，搭窝棚住着。今年开春来信，滴雨未下，朝廷的救济粮到了地方，也就能每天领碗薄粥，全家都指望着我每月寄银子过活。"

　　"应兄宽心，日子会好起来的。"穆澜当然知道去年的那场洪水，要不然老头儿也不会出手去救林家大老爷，讨要三十万两银子买米粮赈灾。

　　穆澜的安慰让应明心里一暖，他抹开了面子，站在穆澜身边一起吆喝起来。

　　五十两一张符转眼间被卖了一张，穆澜和应明相视而笑。

　　无涯忘了是自己不想再和穆澜见面的，只觉得她这样的笑容刺目不已。

　　"最后四张了！考试包……"穆澜的话卡在了嗓子眼儿里，她看着无涯大步朝自己走来。卖个符而已，杀气腾腾地做什么？

　　穆澜站在朦胧的灯光下，无涯清清楚楚看见穆澜翻了个白眼，脸转到一旁，就当没看见他，心头一股火就燃了起来。

　　"卖的是考试包什么符？"无涯在摊子前站定，慢悠悠地问道。

　　不用秦刚使眼色，四名锦衣卫已经呈半弧形散开，刚好将两人的摊子围了起来。

　　应明吼了两嗓子，胆子壮了，笑着朝无涯拱了拱手道："卖的是考试……"

　　"考试平安符！保平安的。"穆澜怕他闯祸，肘尖往后一送，撞断了应明的话，"买一册考试复习资料赠一张平安符，一百两银子绝对超值划算，这位公子有兴趣？"

　　一百两？又翻倍涨价了？应明忘记了穆澜的话颠倒了主次，摸摸鼻子不作声了，桃花眼变成了星星眼。

　　穆澜的小动作落在了无涯眼中。他和这个监生如此亲密，而自己在他嘴里就成了"这位公子"？无涯绷着脸道："刚才我分明听你在喊，这是考试包过符，怎么就变成平安符了？"

"您听错了！"

听错了？无涯眼神往身后扫了眼，春来、秦刚和几名锦衣卫哪敢不搭话，异口同声道："我们都听得清楚，卖的是考试包过符！"

无涯弯腰，亲自拿起一张符来："证人、证据一个人不少，还想抵赖？"

"这位公子，一百两！不给就把我的符放下。"穆澜从应明摊上拿了本册子递了过去。

你是杜之仙的弟子，你有点儿风骨好不好？话都说这份儿上了，居然还想赚银子！无涯气得抿紧了嘴："四百两，我全买了。"

春来赶紧从荷包里拿出银票，小心地递给穆澜。趁背对着无涯时，他讨好地冲穆澜使了个眼色。

穆澜拿了银票，将四张符和四本册子拿起，递给了春来。

"应兄，收摊吧。"穆澜悄悄将银票全塞在应明手中，催着他收摊离开。

应明正想推辞，手被穆澜捏了捏，他陡然反应过来，现在不是自己和穆澜分赃的好时机。他迟疑了下，惭愧地拱了拱手道："再会。"

"等等，你姓应？"无涯听着他的声音，心头一道亮光闪过。

那天在会熙楼和穆澜翻窗逃跑，来到巷子里，屋中不正是一个姓应的监生答应替一个姓侯的学子做枪手？难道就是眼前这个人？

"这位公子有何贵干？"应明警惕起来，率性堂的监生身份让他挺直了腰背。

无涯借着灯光将他的面容仔细记在了心里，淡淡说道："听你的声音颇为耳熟，以为是遇到了熟人。"

听见这句话，穆澜刹那间想起来了，难怪自己觉得应明声音耳熟。应明作弊是想赚银子寄回老家让家人盖新房，穆澜这时有点儿担心，万一被无涯举报抓包，他的监生资格弄不好都会被革了。怎么办？她弯腰将摊子四角一收，拢成个包袱塞进应明怀里，有点儿不好意地笑道："应兄，无涯公子是为我好，怕我有辱家师名声。他生性耿介，最看不来弄虚作假，还直言若我当枪手作弊，定会抓我呢。"

枪手、作弊……应明心神一颤，接了包袱，壮着胆子替穆澜说好话："穆公子并非作弊，也就卖几张平安符，这位公子莫要太过计较。"

"无涯，我就卖几张符而已。"穆澜对着无涯挤出了璀璨的笑容。

无涯腹诽，穆澜此时若要是有条尾巴，肯定会冲着自己开摇，不就是怕自己对付姓应的？无涯心情越发郁闷，他突然伸手握住了穆澜的手腕，理也不理应明，拉着他就走。

穆澜当然可以使个巧劲儿甩开他，却又不想连累应明，她笑着朝应明挥了挥手，乖乖被无涯拉着走了。春来和秦刚对看了一眼，心照不宣地跟了上去。

"你就不怕买你符的人回头找你算账？你是杜之仙的弟子！"无涯见穆澜没有甩开自己，心情渐渐好了，嘴里忍不住训他。

他是关心自己吗？穆澜睃了眼被他握着的手腕，走了几步停了下来："无涯，咱们不是说好再见面全当不认识吗？"

穆澜清亮的眼眸被星点灯火映得流光溢彩，无涯呆愣地望着他，心头泛起一丝无力的感觉。他做不到真的与穆澜形同陌路，而他更做不到放任自己喜欢一个少年。他松了手，轻声说道："穆澜，不管你信不信，我是为了你好。答应我，不要作弊，全力赴考，莫要辜负……杜先生对你的拳拳爱护之心。"

还有……朕对你的呵护、喜爱。

无涯对她温柔地笑着，拍了拍她的肩，带着满心的怅然独自往前走了。

春来独自落在了后面，经过穆澜身边时突然低声说道："我家主子喜欢辛夷花。"

什么？穆澜不明白，她目送着无涯一行人离开。

他身上的鹤氅被清晨的风吹起，无涯的身影在人群中如此独特，穆澜一时间瞧得痴了。

番外一

盈盈何时归

梅花之盛，莫逾吴中。吴中赏梅，必以光福诸山为最。

邓尉山麓的梅开了。

杜之仙少年成名，十六岁高中状元，二十岁得了江南鬼才的雅号。京中郡主、千金争相悦之，他亦心高气傲绝不将就。

与他同朝为官，多少朝中大员都以看女婿的目光看他。杜之仙仕途平稳，隐隐已有入阁之势。争来争去，最终官员们都觉得他谁家女儿都甭娶，免得羡煞自己，然而皇室里的那些小郡主却难以打发。

礼亲王为了宝贝女儿，堂堂一个亲王坐在杜之仙家中耍赖。如果不是杜之仙向先帝求救，他差点儿被礼亲王带着五城兵马司的兵抢回家中做了女婿。

杜之仙不胜其烦，借回乡探亲之机，跑回江南躲轻闲。他老家在扬州乡下，老母亲住习惯了，不愿搬去京城。杜之仙雇了人侍候母亲，他想起邓尉山麓的梅花，便潇洒地去了苏州。

苏州多名士，杜之仙一袭落拓青衫，不修边幅，提着只酒葫芦穿街走巷，不曾有人识得他就是大名鼎鼎的江南鬼才。正因如此，杜之仙在邓尉山一住便是半月，赏雪观梅，好不自在。

他雇人在梅林深处搭了两间草棚，这日，细雪如屑，杜之仙端着簸箕进了梅林。

他来取那蕊中轻雪，一半煮茶，一半酿酒。嗅着冷气凛凛的梅香，他情不自禁地想，可比在朝为官快活多了。

一路收雪赏梅，渐渐踏进另一条他不曾走过的路。雪下得紧了，眼前一片茫茫雪海，若非露出雪中的虬枝，他险些分不清哪是雪，哪是梅。色泽单一，便不成景了。杜之仙端着半簸箕轻雪正待离开时，眼角余光扫到了一抹红影。

等他定神再看，却又不见，他有些好奇，左右无事，便寻着那抹红影的方向行去。走得一盏茶工夫，转过一角山岩，一株生得百年以上的老梅傲雪怒放。梅红似火，如梅林之后，立时将四周的白梅压了下去，让人眼中只有它的存在。

"好梅！"杜之仙大赞，一时间有些后悔没带画笔。他望着那株红梅疾步而行，到了树下细细观赏，心想待回到草庐，定要将此景画上。

梅树粗壮，似被雷火劈了一半，反让虬枝显得更加苍劲，点点轻雪聚于火红花蕊之中，更添艳色。

杜之仙嗅得此梅香气更盛，萦绕鼻端久久不去。心想，如能收得此梅上的轻雪，回家煮一壶好茶，才不虚此行。他干脆将半簸箕费了半天工夫收得的轻雪全倒了，攀着枝头一朵朵梅花收着雪。

他正要爬上粗壮的枝干，突听到树下有人说话："哎，你能否等我画完再上树去？别坏了我的景。"

那声音娇嫩，似出谷黄莺。杜之仙伸出的手僵了僵，心想莫不是行踪暴露，被哪家千金追来了？他小心回头，却见不远处有一方平敞的山石，石上铺着白宣，一名少女正在作画。来时转过山岩，眼中只被这一株老梅吸引，他竟然没有看到有人在旁作画。看情形，少女在他之前已到了这里，非刻意为他而来。

杜之仙顿时松了口气，端着簸箕下了树。

见他下了树，少女没有再开口，继续埋头作画。

少女披着件红色绛丝大氅，身后便是一片茫茫白梅。此时细雪纷纷，衬得少女眉目温婉一片，如初见那株耀眼红梅，杜之仙不由得瞧得痴了。

少女的画技不错，画中红梅点点如血，透出一股骄傲之意。她画完抬头，看到站在旁边的杜之仙，眼神闪了闪，似有些意外能在此遇到如此俊美的男子。她搁下画笔，呵了呵手道："见你腰间悬着葫芦，可是装着美酒？"

杜之仙回过神，赶紧放下簸箕，解下酒葫芦双手送上："姑娘若不嫌弃……"

"我的酒饮完了。"不等他说完，少女欢呼了声，拿过酒葫芦拔了塞子就饮了一大口，冲他笑道，"好酒！可是老兴巷那家的三白酒？"

喜酒之人遇到懂酒之人，杜之仙大喜道："正是！"

少女面容温婉秀美，行事却极豪爽大方。收了梅图画具，仅余一张毛毡铺在山石上，她坐在一端邀杜之仙道："好酒好梅，离去甚是不舍，天色尚早，不如再观赏一番。"

杜之仙也非拘泥之人，在另一端坐下了。

两人并肩赏着那树红梅，酒葫芦摆在中间，兴之所至，各自取来饮上一口。

难得与一女子相处，对方却未露出花痴样，杜之仙心动了。他再不动酒葫芦，只盼着这葫芦里的酒永远也莫要有饮完的时候。

一葫芦酒少说也有三斤，大半进了少女的口。杜之仙悄眼看她，只见雪也似的脸颊沁出浅浅绯色，娇艳欲滴，一时间他心如擂鼓。

少女半睁着迷离的眼偏着脸问他："你端着簸箕是要收梅花上的雪吧？"

杜之仙老实答道："难得见如此好梅，收些梅上之雪煮茶才不负眼前此景。"

少女拊掌大乐："说得好！我既饮了你的酒，便替你收了这梅上的雪，你再请我饮盏茶如何？"

"好！"

少女端起簸箕，足尖儿一点，跃向了那株老梅。

大氅的风帽滑落，露出鸦青色的及腰长发。也许因酒助兴，她挥手间，点点浮雪自花蕊中弹起，悉数落在一双欺霜赛雪的手中。人如御风而行，裙袂翻飞，美丽至极。

"美人，美景！"杜之仙第一次变成了呆头鹅。

赏过梅，饮过酒，杜之仙简陋的草庐中飘起了茶香。那簸箕红梅上的蕊雪在红泥茶壶中化开，梅香盈盈。少女嗅着水中梅香，禁不住技痒："我来煮一盏茶吧！"

杜之仙目不转睛地看着，沸水入茶，激起层层雪沫，幻出一树牡丹，渐放渐隐，此起彼伏。

"姑娘好技艺！"杜之仙能被称为江南鬼才，素来骄傲，此时却也是心服口服，自认茶艺不如她。

得他夸奖，少女脸上泛起了羞涩。

天色渐晚，雪下得急了，少女便借了他一间草庐暂住。

如此一住便是五天。

每天两人相伴赏雪，饮酒作画，煮茶弹琴。人生得一知己，相伴总觉时短。待少女离开时，两人已是难舍难分。

"三年后，我出师下山，必去京城寻你。"少女留下了那天所画梅作以为表记。

杜之仙此时才觉得如梦方醒，脱口说道："我尚不知你的姓名，家住何处，三年后怎去府上提亲？"

少女跺脚嗔道："这几天你都不曾问过我，现在我却不告诉你。"

杜之仙微笑道："不说也罢，我见你收轻雪时身姿盈盈，我便叫你盈盈可好？这一世便只有我如此叫你。"

少女脸色绯红，低声说道："杜郎，莫要负我，三年后京城见。"

一语定情，杜之仙目送她踏梅离去。

自此后，每年冬季，杜之仙都会去邓尉山看一看那株红梅，收一簸箕梅上蕊雪，点一盏牡丹茶，等待她的归来。

三年转眼过去，她就要回来了。杜之仙展开画卷，又忆当时初遇，他微笑着在画中提下一句："如今香雪已成海，小梅初绽，盈盈何时归？"

他掩了草庐柴门，负着画卷，提着酒葫芦，回京城等她归来。

图书在版编目（CIP）数据

珍珑·无双局 / 桩桩著. -- 北京：北京联合出版
公司，2017.9
ISBN 978-7-5596-0567-2

Ⅰ. ①珍… Ⅱ. ①桩… Ⅲ. ①长篇小说－中国－当代
Ⅳ. ①I247.5

中国版本图书馆CIP数据核字(2017)第145859号

珍珑·无双局

作　　者：桩　桩
出版统筹：新华先锋
责任编辑：牛炜征
特约监制：林　丽
策划编辑：木思樱　李　娜
封面设计：杨祎妹
版式设计：朱明月
营销统筹：章艳芬

北京联合出版公司出版
（北京市西城区德外大街83号楼9层　100088）
北京慧美印刷有限公司印刷　新华书店经销
字数208千字　620毫米×889毫米　1/16　20印张
2017年10月第1版　2017年10月第1次印刷
ISBN 978-7-5596-0567-2
定价：39.80元